二見文庫

令嬢の危ない夜

ローラ・トレンサム／寺尾まち子＝訳

An Indecent Invitation
by
Laura Trentham

ゴールデンハート賞を同期で受賞した〝夢を紡いでいく女性たち〟へ。想像を超える支えと友情を与えていただきました。あなたたちがいなかったら、いったいどうなっていたことやら。

そしていつものことながら、洗濯物をたたんで、わたしの正気を保ってくれる夫へ。

令嬢の危ない夜

登場人物紹介

リリー・ドラモンド	ウィンドー伯爵の令嬢
グレイ・マスターソン	ウィンドー伯爵の家令の息子
レイフ・ドラモンド	リリーの兄
デイヴィッド・ドラモンド	リリーの父親。ウィンドー伯爵
エディス・ウィンズロー(エディー)	リリーのおば
ミネルヴァ・ベリンガム	リリーの親友
ギルモア卿	ロンドン社交界で有名な放蕩者
ペンハヴン卿	リリーに思いを寄せる中年貴族
カスバートソン(バーティー)	ドラモンド家の執事
ライオネル・マスターソン	グレイの父親
ベッツィ・マスターソン	グレイの母親
レディ・マシューズ	デイヴィッドの元愛人

1

一八一二年春

遅くなってしまった。グレイ・マスターソンは懐中時計を見ると、悪態をついて足取りを速めた。ブーツのかかとが地面を踏みつける音に、ステッキの短い音が規則正しい伴奏をつける。だが、その足取りは不安と疲れのせいで珍しく乱れていた。

グレイはシルクハットを目深にかぶり直して、無精ひげが伸びたあごをさすった。何とか夜会にふさわしい服に着がえられたものの、首巻き《クラヴァット》はもう少し糊《のり》のきいたものを着けてくるべきだった。

この二日間というもの、眠らずにロンドンの裏道に建つ酒場や娼館《しょうかん》を探し歩き、しかるべき男たちに、自分の指南役であるウィンドー伯爵が行方不明になったことについて何か知らないかと尋ねてまわった。だが、伯爵の消息に関する情報で――もっと正確に言えば、何も情報をつかめなかったことで――グレイの前途には新たな問題が生じていた。

長年の友人でありウィンドー伯爵の息子であるレイフ・ドラモンドが報告を待っているの

だ。いまは手がかりを追うべきであり、ろくでもない上流階級の舞踏会などに出席している場合ではない。そのとき従僕たちが声を張りあげ、われに返ったグレイは、ウィンドー伯爵に対する不安を頭から追い払った。

グレイはレイフと賭けをしたのだ。サーベルを使って戦い、負けたほうが社交界にデビューしたばかりのレイフの妹、リリーを見守るという約束だった。グレイはその賭けを利用して、レイフが社交界に戻るように仕向けようと考えた。これまで一度も負けたことがなかったからだ。

だが、どうやら物事にはすべからく〝初めて〟というものが存在するらしい。結局レイフが田舎の屋敷に引っこんでぬくぬくとしているあいだに、グレイは不本意ながら子守をする準備を整えた。ウィンドー伯爵の娘には、せめてこれくらいのことはしなければ。伯爵家のレディたちには恩があるのだ。そしてこの舞踏室にはロンドン社交界の人々が残らず集まっているかのようだった。

会場をざっと見渡しても、大勢の人々が歩きまわっているため、リリーはすぐには見つからなかった。彼女のことだからめかしこんだ女々しい男の首ねっこをつかまえているのではないか、グレイは半ば本気でそう考えていた。そして憂鬱な気分だったにもかかわらず、おかしさに唇が震えた。この八年でリリーは間違いなく変わっただろうが、一生かかっても本物のレディにはなれないにちがいない。

八年。あっという間だった。イートン校に入学した最初の数年は、家令と女中頭の息子でも貴族の子息たちに溶けこめるのだと証明することに躍起になっていた。そして、そのあと戦争がはじまると、ウィンドー伯爵の指導を受けることになった。

ひと晩じゅう彼女を探しまわりたくなければ、リリーがこっちの注意を引くまで待ってもいいし、誰かに訊《き》いてみてもいい。さっきアボット卿が気取って、まえを通りすぎていった。アボット夫妻ならロンドンの政界と社交界に深く関わっており、リリーが宮廷で拝謁を賜わったあと、顔をあわせているにちがいない。

アボットを探しているあいだ、グレイは何度も同じ女性に目を奪われた。生き生きとした様子に視線を引きつけられ、ついにはじっと見つめることになったのだ。彼女は当世風のだて男や社交界に出たばかりのデビュタントたちに囲まれて話をしていた。そして両手で優雅な弧を描きながら何かを言うと、まわりの人々から笑いがどっと沸き起こった。すると彼女はにっこり笑い、突きだした腰に手袋をしたこぶしを置いた。そして隣に立っている男に向けて扇子をふると、ふたたび笑いが起こった。

その動きで、グレイの視線はじつに見事な胸もとに引き寄せられた。残念ながら身に着けているのは慎み深いカットの白いドレスで、濃いブルーのサッシュだけが色を添えている——つまり彼女は無垢《むく》なデビュタントであり、手は出せない。夫を亡くした女性なら、ベッドに誘えて都合がいいのだが。彼女はとても美しいが、美しいだけの娘であれば、この会場にはいくらでもうろうろしている。だが、彼女にはどこか……引きつけられるものがあった。生命力にあふれた雰囲気に包まれているのだ。

リリー・ドラモンドのことはいったん棚あげだ。どこかで騒ぎが起こったら探しにいけばいい。何事もないうちは、あのおてんば娘にはもうしばらく自分の面倒は自分で見てもらおう。グレイは舞踏室の奥へと進んでいき、数人の知りあいと上の空で挨拶を交わした。彼女に近づいていくにつれて、その引力はますます強くなっていった。まるで彼女が神々しい存在で、残りの人々はその輝きに照らされながらまわりをまわっている従順な月のようだった。ゆったりと結ったシニヨンから蜂蜜色の巻き毛がいく筋かほつれ、頬や首筋にあたって楽しげに揺れている。まるで男と寝た直後の乳しぼり女のようで、とても素朴でありながら無意識に艶《なま》めかしさを放っている。大きく開いた目は真っ赤な頬と形のいい鼻に引き立てられているが、少し見ただけではその色がわからない。といっても、すぐにわかることになるのだが。

常に微笑《ほほえ》んでいるみたいに口角がきゅっとあがった、ふっくらとした唇を見て、混乱したグレイの頭の奥に邪《よこしま》な場面が浮かんだ。すると、とたんに股間が疼《うず》いて硬くなった。グレイはクリスタルのシャンデリアへ視線をそらし、蠟燭《ろうそく》の数をかぞえて心臓の鼓動と全身を駆けめぐる血潮を鎮めた。何カ月も大陸に足止めされて修道士のような生活を送っていたというのに、いまはこんな混雑した舞踏室の真ん中にいるのだ。

グレイはたんに彼女に引きつけられるだけでなく、どこか見覚えがある気がしていた。英国に戻ってきたあと社交界の行事には一度も出席していなかったが、毎日ハイドパークで馬に乗っている。きっと歩いているか、馬に乗っているかしている彼女を見かけたのだろう。そんなふうに記憶をたどっていると、ひじを突《つ》かれた。

アボット卿が何の含みもない心からの笑顔で、シャンパングラスを差しだした。「やあ、マスターソン。去年のシーズン以来じゃないか。いったい、どこに隠れていたのさ」

アボットはイートンでグレイとレイフの同窓だった。グレイとレイフは内気で堅苦しい少年をかわいそうに思って、ひどいいじめっ子たちから守ってやったのだ。あの頃にはもう大きくて頑丈な身体をしていたレイフ・ドラモンドに逆らおうとする者はいなかった。その後、三人は異なる道を歩んだが、それでも若い頃にともに苦難に耐えた絆《きずな》は固かった。イートンで過ごした日々は地獄のようだったのだから。

グレイは上の空でグラスを受け取ると、舞踏室の向こうの神々しい存在に視線を戻した。

「会えてうれしいよ、アボット。八カ月ほど大陸に行っていたんだ」

「そいつはすごい。戦いをじかに見たのか？　見事な戦いっぷりだったか？」

その言葉を聞いて、グレイは思わずアボットのほうを見た。アボットは元気がよく好奇心にあふれ、ほっそりとした顔は天真爛漫《てんしんらんまん》に輝いている。ポマードをたっぷりつけてなでつけてもまっすぐ立っている髪のせいで、二十七という年齢より若く見える。

グレイは胃が締めつけられた……後悔、いや羨望のせいだろうか。アボットはこんなに若く、何の試練も受けたことがないような顔をしていただろうか。グレイは戦場での絶えることのない戦いに疲れ、嘘《うそ》と半面の真理しか見せない言葉に疲れ、何よりも死に直面することに疲れていた。もし、あのときレイフを救えていなかったら……そう考えるだけで耐えられない。

「見事だったかって?」思わず大きな声が出てしまい、数人が横目でちらりと見た。グレイは声を落としたが、口調はやわらがなかった。「国に残って安全でいられることに感謝するんだな」

「ぼくは……別に……」アボットが視線をそらしてシャンパンを飲むと、喉仏が上下に動いた。

アボットは悪くない。戦争の実情を聞きたい人間なんているはずがないのだ。とりわけ、グレイが負っているような任務の話などは――それが正しかろうが間違っていようが、白だろうが黒だろうが、その中間のどんな色だろうが関係ない。英国の諜報員《ちょうほういん》という仕事に、灰色《グレイ》という名前は何とふさわしいことか。自分でもよくそう笑っているではないか。

「大陸でどんな経験をしたところで、サメがうようよしている上流社会の舞踏室では役に立たないさ」無理して軽妙に答えると、アボットが握りしめていた手をほどいた。

アボットはまた無邪気な顔に戻り、かん高い声で笑ってうなだれてみせた。「本当かい?

ぼくは妻に引っぱってこられたんだ。別に、ここに姿を見せないからといって、社会的な自殺を図ったことにはならないのにな。まあ、エヴァーシャム家の舞踏会なら、とりあえず酒がいくらでも飲めるから。ぼくは花婿候補じゃなくてよかったよ。きみは誰か狙っているひとがいるの？」

「狙っているひと。なかなか鋭いな、アボット」グレイは茶目っ気たっぷりに笑ってみせると、うなずいて目標をはっきりと定めた。リリー・ドラモンドは見つかるだろう……そのうちに。グレイはあの謎めいた女性とダンスを——できればワルツを——ぜったいに踊ってみせると心に決めた。

落ち着き払い、退屈そうにさえ見せかけるのは苦労したが、グレイが任務を成功させるのは揺らぐことのない固い決意のたまものだと、誰もが心酔する英国の将軍ウェリントン公爵に一度ならず言われている。人気者のデビュタントに正式に紹介される機会があるとは思えないので、目的を遂げるためには秘策を使うしかない。グレイは少しもためらわなかった。

「なあ、マスターソン、来週きみを訪ねようと思っていたんだが、ここで会えたから、いま話すよ……」アボットは声をひそめた。「崖の下で何かの企《たくら》みが進んでいるようなんだ。夜遅く、明かりが上下に動いているのが見えた」

次の曲はワルツで、しかもグレイの標的の隣ではある策略が進行しているようだった。グレイが足を進めると、アボットも犬のようについてきた。「明かりが上下に揺れていたんだ」

アボットはさらに言った。「マスターソン、もしも密輸だったら？　どうしたらいい？　中身はブランデーかもしれないけど、もっと危険なものだったらどうする？」

「ああ、うん……ぼくも上等なブランデーは好きだからな」グレイはシャンパンを口にした。

モントバットン卿がブルーのサッシュをつけたあのデビュタントの隣に何とかにじり寄った。無作法なほどそばに立っているところを見ると、彼女のドレスの内側をのぞくつもりなのだろう。だが、モントバットンを責めることはできない。なぜなら、自分も隣にいれば同じことをしただろうし、いまだってのぞきたいと思っているのだから。結局、男とはそういうものなのだ。

デビュタントは横に逃げようとしたが、でっぷりとした婦人にぶつかって、それ以上は逃げられなかった。すると、彼女はモントバットンのせいか、あるいは婦人にぶつかったせいなのか、頭が痛くなったかのように、こめかみをもんで首を伸ばした。だが、モントバットンは彼女の腹立ちに気がつかず、どうやら馬について話しはじめると、また彼女に近づいて開いていた距離をつめた。それでもデビュタントはグレイと同じくらい一心にダンスフロアを見つめている。グレイは何かを探しているような彼女の視線を追った。彼女は誰を探しているのだろう？

もしかしたら、もう婚約者がいるのかもしれない。あるいは恋人を探しているのかも。彼女とは言葉を交わしてもいないのに、どうしてこんなに胸が痛むのだろうか。

「なあ、何をそんなに気にしているんだよ、マスターソン。ちっとも話を聞いていないじゃないか」アボットが小声で言った。「ここへは任務できているのかい?」

「それを言うなら、〝何〟じゃなくて〝誰〟だ。明日の午後、役所にきてくれ。不可解な明かりについては、明日話そう」グレイはアボットの手にシャンパングラスを押しつけると、彼女に近づいていった。モントバットンに獲物をさらわれるわけにはいかない。

グレイはデビュタントのうしろをまわって、レディや紳士のあいだを楽々と通り抜けた。そして彼女に手が届く位置までくると、大きく息を吸った。ローズウォーターと、もっと素朴で……女性らしい香りに鼻をくすぐられる。華奢《きゃしゃ》なうなじと、白くてなだらかな肩に思わず手を伸ばしたくなったが、何とかこらえた。少なくとも、そのまえに自己紹介くらいはしなければ。

モントバットンが勇気をふり絞ったようだった。背筋を伸ばし、髪をうしろへなでつけると、襟に指を入れてシャツを引っぱった。ワルツの旋律が流れはじめ、モントバットンが口を開こうとした瞬間、グレイはすっと進みでて、モントバットンの伸ばした手の直前でデビュタントの手を取った。そしてたいして心もこめずに詫《わ》びると、岸に打ちあげられた魚のように口をぱくぱくさせているモントバットンを残して、その場から離れた。

グレイは感情を表に出さずに微笑んだが、それは注意を促すような微笑みだった。彼女がどんな反応を示すかわからなかったからだ。彼女はきっと驚いたにちがいない。息を呑んでいたから。だが、それだけではなかった。うれしそう？　それとも満足げ？　彼女ははにかんで目をそらすこともなければ、紳士にあるまじき恥ずべきふるまいだと怒りもしなかった。それどころか、この成りゆきを歓迎して訳知り顔で微笑んでおり、グレイは平然としたふりをしている仮面をはがされ、まるでフランス軍に待ち伏せされたような気分だった。

そして、ついにわかったことがあった——彼女の瞳は温かく、鮮やかなブルーだった。

2

グレイがきた。こんなに近づいてくるまで、どうして気づかなかったのだろう？　二時間まえに舞踏室に着いてから、次第にふえていく客たちを見まわしながら、ずっと彼を探していたというのに。グレイは社交界の催しにはめったに出席しないけれど、それでもリリー・ドラモンドは期待していたのだ。

兄のレイフから受け取ったそっけない手紙には幸運を祈るという言葉とともに、行儀よくすること、そして〝グレイが会いにいくかもしれない〟という内容が記されていた。リリーはこの三日間、その一文のことばかり考えていた。ロンドンの家にくるということ？　馬に乗りにくるの？　それともエヴァーシャム家の舞踏会にくるの？　こうして彼の腕に抱かれていると、一日じゅう引きつっていた胃が、ダンスをする人々の動きにも似た大きな渦巻に巻きこまれて、もみくちゃにされているような気分になった。

子どもの頃は、グレイ・マスターソンをふり向かせるためなら何でもやった。実際にはみんながふり向いたけれど、いちばん願っていたのはあのグリーンの瞳に見つめられることだった。無視されるくらいなら、怒られたりじゃまにされたりしたほうがいい。

リリーはとても懐かしいけれど、少しだけ変わった顔をじっと見つめた。鼻にのっている眼鏡は何度か壊れたことがあるようだし、大きくて表情豊かな口もとは離れていた八年で皮肉っぽく歪《ゆが》むようになったらしい。目の下に隈《くま》ができているけれど、いつから眠っていないのだろう。

夕方カミソリをあてる時間がなかったのか、あるいはその気がなかったのか、うっすらとひげに覆われた力強いあごに目が留まった。短い黒髪はポマードでなでつけられることもなく乱れている。そして服は仕立てのよい上等な品だが、おしゃれな紳士たちと比べると、とても地味だった。でも、グレイにはよく似あっている。

「い……いらしてくれて、とてもうれしいわ」思いがけず、舌がもつれた。

ここにいるのは取っ組みあい、おむつ姿を見られ、一度か二度はお尻を叩《たた》かれたことさえある相手なのだ。でも、八年という長い月日のあいだに、グレイは変わっていた——危険で、何をするか予測がつかず、見るからに男らしい力がにじみでている。

「ぼくもうれしい」グレイはリリーが聞き慣れない言葉を発したかのように、その言葉をくり返した。「厚かましい真似《まね》を許してください。社交界に出るのは今シーズンが初めて？そうでなければ、疫病みたいにしつこいモントバットンのことは避けるはずだから」少年らしかった声は低くなっていた。身体の緊張がほぐれ、リリーはゆったりとした気持ちで踊りはじめた。

「モントバットンのことはよく知っています。毎日のように花を送ってくれるから。でも、わたしに脚が四本あったほうがもっと気に入ってもらえたんじゃないかしら。モントバットンは馬に夢中でしょう？　だから、あなたはわたしを助けにきてくれた騎士だと思うことにするわ」リリーは小さく笑って言った。

グレイはどこでこんなにうまくワルツを踊れるようになったのだろう？　こっちはステップ数をかぞえる必要さえない。ああ、彼はこんなに肩幅が広かっただろうか？　リリーはあからさまな関心を気取られないように注意しながらグレイの肩を探ったが、指に触れたのは硬い筋肉だけで、よけいな詰め物はいっさい入っていなかった。

「モントバットンの厩舎《きゅうしゃ》自慢から美しい女性を救うためなら、どんな犠牲も厭《いと》わない」グレイは軽い口調で言いながら、眉をひそめた。

リリーがほつれた髪を耳のうしろにかけてグレイの首に視線を落とすと、クラヴァットの上にぎざぎざとした白い傷がうっすらと走っていた。美しい？　グレイはわたしを美しいと思っているの？

グレイがからかって笑うのではないかとしばらくかまえていたが、そんなことはなく、リリーはこの数週間で完璧にものにした浮ついた調子で、動揺を隠した。「繁殖計画について説明されてモントバットンに口説かれた女性はわたしだけじゃないでしょうね。もう、うんざりよ」

グレイの頬にえくぼが浮かび、目が楽しげに輝くのを見て、リリーはほっとした。「繁殖計画？　それはモントバットンの馬の話で、まさか――」あごが胸につくほどうつむくと、グレイの首が見る見るうちに真っ赤に染まり、陽《ひ》に灼《や》けた頬まで色づきそうだった。「モントバットンを結婚相手として考えているなんて言わないでくれ。こんなにも美しくて快活な女性があんな愚かな男と永遠《とわ》に結ばれたら、神が激怒するだろう」

モントバットンの知性についてはまったく同感だったのでグレイの言葉を否定するつもりはなかったけれど、照れくさそうにほめられたことで、リリーはまたしてもとまどった。「結婚なんてとんでもない。それどころか、あともう少しくだらない話が続いていたら、失神したふりをするつもりだったわ。といっても、実際に失神したことがないから、信じこませることができたかどうかはわからないけど。この舞踏室にいるレディたちとちがって、わたしはやけにじょうぶだから」

リリーがそう答えると、グレイの頬にまたえくぼが浮かび、唇が少しだけ引きあがった。「今夜、こんなに楽しい女性と会えるなんて思ってもいなかった。正直に言うと、いつもは社交界の行事には出席しないんだ。たいていは混雑しているくせに、わざわざ出席する価値があるほど関心を持てるひとがいないから。でも、あなたは例外みたいだ」

「わたしが？」リリーはやっと合点がいった。とたんに思わずよろめいたが、グレイが楽々と支えてくれた。斜めになった世界がまっすぐに直され、ベストの緑色のストフイノが視界のなかで揺れた。

この無礼な男は、わたしが誰なのかわかっていないんだわ。

リリーはほっとしてへたりこんでいいのか、腹を抱えて笑えばいいのか、あるいは彼の左脚の向こうずねを蹴ればいいのか、わからなかった。どうしてわからないの？　わたしはそんなに変わった？　いますぐに本当のことを伝えたほうがいいかしら？　それとももう少しからかってみる？　リリーはなじみ深い、よからぬ喜びに誘われた。

「舞踏会が嫌いなら、今夜はどうして出席したの？」リリーは何とか冷静な口調で尋ねて、視線をグレイに戻した。

「幼なじみを探すために。その幼なじみにとっても初めての社交シーズンなので。レディ・リリー・ドラモンドです。もしかしたら、ご存じでは？」

「どうかしら。いいえ、たぶん知らないと思います」

「それはよかった。つまり、彼女のいたずらがまだ度を超していないということだから」

「どういう意味？　どんな方なのかしら」

「もう何年も会っていないので……でも……変わった子かな。ちょっと、おてんばというか。少しは上品になっていればいいのだが。でないと、社交界で食い物にされてしまう」

「どうして、その方を見つけたいのですか？」

「彼女の兄上と賭けをして負けたので」グレイはおもしろがっているような目をした。

リリーは怒って文句を言いたい気持ちを抑えた。グレイをだましているという、胸をちくちく刺していた罪悪感がすっかり消えた。「そのお気の毒なレディを探しにいったほうがいいのでは？　きっと不安でたまらないでしょうから。パートナーの方が見つからなくて、隅のほうに引っこんでしまっているのかも」

「だとすれば、少なくとも厄介事には巻きこまれていないということだ」グレイの声は乾いた羊皮紙のようにかさついていた。

「それでは、そのレディは厄介事を好むたちだと？」レイフお兄さまはいったい何を話したのだろう。

グレイの唇はまだ歪んでいたが、目尻のしわはなくなり、顔つきが真剣になった。「それはわからないが、確かめないと。レディ・リリーの話はもういいでしょう。あなたはどうなんです？　さっき出し抜いた信奉者の数を見ると、あなたは今シーズンの社交界の華のようだ。もう結婚を決めたり、あなたの心を射とめた殿方はいるのですか？」

リリーはうつむき、ふたりの足が調子をあわせて動くのを見つめた。そしてグレイの質問を無視して訊いた。「教えて。わたしのことなど知りもしないのに、どうしてモントバットンからダンスの順番を奪ったりしたの？」

「舞踏室の反対側で見かけたときから、あなたの美しさに胸を打たれていた」口調を聞いただけなら屈託がないように思えたが、グレイの目は隙がなく、リリーを値踏みしていた。

「あなたに恋い焦がれている男はみんな、あなたがどんなに美しいか口にするにちがいない」

確かに口にするけれど、その美しさとやらは持参金に比例しているように思える。

「ありきたりな言葉ね」リリーは文句を言った。「わたしは本音を聞きたいの」

グレイは葛藤しているのか、あごがぴくぴくと引きつっている。リリーの腰を抱く腕に力が入った。周囲の人々の笑い声も、歓声も、低い声で交わされている話し声も、すべてが聞こえなくなった。

「この数年はとても……厳しい日々だった。ぼくが引きつけられたのは、あなたの美しさだけじゃない。あなたは生き生きとしていて、活気に満ちている。だから、自分を抑えられなかった」わずかな弱さを認めることにも肉体的な痛みを感じているかのように、ひとつひとつの言葉が苦しげに絞りだされた。不安そうに伏せた目は、リリーには想像するしかない奥深い感情をまとっている。

リリーは頬に触れるか、子どものように抱きしめるかして慰めてあげたい気持ちをこらえた。国家に仕えるグレイの極秘任務がどれだけ裏切りを伴うものかは、兄のレイフを見ればよくわかる。珍しく涙がこみあげてくると、リリーはグレイに気づかれないように、勢いよくまばたきをした。

「これまでに言われたどんな言葉よりもうれしいわ。シーズン中はずっとこちらにいらっしゃるの？」また大陸に渡って危険のなかに飛びこむのだろうかと思うと、グレイの肩に置いた手に力が入り、筋肉を包む厚いウール地に指が食いこんだ。

「しばらくは。レディ・リリーのお目付役をまかされているので」

むっとしたおかげで、グレイに対する同情が胸にあふれずにすんだ。どうやら自分はロンドン社交界に放たれるまでウインターマーシュの森で狼《おおかみ》に育てられていたと思われているらしい。足を踏んづけてやったらどうかしら。もちろん、偶然を装って。グレイの爪先はワルツが終わったことを永遠に感謝するべきだ。

グレイはリリーをダンスフロアから歩きまわっている人々のもとへエスコートした。大勢のだて男とデビュタントは互いを興味深そうに見つめ、付添役の婦人たちは兵士のように壁に沿って並んでいる。グレイは偽物の柱の陰にリリーを連れていった。

「かなり先走ってしまったかもしれないが、穏当な手段で近づいていたら、あなたは踊ってくれなかったと思う。順番が逆になるが、自己紹介させてほしい――グレイ・マスターソンです、お見知りおきを」警戒心をやわらげる魅力的な笑顔を見せ、頬にえくぼを浮かべて、紳士らしくお辞儀をした。そしてまた隙のない目つきになり、いら立たしいほどそつのない表情に戻った。

やけにかわいいえくぼを見ても、リリーのいら立ちは収まらなかった。リリーは愛想よくうなずいて餌をまいた。「モントバットンから救ってくださったんですもの、まったくかまいません。ところで、あなたのことは何とお呼びしたらいいのかしら。公爵、伯爵、子爵、それとも男爵さま？」

「いいえ」グレイは大きく息を吐きだした。彼がそわそわと足を動かすと、ほんの少し同情心が湧いたが、決まりの悪い思いをしても仕方のないことをしたのだ。同情なんて、ほんの少しだけれど。

リリーはダンスの相手としてほかの男性を値踏みするかのように、視線をさまよわせた。

「では、准男爵？」

「残念ながら、爵位はありません。曾祖父《そうそふ》は伯爵でしたが」

「でも、継ぐ立場にはなかった？　残念ですこと」リリーは歩きだして、いじわるく微笑んだ。

「待ってください。あなたのお名前は？」グレイは素肌がさらされているリリーの腕をつかんで引き止めた。

バターのようにやわらかい革の手袋がリリーの肌を艶めかしくなでる。紳士はこんなふうにレディに触れたりしない。リリーは怒りをきちんと示すべきだったし、本気で怒るべきだった。それなのに心臓はすばやくリズムを刻み、唇はまったく別の感情でからからに乾いた。完全には理解できないけれど、うっとりするような感情で。

リリーは浮ついた口調を貫こうとしたが、乾いた唇から出た声はかすれ、誘うような調子を言葉に加味した。「ミスター・マスターソン、それはご自分で突き止めてくださらないと」

「もう一曲踊っていただけますか?」

「ええ。でも、名前を突き止めてくださってからね」リリーは扇子でグレイの手を軽く叩いた。それでもグレイは腕を放さず、リリーの手を握って、指を一瞬絡ませた。そのとたんに、リリーは胃が締めつけられた。

リリーは手を引き抜いておばのエディーのもとへ歩いていったが、ふり返らずにはいられなかった。グレイはすっかり落胆した顔で、眉をひそめてリリーが去っていくのを見つめている。驚いたことにリリーもまったく同じ気持ちで、震える唇におずおずと笑みを浮かべた。こんなふうに少しばかりグレイをだましたことは、おそらくあとになって高くつくことだろう。

男心をそそる娘はグレイを誘惑するかのように腰を揺らしながら歩いていった。その笑顔を見ていると、彼女は名前以外にも隠していることがありそうで、グレイはとても気になった。彼女のことが気になって仕方ない。もしかしたら、どこか覚えがある、からかうような口調のせいかもしれないし、いつの間にかこちらの守りのなかに入りこまれ、思いもしなかったことを暴かれてしまいそうな雰囲気のせいかもしれない。あるいはグレイが普通の人々とはかけ離れた人生を送っていることをすべて理解しているかのように、訳知り顔に輝いている目のせいかもしれない。

あるいは、こちらの身体と同調するように動いていた、しなやかで優美な身体のせいだろうか？　ふたりの身体はダンスフロアで完璧にそろっていた。もっとやわらかく、横になれる場所だったら、ぴったり重なることができるのではないかと思わずにいられない。

とにかく、どんな理由であれ、ぜったいに彼女の秘密を暴いてみせる。

モントバットンにすり寄るのは決して本意ではないが、あの男は必要な情報を握っている。

モントバットンはダンスフロアのはしに立ち、いかにも爵位のある貴族らしく、胸のまえで腕を組み、あごをつんとあげて立っていた。浅黒い顔で、ずんぐりとした体型のモントバットンは不格好ではないし、醜くもない。それどころか二枚目だと思う者もいるだろうが、それでもあのとびきり美しいデビュタントにはそぐわない。

「モントバットン卿、すてきな夜ですね」グレイは陽気な声で言った。

まるでグレイが嗅覚を刺激したかのように、モントバットンは鼻をぴくぴくさせてゆっくり顔を向けたが、グレイを見ようとはしなかった。彼女を奪われた怒りが少しも収まっていないのだ。

「この手で殴るのがいやなら、切りつけるしかないな。いったい、どういうつもりだ？　きみではなく、わたしが踊る番だったんだぞ。今夜ずっと待っていたのに、きみのせいで台なしだ。彼女のダンスカードはすぐにいっぱいになるし、すべての曲を踊るわけではないんだ。

まったく、無礼にもほどがある」

　モントバットンが怒るのはもっともだが、しょせんはたかがダンスではないか。モントバットンはまるでデザートを横取りされて、いまにも地団駄を踏みだしそうな子どものようだった。

「どうかしていました。心からお詫びします」

　少しは怒りが鎮まったらしく、攻撃的な態度がやわらいで、モントバットンの肩から力が抜けた。「どうして横取りなんてしたんだ？　どのみち、踊れただろうに」

「そうでしょうか」ロンドンの独身者のなかで随一の男であっても、爵位も資産もなく、頼れるのは仕事とイートン校で培った人脈だけという立場がどんなものかなんて、モントバットンは考えたこともないのだ。

「もちろんだとも。でも、正式に交際するつもりはないんだろう？　まさかな。言っておくが、わたしは真剣に今シーズンの終わりには妻をめとるつもりでいるし、最も有力な候補が彼女だ。彼女は今シーズンの結婚市場に出ている女性のなかで、誰よりも愉快で美しい。近々、求婚するつもりだ。この話は遠慮なく広めてもらってかまわない」モントバットンはずんぐりした指でグレイの胸を一度だけ押すと、それ以上の質問をされるまえに離れていった。

　そんな話を誰に広めると言うんだ？　グレイは眼鏡の位置を直した。モントバットンが友人に囲まれているレディ・アボットとすれちがう。

グレイはレディ・アボットが好きだった。知的で、機知に富んでいて、夫とはまるで正反対だが、ふたりは政略結婚だったにもかかわらず、どうやら結婚生活に満足しているらしい。レディ・アボットは根っからの噂《うわさ》好きでもあり、重要人物であれば誰でも知っていた。レディ・アボットなら、リリー・ドラモンドを見つけることも、謎のレディの正体を突き止めることも助けてくれるにちがいない。

グレイはお辞儀をして、礼儀正しく挨拶をした。「レディ・アボット、今夜、リリー・ドラモンドを見かけていませんか？」

おもしろがっていることを隠しもせず、レディ・アボットの唇が引きつった。「ええ、見かけたわ。だって、見逃せるはずないでしょう」

その言葉を聞いて、グレイは焦った。そして、そわそわと舞踏室を見まわした。「どこにいるか、ご存じですか？」

レディ・アボットは開いた扇子で舞踏室の長いほうの壁を指した。「少しまえに付添役をあそこの隅に残して、あちらのほうへ歩いていったわ」少し間を空けてから、意味ありげに言った。「あなたが踊っているところを見たわよ」

「とても感じのいい女性だった」

「ええ、そうよね。とても個性的だし」

勝ち目が見えた。これで二度目のダンスの機会が手に入る。「レディ・アボット、普通の手順とまったくちがっているのは承知していますが、じつはダンスをした相手の女性に正式に紹介されていないのです。彼女の名前を教えていただけますか？」

レディ・アボットは口を大きく開け、眉を髪の生え際まで吊《つ》りあげると、笑いだした──ひとをだしにして。「ミスター・マスターソン、もちろん冗談よね？」

グレイが困惑したのはほんの一瞬だった。ひと晩じゅう意識の片隅に散らばっていた記憶の欠片《かけら》がひとつにまとまった。全身に熱い波が広がっていく──怒りと、驚きと、ばつの悪さが入り混じった妙な感覚だった。あの小悪魔め。グレイはあごが胸につくまでうつむくと、舞踏室の反対側に立っている彼女のほうへ顔を向けた。

彼女は身体を前後に揺らしており、いまにも踊りだしそうだった。蝶《ちょう》のように両手をひらひらさせて顔をあおいでいる。グレイは下品な罵声が飛びださないように、口を固く閉じた。

レディ・アボットは礼儀正しく笑い声を抑えて、秘密めかして微笑んだ。「レディ・リリーを探しにいかれるといいわ。あなたの質問には彼女が残らず答えてくれるでしょうから」

「ええ、そうでしょうね、レディ・アボット」グレイは顔を引きつらせて微笑んだ。おそらく顔を歪めたようにしか見えなかったろうが、そうするのがやっとだった。

「ドラモンド卿はあなたが妹さんに感心を示してくれたことに、きっと感謝されるわ」レディ・アボットがからかうと、グレイはちがう意味でもばつの悪さを感じた。

簡単にだまされただけでもばつが悪いのだ。グレイは股間のせいにしたが、それこそが問題だった。グレイはリリー・ドラモンドにまぎれもなく、強烈に惹《ひ》かれた。リリーに抱いている浅ましい欲情に少しでも気づかれたら、きっとレイフに縛り首にされるか、もしくはあそこを切り落とされるだろう。どちらにしても、痛烈な最期だ。

それにしても、あの内気で不器用なリリー・ドラモンドがあんなにも華やかな女性に変身して自分をやすやすとだますとは。グレイはすべてを知ったうえで、ふたたびリリーを見た。自分を困らせるために生きていたような子どもが、戯れをともに楽しめる女性に成長したのだ。

なるほど、髪は少し濃くなって豊かな蜂蜜色に変わっているが、見覚えのあるブロンドの髪も混ざっている。目鼻立ちは年とともにやわらかく丸みを帯び、より肉感的になった。そして身体つきは……その変わりようは考えられないほどだ。

レディ・アボットはグレイを会話に引き戻した。「ところで、ドラモンド卿はお元気？

ずっとご無沙汰しているけれど」

「身体のほうは快復しましたが、ロンドンより田舎の屋敷が好きなもので。これまでもそうでしたが」

「あなたが戻ってきた以上は、ドラモンド卿をロンドンへ引っぱってきてね」

「最善を尽くしますよ、レディ・アボット」グレイはお辞儀をし、身についた冷静さで、顔に出ていた感情を残らず消した。ふたりとももう子どもではない。リリーにはその事実を思いださせないと。自分をからかったことを許すわけにはいかない。駆け引きを望むなら、駆け引きで応えてやるまでだ。

3

グレイがモントバットンと向きあったあと、レディ・アボットに恭《うやうや》しくお辞儀をする姿を、リリーはこっそり見つめていた。仕返しをされるまで、どのくらいかかるだろう？　まだ数分しかたっていない。鼓動はいまも落ち着いていない。グレイが近づいてくる――憤りながら気取って歩いてくるのでも、不安そうに急ぎ足でやってくるのでもなく、ゆったりとした足取りで呑気《のんき》に歩いてくる。

グレイは気づいたのだろうか？

子どもの頃のグレイはひょろりと痩せていたが、いつも並はずれて敏捷《びんしょう》で優雅だった。どうやら身体がうまく動かないことなどないらしく、この八年でますます説得力を増した、ひとを強く引きつける、自信に満ちた態度で近づいてくる。広くて厚い胸と細く引き締まった腰が、男の色気が漂う筋肉質の脚を際立たせている。もちろん、じかに目にしたわけではないけれど、踊っているときに、筋肉の動きを感じずにはいられなかった。

おそらくグレイは舞踏会の出席者のなかでいちばん背が高いわけでも二枚目なわけでもな

いだろうが、彼には何かがあった。実際、グレイがそばを通りすぎたとき、数人の女性がふり向いたのだ。だが、当のグレイは標本にされた昆虫のようにリリーを視線で釘《くぎ》づけにしており、女性たちがふり返ったことにも気づかなかった。

グレイは微笑んでもいなければ、しかめ面でもなく、どんな気分なのか、顔にはいっさい感情が表れていなかった。グレイはリリーの正面で止まると、足を前後に交差させて、背中で手を組んだ。このいかにも男らしい立ち方に加えて、何も言わずにいるせいで、リリーは落ち着かなくなった。

リリーはほつれた髪をピンの内側に押しこみ、扇子を何度か開いてはまた閉じた。そして、ますます高まっていく緊張に耐えられず、最初の戦いに負けたような気分で降参して口を開いた。「また会いましたわね、ミスター・マスターソン。何か、おもしろい話でも耳にしたのかしら」

眼鏡で少し隠れていてもなお鮮やかで印象的なグリーンの目が、リリーには読み取れない感情で輝いた。「モントバットンは本気であなたのことを妻にしたがっていると耳にしました。きっと結婚を申し込まれますよ。その話を広めてくれてもかまわないと、それは熱心に言われましたから。そして、ぼくがあなたの名前を知らないと話したら、レディ・アボットはとてもおもしろがっていた。ああ、それから最後にもうひとつ。レディ・リリーは付添役と一緒に隅のほうにすわっていると教えられました」

「すばらしい成果ですわね。それで、わたしの名前はどなたからお聞きになって？」

「いえ、誰からも」片方の眉が眼鏡の縁まで吊りあがった。

緊張で縮こまっていた肩から力が抜け、リリーは勝ち誇った笑みが浮かばないよう扇子で唇を軽く叩いた。「もう一度あなたと踊りたいと思っていたんです。でも、わがままなお友だちを探すお手伝いをしましょうか。あちらの隅にいるとおっしゃったかしら」

その隅には赤いドレスを着た、黒っぽい髪の婦人がすわっていた。観葉植物の隣の椅子で背筋を伸ばし、一見したところでは、ダンスフロアの男女を穏やかに見つめているように見える。だが、じつはぐっすり眠っているのは、閉じた目と少し開いている口を見れば明らかだ。おばのエディーはおそらく英国で最も無能な付添役だが、リリーにとってはとても都合がよかった。田舎の屋敷では比較的自由に行動していたので、ロンドンでもその自由を失いたくなかったのだ。

「お探しのデビュタントは、あの方ではなさそうね」リリーは言った。「歩きながら探してみましょう」

「いや、あのご婦人はリリーの付添役でしょう。リリーが好き勝手をしているあいだ、ぐっすり眠っているというわけだ」グレイは本気で驚いているようだった。

「そうね、あなたのお友だちは不埒《ふらち》な考えで連れ去ろうとしている、札つきの悪者に囲まれているのかも」リリーは咳《せき》をして、こみあげてくる笑いをごまかした。

「ええ、確かに」グレイの声が真剣になった。「彼女はとても衝動的で、男から関心を寄せられることに慣れていません。魅力的な笑顔や格式の高い肩書きをちらつかされたら、簡単に軽率な行いに誘いこまれてしまうにちがいない」グレイは舌打ちをした。「持参金めあてなのに、かわいそうに」

リリーは応酬するつもりで大きく息を吸ったが、グレイが放った次の言葉を聞いて、胸から空気が押しだされた。

「ダンスをお願いできないなら、庭を散歩しませんか？」

「お友だちのことは？　その方を見つけなければいけないのでは？　あなたを待っていたらどうするんです？」次々と言葉がこぼれてきた。男性と庭に出てはいけないと、兄に何度言われたことだろう。少なくとも、百回は言われた。といっても、いま誘われている相手はグレイだ。もし信用できる男性がいるとしたら、グレイ以外にはいない。そうよね？

「彼女は今夜ぼくに会うとは思っていない。ぼくがここにきていることさえ知らないのです。それに、ほんの少し新鮮な空気を吸ってくるだけです。ここは息がつまりませんか」

「庭を少し歩くだけなら悪くないでしょう。ここはひどく混雑していますから」リリーは扇子をさっと開き、手首を激しく動かして風を送った。こんなに暑く感じるのは人混みのせいだろうか、それともグレイに庭に出ようと誘われたせい？

グレイが小さくうなずいて腕を差しだすと、リリーはおずおずと腕に手を置いて、まつ毛の下から見あげた。グレイがひそかに笑っているように見えて、リリーは唇をかんだ。

リリーが断るかどうか決めかねているうちに、グレイは彼女を扉の外に連れだした。それも、ほかの男女連れや紳士がいて安全なテラスではなく、階段をおりて木々のなかに入っていき、リリーの手をきつく握りしめて文句を言うのを抑えている。

「さあ、ここならふたりきりだ。まだ質問に答えてもらっていません。もう、あなたの心を射とめた紳士がいるのですか？」

リリーはすばやく手を離し、後ずさった。暗がりに射《さ》しているわずかな明かりのなかに、グレイの姿が浮かびあがった。舞踏会の華やかさに隠れていた生来の険しさが闇へとにじみでて、不穏な空気となってリリーを包みこむ。昔からの知りあいではあるけれど、自分はグレイのことを本当にわかっているのだろうか？

「結婚は申し込まれましたけど、兄がわたしの代わりにお断りすることになっています」

グレイが下唇に触れると、リリーは催眠術をかけられたかのように、その動きを目で追った。「社交界へのお披露目は楽しめましたか？」

「とても……おもしろかったわ」

「ずいぶんと月並みな答えだな。本音を聞かせてください」グレイは指で触れている唇に笑みを浮かべながら、リリーの言葉をはじき返した。

「本音？　がっかりしたわ。男性のほとんどはモントバットンと似たりよったりで、馬や馬車やクラヴァットに夢中な方ばかり。そんなことにわたしが興味を持つとでも思っているのかしら」

「では、あなたはどんなことに興味があるのですか？」グレイはほんの少しからかうような調子で尋ねた。「刺繍《ししゅう》ですか？　それとも舞踏会？　ドレス？」

「戦争です。毎日、どんなに多くの男性が傷を負って帰国することか――身体にも、心にも。そして女性たちは夫を失い、頼るものがないまま、子どもたちを育てていかなければならない。それなのに、ここにいるひとたちは誰も――」リリーは扇子でうしろの舞踏室を指した。「そのことを知らない。あるいは気にしていないのかも」

リリーの言葉を聞いて、グレイの顔からおもしろがるような表情が消えた。グレイはリリーに触れられるところまで歩み寄ったが、どちらもそれ以上は動かなかった。「ご自身の経験から話しているのですね」

いま暗闇はリリーの味方であり、うまく自分を隠してくれた。「兄はひどいけがを負いました」

「いまはだいぶよくなっている」それは疑問ではなく、断定だった。

「本当に？　お酒ばかり飲み、頻繁に悪夢で目を覚まし、何でもないことにも腹を立てているわ。そして気分が落ちこまないように、毎日くたくたになるまで働いている。わたしは兄が心配なの。わたしがうるさく言って普通の生活に戻さなかったら、兄はどうなってしまうのかしら」

　グレイは生け垣に深遠な知恵が隠されているかのように、じっと見つめた。「あなたのような妹がいて、兄上は幸せだ」

「あなたも戦場にいたのね？」

　グレイはリリーに視線を戻し、しばらくしてから答えた。「ええ」

「やはり負傷を？」

　またしばらく間を置いてから、小さな声で答えた。「傷痕はいくつか」

　リリーはグレイの腕に手を置いた。そしてその上にグレイの手が重なると、一瞬われを忘れ、どちらも手袋をはずしていて、指を絡ませることができればいいのにと思った。もっと無難な話題に変えよう。こんなことを話したから、気弱になったのだ。いまはちがう女性を演じているんじゃないの？

　リリーは自らの手を引いて、きしむような声でわざと笑った。「もう戻らないと。そろそろ付添役がわたしがいないことに気づくでしょうし、男性たちをがっかりさせているはずですから」

「わかりました。なかにお連れしましょう」グレイは月明かりの下に戻り、手を差しだした。月光に照らされた髪が輝き、背筋が伸びてたくましい。父が嵐のように荒れたときでも、グレイはいつも頑丈な港でいてくれた。

差しだされた手を取るなり、リリーはグレイにすばやく引き寄せられた。するとドレスの裾が靴の爪先に絡まって転びそうになり、彼の腕につかまると、たくましい筋肉が引き締まった。リリーはグレイの両手で腰を支えられると、全身がかっと熱くなり、膝ががくがくと震えた。

ふたりの顔はすぐそばまで近づいていた。しっかりとした男らしいあごの上にある引き締まった唇を目にして、リリーは思わず下唇をかみ、そしてなめた。グレイの鼻の孔《あな》が広がると、リリーは大きく息を吸って、グレイの清潔で森のようなにおいを吸いこんだ。子どもの頃の彼は、こんなふうに欲望をそそるにおいではなかったのに。

グレイが身体を近づけると、リリーは口を開いた。もう頭で何を考えても無駄だった。グレイを押しのけて逃げるように命じても、身体はまったく言うことを聞かない。背中は弓なりにそり、顔は上を向き、両手は彼の背中をさすっている。そして心臓は飛びだそうとするかのように、コルセットを激しく叩いている。

グレイはキスをするつもりなの？　グレイにキスをしてほしいの？

リリーは思いきり息を吸いこみ、次は吐きながら彼の名をささやいた。

親しげに名前を呼ばれたことで、ぼうっとしていた頭がはっきりした。ああ、分別を残らずなくしてしまったのだろうか？　彼女を抱き寄せたと思ったら、今度はキスをしそうになるなんて。身体は肉欲を満たす行為に備え、手はぴったりと押しつけられ、欲望をそそるやわらかな曲線にいまにも触れようとしている。グレイはリリーを押しのけると、彼女が伝染病ででもあるかのように、さっと手を引いた。

そして脅し文句で自らの困惑を隠した。「リリー・ドラモンド、男と庭を散歩したことが知られたら、レイフに尻を叩かれるぞ」

「わたしを連れだした男性があなたでも？」

リリーの言葉は鋭いところを突いており、矢のように突き刺さった。「きみに教訓を与えてやろうと思っただけさ」グレイは尊大な低い声で言った。

「わたしも、ひとつ教訓を授けてあげる」リリーは鼻を鳴らして手袋を直した。

「どんなことだい？」

「知り合いの女性かどうか確かめずに、ほかの男性が踊ろうとしていた相手を盗《と》らないこと」リリーはグレイの横を通りすぎながら、扇子で彼の胸を叩いた。

ふたりは並んでテラスへ向かったが、今度はグレイは腕を差しださなかった。「いかにもぼくはまぬけだが、きみはぼくがウインターマーシュを出たときはまだ子どもで、いまはすっかり変わった」

「成長したと言うのよ」リリーは生意気な口をきいたが、その言葉には悲しみと非難が混じっていた。「もし、あなたが訪ねてきてくれていたら、わたしが変わったことにそれほど驚かなかったはずよ。レイフお兄さまにはあなたが必要だった。秋は本当にたいへんだったんだから」

グレイには罪悪感に浸ることは許されていなかった。それでも、罪悪感が胆汁のようにこみあげてきた。「ぼくが訪ねたくなかったとでも思っているのかい？　レイフを帰国させるには、サー・ホーキンズに仕えるしかなかったんだ。ぼくにとっても最後の八カ月は楽しい毎日ではなかった」

リリーはグレイを見て、声をひそめた。「怒っているの？」

グレイはそう訊かれて考えた。確かに耳を疑ったし、まごついたし、衝撃は受けた。でも同時におもしろかったし、楽しかったし、魅了された。「どうして頭にきていないのか、自分でもわからない。さんざん手こずらされたのにね」

リリーはグレイの上着の襟をつかみ、柱の陰に引っぱりこんだ。「ちょっとした勝負が終わったなら、とてもだいじな話があるの」

グレイは左右を見まわした。まわりを歩いているひとはいるが、話が聞こえるような距離ではない。「話というのは？」

「お父さまの行方はわかった？」リリーが袖を握る力があまりにも強く、グレイは驚いた。

「どういう意味だい？　ぼくは――」

「頭の弱い小娘みたいに扱わないで。お父さまはお兄さまが負傷したという知らせを受け取ったはずよ――お兄さまは死にかけたのだから。いくらお父さまだって、ひとり息子が死ぬかもしれないというときに、その知らせを無視するはずがない。それなのに、ぜんぜん帰ってこないんだから」

「きみの父上はときどき先走ってしまう傾向がある。それも父上の魅力のひとつだ」この楽天的な発言に、リリーは父親と同じ冷ややかな青い目でグレイを力強く見据えた。「父上は英国でも指折りの有能な外交官だから、彼が関わった問題を解きほぐすのは絡まった糸をほどくようなものだが、いま少しずつ進めている」

といっても当然ながら伯爵がもはやただの外交官ではないことが問題なのだが。情報を集め、標的を抹殺し、フランス軍に大打撃を与えている男たちを監督しているのだ。

「知っていることは残らず教えて」リリーの目に映っているのは不安だけではなかった。それは後悔であり、グレイが毎朝鏡のなかで見つけるものだった。

グレイはためらった。レイフは妹の身を案じて父親の件には関わらせたくないと考えている。だが、その一方で、リリーは有力な情報をつかんでいるのかもしれない。さらに言えば、リリーは危険であることを百も承知なのだ。もし彼女から適切な情報を引きだして、自分たちもその情報は把握していると伝えてやれれば、今夜別れたあとは別々の道を進めるだろう。それが最善の方法なのだ。

「正直に言うと、壁にぶつかっている。これまで問い合わせたところからはどこからも返事がないが、もう尋ねられるところにはすべて手紙を送ってある。それに、サー・ホーキンズは大陸に戻れなんてぜったいに命じていないと言うんだ」

「サー・ホーキンズは信用できるの?」

「信用ね」まるで不敬な言葉であるかのように、グレイはつぶやいた。「ぼくみたいな仕事をしていると、自分以外の人間は信用するなと教えられる。ホーキンズは陰険で、ひとを操るのがうまいが、まだ彼に殺されそうになったことはない。伯爵は個人的な用件にあたっているんじゃないかと考えているみたいだ」

「何カ月も? 戦争のさなかに?」リリーは少しも信じていないような声で答えた。

「ぼくもそう思う」

「ほかに事情を知っていそうなひとは?」

「いまのところ、伯爵が行方不明になったと思っているひとは誰もいない。たいていのひとは大陸にいるのだろうと考えているから、やたらに質問して怪しまれたくない」そう言ったあと、グレイは軽い口調で付け加えた。「といっても、役人のひとりやふたり、揺さぶるのはわけないけどね」

「あなたの同僚でしょう? ちがうの?」リリーはグレイが殺人を告白したかのように、首に手をあてた。

「ちがうとか、ちがわないではなく――」グレイは両手をあげた。「残念ながら、まだ関係者をあまり調べていないんだ」

リリーは手袋の親指の先をかんだ。集中しているときにする癖だ。「お父さまは大陸にいるけれど、あまりにも遠くて連絡を寄こせないのかも」

「あり得なくはないが、今夜ここにくるまえ、ぼくは人間を船荷と一緒に運んで英仏海峡を渡らせる、節操のないやつらと会ってきた――もちろん、やつらのめあては金だ。だが、ここ一年に伯爵を密航させた者はいなかった。思ったとおり、伯爵は夏のあいだはウインターマーシュにいた」

「ええ、七月の後半は。わたしが父の姿を見たのは、そのときが最後だった」

「伯爵の計画について、何か心あたりは？」

リリーは髪をいじりながら、グレイの目をまっすぐ見た。「父と話したことをかぞえきれないほど思い返してみたけど、どこかへ行くなんてことは一度も口にしなかったわ」

その言葉に嘘はなさそうだったが、何かを隠しているのは、赤旗をふっているかのごとく明らかだった。そうだとしたら、いったい何を隠しているのだろうか。それは伯爵の失踪と関係あるのか？

「わたしに手伝えることはない？」リリーは神経質に髪をいじるのをやめて、グレイの目をまっすぐに見た。

正直に言えば、グレイはリリーがこれまでそう言いださなかったことのほうが意外だった。

そこで冷静な口調で答えた。「ない。きみは若いレディであって――」

「わたしはかよわい英国の花なんかじゃないわ。ここであなたの顔を殴ることだってできるんだから。それとも、わたしが誰だかわかっていないと気づいたときに殴っておくべきだったかしら」リリーはおそらく自分ではかなり強烈だと信じているらしい力で、グレイの肩を殴った。

「殴ることだってできる？　きみが？　この強力な武器を使って？」リリーのこぶしを片手で受け止めると、思わず頬がゆるんだ。「きみはいつだっておてんばが得意だった」

リリーは唇の片側を吊りあげた。「知りあいがたくさんできたわ。あなたはわたしの社交術をあまり信用していないみたいだけど、わたしは社交界のひとたちをうまく操れるし、ちゃんと心得があるの」

「どんな心得だい？」

「お兄さまに教えてもらったのよ」

リリーがけしかけるように満足げな微笑みを浮かべると、グレイのうなじの毛が逆立ち、笑みが消えた。

「レイフはうぶなデビュタントにどんな心得が必要だと思ったんだ？」

リリーが無頓着に肩をすくめると、グレイは恐ろしくなり腹の底がずしりと重くなった。

「銃の扱い方よ。それに、言うことを聞かない紳士から身を守る方法を少しばかり習ったの」リリーが股間に視線を向けると、グレイは反射的に足を置きかえた。「いまは鍵の開け方を教わっているわ」

レイフのやつ。いったい何を考えているんだ。グレイはわざと横柄な口調を装って、焦っている本心を隠した。「きみは何をするつもりなんだ。王室が極秘で抱えている諜報組織の責任者が控え室や鉢植えの陰に隠れていなかったかと、ほかのデビュタントに尋ねてまわるのかい？」

ブルーの瞳が大鎌のようにグレイを鋭く切り裂いた。「あなたが誰を疑っているのか教えてくれたら、わたしが――」

「だめだ」短く、はっきりと言った。「きみを危険な目にあわせるわけにはいかない。きみは長いあいだ待って、やっと社交界に出られたんだ。自分のことだけ考えて楽しめばいい。最高の結婚相手を見つけるんだ」

「こんなに心配なことがあるというのに、自分のことばかり考えていられると思う？」リリーの目にはこの一年の辛さが現れていた。グレイは礼儀を忘れ、リリーのうなじに手をまわしてやさしくもみながら、親指であごをなでた。

「心配事はぼくにまかせて」

リリーはグレイの手首をつかんで顔を寄せると、まぶたを閉じた。

「自分で父上を探したりしないと約束してくれ。すべて、ぼくにまかせるんだ」

リリーは挑むような顔をした。

「あの子はどこへ行ったのかしら？」舞踏室の開いた扉から声が聞こえてきた。

リリーはぎくりとして、目を見開いた。「エディーおばさまが目を覚ましたわ」

「そのおばさまというのはどんなひとなんだい？　覚えがないな」

「お父さまの亡くなったいとこの奥さまよ。とてもお困りになって、うちを訪ねてきたの。ドレスなんてすり切れていたんだから」リリーは思いやるように小声で言った。

「屋敷に入れるなんて、レイフも親切だな」

「お兄さまを聖人みたいに祭りあげないで。わたしには身元を保証してくれる付添役が必要だっただけ。ロンドンへきてお兄さまの代わりにわたしに付き添ってくれると聞いて、大喜びで迎えたんだから」

「リリー？　リリー？」声が近づいてくる。

リリーはドレスのスカートを大きくふくらませて、大急ぎでグレイの横を通りすぎた。グレイもあとを追うと、リリーは扉の向こうで、さっきまで舞踏室の隅で居眠りをしていた付添役と話していた。

付添役は五十代くらいの人目を引く女性で、きわどい深紅のドレスが成熟した女性らしい身体を引き立てていた。豊かな黒髪にはいくすじか白いものが混じっていて、顔は第一印象では十人並みに見えたものの、陽気な性格のおかげで明るく見え、目は輝き、唇は曲線を描いている。

「あなたをお庭へ連れだした、この麗しい殿方はどなたなの？」付添役の口調は決してとがめてはいなかった。それどころか、自分が付き添っている相手がグレイとふたりきりでいたことを喜んでいるようにも聞こえた。彼女は片眼鏡を持ちあげ、グレイの頭のてっぺんから足の爪先までをじろじろと見て、尋常ではない時間をかけて脚の付け根を観察した。何ということだ。リリーのおばは付添役として不充分なだけではなく、淫らな女性なのだろうか。

グレイは足から足へと重心を動かしながら自らを守り、膝丈ズボン《ブリーチズ》がぴったりと下半身に貼りついている昨今の流行に対してひそかに毒づいた。「一回転いたしましょうか、奥さま？」

あからさまな皮肉を無視して、付添役は指をくるくるまわして、回転するよう合図した。

「そうしてくれるかしら。こんなにいい身体をした方なんて、めったに見られないから」

「ああ、もうエディーおばさまったら、彼をからかわないで」リリーが咳払いをして下唇をかんだことで、グレイはエディーが本気だったのだと気がついた。「こちらはライオネル・マスターソンの息子さんのミスター・グレイ・マスターソンです。ミスター・マスターソン、こちらはミセス・エディス・ウインズローです」

グレイが手袋をした手の甲に仕方なく口づけると、エディーは顔の近くで扇子をふり、上目使いでグレイを見た。「お目にかかれて光栄です、ミセス・ウインズロー。レディ・リリーに付き添われて、ロンドンをご覧になりましたか？」

「リリーは宝石みたいな娘ですよ、ミスター・マスターソン。苦労などありません。昔々にわたしがデビューした頃と、社交界はあまり変わっていませんからね。リリーは賢い子ですから、わたしはちっとも心配していません。立派にやっていますよ」愛《いと》しそうにリリーの腕を叩いて続けた。「この子の結婚相手としてふさわしい、裕福で、それなりの地位にある男性を探していたの。ダニエルズ卿が見込みがありそうよ。ミスター・マスターソン、どう思いになる？」

「ダニエルズ夫人に異論があると思いますよ」グレイは冷ややかに答えた。

「まあ、わたしはてっきり……。結婚なさっているなら、どうしてあなたの関心を引こうとしているのかしらね、リリー？」エディーがかん高い声をあげると、近くにいた数名の母娘が視線を寄こした。

「この胸のせいかもしれませんね」リリーが答えると、グレイはその意見にも冷静な口調にも驚いた。

「お上品な社交の場でいつもそんな話をしているなんて言わないでくれよ」珍しく堅苦しいことを言ったせいで、声がよそよそしくなった。さっきまで、リリーの胸に見とれていたことを考えればなおさらだ。

「いやね、わたしを何だと思っているの？　もちろん、そんなあからさまな話はミネルヴァとしかしていないわ」リリーはそっけなく扇子をふった。

「きみはそんな話を……」グレイはリリーの上半身を曖昧に指した。「レディ・ミネルヴァ・ベリンガムと話しているのか」

「ミネルヴァのことも知っているの？」

「評判だけだ。いったい、どうして親しくなったんだ？」

「ある小さな夜会で初めて会って、共通点が多いことに気づいたの。ミネルヴァは大切な友だちで、衣装を新調するときも手を貸してくれたのよ。どう、このドレス？　白は実用的じゃないからあまり好きじゃないのだけれど、ミネルヴァに勧められて」リリーはドレスを小さく揺らし、グレイに見えるように持ちあげた。

グレイはリリーの全身を眺めまわした。「そうだな……」〝すばらしいし、美しいし、魅惑的だ〟「……悪くない」

本心をさらけだしているとは思えない言葉に、リリーは首をかしげ、グレイが知らない笑顔を見せた。訳知り顔で、艶めかしい目を半ば閉じ、いかにも女性らしく微笑んだのだ。

「わたしの名前を知らなかったときは、楽しくて、快活で、美しいとさえ言ってくれたのに」

確かに、言った。悔しいが、そのとおりなのだ。そうして誘うように巧みに微笑まれただけで、何もできなくなってしまう。グレイは残された唯一の方法で抗《あらが》った。「名前を知った以上、きみがどれほどおてんばだったか、思いださずにはいられないからね。それに、今夜の子どもっぽいふるまいで、なおさらその印象が強くなったよ」

リリーの顔から笑みが消えた。「やっと友だちになれたと思ったのに」

友だち？　リリーにかき乱された感情はとても友情に収まらない。

そのとき、エディーが助けに入った。「リリー、レディ・ミネルヴァはどこにいるの？

今夜はまだ顔を見ていないけれど」

「今夜はなぜか遅れているみたい」リリーは首を伸ばして、人混みを見た。

そして敵を見つけた鹿のように身をこわばらせると、わずかに背中を丸めてそっと近づいてきたので、グレイがリリーを隠す形になった。グレイは笑いながら、リリーをうっとりと見つめた。

「ああ、もう。ペンハヴン卿に見つかってしまったわ。わたしを隠して。毎日のように屋敷にくるの。とても親切な方だけれど、ダンスは踊りたくない」

グレイはペンハヴンのことを以前から孤独で無害な男だと思っていた。ウインターマーシュの近くに屋敷があるが、訪ねてくることはまれだった。

にぎやかな人々の話し声のなかから、ペンハヴンのかん高い声が聞こえた。「レディ・リリー、きょうは一段とすてきですね。あなたにとって初めての舞踏会でお会いできるなんて、何とうれしいことか」ペンハヴンはグレイのまえに滑りこんできて――グレイがモントバットンにしたように――すんなりとリリーと引き離すと、彼女の手を取って深々とお辞儀をした。

ペンハヴンは光沢のある明るい青色のブリーチズに、緑色のバスト、それに深紅のベルベットの上着を着ており、グレイは目をこすった。ストッキングは女性が欲しがりそうな花柄で、かかとが異様に高い靴をはいている。クラヴァットの結び方は複雑で、襟はぴんと上を向いており、きっと舞踏会が終わるまでに誰かの目を突き刺してしまうにちがいない。頬と唇には紅を差し、整髪料をたっぷり塗った髪が額にかかっている。何から何まで、孔雀《くじゃく》が落ちこみそうなほど派手な格好だ――いや、孔雀はきっと自殺を図るにちがいない。

リリーはけばけばしい装いに慣れているらしく、ひとあたりよくほめてみせた。「まあ、今夜はいつにも増して鮮やかですのね、ペンハヴン卿。おばのミセス・ウインズローはご存じですわね。それからウインターマーシュにいるミスター・マスターソンのことも」

ペンハヴンは堂々とした態度でエディーの手に口づけると、反感を覚えるほどわざとらしく歯を見せてグレイに笑いかけた。「やあ、マスターソン。きみが五体満足なまま戦場から戻ってきてくれてうれしいよ――いや、とりあえず、いまのところはというところか。休暇で帰国したのだろう？」

「ええ、そうです。お元気でしたか？」

「こうしてレディ・リリーを捕まえられたから、すこぶる元気だよ。まえに伯爵に申し上げたが、レディ・リリーはとても人気があるからね。レディ・リリー、ぜひとも次のダンスをお願いしたい。あなたのように美しい方が隅でくすぶっていることはありませんよ」

リリーは断ろうとしているようだったが、グレイはもう長くそばにいすぎてしまった。リリーと一緒にいる時間が長くなればなるほど、気が散ってしまう。任務を忘れるわけにはいかないのだ。「そろそろ帰らなければならないが、今夜は思っていた以上に楽しかった」グレイが後ずさると、リリーが腕をつかんだ。思いがけないほど強い力に、腕の筋肉がこわばった。

「グレイ……いえ、ミスター・マスターソン、今週の午後、家にきていただけますか？　相談しなければならないことがいろいろあるので」

ペンハヴンが驚くほど強い目つきでグレイを見た。ひどく機嫌を損ねている。ただし、グレイがリリーに関心を示しているせいなのか、それともリリーが積極的に不適切な誘い方をしているせいなのかはわからなかったが。

「そうですか？　いずれにせよ、きっとまたどこかでお会いできるでしょう。何といっても、兄上にあなたから目を離さずにいると約束しましたから。きょうは頼りになるペンハヴン卿がいらっしゃるので、お願いしていきますが。では、楽しんできてください」グレイが手の甲にキスをすると、リリーは少しばかり長すぎるくらいしっかりとグレイの手を握った。

グレイがエディーにうわべだけのキスをしてふり返ると、そのときにはもうペンハヴン卿がリリーをダンスフロアに連れだしていた。リリーはふり返り、ひどく怒ってグレイをにらみつけてきた。とても不満そうに唇をかみしめている。だが、自分をだましたことを考えれば、年配のだて男と踊らなければならないのは、ごく真っ当な報いだ。

グレイは出口へ歩いていったが、視線はリリーから離れなかった。かかとの高い靴をはいていても、とても小柄なペンハヴンよりリリーのほうが背が高かったが、それでもペンハヴンはダンスがうまく、ふたりは優雅にダンスフロアを動きまわっていた。ふたりが回転しながら近づいてきた。ペンハヴンの愛想の裏には、どこか打算的な欲望が隠れている気がしてならない。

あのヒキガエルはリリーに求婚するつもりだろうか？　彼女の父親くらいの年齢だというのに。年の差がある結婚は上流階級では珍しくないが、リリーにはふさわしくない。ぜったいに。リリーが子どもの頃に持っていた激しさと心意気は年齢とともにやわらいだだけで、消えてはいないのだから。

ワルツが終わり、若くて見た目のいい男がリリーに次のダンスを申し込んだ——カドリールだ。グレイはどうしても舞踏室から出ていくことができなかった。男はリリーと目をあわせるふりをすることもなく、ダンスのあいだずっと胸を見つめていた。グレイはこぶしを握って自らを抑えた。若い男がひと気のない場所に数秒間でも引っこんでくれさえしたら、痕を残さずに痛い目にあわせてやれるのに。

ああ、いったいどうしたというのだ？　嫉妬という感情で心臓を縛られ、ひどく締めつけられている。すぐにここを去らなければ——一刻も早く。グレイはもう一度踊っているふたりに目をやると、抑えのきかない感情にとまどいながら、舞踏室をあとにした。

4

エヴァーシャム家の舞踏会のあと、グレイはリリーには近づかないほうがいいと自らに言い聞かせた。だが、レイソとの約束がある。紳士たるもの賭けでの負けを踏み倒すなど、もってのほかだ。それにリリーは父親の捜索を自分にまかせると約束していないし、父親と最後に顔をあわせた夜についても隠していることがありそうだし、あのおばも信頼できる付添役とは言えない。

四日後には、グレイはリリーの日課をつかんだ。朝はたいていエディーかレディ・ミネルヴァ・ベリンガムと連れ立ってハイドパークの乗馬道《ロットン・ロウ》で馬に乗る。まず間違いなく、ほかの男たちも一緒に。そして見栄っぱりな男たちがリリーの気を引きあっているあいだ、グレイはざわめく心を抑えていたのだ。

午後は訪ねてくる客を迎えるが、どうやらリリーは男女ともに人気があるようだった。そして、四日のうちふた晩はパーティーへ出かけた。ドレスに重ねていたのはひらひらとした薄っぺらい外套《がいとう》だけで、とても夜の寒さを防げそうには見えなかった。

リリーを取り巻く男のなかには、必ずモントバットンとペンハヴンがいた。実際、ある日の午後、グレイが大通りを横切る小道を歩いていると、リリーがペンハヴンと一緒に意匠を凝らした新しい二輪馬車に乗って通りすぎていったのだ。

リリーの跡をつけているわけではないわ、とリリーは思った。ぜったいにちがう。ただ遠くから見ているだけだ――適当な木や茂みや壁の陰に隠れて。

グレイはドラモンド家のタウンハウスを二度訪れて、やっとなかへ入った。一度目は屋敷の近くまで行ったときに、馬車から降りてくる女性たちの笑い声が聞こえて、そのまま踵《きびす》を返したのだ。そんな女性たちと客間にすわって気取った会話をするくらいなら、フランス軍の大部隊と渡りあったほうがいい。

だが、今回は屋敷のまえの通りには誰もいなかった。グレイは黒い扉を見つめ、ノックをしようとして手をあげたが、そのまま身体のわきへおろして握りしめた。そしてうしろを向き、蹴った小石が階段を転がり落ちていくのを見ていた。いったい、何をしているのだ？都合の悪いときに、正直な思いが胸をよぎった。いま、ここにいるのはレイフとの曖昧な約束を果たすためじゃない。

リリーのことが頭から離れないのだ。グレイは自分の毎日がどれほど暗く惨めなものになっていたのか、自分がどれほど皮肉っぽくよそよそしくなっていたのか、自覚していなかった。それなのに、腕に触れたリリーの手に安らぎを感じた。これまでは求めたこともなければ、必要だと気づいてもいなかったが、もはやその安らぎを退けることはできなかった。

グレイは覚悟を決めて、扉をノックした。薄くなりはじめている茶色の髪を頭頂部からきちょうめんに櫛《くし》でとかしている男が、もう千回もこの言葉を発しているかのように単調に言った。「お名刺をちょうだいできますか？」

「あいにく切らしているんだ」グレイはわざとらしく微笑んでフロックコートを軽く叩いた。大陸では身元を知られることが命取りになる場合もある。

男は鼻をつんと上に向けると、グレイを頭のてっぺんから足の爪先までじろじろと観察した。その顔から見下したような表情をはがしてやりたくて、グレイは指先がうずうずした。だが、執事は賢明にもグレイをなかに通した。

するとグレイの怒りは、色も大きさもさまざまな数十のユリの花束のむせ返るような香りに押しつぶされた。グレイは思わず鼻を押さえたくなるのを懸命にこらえた。これを贈った男たちは想像力を持ちあわせているふりもできないのか？　だが、すぐにこう思った。自分も花を持ってくるべきだっただろうか？　たんに礼儀を示すためだとしても。

「お嬢さまがお会いになるかどうかうかがってまいります。お名前は？」執事は鼻先であしらうようにして訊いた。

「マスターソンだ」

だが、執事が足音をたてずに入っていくまえに客間のドアが開き、リリーとモントバットンが出てきた。

グレイの身体が縄張りを主張する犬のように反応した。「モントバットン」

「マスターソン」モントバットンは歯を食いしばった。〈ジェントルマン・ジャックス〉のボクシング・リングで互いに牽制《けんせい》しあったほうが似あいそうな光景だった。

リリーはいぶかるような目で、ふたりを交互に見た。「モントバットン卿、いつものことですけれど、馬についてお話しできて楽しかったです。お花もどうもありがとうございました」

モントバットンは足を止め、帰りたくなさそうな顔をした。

「ぼくもお会いできてよかった。さあ、お帰りください。そうすれば、ぼくがリリーと話せますから」ひどく子どもっぽいふるまいだが、満足はできた。

モントバットンの顔が赤く染まった。「マスターソン、きみは本当にいやな野郎――」

「モントバットン卿、やめてください」リリーは扇子であおぎ、額を手で押さえた。

モントバットンはさらに顔を赤くすると、もごもごと話した。「レディ・リリー、申し訳ない。ど……どうして、そんな乱暴な言葉を使ってしまったのか」

「おわかりいただければいいんです。今夜、お会いできますね。ヒギンズ、モントバットン卿をお見送りして」

モントバットンは叱られた犬のように引きあげていった。すっかりリリーに夢中になっている姿はまぬけで、グレイは思わず同情しそうになった。あくまでも、しそうになっただけだが。

「ああ、ヒギンズ。お茶を四人分用意させてちょうだい」リリーはさがっていく執事に呼びかけた。

正面の扉が閉まり、執事の足音は聞こえなくなった。グレイはリリーとふたりきりになった。良識は付添役を呼ぶべきだと語りかけていたが、本能的な衝動に突き動かされて、リリーをアルコーヴに引っぱりこんだ。「演技の勉強が必要だな。ひどいものだ」

青い小枝模様のモスリンのドレスは残念ながら首もとまでボタンが留められていた。だが、ピンで留めたシニヨンはうれしいことに乱れており、ほつれた髪が肩に触れている。グレイはエヴァーシャム家の舞踏会でリリーがあれほど魅力的に見えたのは、蠟燭の明かりのせいか、自分が疲れていたせいだと思いたかった。だが、そう都合よくはいかなかった。扇窓から入ってくる陽射《ひざ》しのなかに立っていると、リリーはなおさら美しく、生き生きとしていた。

ああ、くそっ。

「ドルリー・レーン劇場の女優を雇って、演技を習ったほうがいいかしら？」リリーは両手を背中にまわして、壁に寄りかかった。

「客間には誰が隠れているんだい？」

「もちろん、エディーおばさまよ。それからペンハヴン卿も」

「あのチビガエルは好きじゃない。何か企みがある気がする」

リリーは呆《あき》れた顔をしてみせた。「ペンハヴン卿はご年配で寂しそうだけど、とても楽しい方よ。彼が求めているのは友だちなの。何にしても、ご近所に住んでいる方だもの。訪ねていらしたら、お相手しないわけにはいかないわ」

「そんな必要はない。失《う》せろと言えばいいのさ」グレイは影がリリーを包みこむほど近づいた。シニヨンを留めているピンを抜いて、豊かな髪に両手を差しこんで頭を抱えたら、リリーはどんなふうに反応するだろうか――ちくしょう、そんな考えは頭から消さなければ。いますぐに。

リリーが舌打ちしたが、口角はあがっており、グレイは視線を引きつけられた。「レディにそんなことはできないわ。わたしが礼儀正しくふるまえるかどうか心配しているようだけれど、じゃまをしているのはあなたのほうじゃないかしら」

グレイはリリーと目をあわせた。「どういう意味だ?」

「わかっているくせに。モントバットンとのことよ。エヴァーシャム家の舞踏会であんな態度を取ったかと思ったら、今度は勇ましく攻撃的な態度を見せたりして。それに、友だちを欲しがっている年配の方に失せろと言えだなんて。どうかしているわ」

グレイは黙ったまま、ペンハヴンに対する疑問を呑みこんだ。ペンハヴンはリリーに求婚するために、巧みに動いているのだ。だが、レイフが結婚を許すはずはなく、グレイはモントバットンを相手にするときのような喧嘩《けんか》腰な態度は取らなかった。モントバットンは若く、身分が高くて裕福だ。それに、顔立ちも悪くない。しつこく迫られれば、リリーも根気負けしてしまうかもしれない。

リリーの頬に髪がかかった。グレイは自制する間もなく、ほつれた髪を巻きつけていた。

「ぼくはきみを見守るとレイフに約束した。だから、今度はきみが約束してくれ。誰であっても、言い寄ってくる男とは庭に出たりしないと」

「あなたはお兄さまとの賭けに負けただけでしょう。わたしのことを本気で心配しているふりなんかしないで」

グレイはなぜここにいるのだろう？　わたしのため？　それとも、忠誠心のため？　グレイのうしろから陽が射している。空中にちりが舞っているせいで、彼がこの世のものではないように見える。ひげ剃《そ》り用ローションの誘うようなきつい香りと髪に触れる手のせいで、筋の通った言葉がなかなか出てこない。リリーは乾いた唇を舌で潤した。するとグレイの顔つきがすばやく変わり、リリーの髪を引っぱった――とても強く。

リリーは悲鳴をあげて、グレイの手を叩いた。「どうして、こんなことをするの？」

「きみの注意を引くためだ。求婚してくる男たちとは、ぜったいに庭をほっつき歩かないこと。それから父上探しはぼくにまかせてほしい」

「約束させられるばかりで、見返りは何もないのね」

グレイは守備を固めるように目を鋭く細めた。「どんな見返りが欲しいんだ?」

そのときお茶のトレーがかたかたと鳴る音がして、リリーは質問には答えずにグレイの横をすばやく通りすぎると、震える脚でヒギンズのあとから客間へ入っていった。グレイはまだアルコーヴに立っていた。「さあ、どうぞ。お茶くらいはご一緒できるでしょう」リリーは言った。

グレイは玄関の扉を見つめている。逃げることを考えているのは間違いないが、結局ゆっくりとした足取りで歩いてきた。そして、とうとう客間に入ってきたが、その最後の一歩にはとてつもない力を必要としたようだった。

それでもグレイは一瞬で、にこやかで礼儀正しいロンドンの紳士に変貌した。ペンハヴンと挨拶を交わし、ありがたいことに、派手すぎる服装には少しも触れない。おばのエディーは目をしばたたかせてグレイを迎えた。こうして見ていると、グレイは舞踏会の夜そのままの男性だった。魅力的で落ち着いた仮面で攻撃的な激しさを隠している。

グレイが男性の服装について話すのを耳にするのはおもしろかったが、リリーにはほかに話したいことがあった。これまで何度かその話題をペンハヴンに切りだしたいと思いながら、いつもその勇気がなかったのだ。けれども、グレイのおかげで勇気を出して、話の切れ間に何とか話題を変えられた。

「ペンハヴン卿はわたしの母と同じ頃に社交界に出たのですよね？」リリーは彼にお茶のお代わりを注《つ》ぎながら話しだした。

　ペンハヴンは話題が変わったことにふいを突かれたようだった。いったん口をつぐんだあとお茶を飲み、長いあいだ黙っているので、リリーは質問をくり返すべきだろうかと考えた。

「ええ、同じ年のシーズンでした。お母さまのことはよく存じあげています。あんなことが起こって、本当に残念でした」

　リリーに言わせれば、残念という言葉ではすまないことだ。母、ヴィクトリア・ドラモンドはリリーがまだ一歳にもならないときに、ほかの男と駆け落ちをして家族を捨てたのだ。当初、父は母を必死に探し、何か恐ろしいことが起きたのではないかと心配したが、ペンハヴンやほかの村人たちが母がほかの男と馬に乗って走っていくのを目撃していた。ヴィクトリアの裏切りで父は打ちのめされた。少なくとも、リリーはそう聞かされていた。

　幼い頃は、父に母親似だと言われると、リリーは得意になったものだった。だが、成長して賢くなるにつれて、それは父のほめ言葉ではないと気がついた。

「ペンハヴン卿、母について教えていただけませんか？　父は母のことは話してくれないので」リリーは咳払いをすると、思いきってグレイを見た。眼鏡の奥の瞳からは何も読み取れなかったが、身体は長椅子のはしまで乗りだしていた。

「お母さまはとても愉快な女性で、陽気で、あなたによく似ていました。そして、とても美しかった――そこもよく似ている」ペンハヴンはリリーのほうを身ぶりで示して、ほめているのだとはっきりさせた。「お兄さまはとても珍しい目の色をお母さまから引き継がれている。あなたの目の色はお父さまと同じだが、やさしくて大胆な性格はお母さま譲りですよ」

言葉ではほめられたものの、ペンハヴンの口調にはどこか不安になる響きがあったが、リリーにはそれが何なのかはっきりとはわからなかった。「両親は愛しあって結婚したのですか？」

ペンハヴンの目が光ったのは、悲しみのせいだろうか、あるいは怒りか後悔のせいだろうか？「とても情熱的でした。愛しあっていたのか？それはわたしに判断できるものではないので。お父さまにはいろいろと噂がありましたけど――お若い女性の耳に入れることではありませんが――ふたりとも結婚されて幸せそうに見えました。ただ、そのあとお母さまはご主人が……ほかの女性たちと親しすぎるのではないかと疑っておいででしたが」

「ペンハヴン卿、どうしてそんなことがわかったのですか？」グレイが訊いた。

ペンハヴンは仕方なさそうにグレイに目を向けた。「わたしたちは友人でした。ご夫妻で田舎の屋敷に滞在されているとき、彼女はよく馬に乗ってうちへきてくれました。もっとも、彼女はロンドンのほうが好きでしたが」

今度はリリーが尋ねた。「駆け落ちした相手の男性のことはご存じだったのですか？そんなに親しかったのなら、母はきっと話したはずです」

ペンハヴンはまだのんびりと長椅子にすわっていたが、指は膝を叩いており、指輪を飾る宝石が陽射しを浴びてきらきらと輝いていた。「いや、相手のことは知らないし、彼女から聞いてもいなかった。ただ、彼女はかなりまえから駆け落ちを計画していたんじゃないかな。とにかく、わたしは彼女が幸せに過ごしていることを心から祈っています」

リリーはペンハヴンの言葉を聞いて、濡《ぬ》れそぼった外套を着せられたかのように、寒気がして身体が重くなった。確かに、母のことは何も知らないけれど、こうして大人になってみるとよけいに、ヴィクトリア・ドラモンドはどうしてふたりの子どもをふり返ることなく、置き去りにできたのか、納得できないのだ。母は後悔しただろうか？　母親なしで、子どもたちはどうやって暮らしているかと思い悩んだだろうか？　母はその正体のわからない男性と新しい家庭を築いたのだろうか？

「グレイ、あなたはお母さまのことを覚えている？」リリーは喉が締めつけられているような声で訊いた。

「きみの母上がお屋敷を出られたとき、ぼくはまだ七歳だった。きみの父上は一度お屋敷を出ると、数カ月は帰ってこなかった。それで帰ってきたときには、何もかもが変わってしまっていたんだ。母上は刺激的なことが大好きだったけど、よく言い争ってもいた。原因はわからなかったが。母上が家を出られたことは当時ひどい醜聞になったが、その後は長いあいだずっと隠されていたはずだ。社交界の誰かが話していたのかい？」

「わたしの知るかぎりでは、誰も話していないわ。いやな話を耳にしたら、ミネルヴァが教えてくれるでしょうから」

「あなたには決して傷などつきませんよ」ペンハヴンが言った。「あなたがこうしてデビューできたのがその証拠です」

グレイが鼻を鳴らすと、リリーが顔を向けた。グレイは菓子を盗み食いしたところを見つかった子どものように、懐中時計を見て立ちあがった。「そろそろお暇《いとま》しなければ」

「どこへ行くの？」リリーが立ちあがったので、ペンハヴンも仕方なく立ちあがった。

「いろいろと行かなければならない場所があるので」グレイの口調は腹立たしいほど曖昧だった。おそらく、彼がやらなければならないことのなかには、行方不明になった父の捜索も含まれているはずだ。

おばのエディーの身体が左側に傾いた。目は閉じられ、息をするたびに、鼻が小さく鳴っている。「ペンハヴン卿、付添役がこのような有様ではきちんと役目を果たしていませんし、正直に言うと、わたしもお昼寝をしたいのです。今夜、ネイピア卿の夜会に出席するつもりなので」リリーは少し間を空けてから続けた。「お庭がとても美しいとうかがったものですから」

リリーはふたりの男を玄関まで送っていった。グレイはペンハヴンに先に階段をおりるよう身ぶりで促したが、自分はあとを追わずにふり返り、片手で扉の側柱をつかんだ。そしてリリーにだけ聞こえるように、ほんの少し脅しめいた口調で言った。「ぼくとの約束を忘れないように、リリー・ドラモンド」

リリーは手をふりながらグレイの目のまえで扉を閉めた。何かを約束した覚えなどない。

5

レモネードを飲みながら、リリーはネイピア家の広々とした屋敷に集まった男女を見つめていた。見たところでは、誰ひとりとして怪しくないけれど、いちばんの悪党というのは、取り返しがつかなくなるときまで、正体がわからないものでしょう？

「ミスター・マスターソンはミセス・ブラスターと親しいのですか？」ペンハヴン卿のレモンのような笑顔は、酸っぱすぎるレモネードによくあっている。

「わたしはミセス・ブラスターという方を存じあげないので」庭に続く扉に目をやったのは、もう百度目だ。

「テムズ川沿岸に住んでいる未亡人です。ミスター・マスターソンは親切なことに頻繁に彼女を訪ねているんですよ。とても美しい女性です。あまりにも若くしてご主人を亡くしてしまった。ミスター・マスターソンが定期的に訪ねてくれることで、彼女の孤独はとても癒やされているのではないかな」

リリーは喉もとにげんこつを突っこまれたかのように、息が止まった。自分が知らないことは多いが、それでもそこまで無垢ではない。その未亡人はどのぐらい美しいのだろうか？　グレイは夜に訪ねるのだろうか？　その女性を愛しているのだろうか？

「ええ、ミスター・マスターソンはとても……思いやりがありますから」

ロンドンの多くの紳士には愛人がいる。グレイにも愛人がいたところで、自分にはまったく関係ないことだ。今夜はもっと急を要する心配事があるのだから。それでも本来なら胃が静かに収まっている場所が激しくかきまわされ、ごつごつした石がまたひとつ放りこまれたような気分だった。

ストーンウェル卿がやっとミネルヴァのそばを離れていくのを見て、リリーはペンハウンから逃げだした。そしてミネルヴァの隣に行くと、非難するような目でちらりと見られた。足を踏み鳴らすのを抑えられないからだ。

調子はずれなピアノの音が流れてきて、リリーの神経はいっそう逆なでされた。フリルのついた白いドレスのデビュタントが魅惑的な曲を弾こうとして失敗したらしく、音楽室から大勢の紳士たちがいっせいに出てくる。

ミネルヴァが口を固く結んだ。「いったい、どうしたの？　今夜はかゆいところに手が届かないみたいに、ずっとそわそわしているじゃない。ああ、訊かれないうちに答えるけれど、いまはまだ零時十五分まえよ」

リリーは手提げ袋《レティキュール》に入れてある書付を広げた。もう文面はそらで言えたが、もう一度読みたかったのだ。

〝情報があります。ネイピア家の庭の東屋《あずまや》で会いましょう——午前零時に〟

書付は午後遅くに届き、署名も封印も透かし模様もなかった。グレイからかもしれないし、ちがうかもしれない。どちらを期待しているのか、リリー自身にもわからなかった。いずれにしても、神経がぴりぴりしているのだ。

「不安なのよ」リリーはミネルヴァの耳もとでささやいた。「今夜、庭で落ちあおうという差出人不明の書付が届いたの。情報があると書いてあったわ」

ミネルヴァは口を大きく開け、すぐにまた閉じた。そして聞き耳を立てている者がいないかどうか確かめた。「お父さまのことで？」

「そうだと思うわ。たぶん、グレイからだと思うのだけど」

「信用できるひとなの？　口うるさい付添役の真似をするつもりはないけど、そのひとはあなたの持参金を狙っているんじゃない？　それに、あなたに思いを寄せているほかの男性が送ってきた可能性もあるでしょう？　あなたに不埒な真似をしようとしているのかも。財産がある女性を手に入れるためなら、とんでもないことをする男性もいるのよ」

ミネルヴァは結婚市場に出てから三年ものあいだ、財産狙いの男性の手に落ちることなくやってきたのだ。ただし、男性たちを強力に引きつけているのは持参金だけでなく、その美しさでもあるようだが。また趣味のよい装いも、アイスブロンドの髪と落ち着いた顔立ちをいっそう引き立てている。冷ややかでよそよそしいという評判もあるけれど、それは生真面目な話し方と回転の速い頭のせいだと、リリーは考えていた。

「グレイは持参金なんか狙っていないわ。ばかばかしい。わたしのことをまだ丈の短いスカートをはいている十歳の子どものように扱っているんだから」

リリーはわざと、まぜ返すように笑った。そして屋敷でふたりきりになったときに漂った熱気を思いだした。すると顔が急に熱くなり、音をたてて扇子を広げた。

「書付にはわざわざ情報があると書いてあるのよ。グレイの話だと、父が行方不明になっていることはあまり知られていないそうなの。たぶん、何かの話を耳にしたか、父が連れ去られるところを見たひとがいるのよ」

「それなら、どうして治安判事か内務省に直接話しにいかないの？　それに、書付を寄こしたのが、あなたのお父さまに……何かをした悪党かもしれないという可能性は考えた？　今度はあなたが狙われているのかもしれない」

父がもう殺されているかもしれないという可能性は常に頭から離れなかった。父と最後に交わした言葉が記憶に刻みこまれ、罪悪感と後悔で胸がいっぱいになる。父を生きたまま見つけることでしか、その罪は償えない。

「たぶん、書付はグレイからよ」

「ミスター・マスターソンなら、名前を書いたんじゃない？」

まったくミネルヴァったら、いつでも冷静で論理的なんだから。

「きっと、署名はしない習慣なのよ」そのとき、ふと思いついた。リリーが約束したつもりのない約束を守るかどうか試すために、グレイが送ってきたのだとしたら？ リリーはやはり呼び出しに応じてみようと決意した。そして扇子であおぐふりをして口もとを隠した。

「あと何分かしたら、こっそり扉から庭へ出るわ。誰かにわたしのことを訊かれたら、控え室へ行ったと話してちょうだい。エディーおばさまはわたしがいなくなったことにさえ気づかないでしょうけど」

ミネルヴァは不満げに言った。「言い訳はしてあげるけど、いい考えとは思えない。書付を送ってきたのがミスター・マスターソンなら、明日にでも訪ねてきてほしいと言うべきよ。ふたりきりで話したいなら、おばさまが居眠りするのを待てばいいんだもの」

「そうするわ。エヴァーシャム家の舞踏会であなたにグレイを紹介できればよかったのだけれど」

「同感よ。サイモンも困ったものだわ」

エヴァーシャム家の舞踏会の夜、いつもミネルヴァをエスコートしている弟のベリンガム公爵は真夜中近くになってやっと、安っぽい香水のにおいをさせて屋敷に戻ってきたのだ。

リリーは切ないほどの共感に胸がつまり、ミネルヴァの手を取った。リリーも秋はずっとレイフの飲みすぎに手を焼いていたのだが、兄には酒に溺れる理由があった。だが、サイモンはまだ若くて無責任で、放蕩《ほうとう》者になりつつあり、このままではベリンガム公爵家の財産を食いつぶすのは確実だった。

ミネルヴァはリリーの手に触れ、舞踏室の反対側に目をやった。「もう行ったほうがいいわ。モントバットン卿がこっちにくるから」

リリーは声を出さずに口だけを動かして〝ありがとう〟と伝えると、人混みのなかを歩いていった。そして何気ないふうを装って舞踏室を見まわし、庭に通じる扉を通り抜けてじめじめとした冷たい夜のなかへ出ていった。

いっぽう、グレイは汚くて不潔な路地とネイピア家の庭を隔てる煉瓦《れんが》塀をよじのぼっていた。そして濡れた煉瓦に服がつかないように注意しながら飛び降りて、低い常緑樹のうしろにしゃがみこんだ。焦げ茶色のブリーチズと濃紺の上着を汚したくはない。そしてレンズを拭ってから、眼鏡をかけた。

流行の服はあまり持っていないが、それでも衣装だんすははち切れそうだった。グレイの目標は常に周囲に溶けこむことであり、狙いとする人々より金持ちすぎても、みすぼらしすぎてもいけない。グレイは謁見用のサテンの服から、きめの粗いウールの作業用ブリーチズまで、ありとあらゆる服を持っていた。

期待どおりの雰囲気が、一時的に新しくなった景色を包んでいた。道や建物を覆い、永遠に空中に漂っていた煤《すす》が洗い流されて、ロンドンは生まれ変わっていた。雨が降ったあとのロンドンを見ると、グレイはウインターマーシュで暮らしていた子ども時代を思い出して胸が痛くなった。

花びらが垂れ、雨粒が地面に滑り落ちていく。爽やかな風が雲を流し、月光がまだ表面に残っている雨水をなめ、花や艶《あで》やかな葉を虹色に輝かせている。

グレイは土のにおいを大きく吸いこんで、耳を澄ませた。そして危険な様子はないと判断すると、磨きをかけてきた技で、庭のなかをそっと歩きはじめた。計画は単純だった。ネイピア家の客間に忍びこみ、リリーをわきに呼んで、ちょっとしたおしゃべりをする。説教などと呼んだらつまらない。招待されていないため通常とは異なる入り方をしたが、ネイピアに気づかれることはないだろう。

そのとき、小さな鼻歌が聞こえて、グレイは足を止めた。その声に近づき、状況を理解して小さく毒づいた。リリーが鼻歌にあわせて身体を揺らしながら、ヨルガオの花に近づいてくる。そして指で茎をはじくと、雨粒が地面に落ちた。月光の下に立っているリリーはとても美しかった。純白のドレスを着ていると、まるで庭に棲《す》む妖精に見えた。

グレイはこれ以上非現実的なことを考えるのはやめようと、リリーから数メートルのところまで近づいてささやきかけた。「リリー・ドラモンド、いったい――」

リリーがふり向き、ドレスがふわりと浮かびあがった。「やっぱりあなただったのね。心配したんだから」

グレイはしいっと言って、リリーを黙らせた。「ここで何をしているんだ？　誰を待っている？」

リリーはまるで子どもに話しかけるような口調で答えた。「もちろん、あなたよ。もう少し、こっそりと現れるのかと思っていたけれど」

グレイは大きく息を吸い、音をたてて吐いた。「何だって？」

「書付をくれたでしょう」

「書付なんて送っていない」グレイは不安になり、血が全身を駆けめぐった。

「送っていない？　でも……それじゃあ、あなたはここで何をしているの？」グレイが困惑しているのを見て、リリーもとまどった。

「その書付を持っているかい？」

「ええ」リリーはレティキュールから小さくて厚い羊皮紙を取りだして渡した。

グレイは書付を月光にかざした。「ぼくの字じゃない。どうして、ぼくからだと思ったんだい？」

「ほかに誰が庭で会おうなんて言ってくるというの？」リリーは怪しむように訊いた。

「きみに求婚している男たちとか。思い浮かんだのはモントバットンだ。彼も今夜はきているのかい？」

「ええ」リリーは指で唇を叩いた。「あなたの言うとおりかも。ダニエルズ卿も、アイビスも、カンターも、ルノードもきているし――」

「よくわかった」グレイはどうして自分がいら立つのか、その理由を探りたくはなかった。

「でも、わざわざ情報があるなんて書いているのよ。あなたでなければ、誰がそんなことを？」

グレイは髪をかきむしってぽつりと言った。「本当に、誰なんだ？」


グレイの半ば閉じた目はあまり関心を払っていないように見えたが、リリーが腕をつかむと、その筋肉は弓のように引き締まっていた。「どうしたらいいの？」

グレイはリリーのほうを向き、抑えてはいるが熱のこもった声でささやいた。「きみはいないことに気づかれるまえに、いますぐ客間へ戻るんだ」

リリーはグレイに一歩近づいて、胸を突いた。「それならミネルヴァがうまくやってくれるからだいじょうぶ。あなたをひとりでここに置いていけないわ」

「本当に？」グレイの唇の右はしがきゅっとあがると、右眉も吊りあがった。リリーは強情な子どものように腹を立てた。「リリー、それじゃあ、きみがぼくを守ってくれるのかい？」

「守れるかもしれないでしょう、あなたって本当に傲慢なひとね」いら立ったせいで、声が高く大きくなった。

枝が折れる音がして、ふたりは動きを止め、顔を見あわせた。

〝ここにいて〟グレイは声を出さずに口を動かし、言うことを聞かなかったらたいへんなことになるぞと険しい顔で示した。そして肩までの高さの低木の茂みに沿って歩いていき、角をまがった。

だが、リリーが足を踏み鳴らしながら待っていると思ったのだとしたら、グレイは大馬鹿者だ。濡れた芝生を歩くと、足音は消えたが、靴に水が染みこんできた。リリーはドレスの裾を持ちあげ、グレイを追いかけるために歩幅を広げた。グレイは数メートル先のふたつの生け垣のあいだに消えていった。リリーもその生け垣のあいだへと急ぎ、そこに立ちふさがる大きなものに突進した。その大きなものはうめき声をあげてよろめくと、リリーの腕をひねってつかんだ。ふたりはツゲの木にぶつかり、頭から雨粒をかぶった。

「うわっ。いったい、何を――」

「ごめんなさい、グレイ――」

「逃げられた。ヨルガオの茂みの向こうを、燕尾服《えんびふく》の男が逃げていくのが見えた」グレイはため息をついた。

「ええっと、それは残念」リリーは喉がひどく渇き、声がかすれた。グレイをツゲの木に押しやったのは自分だが、動くことができない。グレイの上着の襟をつかんで腿にまたがり、唇が耳に触れそうなほど顔が近づいているのだ。

何だか、妙なことになっていた。もう正体不明の男は逃げ去ったというのに、鼓動がどんどん速くなっている。そしてグレイの腿が押しつけられた脚のあいだも、反応して引き締まっている。とても気づまりで、身体が疼いた。リリーは身体をもぞもぞと動かした。

そして不実な唇が勝手に動いてグレイの耳の曲線にキスをしないうちに、身体を起こした。頬が彼のつるつるとした頬に触れる。今夜はひげを剃る時間か気持ちがあったらしい。月明かりが眼鏡に反射しているせいで、グレイの目は見られない。彼の舌が唇を湿らせた。リリーはグレイの口もとから目を離すことができなかった。

するると、その口が動いた。「どいてくれ。誰かに見られたりしたら……」

リリーはグレイの唇に魅了されたまま、口ごもった。この唇に自分の唇を重ねたら、どんな感触なのだろう？　たぶん耳たぶより気持ちいいし、鍛冶屋の息子の唇よりぜったいにいいはずだ。

グレイがうなり、リリーの身体ごと起きあがった。すると、また雨粒が頭に降りかかって、魔法が解けた。グレイが恐ろしい顔をしている。

リリーは一歩さがり、平気なふりをして濡れた髪をなでつけた。「問題が解決したから、客間に戻るわ。あなたも一緒に行く？」

「解決した？　どうかしているんじゃないのか？　危険な真似はしないと言ったろう。約束したじゃないか」グレイは興奮した声で言い、リリーの顔に指を突きつけた。

リリーはその指をつかんで、鼻先からどかした。「あなたが言ったのは、寄ってくる男性たちとは庭に出るなということでしょう。そんなことはしていないわ。それに、覚えているかぎり、わたしは何の約束もしていない」

「この……」

グレイは〝じゃじゃ馬〟という言葉より、もっと下品な言葉を言うつもりだったにちがいない。

「だって、書付はわたし宛なのよ」リリーは軽快な調子で反抗した。

「ちょっと整理させてくれ。送り主が誰であれ、その相手はきみを傷つけてやろうと考えていたはずだ。それなのに、喜んで危険に飛びこむつもりなのか？　まったく、どうかしている」グレイは相手にしていられないとばかりに、頭をふって顔をそむけた。

「わたしにだって、あなたと同じくらい——ううん、あなた以上に——父を探す権利があるはずよ。止めることなんてできないわ」

グレイは十歳も年を取ったかのような顔で、ふり返った。「止めることはできない？　きみは困った状況にあるんだ。外套を取ってきて帰ったほうがいい」

グレイの言うことは正しいのかもしれないが、リリーはえらそうな話し方が気に食わなかった。「裏から屋敷へ入って、従僕からエディーおばさまに書付を渡してもらうわ。明日、うちにきて」

グレイは天を仰いで、鼻を鳴らした。グレイが自分の言うことを受け入れたのか断ったのかはわからなかったが、リリーはもうひと言も口をききたくなかった。そこで歩きはじめたが、ふり返らずにはいられなかった。グレイは脚を開いて胸のまえで腕を組み、リリーが屋敷にこっそり戻るまでじっと見守っていた。

6

リリーは客間を歩きまわっていた。

エディーがおかしそうに言った。「お茶でも飲めば、落ち着くかもしれないわよ」

リリーは咳払いをしたが、レディらしい声で付け加えた。「お茶なんて欲しくありません。わたしの望みはグレイがここにきて、話を――」おばは誰かとの会話をわざともらすひとではないけれど、居眠りをしていないときは噂話をしている。

「あなたから訪ねていったらどう？」エディーは小さなビスケットを口に放りこんだ。

リリーは足を止めて、おばのほうを向いた。「うちの馬車でグレイの部屋へ行けばいいとおっしゃるのですか？」

「ええ、そうすれば？」おばは肩をすくめると、お茶のトレーにのっていた菓子の残りをつまんだ。

付添役になるための学校があるのだろうか？　もしあるとすれば、おばは必要な授業のあいだずっと居眠りをしていたにちがいない。「エディーおばさま、そんなのは非常識です。

レディが独身男性の住まいを訪ねるなんてもってのほかだわ。誰かに見られたら、評判に傷がついてしまいます」

「そんなふうに歩きまわっていたら、消化に悪いわ。事が起きるのをすわって待っているなんて、あなたらしくもない。それに、あなたのミスター・マスターソンがいらっしゃるのを待っているせいで、ここ二日間は十人以上のお客さまをお断りしているじゃない」

「グレイはわたしのものではありません」リリーは言い返した。

「でも、庭を一緒に散歩したでしょう――二度も。わたしが知っているかぎりでは、そんなことを承諾したのはミスター・マスターソンだけよ」

「別に、深い理由はありません。だいたい、どうしてグレイだけだとわかるのですか？　もう十人以上の男性と藪《やぶ》のなかに入ったかもしれないじゃないですか。おばさまが少しも注意を払っていなかったあいだに」おばのしょんぼりした顔を見て、リリーはすぐに辛辣な言い方をしてしまったことを後悔した。「ごめんなさい、エディーおばさま。ひどい言い方をしたことを許して。ときどき、頭とちがうことを話してしまうの」

「わたしはあなたを信頼しているの。ずっと見張っているほうがいいなら、そうしますよ」

「いいえ、まさか。いまのままでいいんです。ただ、グレイは……ほかの男性とちがうの。子どもの頃、彼はわたしのことをとても厄介だと思っていたんです。エヴァーシャム家の舞踏会にはお兄さまに無理やり出席させられてきてくれたけれど、そこでもどうやらわたしは長年の印象をあまりくつがえせなかったみたいで」リリーは椅子にすわり、ドレスの小枝と花の模様を指でなぞった。

エディーは長椅子で横になっていた。足を椅子のはしからぶらぶらさせている。「舞踏会にきたのはお兄さまに頼まれたからかもしれないけれど、ここにもきたでしょう。ネイピア家の夜会にも。どうしてこの屋敷や夜会にきたのか、考えがないわけではないけれど、まだわたしが勝手に話すわけにはいかないわね」

「グレイがおばさまにわたしのことを何か話したの？」

「いいえ、何も」エディーは小さなビスケットをもうひとつ口に入れると、微笑んでいる唇から砂糖を払い落とした。

リリーは両手をひらひらと動かして、もっと話を聞かせてほしいとおばに伝えた。だが、エディーはリリーを無視して、頭を椅子につけて目を閉じた。

リリーはいら立たしそうに膝を叩いた。「別にどうでもいいけれど。どうやら、あのひとはくる気がないようだし。でも、グレイの部屋に行くわけにはいかないわ――そんな恥さらしな真似を勧めるなんてとんでもないことよ、エディーおばさま――そうなると、次の確かな情報源はお兄さまね。お兄さまならわたしを避けられないし、簡単に話させることができるから。とにかく、もうユリの花には飽き飽きなの」

暖かい陽射しと馬車の揺れで眠気に誘われ、リリーはうとうとしていた。頭は父に関する情報を得る方法について考えていた。どうしても情報が欲しいのに、兄もグレイも自分には何も知らせないつもりでいる。グレイの態度には腹が立ったが、リリーが抱えたのはもっと厄介な感情だった。

子どもの頃から、リリーはグレイに夢中だった。グレイは兄のように自分に接していたが、本当に血がつながっているわけではないので、少女の他愛のない想像のなかで、ふたりは王子さまとお姫さまだった。リリーはグレイが行くところなら、どこでもついてまわった。少なくとも、ついていこうとした。するとまもなく、大人になりつつあり、自立を見せつけたい年頃の少年にとって、リリーは迷惑な存在となった。だが、グレイにどんなにいやがられても、リリーは少しも気にしなかった。いやがられているということは、意識されているということだから。

けれども、ここ最近のグレイにかき立てられている感情は、他愛のないものではない。ネイピア家の庭で触れたグレイの身体の感触はこれまで知らなかったもので、彼にキスをしたいという気持ちが抑えられなくなりそうだった。グレイも同じような衝動を感じただろうか？　それとも、まだ迷惑だと思っているのだろうか？

そのときとつぜん叫び声がして、リリーは驚き、揺れている馬車に意識を戻した。荒々しく粗野な声が左側から響いた。「金を出せ！」

リリーはぼんやりとした頭のまま、窓に急いでカーテンを開けた。広い野原の向こうからふたりの男がすばやく近づいてくる。手入れの悪い駄馬に乗り、スカーフで顔を隠している。わたしは夢を見ているのかしら？

するとこ右側からまた声がして、リリーは反対側の窓に飛びついた。同じように顔を隠した男がさらにふたり、馬を走らせて近づいてくる。御者のペニーことペンドルトンが銃を撃った。ペニーはいつも二挺の拳銃を持っているけれど、馬たちを抑えなければならない。そしてペニーの隣には若い馬丁がすわっているが、そばかすだらけの顔とひょろ長い身体を見るかぎりでは、戦いではあまり役に立ちそうにない。

ペニーが馬を駆り立て、馬車がまえに進んだ。リリーは革ひもにつかまったが、いつものように居眠りをしていたエディーはどすんと床に落ちた。

「何事なの？」ボンネットが顔にずり落ちて、悲鳴がくぐもった。

また、銃声が響いた。エディーが悲鳴をあげ、床でうずくまる。ペニーが撃ったのだろうか？　それとも男たちが？　まだ陽は高く、安全な道を通っているのに。

頭のなかで、いろいろな可能性が駆けめぐる。恐ろしさで胃がむかつき、手足がこわばる。リリーは汗ばむてのひらをスカートにこすりつけた。何もしなければ、皆殺しにされる。リリーは床に膝をつき、突っ伏したエディーの身体を越えて、ついさっきまでおばが幸せそうに居眠りをしていた座席のクッションを持ちあげた。

そして、うなりながら大きな木箱を取りだして留め金をいじくりまわすと、やっとふたが開いた。なかにはわらに包まれた、装塡《そうてん》ずみの四挺の拳銃が入っていた。リリーは一挺を手にすると、エディーの身体を越えて座席に戻った。馬車は揺れており、正確に狙いを定めるのは不可能だろう。

兄から教わったことが頭をよぎる。銃の撃ち方を習うのはおもしろく、甘美な不道徳感さえ覚えたが、たいていは垣根の柱かウズラを狙うくらいで、それも決まってはずしていた。だが、いま守っているのは自分や御者やおばの命であり、その重大さのあまりリリーの視界は小さな針の先ほどにまで狭まっている。

リリーは頭を両膝のあいだに入れ、銃を胸につけて、何度か深呼吸をした。視界は広がったものの、手はまだ震えている。銃身を窓枠に置き、息を止めて、いちばん近い男に狙いを定めた。そして引き金を引くと、銃が手のなかで跳ね返った。エディーが悲鳴をあげ、銃声が耳のなかで響いた。

ひとりの男がすばやく馬を止めたが、落馬はしなかった。悪人ではあっても、命を奪わずにすんだことで、リリーは心からほっとした。そして銃をもう一挺つかむと、反対側の窓へ急いだ。今度は大きくはずれたが、それでも残りの男たちを後退させることができた。

ひとりの男が怒鳴った。「用心棒がついているぞ。野郎ども、退《ひ》け！」

リリーは万一に備えて、去っていく男たちの姿が見えなくなるまで、三挺目の拳銃で狙いを定めていた。何とか床から起きあがったエディーは、必死になって旅行鞄をかきまわしながら、乱暴な無法者たちの狼藉《ろうぜき》に文句を言っている。そして小さな容器を取りだすと、心の底から安堵《あんど》のため息をついた。それから慣れた手つきでコルク栓を抜いて、容器に口をつけて傾けた。中身を飲むと、身体を震わせてにっこり笑った。

「それは何ですか？」リリーの耳には自分の声がやけに遠く聞こえた。

「気付け薬よ。あなたもひと口飲みなさい。嵐に吹かれているヤナギの木みたいに震えているじゃないの」

エディーはリリーの手から拳銃を剝《は》ぎ取り、冷たい金属の容器を持たせた。滑らかなガラスの縁に触れても、唇は妙に感覚がなく、リリーは両手で容器を持って唇にあてなければならなかった。思いきりよく中身を飲むと、全身がかっと熱くなった。

「気付け薬なんかじゃない。ブランデーだわ」

エディーはかすかに笑って肩を片側だけすくめて言った。「気付け薬と呼ぶひともいれば、ブランデーと呼ぶひともいるってことよ」

ぷっと吹きだして笑ったせいでリリーの緊張がだいぶほぐれ、あまり認めたくはないけれど、ブランデーのおかげで手足の動きが戻って胃も落ち着いた。すべてがもとどおりに収まったが、馬車はまだものすごい勢いで走っており、乗り心地がよいとは言えない。

リリーは窓から顔を出した。「ペニー、けがをしたの？」

「だいじょうぶです、お嬢さま。馬車の横が少し傷ついただけで。お見事でした」ペニーの声は笑っているようだった。「次の宿で休憩しましょう」

三十分後に停車するとすぐに、リリーは馬車から飛び降りて御者の様子を見にいった。ペニーのことだから、自分に心配させないようにふるまったあとで、けがのせいで倒れたりしかねない。だが、本当にけがをしていないと確認できると、リリーは御者の腕を軽く叩いた。

宿で馬を交換して軽く食事をとると、リリーたちはまた馬車に乗った。陽が落ちて暗くなり、乗合馬車が走る道をはずれてウインターマーシュへ向かう道に入ったときになってやっと肩と首の緊張がほぐれた。

数百年ものあいだ、この領地を見守りつづけているオークの大木が迎えてくれた。月光に照らされた新芽が楽しそうに踊っている。リリーは心の底から安堵した。

ウインターマーシュは美しい屋敷だった。建物は十八世紀初頭に簡素なバロック様式で建てられた。この地域のほかの屋敷ほど古くないのは、最初に建てられた屋敷が火事で焼けたからだ。当代のウィンドー伯爵の曾祖父が真夜中に子どもたちの家庭教師の部屋を訪ね、蠟燭を倒したせいだと言われている。当然ながら、レイフとグレイは第五代ウィンドー伯爵が学んでいたことについて、よく冗談を言っていたものだった。天文学や骨相学について話しているうちに、人体解剖学について学ぶことになったのだろうというのだ。少年たちがにやにや笑っている理由を理解するのに、リリーは乳母とかなり露骨で、ばつの悪い話をしなければならなかった。

屋敷は両はしに小塔があり、堂々とした正面の入口には円柱が立ち、まるで古城のようだった。第五代伯爵が近代的で便利な設備を取り入れることを望んだおかげで、屋敷はリリーがときおり訪れる近隣の古くて隙間風が入る邸宅より快適なようだ。

入口でレイフが迎えると、リリーは兄の腕のなかに飛びこんだ。すると肺から空気が押しだされるほど強く抱きしめられ、リリーは放してくれるよう、ふざけて背中を叩いた。

「いったい、どうしたんだ、リリー？　帰ってくるなんて聞いていないぞ。何かあったのか？」レイフの言葉には不安がにじみでていた。

「何もないわ。きっと、お兄さまやウインターマーシュやみんなが恋しくなってしまったのね」熱い涙がこみあげそうになったが、兄に見られたくなくてじっとこらえた。

リリーは暮れつつある陽のなかで、兄をじっくり見つめた。自分がそばで叱ったり、慰めたりしなくても、兄は血走っておらず、肌の色つやも健康そうだ。レイフは元気そうだった。目は絶望の淵に引きずりこまれはしなかった。

外見だけを見ると、誰もふたりが兄妹だとは思わない。リリーは父親譲りのブロンドで、目は明るいブルーで肌は白いが、レイフは母親と同じ黒髪で、目は灰色かかったブルー、そして肌はオリーブ色なのだ。

レイフは私道に並んでいるオークの古木のように長身で肩幅もある。そのうえ顔に傷があり、あごひげを生やし、気が短いせいで、控えめに言えば威厳があったし、率直に言えば怖がられていた。メイドには避けられ、大人の男でさえまともに目をあわせようとしない。

だが、リリーは少しも怖くなかった。レイフはぶっきらぼうで威圧的な殻に閉じこもることで、驚くほど繊細な心を守っているのだ。実際、リリーがほんの少し説得しただけで、欲しいものは何でも与えてくれるのだから。兄を操るのは簡単だと言うと、語弊があるけれど――それが真実に近い。

レイフはエディーに礼儀正しく挨拶をしてから、また妹に視線を戻した。「道中は快適だったかい？　ロンドンの様子を残らず聞かせてくれよ」リリーに腕を差しだして、大理石の入口へと導いた。

エディーが大きくあくびをした。「リリー、わたしは部屋に食事を運んでもらうわ。あの騒ぎについては、あなたからドラモンド卿にお話ししてちょうだい」

レイフは暖炉の炎が春の寒さをやわらげている書斎に妹を通した。リリーは暖炉のまえに立って、しびれた尻を温めてさすった。書斎はこの屋敷のなかでもリリーがとくに気に入っている部屋だった。あふれそうなほど本がたくさん並び、床にはやわらかなラグが敷かれ、暖炉のわきにはすわり心地のよい大きな椅子が二脚ある。そして特大のマホガニーの机には帳簿や書類が広がっている。

「騒ぎというのは？」レイフが訊いた。

「お昼過ぎに襲われたの。馬に乗って銃を持った四人の男たちが馬車を奪おうとしたのよ」

驚きのあまり、レイフの低い声が高くなった。「見たところ、失敗したらしいな」

「お兄さまが馬車の座席の下に拳銃を入れておいてくれて助かったわ。弾がひとりの男をかすめたら、ほかの男たちも逃げていったの」

兄は机のまえの椅子に腰をおろした。そして椅子をうしろに傾けて二本の脚だけで立たせ、ブーツをはいた足を机にあげて身体を支えると、深く考えるときの癖で、指で傷痕をなぞった。

「厄介だな。ロンドンの道はひと通りが多いし、たいていは安全だ。とくに昼間は。男たちは何がめあてだったんだ？」

「宝石かお金でしょう？」リリーは少しためらってから訊いた。「お父さまのことと関係あると思っているの？」

これまで二十一年間怖い思いをすることなどなかったのに、謎めいた書付が届いてから一週間もしないうちに襲われた。父の失踪について疑問を抱いていることを考えれば、関係がないとはとても言えない。こんな偶然があるはずがない。

レイフは生まれたばかりで何も知らない子羊のように目をしばたたいた。「父上のこと？どういう意味だ」

リリーは舌打ちをして頭をふった。「はぐらかそうとしても無駄よ。グレイはとても心配していて、わたしにほとんど白状したの。波止場にいた男たちがお父さまをフランスへ連れ去ったのだとしたら、一年以上も何も言ってこないはずないわ。それなら、どう考えるか？お父さまは国内のどこかに監禁されているか、あるいは殺されてしまったかよ」

「誰よりもおまえがよく知っているじゃないか。グレイが軽々しく話すわけがない」レイフは腕組みをして、二本の脚で立っている椅子を前後に揺らした。何も知らないふりをしていた目が冷ややかに変わっていた。「おまえを巻きこみたくないんだ」

「もう巻きこまれているわ」リリーは兄の真似をして腕組みをした。「怪しい書付も届いたし」

レイフの両方の眉が寄り、椅子の脚が音をたてて床についた。「何と書いてあったんだ？」

失敗した。接触を図ってきた正体不明の相手と庭で会うつもりだったと正直に白状すべきだろうか？「情報を渡すから会いたいと書いてあったの。どんな情報かは書いてなかったけれど、お父さまのことにちがいないと思ったのよ。差出人の名前は書いていなかった」

「あとはグレイにまかせたんだろうな」

兄に嘘をつくのはいやだった。こうして顔をあわせている場合はなおさらだ。「じつを言えば、わたしはグレイが書付を送ってきたのだと思って、それで指定された場所に行って待っていたの」

レイフは髪に手を入れ、ひとつに結った流行遅れの髪型を崩した。そして椅子から立ちあがって、妹を指さした。脅すような態度に、リリーは反射的に後ずさった。

「グレイかどうかはっきりわからない相手に会いに――ひとりで――行ったと言うのか？少なくとも、昼間の、人目のある場所だったんだろうな？」

「夜よ。ネイピア卿のお屋敷の庭で」

「何ということだ。おまえはそれほど馬鹿ではないはずなのに、どうしてそんなことをしたんだ？　おまえとの結婚を望んでいる男が逢《あ》い引《び》きに誘いこもうとして書付を寄こしたのかもしれないんだぞ。金めあての男はどんなことだってするんだ。庭で何があった？　正体不明の男は現れたのか？」

「いちおうは。結局グレイもやってきて、わたしに会いにきたのかもしれない男を追いかけたのだけれど、顔を見るまえに逃げられてしまったのよ」

レイフは下唇を引っぱった。沈黙が続き、リリーが罪の意識からぺらぺらと話しだしそうになったところで、やっとレイフが口を開いた。「残念ながら、おまえが考えたとおりだろう。一連の出来事に関連がないとは言えない。ロンドンではペニーがおまえに付き添っていたのだな？」

「ええ、もちろん」

「付き添いなしで出かけるなよ。ここでも、ロンドンでも。つまり、ひとりでは外に出るなという意味だ」レイフは文句があれば言ってみろとでも言わんばかりに、片方の眉を吊りあげたが、リリーはもちろん文句を言った——勢いよく。

「本気じゃないわよね。ロンドンならわかるけれど、このウインターマーシュで？　リプトンでもいけないの？」

レイフはうなずいた。

「でも、ここのひとたちのことは全員知っているから——」

「リリー、きょう道でわざわざ声をかけてきた者がいたら、その人物はおまえがきょうロンドンを離れたことを知っているということだ。ぼくさえ知らなかったのに。こっちにくることを誰に話した？」

「グレイとミネルヴァに書付を送ったわ。それに、使用人たちももちろん知っている」

「ミネルヴァというのは、レディ・ミネルヴァ・ベリンガムのことか？」

「ええ。でも、どうして？」リリーは首をかしげ、兄の冷ややかな口調に身がまえた。

「彼女の行きつけの仕立屋から請求書が届いた。今度のドレスは目玉が飛びでるほど高かった」

ウインターマーシュから持ってきた衣装を見て呆れると、ミネルヴァはすぐさまリリーを仕立屋へ引っぱっていったのだ。〝田舎臭い〟というのがミネルヴァが小声で表明した印象であり、それはリリーの目にはまったく問題ないように見える数着の茶色のドレスではなく、心底不快なものについて話しているかのようだった。フランス生まれの無礼な仕立屋は礼儀作法に問題はあるものの美的感覚は非の打ちどころがなく、リリーを突いたり急《せ》かしたりしながらも、結局は美しく流行の先端をいくドレスを数着つくってくれた。

兄の冷ややかな物言いに、リリーはかっとなった。「ひどいことを言わないで！　わたしが社交界にデビューするのを見守るためにロンドンへ行くのを渋ったのはお兄さまでしょ。それなら、舞踏会で笑いものにならないように、まともなドレスを買ってくれたっていいじゃない。ミネルヴァはわたしにふさわしい美しいドレスを選んでくれたのよ。彼女はずっと本物の友人でいてくれた。おかどちがいのことでミネルヴァを責めるなんて、ぜったいに許さない」

「すまなかった。確かに、すべておまえの言うとおりだ」レイフは妹の足もとを見て、叱られた子どものように言った。

「ええ、そうよ」

レイフは咳払いをした。「グレイからはほかに何か聞いたか？」

「いいえ。お兄さまと同じように、グレイもわたしを関わらせないようにしているから。何か情報を持っているみたいだけど、わたしには話してくれないの。グレイをウインターマーシュに呼んで」抑える間もなく、最後の言葉が飛びだしていた。お兄さまはわたしのお願いを妙だと感じただろうか？

どうやら何も感じなかったらしく、レイフはあごひげをなでてうなずいた。「明日、手紙を出そう」

リリーは飛び跳ねて手を叩きたくなるのをこらえた。やっとのことで。「今夜はもう休みます。朝食のあと、乗馬でもいかが？　田舎の景色が恋しかったの」

「楽しみだ。ぼくは夜明けには起きるから。支度ができたら探してくれ。新しい灌漑《かんがい》事業を見せてやるよ」

リリーは階段をのぼりながら、滑らかな木の手すりを片手でなでた。ここを離れていたのは、本当にわずか二カ月だったのだろうか？　すべてがちがって見えたが、まわりはみな同じ使用人であり、同じ調度品であり、同じ日常だった。変わったのは自分のほうだろうか？　いま頃、グレイは何をしているだろう？　手がかりを追っている？　それとも、ほかのデビュタントと踊っている？　爪が手すりに食いこんだ。グレイが何をしていようが関係ない。二度も機会があったのに、グレイはキスをしてこなかった。それなのに、どうして彼がほかの女性にキスをすることを考えると、こんなにも胸が痛くなるのだろう？

7

マスターソンさま
ロンドンはつむじ風のようにめまぐるしく、わくわくする街ですが、わたしは兄と田舎がとても恋しくなりました。すぐに街を発《た》ち、しばらく田舎で過ごします。こちらに戻った際には、また親交《アクエインタンス》を深められたら幸いです。

リリー・ドラモンド

親交？　グレイは書付を丸め、いちばん近くのごみ箱に放った。いいだろう。ホーキンズはグレイがフランスのオルレアンにいる部下のひとりと接触することを望んでいる。それなら、そのちょっとした任務を引き受けて、途中のルーアンでウィンドー伯爵の最も親しい友人と会うことにしよう。とりあえずリリーがロンドンを離れていれば、あの妙な書付や、モントバットン卿がリリーに取り入ろうとすることを心配しなくてもすむ。レイフと一緒にいれば、リリーは安全だ。求婚者たちからも危険からも守られる……自分からも。

四日後、グレイは英国の地を踏んで一時間もしないうちに、ウインターマーシュへ向かっていた。黒鹿毛の去勢馬を勢いよく走らせた。不安と期待で胃が締めつけられる。ひと通りの多い道を数十マイルまえにはずれて、リプトン近くの村を通らずに野原や丘を横切った。馬は走り慣れた地形を飛ぶように駆けていく。

ひどく疲れたせいで、グレイの頭はとりとめのないことを考えていた。フランスで三日間過ごしたが、ウィンドー伯爵に関する情報はまったく得られなかった。怪しい噂を耳にしても、確認する間もなく消えてしまうのだ。伯爵のいちばん親しい友人でさえ何も知らず、肩をすくめて心配そうに頭をふるだけだった。

本当は使いをやって報告するのではなく、ロンドンで数日休んでサー・ホーキンズに直接会うべきなのはわかっていた。だが、どうしてもできなかった。リリーが夢に出てきたせいで、どうしても会って無事を確かめずにはいられなかったのだ。

屋敷が見えてくると、グレイは馬をゆっくり走らせて、思い出したくない記憶と戦った。レイフと一緒に泳ぎを覚え、ボートで競争し、外洋の海賊のふりをしてかぞえきれないほどの午後を過ごした池を通りすぎた。レイフが大きくなり、足もとの枝が折れるまで登っていたリンゴの木が並ぶ果樹園。グレイは幾何学模様の庭園を通りすぎて、疲れて汗をびっしょりかいた馬の世話をするために、まっすぐ厩舎に向かった。

そのあと母屋の扉を強く叩いたが、誰も出てこなかった。油をきちんと差してある扉はすんなりと開いた。ひとが動いている物音は聞こえなかったが、音楽室からピアノの音がかすかに流れてくる。グレイはそっと音のほうへ近づいた。一歩進むにつれて、きれいなアルトの声がはっきりと聞こえてきた。

どういうわけか、リリーは声まで官能的になっていた。ややかすれているが豊かな声が胸に響いてきて、グレイは生き生きとしたすばやいリズムにあわせて指を動かした。そして角をまがったところで、八人はいる使用人たちと音楽室のドアの外に集まっていたメイドとぶつかりそうになった。

グレイが飛びかかろうとしている猫のようにでも見えたのか、メイドたちはあわてて逆の方向へ逃げていった。残ったのは男ふたりだけだった。執事のカスバートソンは長椅子に澄ましてすわっていたが、音楽にあわせて足を小刻みに動かし、しわだらけの顔に笑みを浮かべていた。

もうひとりはかなり若く、威厳のある白髪頭の執事よりは薄汚れた格好だったが、あばたのある顔はカスバートソンそっくりだった。年は四十代半ば、長く艶のない髪は肩まで届き、右の耳たぶではイヤリングが光っている。リリーの御者だ。大きくて不格好な身体つきはロンドンで見かけている。

グレイはドアの側柱に寄りかかり、足を交差させて、両手の親指をベストのポケットにかけた。リリーが歌っているのは、生娘をベッドに誘おうとしている好色な鍛冶屋のことを歌った古い曲だった。グレイは気づかないうちに、その歌によくあったまぬけな笑みを浮かべていた。

グレイはリリーのそばにいるたびに、無数の思いにとらわれた。いら立つのは自分でも理解できた。守りたいと強く思うのだってわかる。わからないのは楽しいという気持ちと嫉妬、そして何よりも心が乱されるのが欲望だった。そのせいで、リリーのことが頭から離れない。

リリーはきれいなブルーのリボンで髪を結んでいたが、言うことを聞かない髪が顔のまわりでカールしていた。乱れた髪はいかにもリリーらしかった。そして上品なブルーのモスリンのデイドレスも、彼女の胸と尻の丸みを少しも隠してはいなかった。

頬を赤く染め、あまり行儀がいいとは言えない官能的な歌を情感たっぷりに歌いあげると、リリーはにこりと微笑んだ。そしてふり向いてウインクをしたところで、グレイと目があった。

リリーは耳ざわりな音を鳴らして、すばやく立ちあがった。ピアノの椅子が派手な音をたてて木の床に倒れる。まぬけな乳牛のような気分だった。「グレイ？　あなたなの？」

グレイは音楽室に入ると、皮肉っぽさとおもしろがっている様子を音にこめて、鼻歌で返事をした。

カスバートソンはしわだらけの頬を赤く染め、薄い白髪頭をなでつけながら近づいてくると、やけにかしこまった調子で気まずさを隠して言った。「ミスター・マスターソン、おいでになるとは思っていませんでした。玄関でお出迎えせず、申し訳ありません」

「かまわないさ、バーティー。こんなに早く戻ってこられてうれしいよ」

カスバートソンは見るからにほっとした様子で微笑んだ。「ええ、本当に。とてもお元気そうで」

「父とレイフがどこにいるか知っているかい？」

「お父さまはご自分のお部屋でお休みになっておられます。レイフさまは乗馬をしに出かけられました。お夕食までには戻っていらっしゃいます。お嬢さま、何か軽食でもお持ちしましょうか？」

リリーがうなずくと、カスバートソンはお辞儀をして、考えられないほどの速さで音楽室から出ていった。ペニーはそれほど気が利かなかった。無愛想にグレイの頭のてっぺんから足の爪先までをじろじろと見た。グレイはひじ掛け椅子の背に上着をかけながら、怒りもせずに、それをおもしろがっていた。

ペニーはまだ挑むような態度で尋ねた。「お嬢さま、おれがここにいましょうか？　それとも、ミセス・ウインズローを呼びますか？」

「どちらも必要ないわ。この方はグレイ・マスターソン。グレイは……兄のようなものだから。あなたは花の剪定《せんてい》を終わらせてしまいなさい」

ペニーは警告するようにグレイを見てから音楽室を出ていったが、ドアは開けたままだった。

「花の剪定？　あの男は御者だと思っていたが」

「ペニーは御者だけど、花の扱いがとても上手なの。朝は花たちに本を読んでやっているわ。それであんなにきれいな花を咲かせるのよ」リリーは意味のない話を続けた。そして倒れたピアノの椅子を起こすために身をかがめると、しばらく目をつぶって気を鎮めた。

「いったい、どこで見つけたんだ？　私掠船の乗組員でもしていたのか」

「リプトンで仕事を探していたのよ。あなたがそれほど聞きたいなら説明するけど」

「仕事を探しているのにロンドンではなくて、のんびりしたリプトンにくるなんて妙だな」

すっかり習慣になっているらしい疑念が声ににじみでていた。

リリーは肩をすくめた。父とつながりがあることはレイフ以外の者には決して話さないとペニーに約束したのだ。ペニーは危険をくぐり抜けてきた過去を忘れたがっており、リリーはできるだけ手助けをすると誓った。過去がどうであれ、ペニーはこれまで何度も忠誠心を示してくれている。

「きみはしょっちゅう野良をひろってきたからな。母はいつも腹を立てていた」昔を思い出し、グレイの声がやわらかくなった。

グレイの母はこの屋敷をしっかりと、けれども愛情のあふれた手で切りまわしていた。そして、この屋敷に野良猫や野良犬を入れることをはっきり禁じていたが、リリーに捨て猫はきっとネズミを捕ってくれるからと説得されて飼うことを許したのだ。結局、子猫は甘やかされて太った飼い猫になっただけだったが。リリーも郷愁に浸って言った。「きっと捨てられた動物に親近感を覚えたのね」

グレイが近づいてきて、リリーは一瞬彼に触れられるのかと思ったが、グレイは長椅子の背もたれに寄りかかって腕組みをしただけだった。黄褐色の鹿革のズボンが腿をぴったりと覆い、黒いロングブーツにはうっすらと土がついている。茶色のベストの下に着た白い紗《しゃ》のシャツは、珍しく暖かい四月の陽光のせいか、ひじまでまくられている。そしてV字に開いたシャツの襟もとからは陽に灼けた胸とうっすらと生えた黒い毛がのぞいている。

まえに池で泳いでいたグレイをのぞいたとき、胸にはほとんど毛が生えていなかった。身体も痩せ形と言ってもよいほど細く、脚のあいだのものも、いま鹿革を押しあげているほど大きくはなかった。きっとすべてが等しく成長したのだろう。

「きみの声はとても美しい」グレイがそっと言った。

リリーはすばやくグレイの顔を見た。おそらく、彼はどこを見られていたのか、はっきりわかっていたにちがいない。ああ、これではエディーおばさまよりもっと品がない。リリーは首が五センチほど縮んだ気がして、思わず指で襟に触れた。

「あんな歌をどこで覚えたんだ？」ほめ言葉が少しばかり説教じみた口調に変わる。怒りを覚えたせいで、リリーは何とか動揺を抑えられた。

「秋の収穫市でロマの女から教わったのよ。訊かれるまえに言っておきますけど、ロンドンでは誰よりも品のよいご婦人にも満足していただけるような、ものすごく退屈な賛美歌しか歌っていませんから。わたしが破廉恥な真似が好きだと思っているひとなんてひとりもいないわ。わたしには思慮深いふるまいができないなんて、あなたとお兄さまがどうして思いこんだのかわからないけれど」

「きみは子どものとき、とんでもない跳ねっ返りだった」グレイは思い出にふけっているかのように、あちこちの品を手に取りながら部屋のなかを歩きまわった。

「子どものときはしつこくついてまわるじゃま者だったかもしれないけど、いまは変わったの。友だちになれるんじゃないかと思ったのに」

「友だち？」グレイの視線はリリーの頭のてっぺんから足の爪先までたどり、また頭のてっぺんに戻った。

「ええ。もうおてんば娘の頃とはちがうでしょう？」

「ちがうのかい？」

「それ、よしてもらえない？」

「よすって、何を？」

リリーは足を踏み鳴らしたくなるのを何とかこらえた。そんなことをしたら、グレイの印象が正しいことを裏付けてしまう。だからグレイに背を向けて、ピアノの上の完璧に活《い》けられている温室のバラを活け直した。

「あなたはわたしの質問にすべて質問で答えているわ。諜報員の学校でそう習ったの?」

「ああ、じつは最後の試験だった」笑いを含んだ声を聞いて、リリーはなおさら癪《しゃく》にさわった。

乱暴にバラに触れたせいで、ひとさし指の先に鋭い棘が刺さった。血がにじみだし、リリーはぼやいた。

すると、グレイが近づいてきてリリーの手を取った。「何をしているんだ」

ざらざらとしたグレイの親指がリリーのてのひらをなでた。ぞくぞくする感覚を覚え、怒りがとまどいへと変わった。グレイの陽に灼けた手の甲にはうっすらとした白い傷痕が数本走り、たくましい腕は黒い毛に覆われている。リリーは胃が絞られた気がした。

グレイが小さく舌打ちする音が聞こえて、リリーは視線を彼の顔に戻した。力を抜いてまかせきりになっている手を、彼が口もとにゆっくり近づけた。そして血をなめとった。

リリーは動かせるほうの手をうしろにまわして、ピアノのはしをつかんだ。「い、いったい何をしているの?」

「よい友だちなら、誰でもすることさ」茶目っ気たっぷりにおもしろがっている表情が眼鏡の奥にのぞいた。グレイはリリーの指を温かく濡れた自分の口に入れて軽く吸った。舌が指の先へと滑っていく。グレイはポンという小さな音をたてて口から指を引っぱりだすと、裏返してじっと見てから、リリーのわきにおろした。

「さあ、これでだいぶよくなった」グレイは明るく言ったが、リリーはへなへなとピアノに寄りかかり、階段を三階分駆けあがったかのように、空気を吸いこんだ。グレイは近くのサイドテーブルまで歩いて、何事もなかったような平然とした顔で、狩猟犬の像をじっと見つめた。

「お兄さまが手紙を送ったのはきのうなのに、どうしてこんなに早くこられたの？」リリーは声の震えにグレイが気づいていないことを祈った。

グレイがリリーのほうに顔を向けた。「手紙なんて受け取っていない。たぶん、途中で使いの者とすれちがってしまったのだろう」

「ロンドンは楽しかった？」思いがけない嫉妬で質問が刺々《とげとげ》しくなった。

「じつはフランスに――」

「何ですって？」かん高い声が出た。

グレイは繊細な磁器をいじくりまわしている。

「フランスなんて危険じゃない。けがはないの？」リリーは声の調子を変えたが、本当は両手でグレイの身体じゅうに触れて、けががないかどうか確かめたかった。

グレイは犬の置物をそっともとに戻した。「けがはない。簡単な任務だったから。心配してくれるんだな」

「よい友だちなら、誰だって心配するものでしょう」グレイの言葉をそのまま返した。「お父さまを探しにいったの？」

「ホーキンズの命令さ」

それが半分の真実しか伝えていないことを、リリーはわかっていた。「あなたとお兄さまはわたしを除け者《のけもの》にして何も知らせずに、馬鹿なことを言いつづけるつもりなのね。そんなことをしても無駄よ。必要なら、わたしは自分ひとりでお父さまを探すから。どうしてネイピア家の夜会のあと、訪ねてきてくれなかったの？」

「きみは好奇心が強すぎて、危険な真似ばかりする。きみには受け入れがたいことかもしれないが、ぼくはきみに安全でいてほしい。きみを見張りながら父上のことを探すのは不可能だ。それに、伯爵の行方がわからなくなるまえに、きみとのあいだに何か重要なことが起きたはずだ。ぼくと友だちになったと言うなら、教えてくれないか」すぐ近くに立っているグレイの声はリリーの心を鎮め、信頼を呼び起こすものだった。この声を使ってフランスの工作員から機密を訊きだすのだろう――女性工作員から。

リリーは腕組みをして腰を横に突きだした。「いや」

「リリー」その声には八年ぶりに聞いたいら立ちがにじみでていた。「それじゃあ、まるで駄々《だだ》をこねている子どもと同じだぞ」

「そうだとしたら、あなたが駄々っ子みたいに扱うからでしょ。どうやら、そんなふうにわたしを扱うのはあなただけみたいだけど」

「どういう意味だ？」

リリーは長椅子のはしにすわり、グレイをいら立たせるために、わざとゆっくりスカートを直した。「あなたとちがって、ロンドンの男性たちは必死になってわたしを庭へ連れだそうとするわ――ふたりきりでね。男性たちの目的はわかっているつもりだけど、きっとわたしの子どもじみたふるまいにお説教するためではないわね」

「それじゃあ、何が目的なんだ」

「キスをしたいのよ。わたしを自分のものにしたいんだわ」リリーは眉を吊りあげて、反論できるものならしてみろとグレイを挑発した。

グレイは何も言わなかった。リリーの向かいのひじ掛け椅子に腰をおろして、自分の下唇を手の甲でこすった。「ついていったことがあるのか？」

なかったし、これからもついていくつもりはないけれど、わざわざグレイに教える必要はない。リリーはグレイの手から最強のカードを引き抜くと、いら立ちを顔から消して、謎めいた笑みを浮かべた。「ないわ、いまのところは」

「どういう意味だ？」黒い眉がまるで雷雲のように目に影を落とした。

その視線の強さに耐えられず、リリーはゆったりと結ばれたドレスのブルーのリボンを引っぱって、少しだけほどいた。「キスをされたことはないわ。ブラック・ジョンのところの男の子にはされたことがあるけど、それは数には入らないでしょう。舌を入れなかったから」

一瞬の沈黙のあと、大声が響いた。「舌だって？　ああ、彼が入れていないことを祈るよ。さもないと、そいつに決闘を申し込まなければならないからね」

「馬鹿なことを言わないで。相手の女性を魅力的だと思ったら、男性は舌を入れるものなんでしょ？」

「まあ、結婚した相手なら――」

「結婚した相手？　あなたはまだ十五歳のときにサリーの口に舌を入れていたけれど、結婚なんてしていなかったはずよ。サリーが重婚罪を犯していないかぎり。わたしはもう嫁き遅れと呼ばれてもおかしくないのよ」父と兄が戦争に深く関わり、社交シーズンのあいだ付き添ってくれる女性の親類もいなかったせいで、リリーはずっとウインターマーシュにとどまっていたのだ。正直に言えば、かなり快適に。

「のぞいていたのか……」グレイは片手であごをこすって、大きく息を吸いこんだ。また口を開いたときには、いつもの声に戻っていた。「きみはどうするつもりなんだ？」

リリーはほつれた糸を切って、指に巻きつけた。「聞きたいのはお父さまのこと？　それともキスのこと？」

怒鳴るのをこらえているかのように、グレイの首の筋肉が動いた。「どちらもだ。まず、キスについて教えてくれ」

「たぶん、そのうちどなたかの誘いを受けると思うわ。エディーおばさまはきっと気づかないでしょうから。それどころか、わたしを庭へ押しだすかも」

「確かに、彼女ならしそうだ。ただし、モントバットンはやめてくれよ」

「とりあえず、口がほかのことに使われていたら、馬のことは話せなくなるわよね。ハリバートン卿はとても二枚目だし、アイビス子爵はとても熱心に誘ってくださるの。嫌悪感はないわ。あなたはどう思う？　どの方を選ぶべきかしら。それとも、三人すべての誘いに乗ってみるべき？　だって、最初のキスがうまくいかなかったらどうするの？　比べる基準がなかったら、わからないでしょう？」

リリーは指に巻きつけている糸から顔をあげた。グレイは指が白くなるまで丸みを帯びたひじ掛けを握りしめ、獣のように唇を歪めて歯をむきだしていた。オービュソン織りの敷物にいまにも手あたり次第にものを投げつけそうだ。

「グレイ、気分でも悪いの？」

グレイは唇をもとに戻し、両手の力を抜いた。「急に、気分が少し悪くなった」

自分がほかの男性とキスするところを想像して気分が悪くなったのだろうか？　グレイが愛人を抱きしめるところを想像するたびに何度も胃が痛くなったリリーは、グレイも同じであることを願った。そして立ちあがると、グレイの反応を喜んでいるようには見えないように気をつけた。「お茶はまだか見てくるわ」

「いや、その必要はないよ」ライオネル・マスターソンがお茶がのったトレーを持ち、ゆっくりと部屋に入ってきた。

グレイは父親であるライオネルを見てほっとした。あと一分リリーの唇がモントバットンやアイビスやハリバートンの唇に触れるところを想像しつづけたら、きっと何かを殴って穴を開けてしまったにちがいない。馬鹿げた話だ。リリーのことは魅力的だと思うが――心臓が動いている男なら、誰だってそう思うだろう――結婚は考えられない。リリーがいずれほかの男とキスをするだけでなく、ベッドをともにすることにも慣れるべきなのだ。リリーにふさわしい男の妻となることに。

リリーは今シーズンの終わりには、他愛もないことをしゃべるまぬけな男たちのひとりと婚約するだろう。指が痛み、グレイはまたしても椅子を強く握りしめていたことに気がついた。そこで大きく息を吸いこむと、ひじ掛けから手を離して、重いトレーを持っている父を手伝った。

「こんなに早くまたお会いできてうれしいです」グレイは言った。

グレイはトレーをおろすと、長々と父親の肩を抱きしめた。このまえレイフに会いに屋敷へきたときは、ひと晩泊まっただけだった。あまりにも短い滞在で、父親をきちんと訪ねたとは言えない。

「おまえが国内で安全に過ごしていると知って、ここ何週間かはどれだけぐっすり眠れたことか」ライオネルはうつむいたが、涙で光っている目は隠せなかった。父が隣に腰をおろすと、リリーは三人分のお茶を注いでいたが、ありがたいことにフランスに渡っていたことには触れずにいてくれた。

グレイは父親を見て、三十数年後の自分を想像した。父とは体格も、黒い髪も同じで――もっともライオネルの髪には白いものが混じっているが――顔立ちも似ている。ただし、目だけはちがった。ライオネルの目は茶色だが、グレイがひげを剃りながら鏡を見ると、いつも母親譲りの鮮やかな緑色の目が見つめ返してくるのだ。

「ロンドンがそれほど安全かどうかはわかりませんよ」グレイは冷淡に言って、父とリリーのまえにすわった。

リリーはティーカップと皿を差しだした。皿のわきにはレモンタルトが二切れ添えられている。「グレイ、ミセス・ポッツがあなたのために特別に用意させたようよ。あなたはいつだって彼女のお気に入りだから。そのかわいらしいえくぼをひらめかせたら、タルトを残らず出してくれるんじゃないかしら」

カップを受け取るときに、ふたりの手がかすかに触れあった。かわいらしい？　グレイは頬に手をあてたが、とまどってしかめ面をしているせいで、えくぼは浮かんでいなかった。リリーはお茶をひと口飲むと、顔を赤くして、まつ毛の下からグレイを見つめた。彼女はどういうつもりなんだ？　ほかの男とキスをするつもりだと話していなければ、自分を……誘っているのかと思うところだ。

「前線から届く戦況はよくない。ひどいことになっているようだな」父が言った。

「戦況がよくても悪くても、戦争とはひどいものですよ。でも、こちらの流れになりつつあります。ナポレオンは長く持たないでしょう」

リリーがレモンタルトを口に入れた。顔を上に向けて目を閉じ、おいしさを味わっている。

グレイは居心地が悪くなり、身じろぎをすると、木の椅子がきしんだ。

「兵を広げすぎたせいで、手薄になっているんです」グレイは付け加えた。

リリーが指についた砂糖をなめた。

「いつかは自らの……その、自らの野望で自滅するでしょう」次第に喉を締めつけられたような声になっていった。

「その〝いつか〟はなかなかきそうにないがな」ライオネルが言った。

グレイはお茶を飲むと、小さなカップを膝に置いて、急速に大きくなりつつある問題を隠した。性的なことを何も知らないリリーは、タルトを食べるという単純な行為がどれだけ彼に影響を与えているのか、ちっともわかっていないのだろう。普通はそんなことはないのだから。

グレイはいつもより低い声で言った。「リリー、父上とふたりだけで話してもいいだろうか？」

リリーは膝の上でドレスのしわを伸ばしてから立ちあがった。「それじゃあ、わたしはミセス・デヴリンと夕食の準備について相談してくるわ」ふたりの男は立ちあがり、リリーが廊下をまがるまで見送った。

ライオネルが沈黙を破った。「おまえとリリーは、子どもの頃より仲よくやっているようだな」

「彼女が子どものときほど、つきまとってこないからでしょう」

「グレイ」ライオネルは父親だけが出せる声音で息子を戒めた。「リリーはとても美しい娘になった。正直に言うと、これほど美しくなるとは思ってもいなかったよ。行儀が悪くて、いつも森に隠れてばかりいる子だったからね。あれは伯爵が悪かったんだと思うが。伯爵はいっさいリリーの長所を認めてやらなかった。自分を裏切った女性の子どもとしてしか見ていなかったから」

グレイはお茶を飲みほし、音をたててカップを置くと、父親をじっと見つめた。「森に隠れていた？　リリーはいつだってぼくのじゃまをして、あちこちで騒ぎを起こしていましたよ。ぼくが諜報員になったのは、リリーを避けるためにこそこそ動きまわる術《すべ》を身に着けたからだと思っています」

「いや、おまえが諜報員になったのは伯爵がそう育てたからだ。おまえに選択肢はなかった」父の口調には長年抑えてきた怒りがあふれ、その言葉からは恨みが感じられた。

父がいつから伯爵の計画を知っていたのか、グレイにははっきりとはわからなかった。おそらく、特別に教育を受けさせてもらったときだろう。あるいはレイフと一緒にイートン校へ行かせたいと告げられたときに初めて知ったのかもしれない。父と伯爵は幼なじみではあったが、父はあくまでも家令なのだ。グレイをイートンに行かせるための学費を支払うことは、古くからの友人や使用人に対する厚意を超えている。父の目にはその危険性が見えていた。だが、グレイに見えていたのは、学べる機会と自由だけだった。

それでも、グレイは伯爵の企みを恨んでいなかった。その企みがなければ、自分もまた父が歩んだのと同じ、波乱のない退屈な道を進み、いま頃はおそらくレイフの家令となっていただろう。父ライオネルとは決して意見があうことはない。話題を変えるためと、興味があったことから、グレイはこう尋ねた。「帳簿と伯爵宛の手紙を見直してみましたか?」

「訪問客の一覧表はつくったが、みんなわたしの知っているひとたちだった。この土地の紳士ばかりだ。アップルビー牧師とペンハヴン卿。それに小作人が数名」

「ペンハヴン——彼はロンドンでずっとリリーを追いかけまわしていました。ペンハヴン卿と伯爵は気があわなかったのでは? ふたりがどんな用件で会っていたのか、わかりますか？」

「はっきりとはわからないが、伯爵はリリーの結婚を決めるつもりだったようだ。ハンフリーズ男爵とご子息のアルジャーノンが二度ここへきた」

青白くて、そばかすの浮かんだ、丸々と太った若者が脳裏に浮かんだ。「伯爵はリリーをアルジャーノンと結婚させようと思っていたのですか？　伯爵はどうかしてしまったのですか？」

「伯爵が帰ってきたとき、リリーとのあいだで何かあったようだ。あの最後の夜に。書斎のドアが震えるほど、ふたりは言い争っていた。わたしは使用人たちを追い払った。いま思えば、そばにいて話を聞いていればよかったよ」ライオネルは首をふり、ティーカップを皿の上でまわした。

「リリーは伯爵探しを手伝うと言って聞きません。リリーはまだ何か隠していると思いますか？」天井を飾る青空の絵を見ていると、グレイは無性に本物の空の下で馬に乗りたくなった。

「あり得るだろうが、おまえをだますつもりはないだろう。そんなのはリリーらしくない」

グレイは目をむいて、半ばおもしろがり、半ば腹を立ててうなった。「そうとも言えませんよ。いまでも、ぼくを困らせるのが好きなようだから」

「伯爵が――レイフもだが――リリーの良縁を望んでいることを忘れるな」警告するような

父の声が全身に響いた。

「どういう意味ですか？」

「そのままの意味だ。馬鹿な考えは起こさないように」

グレイは目を閉じた。馬鹿な考え？　リリーをピアノに押しつけて、ドレスをまくりあげるとか？　それとも長椅子に押し倒して、ドレスをまくりあげる？　馬鹿な考えではいずれもドレスの裾をすばやくまくりあげている。だが、おそらく父の言う考えとは、そんなことではないのだろう。少なくとも、グレイはそう願っていた。

賢明にもグレイはその話題を引っこめるのが最善の策だとわかっていた。「レイフと話してきます。戻っていますか？」

「書斎にいるはずだ」ライオネルは父親らしく、からかいと心配の入り混じった目でグレイを見た。子どもの頃は、そうした表情が両親の顔に浮かぶのを何度となく目にしたものだ。

父の言ったとおり、レイフは書斎の机にすわっていた。グレイは椅子にすわらず、書棚を指先でたどると、見た覚えがある帳簿を手に取ってめくった。書類にはまだライオネルの痕跡が残っており、父が伯爵に仕えた数十年を思い出させた。レイフとグレイはライオネル・マスターソンが帳簿に羽根ペンを滑らせる心地よい音を耳にしながら、机の下でおもちゃの兵隊で遊んでいたのだ。

だが、もう衛兵は交代する時期を迎えていた。父はレイフに仕える気はなく、レイフもいつの間にかこの書斎になじんでいる。そして、すっかりくつろいでいるようだった。どんなに郷愁を覚えても、正統性にはかなわない。

レイフがブランデーの入ったグラスを差しだした。ひと口飲んだだけで胃までかっと熱くなり、リリーとのやり取りでささくれ立っていた神経がなだめられた。

レイフはひじ掛け椅子に腰をおろすと、片方の脚をまえに伸ばして、心地よい沈黙を破った。「大陸へ行っていたのか？」

「じつは戻ってきたばかりなんだ。ジャックとひと晩一緒だった」

「何かおもしろいことがわかったか？」

「フランス側からは伯爵について何も聞かなかったそうだ」

「父が英国内で生きている可能性は低そうだな」

グレイは色鮮やかなエジプトの旅行記をめくりながら、ため息をついた。「残念ながら、同感だ。だが、たとえ亡くなっていたとしても、伯爵に手を下した悪党を見つけなければ。もしナポレオンの手下なら、伯爵のことは大きな計画の手始めにすぎない。それに、リリーの身に起こったことも気になる。彼女を庭に呼びだそうとした書付のことは聞いたか？」

「ああ。ここにくる途中で馬車が襲われたことは聞いたか？」

グレイは音をたてて旅行記を閉じると、何者かがいまにも襲撃を仕掛けてくるかのように、脚を広げてかまえた。「いや、聞いてない」

「昼日中にひと通りの多い道で四人の追いはぎが馬車を襲ってきたそうだ。ふたつの件が無関係だとは思えない」

グレイは本を書棚に適当に突っ込むと、書斎を歩きまわった。心臓があまりにも速く打つせいで、まともに考えられない。何度か深呼吸をしてやっと、リリーの置かれた状況を冷静に考えられるようになった。

「そのふたつはぜったいに関係があるだろうが、伯爵が行方不明になっている件とも関係があるんだろうか？　それとも嫉妬深い求婚者の仕業か？　書付はリリーを庭に呼びだして不埒な真似をするためで、馬車を襲ったのはグレトナ・グリーンまで連れ去って、無理やり結婚式を挙げるのが狙いだとすれば、いちおう筋は通るが」

レイフはグラスのなかのブランデーをまわし、軽くひと口飲んだ。「襲ってきた男たちは馬車に発砲している。流れ弾がリリーにあたった恐れもあるし、ペニーにあたって馬車がひっくり返ったせいでリリーが死んでいた可能性もある。リリーに夢中になっている男が犯人だとしたら、あの子を手に入れるためにそこまでやるのはかなり危険だ」

「〝自分のものにならないなら、誰にもやるものか〟という精神状態だったのかもしれない」

グレイはなじみのない動揺を声に出さないように必死に抑えた。

「きみはロンドンでリリーの面倒を見ていただろう。怪しげな男はいなかったのか？」

リリーを追いかけている男なら、どの男にも腹が立った。グレイは冷静に判断しようとしたが、リリーとは結びつけられない言葉ばかりが浮かんできた。リリーは情熱と活力と生命力に満ちあふれていたから。

「モントバットンは熱心にリリーに求愛していた。ペンハヴンもいつもそばにくっついているようだった。ほかにも五、六人の男がアブみたいにうるさく彼女のまわりを飛びまわっていたよ。だが、正直に言って、誰も拉致を企てるような人物には見えなかった」

「エヴァーシャム家の舞踏会に代わりに行ってくれて助かったよ」レイフが心からの感謝をこめて言った。

グレイは咳払いをして背を向けると、父が使っていたインク壺《つぼ》を見つめた。不適切なことは何も起こっていないが、リリーに淫らな思いを抱いただけで非難されても仕方ないのだ。

「モントバットンは彼女に求婚するつもりだ」思っていた以上に辛辣な口調になった。

「礼儀正しい男じゃないか。むしろ、リリーのほうが無作法だな」

「だが、リリーはモントバットンなんかにはもったいない」グレイは熱くなって答えた。

「父だけでなく、妹の結婚相手も探してくれるのか?」レイフが含み笑いをした。「それを見るだけでもロンドンへ行く価値があるな」

「リリーの結婚については少しも心配していない」職業柄、嘘をつく必要に迫られることはあるが、この嘘は胸に焼き印を押されたかのようだった。グレイは咳払いをして、話題を伯爵に戻した。「伯爵の執務室で怪しい書類を見つけた。去年の七月に、ギルモア卿に通常ではない支払いがされていた。調査か取引でギルモアの名前を目にしたことがあるか？」

レイフはブランデーを飲み、ゆっくりと答えた。「もちろん、ギルモア卿のことは知っている。だが、ウインターマーシュを訪ねてくると聞いた覚えはないな。ライオネルには訊いてみたのか？」

「父も同じことを言っていた。とにかく、調べてみるよ。伯爵の愛人だった女性たちはどうだい？」

レイフが身じろぎしたせいで、革張りの椅子がきしんだ。「父は驚くほど母に誠実だった。母が駆け落ちしたあともね。あるいは、もう女性を信じられなかったのかもしれない。どちらの理由にしても、母がいなくなってから父が付きあった女性はほんの数人だ。いちばん印象深いのはレディ・マシューズかな」

「レディ・マシューズ。確か、公共事業委員長の奥方じゃなかったか？」

「いかにも。結婚して三十数年だ」

「嫉妬が原因か？」

「父との関係は盛んだったときも冷めていたときもあったが、一年続いていた。マシューズ卿がいまさら腹を立てるとは、あまり考えられない。それにマシューズ卿のベッドも女優たちが順番に温めているからね」

「レディ・マシューズ自身はどうだ？　女だって裏切ることはできる」グレイが友人に視線

を向けると、レイフは片手で頬の長い傷に触れた。

「あり得るな。レディ・マシューズのことはよく知らないんだ。調べてみる価値はある」

グレイは椅子に浅くすわり、膝の上にひじをつき、祈っているかのように組んだ手の上に額をのせた。実際、神が助けてくれるのであれば大歓迎だ。「普通の状況なら、リリーは捜索からはずしたほうがいい。だが、いまの状況は何ひとつ普通じゃない。立てつづけに起きたふたつの件に加えて、好奇心が強いリリーの性格を考えると、彼女を捜索に加えるべきかもしれない。そうしないと、ネイピアの夜会のときみたいに、早まった真似をしかねない」

「直接関わらせたら、煙に巻くことはできないな」レイフが言った。

「リリーの人気を使えるかもしれない。マシューズとギルモアは社交界でも上流の人々と付きあっている。ぼくだと招待状を手に入れるのに苦労するだろう」

「つまり？」

「リリーなら難なく彼らの屋敷に入れる。いろいろな催しに出席して、質問をして……彼らの気をそらせるんだ」

黒いあごひげが生えた顔に笑みが輝いた。「卑怯《ひきょう》な案だな。リリーが舞踏室や客間で秘密を探っているあいだに、きみは危険な仕事をするというわけか」

「ぼくは彼らを監禁でもしないかぎり、質問できない。リリーの得意技と人脈を利用するのは理にかなっている」

「おもしろいことになりそうだ。だが、きみはひとりで動くことに慣れている。妹の安全を守ることは肝に銘じてくれ」

グレイは敷物を見つめたまま、うなずいた。だが、この自分からは誰がリリーを守るのだろうか。

8

　リリーは書棚から本を適当に選んで取って、レイフの特大のひじ掛け椅子に腰をおろした。屋敷には男たちがリリーを避けられない部屋が三つある。ふたりの寝室には入れないので、書斎に陣取って待ち伏せることにしたのだ。

　前夜ふたりはチェスをし、今朝は夜明けに起きてフェンシングをした。もう夕方に近いので、ここに入ってくるのは時間の問題だ。

　ブーツの足音と男性の笑い声がして、ふたりが戻ってきたのがわかった。リリーは膝の上で本を開いて、読みふけっているふりをした。最初に部屋へ入ってきたのはレイフだった。リリーは兄が半笑いを浮かべ、目をむいてグレイのほうを見たのを見逃さなかった。

　グレイが椅子の背に腕をついて、本をのぞきこんだ。彼の身体が発する熱が波のように伝わってくる。馬と革のにおいにこんなにも刺激されたのは初めてだ。鹿革のズボンに包まれたたくましい腿が目の高さにあり、あと数センチ手を伸ばせば触れられる。リリーは不埒な手を本の下にしまいこんだ。

そして視線を腿から胸へと移した。レイフと同じく、グレイも上着とクラヴァットをはずしていた。シャツの襟を開け、ていねいなつくりの深緑色のベストを重ねている。広い肩を見つめたあと、視線を上に向けると、鮮やかなグリーンの瞳にとらえられた。

「眼鏡はどうしたの？」いまいましいことに、声がかすれてしまった。そのひどく無作法な腿をどけてくれたら、こんなまぬけな声を出さずにすむのに。

「二階だ。何を読んでいるんだい？」

何を読んでいるのかですって？「ええっと……その……とてもおもしろい本よ」

グレイはリリーの手から本を取って、背表紙を見た。グレイはにやりとすると、屈託のない笑みを浮かべた。頬にえくぼが刻まれる。リリーは反射的に笑い返した。

「『アンティル諸島における農場経営』か。なるほど、おもしろそうだ」グレイはリリーの膝に本を返すと、隣にすわって脚を組んだ。にやにやと笑っていた顔が計算された笑顔に変わった。

「そうよ。知りたいなら言うけど、あなたたちふたりを待っていたの」リリーは礼儀正しいレディのように背筋を伸ばしてすわり直し、膝の上できちんと手を組んだ。

「それは驚いた」グレイはまったく驚いていない声で言った。

「グレイとぼくは、おまえを父上の捜索に加えることについて話しあった――」レイフは指さして言った。「といっても、限られた方法でだぞ、いいな」

リリーは目を大きく見開いたが、ふたりに心変わりをさせる理由を与えたくなかったので、口は閉じていた。グレイはこっちの能力を測っているにちがいない。力不足だと思っただろうか？

レイフはふたりのまえを行ったりきたりした。「ぼくらが怪しいとにらんでいるのは、ギルモア卿とマシューズ夫妻だ」

「ギルモア卿？　何度か会ったことがあるはずよ。お兄さまたちより少し年上よね？　放蕩者だけど、ダンスがとても上手で、機転が利くという評判だわ」

「誘惑されるんじゃないぞ。彼にはよくない傾向がいくつもあるんだからな」レイフが言った。

「傾向？　ずいぶん謎めいた言い方ね。ちゃんと話して、お兄さま。どんなひとと向きあうのか、理解しておかないと」

「根っからの賭けごと好きだ。借金取りから逃れられる程度には勝っているが、それも時間の問題だ」レイフは足を止めて、炉棚にひじをついた。

「ロンドンの紳士はたいてい賭けごとをするわ。それだけじゃないのでしょう？」兄とグレイを順番に見つめた。

「猥褻《わいせつ》な美術品を集めていて、集団で活動することで知られている」レイフは顔を真っ赤に染めて、うなじをもんだ。

「狩りとか？」リリーは訊いた。

グレイは椅子に深くすわり、レイフは身体を左右に揺らしながらドアのほうをにらんでいる。つまり、狩りじゃないんだわ。もっと気まずくて、はしたないこと。

「乱交ってことね」リリーは指を鳴らし、勝ち誇ったように微笑んだ。

グレイがすわっているひじ掛け椅子のほうから悪態をつく声がした。

レイフは炉棚に額をのせた。「ひと言で言えば、そうだ。いったい、どうしてそんな言葉を知っているんだ？」

リリーはクッションに身を沈めると、脚をそろえてスカートを直した。「夏のあいだ、アップルビー牧師と一緒にローマの歴史を勉強して、ラテン語の本をいろいろ読んだの。古代ローマ人って、とても解放的だったのね。紀元前六三年にはネロ皇帝が回転台で乱交パーティーを催して――」

「もういい」グレイが手をふりおろした。「ギルモア卿がそういうことを楽しんで……つまり、参加していたかどうかは忘れていい。きみには関係ないことだから」

確かにそうだろう。デビュタントが乱交パーティーに招かれることはない。「でも、猥褻な美術品というのは？　まさかあなたたちはいやらしい本を隠し持ってないわよね？」

「ないはずだ」レイフは手で隠した顔に笑みを浮かべた。

グレイが身を乗りだした。「ぼくたちが知りたいのは、ギルモア卿の性癖ではない。去年、ギルモア卿は〈ホワイツ〉に一万ポンドのツケがあった。〈ホワイツ〉はギルモアにツケで商売するのをやめようとしていたが、そんなことをされたらギルモアは社会的には破滅だ。だが七月、伯爵が姿を消して二週間ほどで、ギルモアに大金が入った。ツケをためていた店に全額支払えるほどの金額だ。それ以降の数カ月も、ギルモアは額は少ないものの金をずっと受け取りつづけている」

「お父さまを監禁して食事を与えるためのお金かもしれないわ。あるいは口をつぐんでいる代わりに、誰かからお金を脅し取っているのかも」リリーはグレイにあわせるようにして身を乗りだした。こうしてはっきりとした手がかりを耳にすると、いろいろな可能性が思い浮かんで、気分が悪くなった。

グレイとレイフは意味ありげに目を見あわせた。

「なかなか鋭いな」意外そうなグレイの声が癪にさわったが、ふたりは何も気づいていない。

「ギルモア卿の名前は執務室にあった報告書にも挙がっている。決して大物ではないが、おそらく情報を提供しているんだろう。だが、どの報告書にもギルモアが接触している相手は記されていなかった。内務省の誰かかもしれないし、あるいはギルモアが仕えているのは王室ではなく、ナポレオンなのかもしれない」

「ギルモア卿はフランスとつながりがあるの？」リリーが訊いた。

グレイはあわせた手で唇を軽く叩いた。「フランスとのつながりはまだ見つかっていない。

だが、ぼくの経験から言えば、人間がぐらつくいちばんの要因は金で、高尚な思想や心からの忠誠心に左右されることはめったにない。情報を売るのはとてももうかる商売なのさ」

レイフはスツールを引っぱってきて、妹の近くにすわった。「父上はナポレオンとの戦いで、とても強力な武器となっていた。父親には向いていなかったかもしれないが、英国にとってはとても優秀な外交官であり、諜報員だった。この三十年で父上が見つけた情報提供者だけをとってみてもとても貴重なんだ」

「お兄さまは、お父さまが死んだと思っているのね」リリーが小声で言った。

「ぼくらは、その可能性が高いと考えている」

レイフは妹の手を取ろうとしたが、リリーは急に立ちあがって窓まで歩いた。父は少しも励ましてくれなかったし、困ったり失敗したりしても慰めてはくれなかったし、外見や学校の成績をほめてもくれなかった。

抱きしめて愛情を与えてくれたのはライオネルとベッツィのマスターソン夫妻か、昔の乳母か、いまの女中頭のミセス・デヴリンだった。それでも、父が死んだと思うと、胸が苦しくなった。愛情？　それとも罪悪感だろうか？　リリーにはそのふたつを分けることができなかった。

父に最後に投げつけた言葉は頭のなかでまだ響いている。〝ずっとご自分の人生を後悔しつづければいいんだわ。お父さまが父親だなんて恥ずかしい。お母さまが出ていったのも当然よ。出ていったのがお母さまではなくて、お父さまだったらよかったのに。お父さまなんて大嫌い〟

リリーは兄たちをふり返り、虚勢を見抜かれないよう願いながら、胸を張った。「どうして、わたしを仲間に入れてくれたの？　どうやらわたしにしかできないことがありそうね」

レイフはリリーがすわっていた椅子に移り、脚を大きく広げて、ひじ掛けを両手でつかんだ。「おまえなら社交界のなかでも上流の人々と交流することができる。そこで、レディ・マシューズとギルモア卿の屋敷で開かれるパーティーの招待状を手に入れて、さりげなくふたりの話を訊きだしてほしい。そのあいだにグレイが屋敷を捜索する」

グレイは空っぽの暖炉に顔を向けたままだった。「レイフは秋からきみの訓練をはじめたそうだね。一緒にロンドンへ出発するまで、ぼくがその訓練を引き継ぐ」

「お兄さまもロンドンに行くの？」リリーは期待を抑えることができずに、兄をじっと見つめた。

「ああ」レイフが喜んでいないのは顔の傷と同じくらい明らかだったが、それでもリリーは成功だと感じていた。

グレイが顔を向けた。リリーの胸のなかでは暗く葛藤する感情が渦巻いていたが、それでもふたりは互いの気持ちが理解しあえた。少なくとも、レイフを社交界に戻すことには成功したのだ。

翌朝、リリーは半ば高揚し、半ば不安な気持ちで客間に入った。グレイは部屋のなかを歩きまわっていた――動揺しているのではなく、頭をめぐらせながらゆっくりとした歩調で。この日の服装は茶色で統一されていた――焦げ茶色のズボンにチョコレート色の上着とベストだ。髪が乱れ、そよいだ空気からかすかに革と馬のにおいがしたことからして、もう馬に乗ってきたようだ。

リリーはいつにも増して装いに気を遣った。ありがたいことにもう舞踏会で白いドレスを着る必要がないので、気に入っているドレスから選んだ。ブルーのサテンが身体をぴったり包み、深いスクープネックに沿って白い花が刺繍されている。七分袖は優美なベルギーレースだ。リリーは女性らしく自信に満ちた気持ちで寝室を出た。

「おはようございます」リリーは少し考えてから、ドアを閉めた。

「準備はいいかい?」グレイのそっけない言葉で、リリーの自信はすっかり失せた。飾りたてたほめ言葉を期待していたわけではない。何といっても、社交的な訪問ではないのだから。「ええ、できているつもりよ。最初は何をするの?」

グレイは上着の裾をはねて腰をおろすと、まえの長椅子にすわるよう身ぶりで彼女に示した。リリーは胃が締めつけられるような気分で、椅子のはしにすわった。

「ぼくたちが疑っている人物から話を訊きだしてほしい。だが、これは尋問じゃない。強引に情報を引きだそうとして疑われるよりは退いたほうがいい。また次の舞踏会やダンスの機会があるわけだから。わかったかい?」

「最初はお父さまとの付きあいについて訊けばいいの?」

「いや、伯爵については何も訊かないでくれ」

これは聞きちがえよね? 「それじゃあ、目的は何なの?」

「まずは相手の足もとをすくうこと、つまり動揺させることが目的だ。ギルモアには最近美術展に行ったのかとか、好きなカードゲームは何かとでも訊けばいい。レディ・マシューズにはドルリー・レーン劇場で好きな女優はいるかと訊いてくれ」

「どうして劇場について質問をするだけで、レディ・マシューズが動揺するの?」

「マシューズ卿が劇場が大好きだからさ」グレイはおかしそうに答えた。

「なるほど……」それがなぜおかしいのか、リリーにはわからなかった。

「本当にわかっているのか?」グレイの口もとにかすかな笑みが浮かんだ。「きみはぼくがフランスで何をしていたのか知りたがっていた。そうだね? ためしにぼくから話を訊きだしてごらん」

リリーは鼻を鳴らした。「そんなのは卑怯よ、グレイ。あなたは専門家だし、わたしがやろうとしていることを知っているのだから」

「これは練習だ。とにかく、やってみて」

グレイを動揺させる。もしボートに乗っていたなら、彼を突き落として、そのしたり顔を笑えなくしてやれるのだけど。そのとき、名案が浮かんだ。本当にやるつもり？　グレイはおもしろがっていることを隠そうとしているが、眉がひくひく揺れている。ぜったいにおもしろがっている。

「ミスター・マスターソン、このあいだボンド・ストリートで買い物をしていましたら、あなたの親しいお友だちに紹介されましたの」

「そうですか。ぼくについて、よいことだけを話してくれたならいいのですが」

「ええ、もちろん。ミセス・ブラスターはあなたのことをとてもほめていましたわ」

くつろいでいたグレイの身体が一瞬にしてこわばった。グレイの姿勢が変わったわけではない。全身の筋肉が逃げる準備をしたのだ。「ミセス・ブラスターに会ったのか？」

「彼女の暮らし向きについて心配するなんて、あなたってとても親切なのね。若くしてご主人を亡くされたなんて、どんなにお辛いことかしら。ミセス・ブラスターはご主人とはどのくらい結婚していらしたの？」

「ほんの数カ月だ」グレイはぎこちなく答えた。

グレイが彼女の事情に詳しいことで、リリーは言葉につまった。何しろ、ペンハヴンはそれほど噂好きではないのだ。「ミセス・ブラスターとは気の置けない仲のようね」

部屋は静まり返り、聞こえるのは炉棚の上の時計の音と、グレイの椅子がきしむ音だけだった。ミセス・ブラスターは英国で最も気立てがよく、美しい女性にちがいない。グレイが寝室を訪れないときはきっと奉仕活動で孤児たちを助け、困っている人々に食事を施しているのだろう。

でも、大嫌い。

「ミセス・ブラスターはあなたの愛人なのね」リリーは断定とも質問とも言いがたい調子で軽く訊いた。

「愛人？　どういう意味だい？」グレイは驚いているのではなく、ひどく焦っているような口調で訊き返した。

「女、恋人、妾《めかけ》、情婦、囲い女——」

「愛人が何かはよくわかっている」グレイはとつぜん浮かんできた額の汗を拭った。「ダフネのことは誰から聞いたんだ？」

「ダフネというの？　彼女をいつから囲っているの？」

「知りたいなら言うが、ぼくはその女性を囲っているわけではない。彼女はご主人が亡くなったことで、経済的に自立できるようになったんだ」グレイは首のうしろで手を組んで目を閉じており、まるでこの場から消えようとしているかのようだった。「どちらにとっても有益な関係だった」

「なるほど。頻繁に彼女を訪ねたの？」

「もう一年以上会っていない。彼女は銀行員と結婚する予定で、ぼくは彼女にはこれ以上ない話だと喜んだ。とてもやさしい女性なんだ」グレイは視線をリリーに戻した。「だから、悪く言うのはやめてくれ。どうやら、きみは大人の欲望を理解するにはまだまだ世間知らずだし、子どものようだな」

グレイのえらそうな態度に腹が立ち、リリーは分別で抑えるより先に舌が動いていた。

「それじゃあ、いまはどうやって〝大人の欲望〟を処理しているの？　娼館にでも行っているの？」

「ああ、まったく――」グレイは両手で髪をつかんだ。

リリーは腹を立てて傷つきながら、それだけでないものを感じていた。グレイは動揺している？　そうかもしれない。

「フランスでは父の昔の仲間に会ったの？」

「ぼくが会ったのは――」グレイは口をぴたりと閉じると、グリーンの目にいら立ちと称賛を浮かべた。そして指を一本立てて左右にふると、リリーはさっきまでグレイが浮かべていた得意気な笑みを浮かべた。「じつに……巧みだったよ、リリー。あまり適切ではないが、それでもとてもうまかった」

「もう少しで引っかかりそうだったでしょう。フランスでは誰に会ったの？　少しくらい教えてくれてもいいんじゃない？」

「伯爵とは関係ない件でホーキンズに命じられて、長年情報提供者として働いてきたジャックという男を訪ねたんだ。ジャックときみの父上は友人だった。まあ伯爵は誰とでも友人になったけどね」

「それで、何がわかったの？」

「すでに推測していたことを確かめられた。まず間違いなく、伯爵は英国にいるだろう。それでギルモアとマシューズを疑ったんだ」

「ロンドンへ行かなくちゃ」リリーは期待が募り、立ちあがった。

「すぐに行くよ。そのまえに、きみはもっと訓練を積む必要がある」

「次は何？」

「レイフに護身術を教わっているね。具体的には何を覚えた？」グレイは立ちあがってリリーと向きあうと、指をまげて〝かかってこい〟という構えをした。

リリーは部屋の両はしに目を走らせた。「襲いかかれと言っているの？」

「けがをしてほしくないんだ」グレイはにやりと笑って答えた。「レイフにどこを狙えと教えられたのか、やってみせてくれ」

リリーは一歩近づいて、右手をグレイの胸骨の真ん中にあてた。「ここよ」

そして右手をつけたまま、左手を腰に滑らせた。「それから、ここ」

グレイの心臓は鼓動を速め、ベストの襟の下にリリーの指が滑りこむと、身体に火がつきそうになった。口がわずかに開き、まぶたが重くなる。リリーはすり足で近づいてささやいた。「それから……あなたの脚のあいだにぶら下がっているもの」

グレイは目をしばたたいて、笑いだした。「ぼくの、何だって？」

リリーは顔がかっと熱くなり、手をおろしてうしろにさがった。「ほら、わかるでしょう……脚のあいだの……そこよ」リリーは曖昧に指をふって、股間を指した。「とても敏感な場所だとお兄さまが言っていたわ。何と呼べばいいの？」

グレイは何度か口を開いたり閉じたりしてから、やっと言葉を絞りだした。"ぶらぶら"でいこう。いまの三カ所は間違いなく男から力を奪う場所だけど、もう少しさりげない方法も必要だ」

「どういうこと？　お兄さまは男性のぶらぶらに膝を入れて逃げろと言っていたわ」

グレイの唇が歪んで、目尻にしわが寄った。以前のリリーだったら、いまにも笑いだしそうな彼の顔を見たら――それも、自分をだしにしているのだから――腹が立っただろう。けれども、年月がたったいまでは、グレイを楽しませたことで、娘らしい満ちたりた気持ちを覚えていた。

顔からおもしろがっている表情が消え、グレイは数歩うしろにさがった。「放蕩者と庭に出れば、きみの評判に傷がつく恐れがある。それは確かだ。だが、相手の動機を疑っていることを気づかれてはだめだ。もう一度言うが、きみの目的は相手の足もとをすくうことで、今回はとくに文字どおりのことをする。ぼくがお手本を見せるから」

グレイがゆっくり近づくと、リリーは何をされるのかわからず、落ち着きなく後ずさりした。するとグレイがすぐそばでつまずいた。グレイは体重を残らずかけてはいなかったのだろう。さもなければ、リリーは床に倒れていただろうから。リリーはよろけたが、何とか身体を立て直した。すると、今度はそっと足首を引っぱられ、うしろに押し倒された。

グレイは両腕でリリーを抱えると、勢いよくその身体をひっくり返した。驚きのあまり心臓が速歩《トロット》をはじめたが、グレイの首が目のまえにくると、今度はそれが襲歩《ギャロップ》になった。リリーは深呼吸をして鼓動を鎮めようとしたが、グレイの熱と筋肉と……男らしさをいっそう感じただけだった。

リリーはグレイからすぐに離れたかったが、その一方でもっと近づきたくもあった。とまどいながら、グレイの襟をつかんだまま動かずにいた。するとグレイはその手をほどき、うしろにさがった。リリーは自分のひじをつかんで震えを隠した。

「気づいたかい？」グレイは無表情のまま訊いた。

「あ……足首を引っかけられたわ」

「そうだ。やってみて」

「あなたに？　いま、ここで？」

グレイは小さくうなずいた。あのたくましくて温かい身体に飛びこまなければならないのだ。リリーは首をまわし、腕を頭の上に伸ばして時間を稼いだ。

グレイの両方の頬が赤くなった。もう無表情ではなかった。口もとがこわばり、視線はリリーの首から下のほうへさまよっている。まさか、グレイもほかの男性みたいに首もとに魅力を感じているわけじゃないわよね？

「さあ、やってみて。午前中いっぱいかけるわけにはいかないから」グレイの声には焦《じ》れったさといら立ちが感じられた。

リリーはそろそろと近づき、彼の真似をしてつまずいたが、グレイはその重みを受け止めた。リリーはグレイの足首を自らの脚で引っかけた。するとグレイは足をすくわれて身体がぐらついたものの、倒れることはなかった。

グレイは後ずさり、うなり声をあげて下唇をかむと、視線をさまよわせた。リリーは両手を組んで、身体を揺らした。子どもの頃の家庭教師だったアップルビー牧師に作文を評価されるのを待っているときより、居心地が悪い。「上出来だ。足を引っかけられるとわかっていなければ、尻もちをついていただろう。でも、きみも一緒に倒れてはだめだ。襟も腕もつかまないほうがいい」

グレイの評価に喜びがこみあげた。「気をつけるわ。ほかには何を覚えればいい？」

「手を出して」

リリーはキスをされるかのように、おずおずと手を差しだした。するとグレイが手首を乱暴につかんで、手をひっくり返した。「てのひらで殴らないで、ここを使うんだ」リリーのてのひらの手首に近いところを叩いて続けた。「それで、ここを狙う」てのひらを叩いていた指を自分の鼻柱に動かした。

「まえに殴られたことがあるのね」リリーはグレイの鼻柱のこぶをじっと見つめた。眼鏡をはずしていると、よけいに目立つ。

「何度かね。この稼業ではよくあることだ」

グレイは腰で手を組み、庭を見おろす窓まで歩いていった。羽目板ははずれており、リリーは少しためらってから隣に並んだ。春の草花が小道を覆い、たくさんのミツバチが熱心に飛びまわって働いている。咲いたばかりの花の香りを運んできたそよ風がうなじの毛をくすぐり、袖口のひもを揺らしていく。

「リリー、本気できみに害を与えようとしている男に対して、自分ひとりで身を守れるなんて、一瞬でも思ったらだめだ」グレイの警告はミツバチの針のように鋭かった。

リリーにとって、危険は漠然としたものだった。確かに、馬車に乗っているときに襲撃された。それでも、すぐ近くから襲われたわけではない。だが、グレイにとって危険は漠然としたものではなかった。現実であり、身近にいつも存在するものなのだ。リリーはグレイの首の白い傷痕から手の甲に走っている傷痕へと目をやった。彼はどれほど恐ろしい目にあってきたのだろう?

「あと、もうひとつ訓練しよう。鍵をはずす練習が必要だ」

グレイは壁際の傾斜蓋《ダヴェンポート》のついた小机を指さした。

リリーがよく手紙や日記を書くのに使っている机だ。父がロンドンでつくらせたもので、こぶのあるオークの木でできていて、両側に二段ずつ引き出しがついている。引き出しにはそれぞれ鍵穴があるが、リリーはこれまで鍵を見たことがなかった。

「この引き出しを開けるの？」

グレイはピックの束を取りだして、ダヴェンポートに置いた。「引き出し全部だ。どこまでできたか、あとで見にくるから」

グレイはそれだけ言うと、ふり返りもせずに部屋を出ていった。そのほうがいい。鍵をこじ開けるには神経を集中させる必要があるけれど、グレイが発する熱を感じていたら、気が散って失敗してしまうだろう。


グレイは濡れた髪をなでつけて深呼吸をすると、ドアの外から客間をのぞいた。冷たい池に入ったおかげで、粉々になっていた自制心を取り戻せた。〝大人の欲望〟について語り、リリーの身体を押し倒しているあいだは自らの欲求のことしか考えられなかった。

リリーはまだグレイが見ていることに気づいていない。いかにも集中している顔で、眉を寄せ、唇が赤味を増すまでかみしめている。櫛で留めているものの、豊かな髪の一部が白い首筋と優美な襟もとを隠している。

リリーは細いピックを二本同時に動かしていた。いまは最も難しい鍵に集中している。グレイはそっと客間に入り、彼女の魅力から自分を守ってくれるかのように、ふたりのあいだに長椅子を置いた。

ああ、リリーはこんなにも美しく、勇敢で、自分を笑わせてくれる……そのうえ、友だちになりたいと言ってくれる。それなのに彼女には不釣りあいな取り巻きのひとりが初めてキスをして、初めて官能を呼び覚まし、初めてベッドをともにするのだ。リリーなら公爵夫人になってロンドンを牛耳れる。論理的に考えれば、決められた結婚をするのが最善なのだ。だが、グレイの脚のあいだにある論理的ではない部分は、そんな考えを嘲笑った。たかがキスじゃないか。リリー本人が比較する対象が欲しいと言っていたではないか。実例を示してやればいい。

リリーが身体を起こし、額にかかっていた髪を吹きあげた。「降参するわ。コツは何? 教えてちょうだい」

この部屋に一緒にいただけで、五分もしないうちにさっきの状態に戻ってしまった。彼女にキスをしたい。なぜ、否定するんだ? ほんのいっときだけリリーが引き起こす愚かなふるまいに身をまかせてしまえばいい。グレイは入口へ戻ると、小さな音をたててドアを閉めた。

決断を下すと、グレイはすばやく動いた。リリーのうしろに立ち、髪を片方の肩にかけて首筋を露わにした。「こうするんだ」ささやきかけた。

グレイは彼女の手をてのひらで包み、指がぴりぴりと痛むのに、火花が見えないことを不思議に思った。リリーの背中に身体を寄せると、愛らしい丸い尻がグレイの下腹部にぴったりと収まった。

「こう?」リリーが机にかがみ、高い声を震わせた。ふたりは絡ませた指でどうにかピックを鍵穴に刺した。グレイは勘だけを頼りに手を動かした。

グレイは彼女の身体にあわせてかがみこんだ。リリーはこの姿勢がどれほど刺激的かわかっていないだろう。下腹部が言い訳できないほど大きくなり、腰をわきにずらした。ここでリリーに悲鳴をあげさせたくはない。

ふたりの手の動き方はぎこちなかったが、グレイは少しも気にしなかった。唇でリリーの肌の温《ぬく》もりを感じたかったが、首から数センチのところで耐えた。そして女性らしいバラの香りをゆっくり深く吸いこむと、さらに欲望が高まった。決して直接触れないように注意しながら、舌を首筋から露わになっている襟もとへと肌すれすれのところで滑らせ、またこめかみへと戻した。そのひそかな企みに気づいたのか、彼女のうなじの産毛が逆立った。

そこで、ふたりは気づいていないふりをするのをあきらめた。そして指を絡ませたまま、手を机の上におろした。ついに、グレイは唇で彼女の首筋に触れた。そして耳のうしろにキスをすると、リリーは身もだえするようにグレイに寄りかかった。頭はグレイの肩にすっぽり収まり、尻が硬くなった股間を揺らした。そのとき、リリーの口からもれたのは悲鳴ではなく、喘ぎ声だった。

グレイは唇でさっきと同じ道をたどったが、今度は小さくキスをしたり、素肌をなめたりついばんだりした。

「グ……グレイ、これも訓練なの？」

もしかしたら、そうなのかもしれない。グレイはリリーを自分のほうに向かせると、抱きあげてダヴェンポートの斜めの蓋の上にすわらせた。そして脚を開かせると、そのあいだに立った。リリーは机の両側につかまっている。

ゆっくり、落ち着くんだ。グレイは両手を彼女の髪に差し入れて、親指で顔をなぞった。リリーは不安そうに大きく目を開き、唇も驚きのあまり開いている。初めてのキスなのだ。やさしくして、何かロマンティックで落ち着くことを言わなければ。

「リリー」目の粗い紙やすりのようにざらざらした声が出た。「もしきみが庭でどこかのまぬけ野郎とキスをしているのを見かけたら、そいつの腕をへし折ってやる。言っている意味がわかるかい？」

わかったらしく、リリーの喉から小さな音が聞こえた。

グレイは唇を押しつけたくなるのを何とかこらえたが、なぜか必死になって髪に差し入れた手を握りしめていた。舌を入れてリリーは自分のものだと主張したかった。だが、やさしいふりをして、唇を重ねるだけにとどめた。

リリーの唇はやわらかくしなやかで、グレイは興奮が収まるにつれて、支配するのではなく悦びを与えたくなった。そこで重ねた唇をかすめるように前後に動かすと、ふっくらとした唇を軽くはさんで吸った。リリーは両手をグレイの腋の下からまわして背中を抱きしめた。

リリーは情熱的でありながら純真に、グレイのキスに応えた。そのあいだも、グレイは衝動を押さえこんでいた。リリーがグレイの真似をして、下唇を吸ってくる。グレイは舌で上唇をなぞって意図を伝えた。するとリリーは目を開け、唇を重ねたまま息を吸いこむと、グレイの名をささやいた。

グレイはリリーの頭から手を離して、顔を包みこんだ。「目を閉じて、口を開けて。本物のキスがしたいかい？　それとも、したくない？」グレイはからかうような声で、沸き立っている生々しいむきだしの欲望を隠した。

リリーは青い瞳でグレイが受けるには値しないほどの信頼を伝えると、素直に目を閉じて唇を開いた。グレイは彼女の口のなかへ舌を滑りこませた。そしてリリーが驚いて舌を引っこめると、胸の奥で低い音を響かせた。ほかの訓練と同じく、リリーは呑みこみが早く、まもなく大胆にもグレイの口に自らの舌を入れてきた。グレイは喉の奥で低くうなった。

リリーは両手をグレイの胸に滑らせ、首にまわして熱烈に抱きついた。リリーの身体は融けた金属のようにグレイを包みこみ、グレイの股間もまた金属のように硬くなった。

グレイは片手をリリーの顔から背中へとまわし、身体をさらに引き寄せた。反対の手をドレスの裾から忍びこませ、シルクで包まれたふくらはぎをつかむ。そして頭のなかで響いている父親の警告を消し去ると、なかなか現れてくれない素肌を求め、ドレスの裾を腿まであげた。あと数センチで、この欲望を満たせるにちがいない。

指先がやわらかい素肌に触れた。唇でも同じものを求めて、首に沿ってキスを落としていく。リリーがのけぞり、胸を突きだした。

グレイは腿の上で手を広げた。下履き《ドロワーズ》に触れたら、手を引っこめるつもりだった。だが、手が伸びた先には裸の尻があった。欲望で働かなくなっていた頭がゆっくりとその意味を理解した。

「ドロワーズはどこにいったんだ?」


リリーの頭は興奮と、グレイにキスをされるという予想外の出来事で、すっかり思考力を失っていた。最初はグレイのひどく高ぶった荒々しい様子を見て、不安で心臓が飛びだしそうになると同時に、興奮に身もだえした。どうしてあんなふうになったのだろう? そのあとやさしくされ、彼を遠ざけなければというお粗末な考えは吹き飛んでしまった。グレイと友だちだったことはないし、これからもあり得ない。でも、もしかしたらまったくちがう関係にはなれるかもしれない。

　グレイの唇に下唇をはさまれて吸われ、シナモンの香りがする温かい息を吹きこまれると、リリーは身体が熱くなった。手足がぞくぞくして爪先が縮こまった。そして舌を差しこまれたときには驚いたし妙な感じがしたものの、すぐに慣れて、自分から舌を絡めてみた。それでもまだたりなかったけれど。

　彼の手に触れられたところは、まるで燃えているように熱くなった。このままドレスが燃えて、灰になって足もとに落ちても少しも驚きはしなかっただろう。それどころか、燃えてしまえばいいと思ったほどだ。

　脚の上に置かれたごつごつとした彼の手がゆっくりと上に向かい、とうとう尻をつかまれると、リリーは身をよじった。脚のあいだが疼いて妙な気分になった。それで脚に力を入れたけれど、言葉にならない虚しさを感じただけだった。

「ドロワーズは、どこに、いったんだ？」グレイがひと言ひと言のあいだを空けて、もう一度言った。

「はいてないわ」リリーが髪を引っぱっても、グレイは食い下がった。

「いつもはかないのか？」

「暖かいときは。だって煩わしいもの。だめなの？　ねえ、もう一度キスをして」どうして彼はこんなときに下着の話などしたがるのだろう？

「お茶の時間も、夕食のときも、公園を歩いているときも……ドロワーズをはいていないのか」

「何だか、いけないことをしているみたい」

「それなのに、どうしてまだ貞操を守っていられるんだ？」グレイの目がぎらついた。

リリーはグレイの頬を両手で包み、親指で黒くて太い眉をなでた。「わたしがドロワーズをはいていないことを確かめたのは、あなたが初めてだからよ」

グレイの腰がびくりと震え、ブリーチズの硬い峰が疼いている場所にこすれた。

「ぼくを殺すつもりか。いや、きみに止《とど》めを刺されなくても、レイフに殺されるだろうな」

わたしに殺されそうだと言うなら、どうしてまだ身体を揺らしているのだろう？　グレイが腰を動かすたびにリリーの身体もますます張りつめ、正体のわからない欲求を満たしたくてたまらなくなってくる。

「グレイ、お願いだから……」何をしてほしいのか、わからない。唇をなめると、そこは腫れて敏感になっていた。

グレイはドレスの下から手を出すと、リリーを強く抱きしめて、首筋に顔をうずめた。

「きみはまだ無垢だから、自分が何をしてほしいのかわからないんだね。ああ、教えてあげられればいいのに」彼の声はくぐもっていたが、唇が素肌をかすめるだけで背筋に悦びが走り、リリーは身体を震わせた。

「どうして、だめなの？」

グレイが顔をあげた。後悔と欲求が叶わないいら立ちに顔をしかめると、それでふたりの年齢と経験の差が浮き彫りになった。「ぼくはきみにふさわしくない。キスなんてするべきじゃなかった。伯爵も兄上もきみを貴族と結婚させたがっている。ぼくの仕事は危険だし、きみを置いて出かけて、何カ月も帰ってこないことがある。それに自分のことしか考えられない。責任を負うべき存在を気にかけることも、待たせておくこともできない。ぼくの人生には誰かと深く関わる余地なんてないんだ」

グレイの言葉は水が砂に染みこむように、彼女の意識のなかへ入っていった。リリーは身体をこわばらせ、教えられたとおりに、手首に近いところでグレイの肩を殴った。グレイはうめき声をあげて後ずさり、もうその手はリリーを支えていなかった。リリーは脚が弱々しく震え、その場にへたりこんだ。寄りかかれるものがあってよかった。そうでなければ、きっと床に倒れていただろう。リリーはしわになったドレスを足首までおろし、初めて知った欲望で霞がかかった頭が晴れるのを待った。

満たされなかった欲望が抱いて当然の怒りにさらに火をつけ、声が硬くなった。「わたしの希望は誰も気にしてくれないわけ？　わたしは男のひとたちが好きに動かせるチェスの駒？　無力な生贄《いけにえ》なの？」

「レイフはきみに幸せになってもらいたいと思っているし、きみを――」

「愛してくれているわ。それは知っているけど、それでもお兄さまも父と同じで、わたしをどこかにやりたいと思っているのは変わらない。落ち着かせたいのよ。飼い慣らされた馬のように。お兄さまはきっとわたしに相手を選ばせてくれるでしょうけど、選択肢は限られている。わたしが鍛冶屋の息子と結婚したがったら？　誰とも結婚したくないと言ったら、もっと驚くでしょうね。わたしが女優になりたいと言ったら？　画家は？　諜報員は？」


痛烈な非難を聞いて、少しずつ笑みを浮かべはじめていたグレイの唇が急に引き締まった。

「そんなことは口にするんじゃない。考えることさえだめだ」


リリーはついに裂け目を見つけ、獲物のまわりをうろつく狼のように、その裂け目を広げていった。「どうして、だめなの？　わたしはもうたいていの新米諜報員より能力を備えているはずよ。きっとサー・ホーキンズなら裕福で身分の高い女を計画に役立てる方法を考えてくれるわ」

「レイフが許すものか。きみを屋敷に閉じこめるはずだ」グレイは必死さを隠すことができなかった。

「鍵なら開けられるもの」リリーは腕組みをして、腰で机に寄りかかった。片脚をぶらぶらさせてドレスの裾を蹴っている。

「ぼくらはいったい何を解き放ってしまったのやら」グレイは天井に向かってつぶやいた。いや、宇宙に向かってつぶやいたのかもしれない。

「ちゃんと脳みそがある女性かしら？　あなたって、本当に時代遅れなのね」リリーはわざと横柄に言った。

男たちにも、その企みにも用はない。リリーはまだふらついている脚で立ちあがり、ミネルヴァから教わった相手を怯《ひる》ませる目でグレイを射抜きながら、横を通りすぎようとした。するとグレイがまえに立ちはだかった。ふたりは拳闘家のようににらみあった。

「きみの父上を見つけることに集中しないか？　今シーズンのあいだは結婚については心配しなくていいから、ホーキンズに連絡を取ることも考えないでくれ。そのことだけは合意できないかい？」なだめるような口調が嘘っぽく響いた。

リリーはその言葉が本心かどうか探るためにグレイをじっと見つめたが、その顔には何の感情も表れていなかった。その白紙のような顔を殴りつけて、怒りでもいいから何らかの感情を引きだしてやりたかった。「いいわ。その代わり、ロンドンに戻ったら、父の捜索からわたしをはずさないで。さもなければ、約束はすべて無効よ」

「わかった。きみをはずすつもりなら、訓練なんて無駄なことはしない」

その言葉を鵜呑みにしたわけではなかったが、リリーは不満げに鼻を鳴らして、グレイの横を通りすぎた。

そしてドアのノブに手をかけたところで、グレイが突っけんどんに訊いた。「キスはまずまずの出来だったかい？」

彼に背を向けていたのは幸いだった。乾いた森で火花が散ったように、全身に火がついたからだ。呼吸が速くなり、てのひらに汗がにじんでくる。

「キスは……」〝頭がぼうっとしたし、とても驚いたし、とてもすばらしかった〟「……まあまあね」

リリーはドアを開けると、慎みに欠けるほどの早足で寝室に逃げ帰った。部屋に着くまでずっと、低く響く笑い声が追いかけてきた。

リリーは百回目の寝返りを打つと、ついに寝るのをあきらめた。そしてナイトガウンをはおると、暖炉の残り火で蠟燭《ろうそく》をつけて、忍び足で階段をおりた。すべてグレイのせいだ。あの悪党が満足して眠っていた何かを目覚めさせたのだ。いま、それが慰めを求めているけれど、リリーにはどうすればいいのかわからなかった。でも、グレイは知っている。それなのに、教えることを拒んだのだ。

リリーはダヴェンポートの最後の引き出しを開けられなかった。蠟燭のほのかな明かりと耳の奥で響いている沈黙のなか客間に入り、震える手で蠟燭を掲げた。どの影にも恐ろしいものが潜んでいるような気がした。

リリーはカーテンと窓を開けた。部屋に月光が射しこむと、疲れ果てていた神経がやわらいだ。そよ風に乗ってナイチンゲールの歌声と虫の声が運ばれてくる。リリーがきたせいで怯《おび》えた動物が茂みを動く音がする。そしてウサギがあわてて庭へ逃げていったせいで、二羽の鳩が飛び立った。自分ひとりじゃない。夜も命で満ちあふれている。

お父さまはどこにいるのだろう？ 同じ月を見ているのだろうか？ 同じ風に吹かれているのだろうか？ それとも土の下に埋められて、永遠に見つからないのだろうか？

新しい目的を得て、リリーはダヴェンポートのほうを向いた。ピックは何も考えずに放りだされたまま、ふたの上に散らばっていた。ふたの上で手を広げると、胃が締めつけられた。

最後の引き出しを開けることに神経を集中させて、とまどいといら立ちを押しやった。鍵はとても複雑で入り組んでいる。リリーは鍵穴のなかの小さな仕組みと、引き出しの秘密を探るために必要な押したり引いたりする動きを思い描いた。

そして、ついにカチリという音がすると、にっこり微笑んだ。ほかの引き出しと同じく、なかは空だと思っていたから、肩の力が抜けたおかげで開けられたのだ。だが、引き出しは空ではなかった。胸が高鳴り、リリーは黒い革ひもで結ばれた平たい包みを手に取った。

そして蠟燭を持って窓辺に寄り、包みを調べた。手紙だ。いちばん上にあったのは父宛で、書かれているのはまぎれもない女性の字だった。一瞬、頭のなかで葛藤が起こった。でも、父の行方を探す手がかりになるとしたら、父の私生活に踏みこむことなんて些細なことだ。

革ひもは持っただけで切れた。ということは、手紙は古く、おそらく捜索には役に立たないだろう。それでも、好奇心のほうが勝った。封蠟も開いただけで崩れ、やはり手紙が古いことを示した。手紙を蠟燭にかざして読むと、宛名には〝愛する旦那さまへ〟とある。視線を下へ移すと、そこには飾り書きで〝ヴィクトリア〟と母の名が記されていた。

涙がこみあげてきて喉がつまり、リリーはまばたきをして視界をはっきりさせた。そして最初から読みはじめ、何も知らない母の言葉をゆっくり味わった。最初の数行には赤ん坊の成長について書かれていた。名前は記されていないけれど、日付を見ると、その赤ん坊はリリーにちがいない。だが、そのあと手紙の調子は一変した。

それは、まさしく恋文だった。

〝わたしの上に重なるあなたの身体が恋しくてなりません。ベッドでのんびり朝を過ごしてから、もう何カ月もたつわ。使用人たちがわたしたちの破廉恥なふるまいを見てびっくりしないように、まわりのカーテンを開けなかったわね。といっても、わたしが悦びのあまりあげた声は聞こえていたでしょうけれど〟

真っ赤になっているところを誰かに見られるわけでもないのに、リリーは手紙で顔をあおいだ。そしていったんその手紙を置いて、残りの手紙を見た。大部分は母の字だったが、一通だけ大胆な父の字で書かれたものがあった。リリーは次にそれを開いた。

長い手紙は年月を経たせいでしわが寄っていた。

〝愛する妻へ。早くきみの脚のあいだに入って、一緒に天国へ舞いあがりたい。だが、仕事のせいで無理なのだ。ひと月以上かかるかもしれないが、できるだけ早く帰るから安心してくれ。誰よりもきみを愛しているし、きみに代わるひとはいない。きみだけを求めているし、きみだけを愛している〟

深く永遠に変わらない愛情がインクにも染みこんでいるように見えた。二十年たったいまでさえ、ふたりが愛しあい、激しい情欲を楽しんでいたのは明らかだった。父への共感でさらに罪の意識が増した。母がほかの男と不貞を働いたことで、父は打ちのめされたにちがいない。父の意地の悪い言動は許されるものではないけれど、それでも……。

リリーは残りの手紙をすべて読んだ。母はなぜ父のもとを去ったのだろう？　最後の手紙のわずか数カ月後、母は愛人と馬に乗って出ていった。母は本当に移り気な浮気性の女性だったのだろうか？　だから、妻ヴィクトリアと娘を比べるとき、父の声は侮蔑に満ちているのだろうか？

リリーは手紙をまとめた。遠くロンドンまで行くのだから、すべての手紙についてじっくり考える時間はたっぷりある。リリーは乾いていて燃えやすい手紙から蠟燭を用心深く離して持つと、寝室へ戻って数時間眠ろうとしたが、やはりなかなか寝つけなかった。

9

「何かほかの手がかりは見つかったか？」レイフは机にブーツをはいた足をのせ、頭のうしろで手を組んだ。ロンドンの書斎はウインターマーシュの書斎を小さくしたような感じでよく似ていた。

「いや、何も。それで不安になっている。ギルモアの線はかなり薄いな」グレイは凝った細工のレターオープナーをいじりながら答えた。その手は落ち着かない心を表していた。

ふたりは三日まえにロンドンに着き、グレイは昼夜問わずいくつもの線を追ったが、結局どこへも行き着かなかった。いかがわしい酒場を歩きまわって伯爵に関する情報を集めているときも、任務に完全には集中しきれなかった。いまリリーは何をしているのだろうかと考えてしまうのだ。危険なほど、リリーはグレイの気を散らす存在になっている。

「今夜はマシューーズ家の音楽会に出席するんだったな？」レイフが訊いた。

「こっそり嗅ぎまわる予定だ。それを〝出席〟と呼べるなら」

「リリーの準備はできたのか？」レイフの言葉には不安が感じられた。

「時間が許すかぎり、できるだけのことはした。だが、本職の工作員のようなことは期待できない。今夜、リリーの手際を見てみよう。相手の動きは予測できないが、人混みのなかにいるかぎりは安全だろう」

「ホーキンズの件は？　執務室に侵入できたのか？」

「抜け目のない男だから、ぼくが見つけられるような場所に重要なものなんて置いておかないさ。それにホーキンズが貴重な人材を始末するとはとても思えない」グレイは手をふって、レイフの考えを切って捨てた。

「信用しすぎだ」レイフは低く馬鹿にするような声で非難した。

「そんな欠点を指摘されたのは初めてだ。翌朝、恐ろしい顔でにらまれたから、ホーキンズは誰かが部屋のなかを探しまわったことに気づいているはずだ。あの男はまぬけじゃない」

「とつぜん自殺まがいの任務を命令されたら、そのときにわかるさ」レイフは冷ややかに笑ったが、本気で警告していることはわかった。

グレイは国家にとって貴重な人材ではあるが、身を守ってくれる爵位はなく、ある程度は代わりがきく存在でもあるからだ。グレイは目をつぶり、これまでに集めた乏しい証拠を思い返した。心のどこかにある切迫した思いが消えないのだ。「何かがしっくりこないんだ。金のやり取りもないし、活動中の任務もないし、愛人もいない。何か重要なことを見落としているはずなんだ。本当は明らかなことを」

レイフは足を床におろした。「おそらくな。早く見つけださないと。ああ、船の進捗状況を見てくれ」

グレイはレイフの肩越しに略図と仕様書をのぞき、感心して口笛を吹いた。

そのとき、リリーがサテンのドレスを揺らしながらドアから入ってきた。グレイは提案された通商路そっちのけで、視線をあげた。そして背筋を伸ばして、目のまえに立ったリリーの姿をじっと見つめた。部屋の空気が動き、誘うようなローズウォーターの香りがグレイを包みこむ。

興奮が空気を動かしたのだ。

「音楽会に行ってきます」リリーが金色の手袋をはめた。

グレイは口やかましい牧師のように言った。「そのドレスはやめたほうがいい」

「きれいじゃないか」レイフはグレイを制するように言った。

グレイは握りしめた手を机について、レイフに顔を向けた。「きみの目は節穴か？　それとも、ただの馬鹿か？　このドレスは慎みに欠ける」

「慎みに欠ける？　確かにここ数年、ぼくは社交シーズンを避けてきたが、このドレスならふさわしいだろう。学校を卒業したばかりの娘でもあるまいし。白以外のドレスを着てもいいじゃないか」

「ドレスの見本帳でも見ているのか？　ぼくが反対しているのはドレスの色じゃない。その……」グレイは曖昧にリリーの胸を身ぶりで示し、てのひらを机に打ちつけた。

「わたしの胸もとについておふたりに語りあってもらえるなんてうれしいかぎりだけれど……教えてあげるわ、グレイ・マスターソン。このドレスに問題なんてありません」リリーはドレスのまえで手をふった。「肌を露出しすぎているドレスというのは、こんなものじゃないんだから。きょうは洗練されたひとたちの集まりだから、何も知らない田舎の娘だと思われたくないの」

「でも、きみはそのとおりの娘じゃないか」リリーの瞳に炎が灯ったのを見て、グレイは言葉の選び方を失敗したと後悔した。

リリーはとても麗しかった。グレイはすぐにでも彼女を絞め殺したいのか、ドレスの身頃をあごまで引きあげたいのか、それとも近くのベッドか壁か、都合よく敷かれているラグの上に彼女を引きずっていきたいのか、自分でもよくわからなかった。リリーは三つ編みにした髪を頭のてっぺんで冠のように結って、金色のリボンで飾っていた。いく筋かの巻き毛がまるで誘っているかのように、むきだしの首に垂れている。

そして三つ編みにした髪と同じように、胸の下には複雑に織られたサテンの金のバンドが巻かれて肩の上で結ばれており、二回ほどバンドを引っぱれば、深紅のドレスが床まで落ちるのではないかと想像させる。リリーの胸は深いスクープネックの上で挑発するようにふくらんでいるが、レイフの言うように、ドレス自体はとても美しく、申し分なく上品なものだった。

視線をさまよわせていればいるほど、グレイは自制心がきかなくなっていった。ひもをほどき、ドレスを少しずつずらして胸の先端までおろし、さらに下へと滑らせて、そのあとを唇で追っていきたいという破廉恥な衝動に襲われる。くだらない音楽会に出席する男たちの多くがその衝動と戦うだろうが、自分は人目につかない場所に隠れ、リリーは自分のものだと主張することができないのだ。

それが望みなのか？　リリーは自分のものだと言いたいのか？　どうしてリリーはわし鼻で、そばかすだらけの赤ら顔の女に育たなかったのだろうか。

「グレイ、聞いているのか？　リリーに伝えておくことはあるかと尋ねているんだが」レイフはグレイの顔のまえで指を鳴らし、いったいどうしたのかと明らかにいぶかっている。グレイ自身も同感だった。

リリーはグレイをまったく無視して手袋を引っぱっている。ぎこちない動きであり、いら立っているようだった。

「きみはレディ・マシューズから話を訊きだしてほしい。練習したことを忘れないように。演奏がはじまったら、ぼくは書斎のなかを探る。それがいちばん見つかりにくいだろうから」グレイは仕事に集中しようと努めたが、リリーが手袋を引っぱりあげている様子を見ていると、それは難しかった。

「マシューズ卿はどうするの？」リリーは反対の手にも手袋をはめた。

「機会があれば、質問してくれ。ただし、決してふたりきりにはならないように」グレイは恐ろしい顔で警告した。

入口からエディーの歌声が聞こえてきた。「リリー、支度はできた？」

「ええ」リリーはうしろを向き、ドレスの裾を引きながらドアから出ていった。

グレイはバラの香りのあとを追った。執事が外套を肩にかけると、リリーは冷たい夜気のなかへ出た。

「リリー」グレイが呼びかけた。

リリーは足を止めて、横を向いたまま待った。

「気をつけて」

リリーは聞こえないほど小さな声で「あなたも」と答えると、夜のなかへ消えていった。


リリーはこの音楽会には遊びではなく、仕事をしにきているのだと自分に言い聞かせた。マシューズ家の屋敷では仕切り壁が折り返され、家具が部屋のはしに移動してあった。椅子はピアノが置かれた演台に向かって並んでいる。エディーが隅の長椅子で数人の老婦人たちと話しているあいだ、リリーは社交界に慣れている、洗練されたレディや紳士と噂話をした。噂話のなかには破廉恥で軽薄な話もちらほら出てきた。シャンパンが惜しげもなくふるまわれ、リリーが二杯目のグラスに手を伸ばしても、目をそむけるひとは誰もいなかった。

リリーはレディ・マシューズの視線の先に立ち、シャンパンを飲みながら待った。レディ・マシューズがリリーのほうを見て、あちらこちらの人々に声をかけながら、少しずつ近づいてくる。やっとそばにたどり着いたとき、レディ・マシューズの顔にあるのは……好奇心だけで、不安や罪悪感は少しも表れていなかった。

「レディ・リリー、いらしてくださってうれしいわ。こう申し上げてよろしければ、お父さまに本当によく似ていること」

レディ・マシューズは白髪のないアイスブロンドの髪を重そうな宝石をつけた手でなでつけた。六十に近いはずだが、軽く十五歳は若く見える。挑発するように胸もとが深く開いた空色のドレスが髪と青い目を引き立てている。

リリーはその洗練された様子と優雅さに圧倒され、小さくお辞儀をすると、不安そうに微笑んだ。「ご招待ありがとうございます、レディ・マシューズ。すばらしいパーティーですね」

レディ・マシューズは陽気なふりをして快活に答えた。「そうでしょう？ 普通であれば、わたしのパーティーにはデビュタントはお招きしないのよ。でも、今年はあなたに会ったとたんに夢中になってしまう方々が多いから、お招きせずにはいられなかったというわけ。きっと、あなたにうっとりする方々を目にできるわね。あなたは本当に愛らしいし、素朴で、生きる喜びにあふれているから」

こんなことを言われて、有頂天にならずにいられるだろうか？　リリーは顔が熱くなり、すっかり狼狽《ろうばい》して、足をもじもじと動かした。「やさしいお言葉をかけてくださって、ありがとうございます」

「ねえ、レディ・リリー、最近お父さまから連絡があった？」

駆け引きはすでにはじまっていたのだ。リリーは心のなかで馬鹿正直な自分に毒づいた。

「いえ、最近はありません。あなたのところには何か連絡がありましたか？」

レディ・マシューズは指輪をいじりながら答えた。「去年の春からないの」ため息をついて肩を丸めると、顔が老けて見えた。「お父さまとはずっと……その、親しくさせていただいていたの。こんなに長く連絡が途絶えたのは初めて。わたしはこうしてロンドンで暮らしていて幸せよ。でも、お父さまに会えないのは寂しいの」

レディ・マシューズは父の失踪に関わっていない。物的証拠など必要なかった。真実は心から父のことを案じている目に刻まれている。

「父から便りがありましたら、すぐにわたしからご連絡するか、父から連絡するよう伝えます」リリーはよく考えないうちに気づくとレディ・マシューズに手を伸ばしており、もう引っこめることはできなかった。

「お父さまは複雑な方よね？　彼がいつわたしの世界に帰ってきてくれるのかはわからない

けれど、いつでも歓迎するから。お父さまは容易に支配したり、理解したりできる方じゃない。だからこそきっと、いつも引きつけられてしまうのね」

「確かに、父は容易なひとではないでしょうね」リリーはぽつりと言った。

レディ・マシューズがさりげなく女主人の仮面をかぶった。「今夜は楽しんでいってちょうだい。どうぞ、庭をご覧になって。あなたみたいに美しいから」彼女は会釈して、別の客たちのもとへ歩いていった。

リリーは同じような年齢の老婦人から噂話を聞いて笑っているエディーの近くに戻ると、部屋のなかを見まわした。レディ・マシューズは容疑者からはずれた。そして恰幅《かっぷく》がよく頭が禿《は》げているマシューズ卿はいまブランデーのグラスを持ち、楽しそうに膝を叩きながら年配の紳士たちと談笑していた。真っ白なハンカチで赤らんだ顔に浮かんだ汗をふいている。彼も誘拐をしでかしそうな人間には見えなかった。

あちらこちらの舞踏会で熱心に近づいてくる男性たちも、何人か出席していた。リリーが視線をさまよわせていると、いつものとおり落ち着いた格好をしているペンハヴン卿と目があい、親しみのこもった微笑みを交わした。

するとモントバットンが近づいてきて、気づまりなほど近くに立つと、馬の発育に関する最新情報を語りはじめた。リリーはモントバットンの息つぎにあわせてうなずいたり相づちを打ったりしたが、心は別の場所へ、具体的にはグレイが潜んでいる場所へと飛んでいた。

ミズ・モーティマーが演台に立つ数分まえになると、ギルモア卿が友人たちと入ってきた。挨拶する声がそこらじゅうから聞こえてくる。

グレイと兄によると、ギルモア卿は賭けごとと酒と女性が好きらしい――順序や組みあわせに関係なく。おそらくかつては二枚目だったのだろうが、長年の厳しい暮らしが見た目に出ているのだろう。腫れぼったい赤ら顔で、ブロンドの髪は薄くなりつつある。コルセットで胴を締めつけているせいで、はしから中身があふれているソーセージの皮に見えなくもない。

ダンスのあいだも、ギルモア卿は気さくで害のない当てこすりで風味づけをして軽口を叩いていた。父親にひどい真似をしておいて、その娘の目をまっすぐ見られるとは思えない。きっとあの愛想のよい笑顔の裏に罪悪感が見えたはずだ。

ブラッドフォード卿とハンプトン卿はギルモアの高価なフロックコートの裾にぴったりと貼りついているようだった。若くて感受性が強く、まだこれからが盛りのふたりはギルモアにおべっかを使っている。だが、三人目の陰気そうな男前はそれほどギルモアに心酔していないらしく、三人のうしろを退屈そうについてまわっていた。

数日後にギルモア家の夜会があるが、主人役をつとめないこの音楽会でのほうがたやすく話を訊けるにちがいない。グレイはギルモアがやってきたのを目にしただろうか？　リリーが行動を起こすまえに、レディ・マシューズが手を叩き、全員に着席するよう合図した。

音楽会の主役であるミズ・モーティマーは大柄な女性で、高音になると巨大な白い胸が激しく震えた。オペラの曲の合間に披露されたのは、カウンティフェアでよく聞かれる淫らな歌だった。リリーは爪先でリズムを取りながら、会場を見まわした。

男性の大半はビーズで飾られた白いドレスで強調された、ミズ・モーティマーの大きく開いた胸もとに目を釘づけにされていた。だが、名前のわからない、ギルモアの友人はちがった。リリーをじっと見つめると、訳知り顔で茶目っ気のある笑みを口もとに浮かべたのだ。そしてふり向いたリリーと目があうと、ウインクをして寄こした。

リリーは向き直り、扇子を開いて、ほてった頬をあおいだ。だが、数分もたつと、また彼を見ずにはいられなかった。男の目つきはまるでリリーのドレスを一枚ずつ剝いでいるかのようで、リリーは生まれたばかりの赤ん坊のように裸にされて無防備な気分になった。リリーが何度も足首を組み直し、落ち着きがなく困惑している様子に気づいて、エディーが心配そうに見た。

「どうしたの?」

「何だか暑くて」リリーは小声で答えた。それは嘘ではなかった。リリーがそっと部屋を抜けだしたところで、シャンパングラスをのせたトレーを持って急いでいたメイドとぶつかった。こぼれたシャンパンがリリーのドレスにかかった。

「申し訳ありません」メイドは目を見開くと、不安そうに早口で詫びた。「ご休憩の用意をしていたんです。ドレスをふけるように布を濡らして持ってまいります」

「気にしないで。そもそも、ぶつかったのはわたしのほうなのだから。ちょっと新鮮な空気が吸いたかったの」

「そうおっしゃるのでしたら」メイドは後ずさりした。「ご婦人用の控え室はこの廊下の先にございます。書斎の向かいです」

書斎。一瞬だけためらって足を止めた。がまんできるはずがない。リリーは黒っぽい板張りのドアをおずおずと開けて、においを吸いこんだ。書斎のなかは暗く、怪しげな男性っぽいにおいが漂っている。リリーはもう一度においを嗅いだ。蠟燭を吹き消したにおいもする。

そのとき口を手でふさがれ、胴をきつく締めつけられて、片方の腕を取られた。リリーは身体をひねって頭突きをすると、まだ隙間が開いているドアを見た。メイドか従僕が近くにいるはずだ。男の腕がゆるむと、リリーは向きを変えて、相手の股間に膝を打ちつけた。

男がうなった。「落ち着くんだ、おてんば娘」

「グレイ」リリーはほっとするとともに、脅威がなくなったことで、急に身体が震えだした。「どうして、きみがこんなところにいるんだ。音楽を楽しみながら任務にあたっているはずじゃなかったのか？」

いまリリーは暴漢のふりをした男の急所を蹴って逃げだすのではなく、安心感を求めて、その男に寄りかかっていた。「レディ・マシューズと話したわ。彼女が父の失踪に関わっているとは思えない。勘でしかないけれど、レディ・マシューズは心からお父さまを愛しているわ」

「彼女の部屋で見つけた日記を読んだかぎり、ぼくも同じ考えだ。マシューズ卿のほうは？」

「政治関係のお仲間に囲まれているわ。近づくのは無理ね。でも、嫉妬深いひとには見えなかった。あなたのほうは？」

「書斎に入ったところで、きみにじゃまされた」

グレイが机のほうに歩いていくと、リリーは彼の身体の温もりを失ってひどく困惑した。グレイはカーテンを開けて月明かりで書斎を照らすと、仕事に取りかかった。

リリーは楽しみをグレイにひとり占めさせるつもりはなかった。屋敷を出るまえに、レティキュールにピックを忍ばせておいたのだ。グレイが反対側の引き出しを開けているあいだに、リリーは近いほうの引き出しのまえにしゃがみこんで、鍵穴にピックを差しこんだ。グレイの目は見えなかったが、頰にはえくぼが浮かんでいた。

競争開始。リリーは目を閉じて、鍵穴のなかの仕組みに集中した。鍵の仕組みは単純で、リリーはグレイが成功した直後に引き出しを開けた。

「ぼくの勝ちだ。だが、なかなか見事だ」グレイは得意気に言った。

リリーはグレイを無視して中身を探った。つまらない契約書や議会での投票について詳細に報じた新聞の切り抜きが重ねられている。父に関係するものはない。ふたりはそれぞれ次の引き出しに取りかかったが、重要なものは見つからなかった。

グレイは膝をついて、机の下に手を伸ばした。すると金属のくぐもった音がして、にっこり笑った。「秘密の隠し場所だ」小声で言った。

グレイは簡素なひもがついたベルベットの小袋を引っぱりだした。リリーは鼓動が速くなり、腰で手を組んだ。グレイは中身をてのひらに空けた。貴石だ。カットされた面が輝いている。

「どのくらい価値があるものなの？」リリーが訊いた。

グレイは顔の近くに貴石を持ってきてじっくり見た。「いくつかは人造石だ。たぶんマシューズ卿が手切れ金代わりに用意しているんだろう」

「どういう意味？」

「別れるときの贈り物さ。いっとき……楽しませてくれた女性たちへの」

リリーは口を開いたが、言葉は出てこなかった。

「もう戻ったほうがいい」グレイは貴石を小袋に戻すと、膝をついて机の下に戻した。

「ギルモアがきているの。彼に近づいたほうがいい？」

「ひとが多すぎる。ふたりきりになれるのは庭だけだが、レディ・マシューズの庭は密会場所として有名なんだ」膝をついたまま顔を上に向けると、月光がグレイを照らした。

リリーは唇をかんで、窓とその向こうの庭へ視線を向けた。

「よけいなことは考えるな、リリー・ドラモンド」グレイは警告すると、立ちあがってリリーを見おろした。「約束してくれ」

「でも、こんな機会は二度とないかもしれない」

「だめだ」その言葉は最後通牒《つうちょう》のように響いた。

「わかった。ギルモアとは一緒に庭に出ないと約束するわ」

そのとき、くぐもった拍手が聞こえ、ふたりとも驚いた。「急いで。応接室に戻るんだ」グレイはドアのほうへリリーを押しやった。

リリーはドアのノブに手をかけたところで足を止めてふり返り、質問をしようとして口を開けたが、すでにグレイはいなかった。書斎にいたことが夢だったかのように、夜の空気だけが揺れている。

騒々しい音が近づいてきた。リリーが婦人用控え室へ飛びこんで長椅子にすわって扇子であおぎはじめたところに、にぎやかな女性たちがなだれこんできた。リリーの紅潮した頬もあがった息も興奮している女性たちに混じれば目立たなかった。リリーは数分ほどくだらない噂話をしてから、控え室を出た。

応接室では使用人たちが忙しそうに手のこんだ軽食を用意し、次々とシャンパンをグラスに注いでいた。客は少人数のグループに分かれて会話し、そこかしこから愛想のいい笑い声が聞こえてくる。庭に出る三カ所の扉はいずれも開け放たれている。リリーがいつも出席する規則だらけの堅苦しい舞踏会のように厳しい目で見られることなく、紳士やレディが出入りしている。

リリーは開いたドアのまえに立って、グレイが庭にいる様子を思い描いた。それとも、グレイは仕事を終えて、もう帰ったのだろうか？　気持ちのいい風が首筋をなで、まるでグレイにされたかのようにほつれ毛を持ちあげた。

「こんなに美しいひとを目にしたのは何年ぶりかな」リリーがひとりでいると、うっとりするような男性の声が聞こえた。

ふり返ると、歌を聴いていたときに厚かましくも大胆な視線を寄こしてリリーを赤面させた男性だった。リリーはあたりを見まわした。エディーは長椅子にいなかった。

「まえにご紹介いただいたことがあったでしょうか？」リリーは訊いた。

「いいえ。わたしはサットン侯爵マイルズ・ランズダウンです」

どうやら、紹介という通常のならわしは不要らしい。「わたしはリリー・ドラモンドです」

リリーが手を差しだすと、サットン侯爵は音をたてて靴のかかとをあわせ、すばやくお辞儀をして手の甲にキスをした。

サットン侯爵はとてもハンサムで、漆黒の髪と目に、彫刻のような顔立ちだったが、ギルモア卿と親しい人物は残らず疑ってかかるべきだろう。彼はギルモア卿の行動について何か知っているだろうか？　さらには、父のことも？

「レディ・マシューズのお庭はとても美しいそうですから、見にいきませんか？」サットン侯爵は半ば目を閉じ、下品だけれど魅力のある笑みを浮かべて、言外の意味をはっきり伝えてきた。

ギルモア卿にはついていかないとグレイに約束したけれど、マシューズ卿を除けば、ギルモアは最後の手がかりなのだ。この機会を逃したら、父がどんな目にあうかわからない。行くべきか行かざるべきか葛藤したが、リリーはその一線を越えた。「ええ、ぜひお庭を拝見したいです」

サットン卿は花盛りの生け垣のあいだを通って人目につかない中庭へとリリーを連れていったが、そのあいだじゅういまにもドレスを剝ぎ取りたそうな目で見ていた。そして自信に満ちあふれた様子で、花の蔓《つる》に覆われた東屋の階段の下で立ち止まった。間違いない。この暗がりに入ったら、傷ものにされてあっという間に捨てられるだろう。

中庭の真ん中にある、跳んでいる妖精の飾りがついた噴水のそばにいたほうが安全にちがいない。リリーは自分を招いているサットン侯爵の手を無視した。「何て楽しそうな噴水かしら。夜風が気持ちよくて、気分がすっきりすると思いません？」

「ええ、そうですね」サットンは残念そうな声で答えると、中庭の出口に目をやった。

リリーは唇をかみ、この状況にふさわしい選択肢を求めて頭を回転させた。当然ながら誘惑には付きあえないけれど、サットンにはここで質問に答えてもらわなければ困る。リリーは石のベンチに腰をおろしてドレスの裾を直すと、両手をうしろについて寄りかかった。サットンは目を大きく見開き、薄暗いなかでも、リリーが突きだした胸に釘づけになっているのがわかる。男って、どうしてこんなにも簡単に操られるのかしら。

「おかけになりません？」

サットンが二歩でベンチに近づいて、腿と腿がくっつくほど近くにすわったので、リリーは彼のパチョリ石けんのにおいと葉巻くさい息に包まれた気がした。サットンのベルベットの上着がリリーの腕の素肌をかすめた。リリーは身体を離したが、サットンがじわじわと近づいてくるので、あとはベンチから落ちるしかないところまで追いつめられた。

リリーは舌がもつれた。足もとをすくう、すくう、すくう。あまりにも心臓がどきどきするせいで、リリーはすっかり動揺して頭が真っ白になった。いったいどうしたら、無垢な娘をたらしこもうとしている放蕩者の足もとをすくえるの？　リリーは唇を震わせた。

「サットン侯爵、わたしの兄、レイフ・ドラモンドのことはご存じですか？」

「残念ながら、お目にかかったことがないな」サットンが手袋をしていない指で、リリーの肩から手袋までのあいだの素肌をすっとなでた。ああ、鳥肌が立ってきた。

「兄はとても大きいんです」

サットンは五本の指で肩をなで、ドレスの肩ひもの下にくぐらせた。「ほう、そうなんですか」声はいら立っているが、注意はまだ指にある。

「ええ、とても。侯爵が小人に見えてしまうくらい」

「今夜は出席していないんですよね？」サットンは慣れた様子で、関心なさそうに訊いた。

「ええ。でも、兄はこのシーズンでぜったいにわたしを結婚させると決めていて。来年もまたわたしのためにお金を使いたくないんです。サットン侯爵、失礼ですけど、あなたはお屋敷をいくつもお持ちですか？　それなりの収入がおありになる？」

サットンは肩にキスをしようとして近づけていた顔をさっとあげた。「わたしが何ですって？」

「お年はおいくつですか？　結婚するおつもりは？　わたしは十人は子どもが欲しいと思っています。その点についてはどうお考えですか？」

サットンはリリーの肩におそろしく大きくて、太い毛が生えているホクロでもあったかのように、あわてて身体を離した。「子ども？　そ……そういう問題は深く考えたことがないので」中庭の出口をちらりと見て、焦っているようにひどい早口で話しつづけた。「そろそろ、付添役の方があなたがいないことに気づいているんじゃないかな。もう、なかへ――」

「ええ、そうね。ここであなたといるところを見られてしまうかも」リリーは意味ありげに声をひそめた。「ふたりきりでいるところを」今度はリリーが追いつめる側だった。サットンは逃げるときにベンチのはしでバランスを崩しかけてリリーの腕をつかんだが、すぐに放した。

「サットン侯爵、ギルモア卿とはいつ頃から親しいんですの？」

サットンはまるで溺れている男が浮き輪につかまるように、新しい話題にしがみついた。

「もう二、三年になるかな。ギルモア卿とは兄が親しかったんだ」

「共同で事業か何かをやっていらっしゃるの？」

「いや、そうじゃない。ギルモアは気晴らしやパーティーが好きでね。わたしとはそれだけの関係なんだ」

また別の技も試してみようと考え、リリーは顔を近づけて共犯めいた口調でささやいた。

「ギルモア卿はずいぶんとカードで楽しんでいらっしゃるようですね。去年の夏けかなり借金取りに追われていたと聞きましたけど。でも、もう返せたみたいですね」

「ああ、思いがけない授かりものがあったらしいよ。じつを言えば、その件についてはかなり不思議なんだ。金ももらわずに無償で義務を果たしている者たちは哀れだなんて言っていたよ」

「どういう意味ですか？」

「さあ」サットンは立ちあがって、リリーがいつ何時罠《わな》を仕掛けてくるかわからないとでもいうように周囲を見まわした。そして後ずさりしたが、リリーは出口までサットンを追いかけていった。おかしさをこらえているせいで、涙があふれてくる。

サットンはリリーを近づけないように両手をあげた。「ああ、泣かないで。ぼくはあなたにはふさわしくない。とんでもない道楽者だから。大酒飲みだし、賭けごとにはまっているし、誠実でもない。間違いなく、債務者監獄行きだ。わたしと結婚しようだなんて考えないほうがいい」

「確かにひどいことになりそうですね。侯爵のおっしゃるとおりかもしれません。最後のお願いとして、屋敷まで連れていってくださいますか？」

整った顔にほっとしたような無邪気な笑みが浮かぶと、サットンは若く、高貴にさえ見えた。「喜んで」

リリーは差しだされた腕に手をかけると、サットンを横目で見た。「サットン侯爵が歩いていらっしゃる道はずいぶん険しそうですね。ほかの道を選んだらいかがですか？」

サットンは口を開いたが、何も言わずに終わった。ペンハヴンが茂みから急に現れて、ふたりのふいを突いたのだ。

「レディ・リリー、こんなところでお若いサットン侯爵とご一緒だと知ったら、ミセス・ウィンズローが何とおっしゃいますかな？」ペンハヴンは笑みを浮かべてはいるが、その口調は不満そうだった。

「きっと、びっくりするようなことを言うでしょうね」リリーは眉を吊りあげ、小さく微笑んだ。

「サットン侯爵、レディ・リリーとわたしは古い友人でね。ふたりきりで話したいことがあるんだ。かまわないかね？」ペンハヴンはサットンを子どものように追い払おうとした。

「レディ・リリー？」サットンの黒い目は迷っているようだった。

「ペンハヴン卿とでしたら、安心ですから。お庭に連れてきていただいて、ありがとうございました。早く、ちがう道が見つかりますように」

サットンはお辞儀をすると、かすかに困惑した顔でふり返りながら去っていった。ペンハヴンに中庭に導かれると、リリーはベンチにすわった。とりあえず、ペンハヴンであれば東屋に連れこまれる心配はない。

ペンハヴンは充分な距離を空け、腰をおろした。ありがたいことに、濃紺の上着のおかげで、緑がかった青いサテンのブリーチズと赤いベルベットのベストの眩《まばゆ》さが抑えられている。彼の指ではさまざまな準貴石がはめこまれたいくつかの指輪が輝き、ぴんと立ったクラヴァットには凝ったエメラルドのピンが留められていた。

「レディ・リリー、わたしはシーズンがはじまってからずっと、あなたに率直にお話ししようと思って、勇気をかき集めていました」ペンハヴンはリリーの手を握りしめた。

「いったい、どんなお話でしょう？」リリーの呼吸が浅くなった。ぜったいにグレイは間違っている。ペンハヴンは父とほとんど変わらない年なのだから。

「もう何カ月もまえに、お父さまとあなたの将来について話しました。お父さまから聞いていませんか？」

父はペンハヴンに娘と結婚させると言ったのだろうか？「い、いいえ。何も聞いておりません」

「お父さまはお忙しいし、お兄さまはほとんど社交界に出てこないようですから、あなたに結婚を申し込むのはわたしのつとめであり、名誉でもあると考えています」ペンハヴンは微笑んだが、その目は厳しいままで、愛情も情熱も浮かんでいなかった。それどころか、反論に備えて、険しく細められている。

リリーは口を開けたり閉じたりしながら、求婚されたことを受け止めた。「あまりにも……驚いて、何と言っていいのか」

「わたしたちの結婚には、いくつも利点があります。両家の領地をあわせられる。あなたは家族のそばにいられる。ざっくばらんに言えば、わたしもとっくに跡継ぎがいてもいい頃です」ペンハヴンはそっと近づき、リリーのほつれた髪に触れた。肩に触れる指輪の生温かさが妙に気持ち悪い。「あなたは本当に美しい」

ペンハヴンとキスをすることを想像しただけで胃がおかしくなった。ベッドをともになどしたら、吐いてしまうだろう。リリーは頭を働かせて、善意のつもりらしい求婚を断る、礼儀正しい言葉を探した。

「お気遣いありがとうございます。でも、残念ながらお受けできません」リリーの声は震えていたが、断るのは本当に良心がとがめた。ロンドンの社交界にデビューしてからというもの、ペンハヴンはずっと親切にしてくれたのだ。でも、ぜったいに結婚は無理。

ペンハヴンの手を握る力が強くなり、痛いほどだった。「ペンハヴン卿、手を……」リリーは手を引っぱって力をゆるめさせると、脚の下に両手を隠した。

「ああ、リリー、あなたのお父さまとはもう話がついています。あなたはわたしと結婚するのです」ペンハヴンの顔が目と同じくらい険しくなり、高かった声が低くなった。

リリーは不安でこわばった身体で立ちあがった。すると、ペンハヴンも立ちあがった。リリーは出口と、安全な人混みのほうへ歩きだした。「確かめたくても父がおりませんし、兄も婚約を証明する書類を持っていません。ペンハヴン卿、あなたとは結婚できません。遠慮のない物言いでごめんなさい。今シーズンの結婚市場には若くて美しい女性がたくさんいます。お相手を見つけるのは難しくないでしょう。あなたはとてもすてきだし、条件もすばらしい方ですから」

「でも、わたしはあなたがいい。どうか、わたしを誰よりも幸せな男にしてください」そのやさしい言葉は鋭い口調とは対照的だった。ペンハヴンは唇を歪めて歯をむきだし、軟弱な態度からは想像もできないほど強くリリーの手首をつかんだ。それでも、リリーにはペンハヴンが本気で自分を傷つけるとは思えなかった。求婚を断られたせいで思わず反応してしまっただけにちがいない。

リリーは安全に逃げる技を使うまえに、もう一度機会を与えることにした。「そろそろ本当にエディーおばさまが心配する頃です。わたしを探しはじめるまえに戻らないと」

「庭でふたりきりでいるところを見られたら、あなたはわたしと結婚しないわけにはいかなくなる。あなたのご両親のように」ペンハヴンは妙に浮き浮きした笑顔で言った。

リリーは身体を前後に揺らした。そしてペンハヴンに引き寄せられると、彼の胸に体あたりした。ペンハヴンが思わずリリーの手を離してよろけると同時に、リリーは彼の足首に足をかけて引いた。ペンハヴンは片足を持ちあげられたせいで、情けない格好で尻もちをついた。すると茂みの向こうから、アカリスが木の実を喉につまらせたような音が聞こえた。

リリーは驚いたふりをして、心配そうに訊いた。「だいじょうぶですか？　どうなさったのですか？」

ペンハヴンは口を大きく開けたままリリーをにらみつけた。頬は赤というより、赤黒く染まっている。ペンハヴンは立ちあがると、青いサテンのブリーチズをはたいた。

「上着はきれいです。もしかしたら、そちらを痛めたのでは……」リリーは曖昧に尻のほうを身ぶりで示した。

「だいじょうぶだ。ありがとう」ペンハヴンはサットンと同じようにリリーから離れた。

「屋敷に戻る道はわかるね？」そう言うと、リリーをひとりで残して去っていった。

リリーは深呼吸をして気持ちを落ち着かせると、相反する感情が湧きあがってくるのを抑えた。サットンにしてもペンハウヴンにしても、自分はもっと悪い状況に陥っていたかもしれない。でも、そうならずにすんだ。リリーは膝が震え、ベンチに腰をおろした。それなのに、なぜ危険が過ぎ去ったいまになって、こんなに怖くてたまらないのだろう？

ペンハウヴンの姿が見えなくなってから、グレイは中庭に出た。リリーはまた石のベンチにすわって身をかがめ、自らをきつく抱きしめていた。目を閉じているせいで、青白い頬にまつ毛がくっきり浮かびあがっている。

もちろん、グレイはいつでも出ていけるように準備していたが、その必要はなかった。リリーは立派に自分で対処していた。サットンを御した手際はとても巧みだった。

「リリー・ドラモンド、じつに見事だった。ひと晩でふたりも言い寄ってきた男を払いのけたんだからな」グレイは微笑みながら近づいた。

リリーはウサギのように驚き、背中を丸めてかがみこんだ。一瞬だけ怯えた顔をしたが、すぐにほっとした表情に変わった。そして、よろよろとグレイのほうへ歩いてきた。グレイも近づいていくと、リリーが震えながら胸のなかへ倒れこんだ。

「どうしたんだ？　ペンハウヴンのせいで、どこかけがをしたのか？」

リリーは両手を上着のなかに入れ、グレイの背中に抱きついた。「いいえ、だいじょうぶ。少しびっくりしたけれど、逃げられることはわかっていたから。いったいどうしたのか、自分でもわからない」クラヴァットのわきからくぐもって聞こえる声はひどく落ちこんでいた。

生け垣の向こうから、女の笑い声と男の低い声が聞こえてきた。ふたりが一緒にいるところを見られるわけにはいかないが、まだ屋敷には戻れない。グレイはリリーを連れて階段をいくつかのぼり、東屋へ入った。なかは真っ暗だった。入口から離れた場所にクッションが置かれたベンチがある。グレイはリリーを連れていって、ベンチにすわらせた。彼女の温かく乱れた息が首にあたる。

グレイはリリーのこわばった背中をさすった。「興奮が収まれば、身体の具合もよくなる。それだけのことだ。深呼吸をして。ぼくがいるから、もうだいじょうぶ」

今回に限っては、リリーも逆らわなかった。肺がきちんと働くようになると、呼吸が楽になり、震えが収まった。

リリーが肩から顔をあげると、すぐそばにグレイの顔があった。「茂みに隠れて、わたしを見ていたの？」

「変質者みたいにね。サットンへの対応はすばらしかった」

「もう帰ったのかと思っていたわ。どうして帰らなかったの？」

「きみを見張って守るためだ。ただし、一瞬この手できみの首を絞めたくなったけどね。きみがサットンと庭へ出ていくのを見て……とんでもない結果になっていたかもしれないんだぞ」声に不安と嫉妬が出ないようにしたせいで、グレイ自身が意図していたより非難めいて聞こえた。

リリーはグレイの腕を押しのけた。背中に抱きついていた手と、胸に押しつけられていたリリーの胸のやわらかさがなくなり、グレイは寂しくなった。暗くてリリーの顔は見えなかったが、身体がこわばっていることで、その気分はうかがい知れた。

「わたしを信用していないのね」リリーは傷ついたようだった。

「ぼくは自分しか信用しない。だから、生きてこられたんだ。ひとは信用が安っぽくて、すぐに手に入るもののように話す。でも、ちがう。信用はなかなか手に入らないし、高くつくものなんだ」

リリーは立ちあがって出口まで歩いたが、月明かりに照らされるまえに立ち止まった。そして、小さな声でささやいた。「でも……わたしはあなたを信じているわ。これまでもずっと信じていた……だって、あなたは信じられるひとだから」

グレイは締めつけられた胸をさすった。「ぼくは信じてもらえるような人間じゃない。知ってのとおり、ぼくはレイフをドーヴァーで見捨てたんだ」

リリーは東屋から出ていかず、両手をうしろにまわして、出口のわきの装飾が施された石柱に寄りかかった。

グレイは膝にひじをついた。そして頭皮が引っぱられるほど強く、両手で髪をつかんだ。罪の意識を深く沈めておくのは無理だった。「ぼくが巻きこまなければ、レイフの命が危険にさらされることはなかった」

グレイのこぶしにリリーの手が重なり、そっと開かせた。グレイはリリーが近づいてきたことさえ気づいていなかった。そしてあやつり人形のように、リリーに引きあげられた。リリーはグレイの手を握って、指を絡めた。「馬鹿なことを言わないで。お兄さまは一人前の男よ。自分の義務を果たしただけ」

おかしなことに、グレイはどうしても自分が信用に値しないことをリリーに納得させたかった。「それなら、子どもの頃のことはどうだい？　ぼくはきみにいじわるだった」

リリーは明るい場所までグレイを引っぱってくると、また石柱に寄りかかった。まるでリリーの笑顔が光を発しているようだった。「わたしがじゃまをしすぎたのかも。でも、あなたが干し草のなかにわたしを放って、お父さまから隠してくれたこともあったわ。わたしがあの不格好な古い花瓶を割ったことを知っていたのに、罪をかぶってくれた。それに、わたしが粉屋の息子に突き倒されて泣かされたときは、顔に一発お見舞いするぞって脅してくれたでしょう？」

おそらく、グレイは無意識のうちにリリーをかばっていたのだろう。「ペンハヴンに注意しろと言わなかったかい？」

「わたしが求婚を断ったことで、きっと腹を立てたんでしょう。よくもまあわたしが承知するなんて思えたものよね。お父さまとたいして変わらない年なのに。でも、気分を害してしまったみたい」

「ぼくがじゃまに入っていたら、もっと気分を害しただろう」グレイは冷ややかに言った。「ペンハウヴンもぼくたちほかの男と同じように、きみの美しさと気立てに目がくらんでしまったのさ」

「あなたもモントバットンたちの仲間になったの？」

射しこんできた月光がリリーの横顔を照らす。ふっくらとした唇が開き、髪のまわりでいらいらと動かしていた手がとうとうグレイのベストのボタンで止まった。ジャスミンの花の香りが漂い、恋を求めるナイチンゲールの歌が庭じゅうに響いている。

ぜったいにキスをしてくるわ。

グレイはリリーの頭上の石柱に片手をつき、反対の手で首筋をたどると、肩の上の金モールを引っぱった。「今夜は一段と魅力的だ」

「わたしのドレスが気に入らないんだと思っていたわ。口うるさく文句を言っていたから」

「いやになるほど気に入っているさ。音楽会にきている男は全員そうだろう。サットンなんて、よだれを垂らしそうだった。ペンハウヴンでさえ気持ちを抑えられなかった。これまではどんな女性にもふり向かないと思っていたのに」

リリーは話を続ける気があるかのように訊いた。「どういう意味？」首をかしげ、白く輝く肌にグレイの唇を誘った。

「たいした話じゃない」

リリーが大きく息を吸いこむと、胸が盛りあがった。まだ無垢な彼女は自分が彼に触れられることをどれほどあからさまに願っているのか、気づいていない。そして、グレイはリリーの願いに弱いのだ。とても。

グレイは首筋にキスを落として、リリーの身体で高まる緊張をほぐした。リリーは小さな声をもらし、のけぞって冷たい石柱に頭をつけた。グレイは首筋に何度もキスをしたあと、唇であごにそっと触れた。するとリリーはグレイが欲しくてたまらなくなった。それはまるで小さかった火種が燃えあがり、いまにもリリーを呑みこもうとしているかのようだった。

グレイの唇はやさしく、あまりにもやわらかく、気持ちをなだめるように、リリーの唇のはしをわずかにかすめただけだった。最初のキスの荒々しい激しさはどこにもない。今回、グレイは完全に自分を抑えていた。ウインターマーシュでは業火に焼かれているように感じたが、今回のキスはじっくりと焦がされているかのようだった。まったくちがう……けれど、同じくらい衝撃を受けた。

グレイはリリーの頭を支えて、舌でゆっくり唇をなぞって火をつけた。するとリリーは口を開き、爪先立ちになって、たくましい身体に自らを押しつけた。そしてグレイの上着を握っていた手を離すと、首に巻きつけてさらに身体をくっつけた。

グレイが腕に力をこめ、膝を奥に差しこんでさらに求めた。ふたりの舌が絡みあって踊りだすと、高まった欲望が全身を駆けめぐった。初めてのキスのときのように、脚のあいだが濡れはじめる。母の手紙を読んだことで解決した疑問もあったけれど、また別の疑問が湧いてきた。

リリーは全身を貫く感情を何と呼べばいいのか、もうわかっていた——欲情だ——そして、そんな感情を自分に起こさせるのはグレイしかいない。それは肉体の反応だけではないけれど、その一方で身体が発する声はほかの何をも圧倒していた。ただ、リリーがまだわからないのは、実際にどうすれば身体を満足させられるのかということだった。リリーはグレイと重ねていた唇を引きはがした。そして思いきり息を吸いこんで、くらくらしている頭を落ち着かせた。グレイの手が背中から尻へとさがり、そしてまた腰に戻ってくると、その跡に火種がくすぶったまま置かれた。

「ひとの身体の特徴について質問してもいい?」リリーは訊いた。グレイの舌と熱い息が耳にあたり、全身が震える。

「ああ、何でもどうぞ」グレイに親指で胸の下をなぞられ、リリーはすばやく息を吸いこんだ。

「それ……すごくいい」リリーがかん高い声で言うと、グレイは楽しそうに低い声で笑って、胸を震わせた。リリーは話を戻した。「何だかおかしなことに気づいたの」

「どういうことだい、スイートハート?」

そんなふうに呼ばれ、リリーの心臓は止まりそうだった。「あの……その、あなたの……」もともと小さかった声がさらに小さくなった。「……ぶらぶらが、もうぶらぶらしてないように思うのだけど」

リリーのうなじに顔をうずめたまま、グレイの動きがふいに止まり、全身の筋肉が緊張した。「きみは男と女の関係について、どのくらい知っている？」

「あまり知らないわ。訊きたいことはいっぱいあるけど、誰も答えてくれないでしょう？」

グレイのそばにいると独自の意思を持つらしい手が、彼の胸の下のほうへと伸びていった。指先がためらいながら少しずつ進んでいき、ついには硬くなった峰に届いた。「すごく……すごく大きくて硬いのね」

「ぼくがこれまで経験したなかでも、ひどく不適切だが、刺激的な話題だ」グレイはおもしろがっていながらも、ひどくいら立っているような、どちらとも取れる声で言った。

「いままで、いろいろ読んできたなかには、わからないことがたくさんあるの」

「レイフの図書室からあまり感心できない本を失敬したんだな？」

刺激的な本のほうがリリーは喜ぶと、グレイは母から聞いていた。リリーは次第に大胆になり、てのひらで峰を包みこんでその太さを測った。グレイが急に腰を動かし、辛そうにうめきながらのけぞった。

「ああ、痛かったのね。ごめんなさい」リリーはすばやく手を離してあごの下で握り、黒いクラヴァットをじっと見つめた。

グレイはふたたび腰をリリーに押しつけ、あごを持ちあげて視線をあわせた。「痛いんじゃなく……落ち着かない感じなんだ」リリーの握りしめた手を広げ、反対の腕を自分の首に巻きつけた。

「落ち着かない感じ……。わたしもそうなの」リリーは少し口ごもってから続けた。「脚のあいだが」

グレイは口を大きく開け、息を吸いこんでから固く閉じた。「ぼくのまえで、そんなことを言ったらだめだ」

「どうして?」

「想像してしまうから。求めてはいけないものを望んでしまう」

「わたしの脚のあいだに入りたいの?」

グレイは意味不明な音を発し、そのあとやっと意味のある言葉を口にした。「リリー、きみはいったい何を読んだんだ?」

「古い手紙の束を見つけたの。ほとんどがお母さまからお父さまに宛てたものだったわ。ところどころ、かなり露骨な表現があって」

「どこで見つけたんだ?」グレイは手をリリーの腕に滑らせ、互いの指を絡めた。

「ダヴェンポートよ。一緒に鍵を開けようとした引き出しに入っていたの」リリーは胸のふくらみをグレイの胸に押しつけた。この胸を彼の手で包まれたら、どんなふうに感じるのだろう？

「読みたい。手がかりが書いてあるかもしれない」

手はグレイに握られているので、リリーは黒いクラヴァットの上に唇を押しつけた。陽に灼けた首で白い傷が目立っている。

グレイは喉をリリーの唇に押しつけた。「こんなことをするのは……これがどういうことであれ……軽率だ。無謀だし、愚かだ。このまま続けたら困ったことになる。きみは自分の身分にあった男に目を向けるべきだ。きみにふさわしい男に」

リリーは落胆してため息をついた。どうして男たちはこっちの望みを無視するのだろう？

「結婚したいなんて、誰が言ったの？　あなた以上にわたしに指図するひとと結婚するつもりなんて、これっぽっちもないわ。わたしの母はきっと父を嫌っていたにちがいないし、父も結局は母を嫌ったのよ。それなのに、同じ道を歩むと思う？」

どんな男性を選んだとしても、すぐに妻の意地っぱりな性格と口の悪さを思い知ることになるだろう。夫が賭けごとをしたり娼婦を買ったりしているあいだ、絵を描いたり刺繍をしたりしているなんて、考えるだけでも鳥肌が立つ。夫に早く帰ってきてと泣きつく手紙を書くような立場に追いこまれたりするものですか。

グレイの目は彼女の内心を読もうとしていたが、リリーは横を向いて考えを隠した。すると、庭の向こうからかすかに拍手が聞こえてきた。グレイはリリーを引きずるようにして憩いの場から出ると、中庭の出口に向かった。「早く、屋敷に戻るんだ。誰にも見つからずに戻ったほうがいいが、ペンハウンもサットンもきみと庭にいたことは話さないだろう。部屋のなかが暑かったから、ひとりで新鮮な空気を吸っていたと言い張るんだ」

「あなたはまだ帰らない？」

「きみが無事に屋敷に戻るところを見届けたら、裏口から出ていくよ」

「裏口？」

「庭の塀を越えるんだ」グレイがにっこり笑うと、えくぼが浮かんだ。「ぼくが正気を保っていられるように、うろうろしている男には捕まらないでくれよ、ダーリン」リリーの背中を押して、正しい方向へ歩かせた。

親しみのこもった呼び方はリリーにキスと同じくらいの衝撃を与えた。リリーの質問には何ひとつ答えてくれなかったが、太陽がのぼるのと同じくらい明らかなことがひとつだけあった。質問の答えを教えてくれるのは、グレイしかいないということだ。もうグレイの姿は見えないけれど、彼はぜったいにそばにいて、いつだって守ってくれる。それだけはわかっていた。

10

リリーは書斎のスツールにすわり、レイフはうろうろと歩きまわり、グレイはひじ掛け椅子に腰かけていた。リリーの両手のあいだには手紙がはさまれていた。何度か手紙を読み直して接点ができると、いっそう母の裏切りが理解できなくなった。

グレイは腿にひじをついて、こめかみをもんだ。「ギルモアは無償で義務を果たしている者たちは哀れだとサットンに話した。つまり自分は金をもらっているということだ」

レイフはあごひげを引っぱった。「ギルモアは何らかの能力を買われて、国家に使われているということか。ギルモアが暗殺者として雇われているはずはないから、情報を売っているということか。でも、どんな情報を？　誰に？　書斎に記録を残しておくほど馬鹿なやつだと思うか？」

「馬鹿ではないだろうが、間違いなく素人《しろうと》だ」

「わたしがギルモアに話しかけるから、そのあいだにグレイが書斎を探せばいいわ」リリーが言った。

レイフは歩きまわるのをやめて、暖炉のまえに立った。「リリーにできると思うか？　いや、やらせたほうがいいと思うか？」

グレイは研究室の実験材料でも見るように、リリーの頭のてっぺんから足の爪先までじろじろと見た。「マシューズ家の音楽会での働きはまずまずだった」

「でも、危険すぎないか？　もうマシューズ夫妻は容疑者からはずした。ギルモアが父の件に関わっていたら、可能性が高くなる分、危険も増す」

ふたりともリリーを見てはいるが、疑問はふたりのあいだでぶつけあっている。

「ひと晩じゅう聞こえないふりをしているつもりはないから。音楽会ではまずまず以上の結果を残したはずよ。ギルモアにだって話を訊けるし、訊くべきだわ。危険があるのは承知しているけど、大勢のひとがいる舞踏室なのよ。いったい、何が起きるというの？」

「何だって起こるさ」グレイはおどけた調子で言った。「その手紙についてはどうだい？」

リリーは手紙の束を渡した。グレイはひととおり見ると、一通だけ手元に置いて、残りはレイフに渡した。ふたりは黙って読みつづけたが、ときおりぎこちなく咳払いをした。

「きみはすべて読んだのか？」グレイはざらついた声で訊いた。

「ええ、何度か読み返したわ」リリーはグレイと目をあわせた。ふたりのあいだで生じた熱が炎になって、いまにも燃えあがりそうだった。グレイの頬が真っ赤に染まり、椅子がきしんだ。

「まいったな」レイフが言った。「両親のくだらないやりとりを読まされても面食らうだけだ。全部、こんな手紙なのか？」

「手紙によって細かく書いてあるものもあれば、そうでないものもあるけど、全体としてはこんな感じよ」リリーが答えた。

グレイはレイフの手からもう一通手紙を取った。そしてざっと目を通してから返した。首から襟もとまで真っ赤に染まっている。

レイフはまだ手紙を持っている手を腰で組み、また歩きはじめた。「この手紙は二十年以上まえに書かれている。最後の手紙を書いた日から、母上が家を出た日までのあいだに重大な出来事が起きたのは明らかだだが、今回の事件と関係があるとは思えない」

レイフは妹のまえで足を止めたが、視線はリリーがすわっている椅子の上に向けていた。額には汗が浮かび、赤らんでいた顔は青白く変わっている。「ここにはかなり具体的なことが書いてあったから、おまえには気になる部分もあったろう。質問や……説明が必要なところがあれば……母親がいないから、おまえには理解できない点が――」

「みんなで気まずい思いをする必要はないわ、お兄さま。ほかにも教えてくれるひとはいるから」

「ああ、エディーおばさまか。馬鹿なことを言ってしまったな」レイフは片手を炉棚につき、反対の手で額を拭った。

レイフが国王の許しを得たような顔をしている一方で、グレイは罠にはまった野ウサギのような顔をしていた。その表情はリリーにとって、おもしろくはあったが、とまどうものでもあった。彼はキスしたことを後悔しているの？　何といっても、グレイは〝困ったことになる〟と言ったのだから。それでも、リリーはグレイに向けて言葉を放った。「ええ。いつか、おばさまがすべて説明してくれるでしょう」

グレイがやっとリリーのほうを向くと、その顔には恋人をからかうような表情がかすかに浮かんでいた。肩から力が抜けて、リリーは初めて自分が緊張していたのだと気がついた。そして、きょうは自分の勝ちだと受け止めると、寝室に戻るために席を立った。「手紙はしばらく預けておくけれど、調べ終わったら返してね。お母さまが残したものはそれしかないから」

グレイが立ちあがったので、リリーはこの手紙はレディが持つべきものではないと反対されるのだろうと覚悟したが、彼はうなずいただけだった。

またたく間にギルモア家の夜会の日が訪れた。そわそわと落ち着かない。限られたひとしか招待されないパーティーが、三人が最も疑っている人物の屋敷で開かれるのだ。この夜会で何かが明らかになるにちがいない。

「今夜は誰とも庭に出ないように。ぼくは本気だ」ドラモンド家の馬車で向かいあわせにすわりながら、グレイはいかめしい顔で腕組みをして、指で腕を叩いていた。

「あなたとも？」リリーは脚を交差させており、馬車が揺れるたびに、ゆらゆらと揺れる足先がグレイの脚をかすめた。

「ぼくとは、とくに出てはいけない」

反対側の席でうめき声がして、リリーはエディーのほうを向いて手を取った。

「とても行けそうにないわ。平気だと思ったのだけれど、気分がますます悪くなってきて」エディーは白いレースのハンカチで、同じくらい白い顔の汗をふいた。

「馬車で揺られたせいね。どうしましょう？」グレイと同行するわけにはいかないけれど、ひとりで行くわけにもいかない。

おばがもう一度うめいた。

「ミセス・ウインズロー、リリーをレディ・ミネルヴァのところまで連れていけそうですか？　そうしたら、ペニーに言って馬車を正面に停めさせておきますから」目を閉じていたエディーは一度だけうなずくと、ハンカチで口を覆った。

「屋敷に入るまえにもどしてしまったらどうするの？」グレイは答えずに馬車の屋根を強く叩いて、馬車を停めさせた。

「ぼくはここから歩いていく」グレイは脅すような目でエディーを見た。

目的地まではまだ数ブロックあり、リリーが「卑怯者」とささやくと、グレイはにっこり笑って出ていった。

エディーはリリーをミネルヴァのところまで連れていくと、鉢植えの木を見つけ、そこにこっそりもどした。リリーはこの夜会のあと片づけをする気の毒な人々と、鉢植えの木そのものに良心の呵責《かしやく》を覚えた。エディーは話しかけようとして近づいてきたひとたちを追い払いながら、よろよろと人混みのなかを戻っていった。ペニーならきちんとエディーおばさまの面倒を見てくれるだろう。

リリーはギルモアに視線を移した。ギルモアは部屋の隅で数人の友人に囲まれて、大きすぎる笑い声をあげていた。酒のせいで顔は真っ赤に染まっている。サットンの姿はなく、リリーは面倒な問題を背負わずにすむことにほっとして息を吐きだした。その矢先、また別の問題が起きた。身体にあっていない上着を着た見知らぬ男がギルモアのうしろに立って、頭と目だけを動かして、室内を見まわしているのだ。

リリーはストーンウェル卿と話していたミネルヴァの腕をひじで突いた。

「わたしの関心を引こうとしているのかしら、レディ・リリー?」ミネルヴァはふざけて冷ややかな口調で訊いた。

「ギルモアのうしろにいる男性は誰?　気まずそうな顔をした、大きなひと」

ミネルヴァとストーンウェルが顔を向けた。

「今夜、ギルモアは警吏《けいり》を数名雇ったそうです。入口のホールにもいたでしょう?」ストーンウェル卿が答えた。

美しい形の大理石がはめこまれた床におばが粗相をして恥をかかないようにと、そのことばかり気にしていたので、気づかなくても仕方ない。「どうして警吏なんかが必要なのかしら？」

「確かなことは知らないが、護衛を雇ったということは脅されたのかもしれない」

「命を狙われているということですか？」ミネルヴァは扇子を開き、その上でリリーと目をあわせた。ミネルヴァにはすべてを話していた。彼女は賢く冷静で、すでにいくつか自分なりの考えを話してくれていた。

「おそらく」ストーンウェルが言った。「入口すべてに警吏を配置しているらしい。ハンプトンの話によれば、使用人用の出入口にも。ところで、レディ・ミネルヴァ、次のダンスはぼくと踊ってくれる約束でしたね」ミネルヴァは断ろうとするそぶりを見せたが、リリーはひどく動揺しており、とても最新の流行について話すことなどできそうにないので、ミネルヴァをダンスへと追い払った。

これはグレイにとって、どういうことになるのだろう？　グレイはどうやって屋敷に忍びこむつもりなの？　忍びこめるはずがない。恐ろしさのあまり胃がどうにかなりそうで、エディーと同じくらい気分が悪くなった。父の身に起きたことについて知るためには、ギルモアは最大の手がかりであり、もしかしたら唯一の手がかりかもしれない。父がもし生きているのなら、一刻の猶予もない。この屋敷のどこかに父を助けられる情報があるかもしれないと知りながら、どうして踊ったり飲んだり笑ったりしていられるだろう。

鍵を開けるピックは抜け目なくこっそり持ちこんであるし、男ふたりが何と言おうと、自分なら疑われることなく部屋を探れる。兄とグレイでさえ、自分を見くびっているのだ。この屋敷の男たちだって同じはず。まずあり得ないことだけれど、もし見つかったら、何も知らないふりをすればいい。

リリーは笑みを浮かべて部屋の隅を歩き、階段を少しのぼって廊下へ出た。雇われた警吏がドアの近くに立ち、正面の窓を見張っている。リリーは扇子で勢いよくあおぎながら廊下を通った。いまにも肩をつかまれるのではないかと思うと、うなじが熱くなったが、そんなことは起こらなかった。

右側の居心地のよさそうな居間では、三人の年配の婦人たちがポートワインがたっぷり注がれたグラスを持って、かん高い声で話していた。次の部屋には酒を飲み、カードに興じている大勢の紳士たち。そして最後の部屋にはレモネードとしなびたサンドウィッチがたくさんのったテーブルが置かれていた。

書斎はもう一階上にちがいない。確かに珍しい造りではあるけれど、もしかしたら隠したいものがあるのかもしれない。リリーが階段の下でドレスをいじりながらぶらぶら歩いていると、警吏が巡回するために持ち場を離れた。リリーはその隙に階段をのぼっていった。足音はたてなかったが、息をする音が耳のなかで重く大きく響いた。

二階にはもっとたくさんの警吏がいるのだろうか？　そう思うと、手に汗がにじんできた。二階で鍵がかかっているのは、ひと部屋だけだった。当然ながら、怪しい部屋は明らかだ。リリーは両手をこすりあわせて震えを抑えてしゃがむと、ピックを手にした。ウインターマーシュで鍵を開けたときには、これほどぞくぞくしなかったけれど。

ダヴェンポートの小さな鍵を開けたあとでは、ドアの鍵はずっと大ざっぱで簡単だった。掛け金がカチリというと、リリーは満足げに微笑み、そっとなかへ入った。

多くの点で、そこはよくある書斎だった。壁に本が並び、いちばん奥にマホガニーの机が置かれ、その向こうに大きな窓がある。サイドテーブルにはデカンタやグラスが並び、凝ったカットを施されたガラスが暖炉の明かりで輝いている。蠟燭が灯された書斎は、誰かが訪れることを予期していたように見える。おそらくここでひとと会うことになっているのだろう。

書斎のあちこちには台座に置かれた彫刻が飾られている。その多くがブロンズ製で、一メートルの高さもない。やはり最初はギルモアの机を探すべきだろう。机まで歩いていく途中で足を止めると、ドレスの裾が足首に巻きついた。

リリーは冷たいブロンズ像に顔を近づけてのぞきこんだ。苦しそうな顔を上に向けた女が両膝を広げ、男がそのあいだに顔をうずめている。ギルモアが集めているという破廉恥で色情的な芸術品だ。リリーが想像していたのは絵や本だった。だが、彫像のほうが本物に近そうだ。リリーは喉のつかえを呑みくだすと、女性の裸の脚を指でなぞった。

リリーは気を取り直し、厚い絨毯《じゅうたん》を踏みしめて机へ向かい、上にのっていた書類をめくった——ギルモアの屋敷の管理人からの報告書、競走馬を購入した際の請求書、そして面会を求める弁護士からの手紙だった。

リリーはピックを握ったまま、机の反対側にまわった。どんな刺激にも過敏になっているらしく、床から伝わってくる声や音楽のせいで脚が震え、蜜蠟の蠟燭のかすかな蜂蜜の香りで鼻がぴくぴくする。急がなければいけないと思うせいで、指が震えた。

リリーは鍵を開けた引き出しをすばやく調べた。最初に開けた引き出しには艶やかでよく手入れされた決闘用の拳銃が入っていた。もうひとつの引き出しには帳簿が入っていたので、内容に目を通した。短い時間でおかしな点を見つけられるとは思えないが、レティキュールに隠して持ち去ることはできない。リリーは唇をかんで、帳簿を引き出しに戻した。

両手をついて、足もとの絨毯の渦巻模様をじっと見た。次は何をすればいいの？　リリーはグレイがマシューズ卿の書斎を探ったときの手順を思い出した。

そして握ったこぶしで机を叩き、床に膝をついて、何を探せばいいのかわからないまま書斎を見まわした。どこか、おかしいところを探して。危うく見逃すところだった。最初に見まわしたときには、かすかに隆起している部分が目に留まらなかったのだ。リリーは机の下に手を伸ばして、掛け金を見つけた。すると、木の板がはずれて、何かが床に落ちた。

指先に触れたのはしなやかな革だった。文字と数字がぎっしり書きこまれた小さな手帳だ。どの文字も数字もリリーには意味をなさないように見えた。ただし、最後のページだけはちがった。ホイットミア、火曜日、フィールドストーンズ。

ホイットミア男爵は社交界のパーティーや享楽的な催しではなく、政治活動でその名を知られている。実際、今シーズンに社交界デビューしてからも、まだホイットミア男爵に正式に紹介されたことはない。やはり、ギルモアは英国のために働いているのだろう。でも、〈フィールドストーンズ〉というのは何だろう？　賭博場の名前？　数字は賭けで損した金額？

もうパーティーに戻らなければ。リリーは隠し場所に手帳を戻して、掛け金をかけた。ドアから数メートルの場所にいた彼女は、パーティーから聞こえてくるくぐもった騒音ではなく、重い足音がしたときにも気づくことができた。

リリーは動揺し、全身の筋肉が動かなくなった。目だけを動かして選択肢を探す。隠れる場所はない。ほかの出口もない。〝動いて〟頭が命じた。リリーはいちばん近い彫刻まですばやく動いた。目の焦点をあわせず、ドアが開く音にすべての神経を集中させる。

リリーは軽薄そうな笑みを浮かべてふり返った。戸口にはギルモア卿が立っていた。驚いた様子で眉を吊りあげたが、ゆっくりと抜け目ない笑みを浮かべて、ぽかんと開いていた口を閉じた。ギルモアはひとりきりだったが、それが吉と出るか凶と出るかはわからない。

「レディ・リリー・ドラモンド？」ギルモアのおもねるような声が書斎に響いた。リリーはギルモアのほうを向こうとした拍子にドレスの裾を踏んでよろけ、身体を支えようと冷たいブロンズ像をつかんだ。

「びっくりしたなあ」ふたりの関係を考えると、ずいぶん馴れ馴れしい言い方だった。といっても、こっちだって呼ばれもしないのに勝手に書斎に入りこんでいるのだけれど。

「ギルモア卿、わたしったら、勝手におじゃましてしまって。少しひといきれにやられたので、休憩しながら噂に聞く彫刻のコレクションを拝見しようと思って、探しているうちに入ってしまいました」リリーは不安そうに笑ったが、それは演技ではなかった。

「噂に聞く？　デビュタントのあいだでですか？　それは驚いた」ギルモアはなかに入ってきてドアを閉めると、リリーの手の小さな動きに釘づけになった。

リリーは横目で彫像を見た。その瞬間にギルモアにも聞こえそうなほど強く、心臓が打った。リリーがつかんでいたのは、裸の男の脚のあいだに付いているものだった。あわてて手を離したが、その付属物はまるでリリーを指して非難する太い指のように、上を向いていた。グレイのブリーチズのボタンがはちきれそうになっていたのも無理はない。男性は本当にこんなものをぶら下げて歩いているのだろうか？

「レディ・リリー、あなたがこういうものに興味をお持ちだとは知りませんでした。あなたはこれまでほとんど田舎のお屋敷で過ごしてきたのでしょう？」

リリーはうなずいて、何とかギルモアに視線を戻した。

「それで、素朴な知識をお持ちなわけだ。思ってもみませんでしたが」ギルモアの目はぎらついており、間違いなく何かを考えている。

「ええ、農業や家畜などについて学ぶのはとても楽しいです」リリーは首をかしげてギルモアが鍵をかけていないかどうか確認した。かけていない。

ギルモアは笑った。「なるほど。どうして、あなたがとても賢い方だという評判なのかわかりました」

「ありがとうございます」リリーはいぶかしむような口調で答えた。

「もうひとつ貴重な彫刻を披露させてください。あなたのようなご身分で経験もあまりないレディが、わたしのささやかなコレクションに興味を示したり、感心したりしてくださることは珍しいので」

ギルモアはリリーの手を取って、別の彫刻のまえに連れていった。そしてリリーのうしろに立つと、両手で腕をつかんだ。ドレスのスカートにギルモアの身体が押しつけられ、休みなく脚でこすられると、リリーは全身を震わせて、まえに進みでた。

男のまえでひざまずいている女の彫刻だった。女は服を着ているが、男は何も身に着けていない。あまり〝ぶらぶら〟していないものが、女の口に押しこめられている。窒息させて殺そうとしているの？　いいえ、ちがう。リリーのなかで恐ろしさと好奇心がせめぎあった。「あなたも美しいリボンを集めているでしょう？　それに、もっと欲しいと思っているでしょう？」ぼうっとした頭でギルモアの言葉がくるくるまわり、ゆっくりと組みあわされていく。ありがたいことに、ギルモアは答えを求めていなかった。「それなのに、どうしてわたしが同じことをしてはいけないのでしょうか？　よからぬことを噂されているようで」

リリーは重い舌とほとんど動かない唇で訊いた。「噂は本当なのですか？」

ギルモアは微笑んでいることがわかる声で言った。「間違ったものもありますが、ほとんどは本当です。わたしがしていることを知ったら、きっとドロワーズが脱げてしまうほど驚きますよ」

そもそもはいていないのだけれど。悪い冗談が思い浮かび、この場にふさわしくない笑いがもれた。そしてリリーが恐れたように、ギルモアはそれを無言の合図だと解釈し、リリーの腕をなでまわした。

「すばらしいドレスですね、レディ・リリー。あなたの美しさをよく引き立てている」

モスグリーンのドレスはクリーム色のサテンで縁取られ、スクエアカットの身頃が胸もとを美しく見せている。今夜このドレスを着たとき、リリーは庭の妖精になった気分だった。もちろん、鏡に映った自分を見つめたとき、頭にあったのはギルモアではなくグレイだったけれど。

ギルモアはリリーの身体を回転させて、自分のほうを向かせた。「お望みとあらば、たいていのデビュタントが知らないことを教えてあげますよ」リリーの胸を見つめ、蛇のような舌で厚い唇を湿らせた。リリーが後ずさると、ギルモアもその分まえにつめてくる。

「いいえ、それほどは。芸術はとても好きですが、それだけなので。今夜、知識を広げたいとは思っておりません」

「そいつは残念だ。それなら、わたしの書斎になど入ってはいけなかったな。わたしは味見をしたときだけ、結婚を考えます。たとえば、あなたのお友だちのレディ・ミネルヴァのようにお高く止まった方は考えられない」ギルモアが話しているあいだに、リリーの背中が壁にぶつかった。

「ギルモア卿、わたしは結婚には興味がありません」リリーは不安を空っぽの胃のなかへ戻した。

ギルモアが好色そうににやりとした。「ますますすばらしい。わたしも興味はありません」

リリーはこのときになって初めて、ペンハヴンのときに成功した、よろけたふりをした。だが、いまは充分な場所がなかった。ギルモアは足もとをすくわれず、ふたりの身体はますますくっついた。ギルモアは片手でリリーの首を持ち、息をするのにも苦労するほど喉を押さえつけた。リリーはギルモアの手首をつかんだが、もがいてもよけいに喉を押されるだけだった。

手が届くところに、武器になりそうなものは何もない。でも、武器は必要ないかもしれない。ギルモアは脚を開いて立っており、ブリーチズの下で大きくふくらんでいるのが急所なのだから。

ギルモアはひとつだけ正しいことを言っていた。リリーはたいていのデビュタントが知らないことを知っている。ただし、性愛に関することではないけれど。ギルモアはリリーの鎖骨をなめている。いまの彼は無防備で、まったく警戒していない。リリーは脚を蹴りあげるまえに緊張し、この好色な男を気の毒に思いかけた……ただし、思いかけただけだ。

だが、リリーが行動に出るまえに、書斎のドアが開いて揺れた。その音は銃声のように鳴り響き、ギルモアはすばやくリリーから離れた。グレイが鼻の孔を大きく開き、怒りで唇を歪ませて大きな足取りで入ってきた。そしてブーツで蹴って、ドアを閉めた。

グレイの目はギルモアの手と同じくらい強くリリーを締めつけ、恐ろしい報いがあることを伝えてきた。

もちろん、リリーについても対処する。ぜったいに。だが、そのまえにギルモアを殺す。

下品な男は厚かましく含み笑いをはじめた。そしていやらしい憶測で口もとを歪めて笑った。「マスターソン？　今夜、ここで会うとは思わなかったな。招待状は持っているのかね？」

「どうやら、送られてくる途中でなくしてしまったようですね」グレイはゆっくりギルモアに近づいて、手の関節をまげた。いますぐにでもギルモアの首に巻きつけたかった。

「きみたちふたりは田舎の屋敷で一緒に育ったんだったな。長年一緒にいて、いろいろと体験したり勉強したりしたのだろう？」ギルモアは鼻歌を歌いながら、またリリーに近づいた。リリーはてのひらを黒っぽい板につけて、壁に貼りついた。

「子どものときに、ミスター・マスターソンとわたしのあいだに不適切なことが起こったとほのめかしているのですか？」ひとを疑うことを知らないリリーの青い目が大きく見開いた。

ギルモアはリリーを無視して、グレイを見て片方の眉を吊りあげた。「きみさえよければ、わたしは一緒に楽しんでもいいし――見ていることだってやぶさかではない。わたしの巣のなかに迷いこんできたのだから、一番目は譲ってほしいがね」

怒りが爆発し、ひとつの目的に向かい、全身に力がみなぎった。そのとき、ギルモアの股間にぶら下がっているものが喉から飛びでるほど蹴りあげられた。

そのすばやい動きにグレイは呆気《あっけ》に取られた。グレイが一歩踏みだすまえに、リリーがギルモアのまえで脚をふりあげたのだ。ギルモアは床にうずくまって、股間を両手で押さえている。

リリーはまるでデザートを食べ終えたかのように、両手についた埃を払いながら気取った足取りでドアまで歩いていった。グレイはギルモアを見おろした。驚きのあまり、一時的に怒りを忘れていた。痛ましくえずく音が書斎に響いた。

ギルモアに怒りをぶつけられないのであれば……グレイは戸口に立って頭をふりながら舌打ちしているリリーのほうへ歩いていった。

「いったい、いまのは何?」リリーが問いただした。

「きみを助けた」グレイは自分で言いながら、その言葉が正確でないことはわかっていた。

「わたしを助けた?」リリーは息を吐きだした。「ちゃんと自分で対処できていたのに」

リリーが手袋を直してからドアの外に顔を出し、グレイもそのあとに続いた。

「きみは壁に押しつけられて窒息しそうになっていたのを〝対処できていた〟と言うのか?」グレイの声はかすれ、あり得ないという思いがにじみでていた。

あと五分くるのが遅かったら、どうなっていたと思っているのだ? ギルモアが雇った警吏を避けるのに貴重な時間を奪われたせいで、リリーは純潔を失っていたかもしれないのに。

リリーは先に立って階段をおりていった。一階の広い廊下に戻ると、グレイはリリーを少し奥まった場所に連れこんだ。完全に人目を避けられる場所ではないが、骨の髄まで染みた恐怖といら立ちを鎮めずにはいられない。

リリーはグレイの怒りを軽く見ているか、あるいはわざと無視しているかのどちらかだった。「わたしは情報を手に入れたし、ギルモアには軽率なデビュタントだと思われただけよ。それもあなたが飛びこんできて、台なしにしてしまったけれど」父親に似た尊大な態度で言葉を付け加えた。

「台なしにした、だと？　書斎を探るのはぼくの役割だ。きみは危険な真似をしないという約束だったじゃないか」グレイは微笑んでいるふりをして歯をむきだした。大勢の客が控え室やゲーム室と舞踏室のあいだを行き来しているのだ。

「屋敷のあちらこちらに見張りが立っているのよ。まさか――」

「ああ、そうだ。きみの仕事は大勢のひとがいる安全な舞踏室で、ぼくたちが疑っている人物と話をすること。それだけだった」グレイが腕を持って揺さぶると、リリーはいかにも強情そうな顔をした。

「わたしの役割には、臨機応変に対応することだって含まれているはずよ」

「このあいだレディ・マシューズの庭をふらついたと思えば、今度はこれだ。ぼくたちはこんなはめに陥らないように、限られた範囲できみを関わらせたんだ。きみは工作員じゃない。もしかしたら、本当に軽率な――」

　リリーがグレイの足の甲を思いきり踏みつけた。

「この、躾《しつけ》の悪い猫め」痛みのせいで、グレイの声が高く大きくなった。

　ラムリー卿が廊下の真ん中でじっと見ている。ただ幸運なことに、ほかには誰もいなかった。ラムリーは陸軍省の職員で、頭の回転が速く、数字に強い暗号解読の名人だ。ここで彼と出くわしたのはグレイにとっては幸運ではなかったが。

「ミスター・マスターソン、きみか？」ラムリーが目を皿のようにして近づいてきた。

グレイは呼吸を落ち着け、歪んでいた唇をもとに戻しながら、震える手で髪をなでつけた。

「ラムリー卿、役所以外でお会いできるとは光栄です。こちらはレイフ・ドラモンドの妹さんのレディ・リリー・ドラモンドです。レディ・リリー、こちらはアルバート・ラムリー卿です」

「ラムリー卿、やっとお目にかかれて光栄です。兄からすばらしい方だと聞いておりましたので」リリーはグレイの横を通りすぎると、キスを受けるために手を差しだした。ラムリーはリリーの愛らしい笑顔にぼうっとしているようだった。

だが、そうやって愛らしい笑顔を見せつけたのは、すべてグレイのためだ。ラムリーはあまり見栄えのする男ではない。がりがりで、身長の割に腕がやけに長く、鼻の先が少し上を向いていて、肩は細くて下がっている。全身が溶けたキャンディーのように下に伸びている感じなのだ。わずかに残っている髪は茶色で、喉仏が飛びでている。ラムリーは何も言えずに口をぱくぱくさせており、ときおり動物の鳴き声のような音を発するだけだった。

「ラムリー卿」リリーが言った。「次のカドリールの相手がいないのですが、踊っていただけますか？」

ラムリーは胸をふくらませ、大きく咳払いをして、かん高い声を震わせて答えた。「レディ・リリー、喜んで。舞踏室へまいりましょう」

「レディ・リリー、おばさまからあと二曲踊ったら帰ると伝えてほしいと言われています」

グレイは二本の指を立て、脅しであることを隠しもせずにふたりに突きつけた。「二曲です」

リリーは挑戦的な目でにらみ返してきた。そっちがそういう態度を取るなら、こちらもお仕置きをしてやるまでだ。そう思った瞬間に、膝の上で抱えられてドレスを腰までまくられ、当然の報いとして、裸の尻を叩かれているリリーの姿が頭に浮かんできて、ふり払えなくなった。ラムリーと一緒に歩いていくモスグリーンのドレスの下で揺れているのと同じ尻だ。

正直に言えば、リリーはじつに見事に状況を切り抜けていた。正直に言えば、リリーを守りたいという感情に流されて、新兵のような行動を取ってしまったのは自分のほうだ。その正直な気持ちに、グレイは驚いていた。

階段の上から、ひとりの男が近づいてきた。拳闘家のような潰れた鼻に、身体にあわない黒のフロックコートを着ており、広い背中でいまにも縫い目がはち切れそうになっている。少し長居しすぎた。おそらくギルモアが立ち直り、グレイを屋敷から放りだすために手下を寄こしたのだろう。この状況であれば、よくてもちょっとした騒動になるだろう。それなら、自分から出ていったほうがいい。

グレイは次のカドリールに備えて舞踏室に戻っていく人々のあいだを駆け抜けると、細長い展示室を通って、使用人用の階段へ向かった。そして一段飛ばしでおりると、執事が管理する食糧庫のまえを通りすぎて、メイドや従僕が忙しそうに行き交う厨房に入った。

赤い顔をした料理人が、オーブンから出したばかりのスコーンがいっぱいにのったトレーを持っていた。グレイはスコーンをひとつ失敬して料理人に敬礼をすると、使用人用の戸口から通りに出た。そしてスコーンを巧みに放り投げながら、ギルモアの屋敷から離れた。隣の屋敷とのあいだの暗くて人目につかない路地が誘っている。

よし、ここなら待っていられそうだ。

11

グレイをぎりぎりまで辛抱させるために、まだ帰らずにいるべきだろうか？　分別なども う使い果たしていた。ギルモアと鉢あわせしたのは控えめに言っても無様だったけれど、情報は手に入れたのだ。リリーは頭痛を口実にして正面の入口に出てきた。疑わしそうに見たのはミネルヴァだけだった。

あと数歩で解放されるところで、ペンハヴン卿が立ちふさがって、すばやくお辞儀をした。いつもの服装で微笑んでいるが、その笑顔はわざとらしかった。「レディ・リリー、今夜もお美しい」

リリーは扉に目をやり、声にいら立ちが出ないように注意した。「ありがとうございます」ペンハヴンは両手でリリーの手を取ってさらに近づいた。「どこかでお話ししたいのですが」

「それはあまり賢明ではないと思います」またペンハヴンを追い払うのに骨を折るくらいなら、怒っているグレイと相対するほうがずっとましだ。今夜ペンハヴンの顔が赤いのは、頬紅のせいではないだろう。

「レディ・マシューズの音楽会でのふるまいをお詫びしたいのです。許してくださいますか？」

「もちろんです。でも、今夜は本当にもう帰らないといけないので。御者が待っていますし、頭が……」リリーは顔をしかめ、まぬけな気がしながらも手の甲を額にあてた。

「馬車で待っているのは御者だけですか？」ペンハヴンのささやき声はいつもの耳ざわりな声とちがい、押しが強く聞こえた。

リリーは手をおろして扇子をつかんだ。「どういう意味でしょうか」

「お兄さまが今夜の様子をあなたから聞きたがるのではないかと思っただけです。そのうち、新しい馬車でお迎えにうかがってもいいでしょうか？」ペンハヴンの声はまたかん高くなっていた。

「ええ、もちろん。ありがとうございます」リリーが後ずさると、靴のかかとが階段のいちばん上にあたった。そのときになって、リリーはやっとふり返った。

ペニーが帽子を目深にかぶり、馬車の外で待っていた。ペンハヴンのせいでどうしてこんなに危険を感じ、無防備な気がするのかわからなかったが、ペニーが警戒して守ってくれたのがありがたかった。従僕が馬車の扉を閉めると、リリーは手袋をはずして、やわらかいベルベットの座席にもたれた。馬車の揺れで背中のこわばりがはぐれていく。今夜は不安と恐怖と危険ですっかりくたびれ果てていた。

そのとき、馬車の反対側の扉が開いた。影になって見えなかった人が飛び乗ってきて、狭い馬車がいっぱいになった。リリーは思わず悲鳴をあげたが、すぐにため息をついた。グレイだった。彼は扉を閉めて向かい側にすわると、腕組みをしてリリーをにらみつけた。額にしわを寄せ、口をまっすぐに結んでいる。

「ずいぶん派手な乗り方ね。きっと、次はその乗り方を教わるのね」リリーは陰鬱な雰囲気を軽くするつもりでからかった。

「きみに教える？　どうかしているんじゃないのか？」

時間がたったことでリリーの腹立ちはやわらいでいたが、グレイはますます怒っているようだった。

「あなたのために情報を——」

「もうひと言も口にするな」グレイは通りを見まわしてからカーテンを閉めた。そして、ゆっくりとリリーと向きあった。ふたりの膝がぶつかると、グレイが動いて彼女の脚をはさみこんだ。全身から口に出さない脅しがにじみでている。

「わたしが主導権を握ったから腹を立てているの？　見張りがたくさんいたから、あなたは侵入できないと考えたのよ」

グレイは眼鏡をはずして鼻筋をもんだ。「きみはぼくを見くびっている」

「見くびられるのは、いい気持ちじゃないでしょう?」刺々しいリリーの声が湧きあがって
いた反感の勢いを削いだ。
グレイは何事かつぶやいた。
「机の秘密の引き出しを見つけたの。約束を書きつけた革の手帳が入っていたわ。ええっと
……」目を閉じて記憶に刻みこんだ単語を思い出した。「……〝ホイットミア、火曜日、
フィールドストーンズ〟」
「よし、思いきりお仕置きだ」
「あら、〝ありがとう〟でしょう」
「ありがとう? 今夜、何かたいそうなことをやり遂げたとでも思っているのかい?」リ
リーがうなずくと、グレイは温かみの欠片もなく大笑いした。「一緒にふり返ってみようか。
きみは人生が変わってしまうような、とんでもない危険に自らをさらしたんだ。きみのせい
で、ぼくときみが関わっていることも知られてしまった。つまりはギルモアにぼくたちの目
的を勘づかれたも同じことだ。ギルモアが犯人だったら、父上をさらなる危険にさらしたと
いうことなんだぞ」
「ちがうわ。わたしたちの関係がばれたのは、あなたのせいよ。白馬に乗って助けにきてほ
しいなんて頼んだ覚えはないわ。それどころか、ギルモアを動けなくしたことで感謝しても
らってもいいくらいなんだから」

「ぼくがあんな豚一匹に手を焼いたと思っているのか」

「反対よ。あなたはあのひとを殺してしまいそうだった。少なくとも、誰だかわからないくらいの顔にしたでしょうね。そうなったら監獄行きよ。でも、今回のような結果なら、ギルモアだって本当のことは恥ずかしくて認められないでしょう。それに、わたしは彼の顔に傷をつけてはいないもの」

グレイは腕に顔をうずめ、くぐもった声で言った。「悪く転べば、どんなことになっていたのかわからないのか。ギルモアは紳士じゃない。きみをものにしていただろう」

「どういう意味?」

グレイは顔をあげた。「きみだって、それほど世間知らずではないはずだ。彼はきみをものにした。きみの純潔を奪ったんだ。強姦しただろうということさ。ギルモアに良心があるとでも思っているのかい? これっぽっちもないよ。ギルモアはきみの血で濡れたままズボンをはき、ドレスを頭までまくりあげられたきみを床に捨て置いたまま、舞踏室に戻って次の獲物になりそうな女性に言い寄っただろう」身を乗りだしてリリーがすわっている席の背もたれに両手をつき、完全に手足で囲いこんだ。

「あなたとお兄さまに身の守り方を教わったのよ。困ったことなんて起きるはずないわ」

「困ったこと。何とも趣きのある言葉だ。きみがギルモアのふいを突けたのは、ぼくが気をそらしたからだ。彼が本当にものにする気だったら、今夜の結末は変わっていただろう。男に力で勝てると思っているのかい？　ぼくに勝てるのか？」

グレイは手加減せずにリリーの腕をつかんだ。リリーの口はからからに乾いた。目のまえにいるのはリリーが知っているグレイではなかった。レディ・マシューズの庭で見守ってくれたり、ウインターマーシュでキスをしてくれたりしたひとじゃない。リリーの知らない男だった。

リリーは右腕をグレイの手から引き抜くと、彼の鼻を殴りつけようとした。だが、グレイにかわされた。そこで今度は腎臓のあたりを狙い、手かせのように締めつけているグレイの手をはずそうとして、もう一方の腕をひねった。手ははずれ、一瞬だけ反撃できると思いかけた。だが、息をつく暇もなく、グレイに両方の手首を取られた。馬車のなかは暗く、グレイの顔は自分の物差しを押しつけてくる気味の悪い危険人物にしか見えなかった。

必死に動いたことと恐怖で、リリーの胸は大きく上下した。「怖いわ」

「いいだろう」暗闇のなかから、ざらついた声が聞こえた。

訓練のことなどすっかり忘れていた。リリーは両脚を蹴りあげた。もっと浅ましく、原始的な衝動にとらわれていた。自由を求める獣のようだった。

それでも心臓が鼓動を数回打つあいだに、リリーは座席に背中を押しつけられ、大きなグレイの身体の下で、重い腿にはさまれて脚が動かせなくなっていた。腰がグレイの身体に押しつけられる。グレイはうなり声をあげ、リリーの両手首を片手でまとめて持ったが、リリーが檻に閉じこめられたトラのように暴れても、その手はゆるまない。
リリーは横を向いて目をきつく閉じたが、それでも涙はこぼれ落ちた。

リリーはもう抗わなくなっていた。グレイの猛烈な怒りも収まっていた。その怒りはリリーだけでなく、自らにも向けられていた。リリーの言っていることは全面的に正しかった——ひと言の間違いもない。それでも、リリーより大きくて、強くて、危険なギルモアがリリーの背中を壁に押しつけていた場面を思いだすと、論理的に考えることができなくなった。徹底的にリリーに叩きこもうとしていたことが何だったのか、もう一度考えなければ。正確には、何だったのだろうか？

リリーの身体は震えていた。怖いの？　グレイが怖いわけではない。彼は決してわたしを傷つけない。わたしに弱さを教えたかっただけだ。グレイはすぐに手を離したけれど、起きあがるまえに、リリーは手首の内側で彼の喉を突き、自分がきちんと学んでいることを見せつけた。

グレイは向かい側の座席で脚を投げだしてすわると、しびれた気管をさすり、とっさに空気を求めて喘ぐ呼吸を落ち着かせようとした。やがて肺に空気が送りこまれ、馬車が速度を落としはじめたときには、リリーはもう座席にきちんとすわっていた。頬に流れた涙とは対照的に、その目はとても冷徹だった。正当な理由がある殺人であれば、いつでもやってのけられる顔だ。

「リリー」グレイは締めつけられた喉から絞りだしたかすれ声で名前を呼んだ。

そして片手を伸ばしてリリーのひじを支えたが、ふり払われた。リリーは従僕の手を借りて馬車から降りると、階段を駆けのぼって玄関のなかへ入っていった。グレイも馬車から飛び降りて、殴るようにして扉を閉めた。喉の痛みが広がっても、罪悪感は消えなかった。

玄関ではレイフが待っていた。階段をのぼっていくリリーの後ろ姿を見ると、またグレイに視線を戻した。リリーが踊り場で足を止めてふり返った。その目には敵意が燃えており、その激しさにグレイは怯んだ。

グレイはひどく恥じ入った。「リリー、すまな――」

震えてはいるが、はっきりとした声が大理石の玄関に響いた。「口をきかないで。ひと言も」リリーは刃《やいば》であればいいと願っているかのようにグレイのほうへ手をふりおろすと、階段をのぼっていった。そしてグレイがたじろぐほどの音を響かせて、ドアを閉めた。

レイフは腕組みをして、グレイの全身を観察した。「いったい何があったんだ?」

「リリーを怒らせた」喉を突かれたせいで、グレイの声はまだかすれていた。

「もう、何も言うな」レイフは冷ややかに言った。「その怒りの矛先がこっちに向かうことを想像したくない。これまでずっと妹の長広舌にやられてきたんだからな。ブランデーでも飲むか?」

レイフはグレイと書斎に入った。そしてグレイの返事を待たずにブランデーを二杯注いだ。グレイは喉に手をあてたまま、書斎を歩きまわっている。レイフはサイドテーブルにグラスを置き、椅子に腰をおろして傷痕を指でなぞりながら、目を険しく細めてグレイを見た。

「リリーはけがをしたのか?」

「いや、肉体的には。ただ、ぼくが気持ちを傷つけた。信頼を失ってしまった。ぼくは……」ろくでなしで、恥知らずで、卑劣だった。「……ほめられないふるまいをした」本当のことを話して、レイフに叩きのめされるべきなのだ。もっと、ひどいことをされても仕方がないのだから。

「気持ちを傷つけただけなら、おまえが思っているより早くもとに戻れるさ。あいつは寛大な子だから。だが、ちゃんとあやまって、ちょっとしたものを買ってやるといい。そのほうが早く機嫌を直す」

ちょっとしたもの? この首を皿にのせて差しだしたほうが機嫌が直るにちがいない。

「それで、何が見つかった?」レイフは落ちこむグレイを無視して言った。あるいは、いまは仮面をかぶることで、レイフさえだませるのかもしれない。

「ギルモアは〈フィールドストーンズ〉でホイットミアに会うことになっている」

「つまり、ギルモアは内務省と接触しているということか」

「だが、〈フィールドストーンズ〉だぞ? あの淫らな舞踏会はホイットミアが行くようなところじゃない。ホイットミアは役所にいないときはクラブにいるからな」グレイは椅子にすわり、ブランデーのグラスをつかんで一気に飲んだ。ブランデーは空っぽの胃にずしりと収まったが、心が慰められることはなく自己嫌悪が増した。

「ホイットミアがフランス側と通じている可能性は？　ぼくはあの男をよく知らないから公正に判断できない」レイフが訊いた。

グレイは頭をふった。「ホイットミアは生真面目を絵に描いたような男で、口が固くて、きちんと義務を果たす英国紳士だが、何が起きても不思議ではない。調べてみるよ」

レイフは指をふった。「義務と言えば、サットンがリリーに言った言葉を覚えているだろう。義務を果たすなら金をもらったほうがいいとか何とかという言葉だ。ギルモアはホイットミアのために働いているんじゃないのか？」

「つまり、そっちの線も伯爵とは関係ないということか」グレイは椅子の背に頭を何度か打ちつけた。

「おそらくな。だが、その線も追ってから結論を出したほうがいい。そのいかがわしい舞踏会には出たことがあるのか？」レイフはからかうように訊いた。

グレイの頭はまだリリーとともに二階にあり、裸同然のいかがわしい女たちと戯れることを考えても、おもしろくもなければ心惹かれることもなかった。「いや、ない」

「〈フィールドストーンズ〉をひとりでぶらついたりしたら、若い高級娼婦を囲う気が満々なんだと思われるぞ。盾にする女をひと晩雇ったほうがいい」

「考えておこう」グレイは天井に目を向けた。この上のどこかでリリーは傷つき、怒り、怯えているのだ。とにかくいまはリリーのもとへ行ってあやまりたいだけだった。許してもらえるのなら、何発殴られてもいい。リリーの怯えた姿がグレイの胸をえぐり、大きな穴を開けていた。


グレイはずぶ濡れになるほどは降っていない霧雨のなかを歩いていた。リリーの部屋は暗い。当然、眠っているのだろう。もう午前零時をとうに過ぎている。自分のように悩みを抱えて起きているはずがない。だが、自分はふたりの関係をきちんと修復できるまで、決して休めない。

グレイは雨で濡れた煉瓦をリリーの部屋までよじのぼって、窓をこじ開けた。そして、そっと忍びこむと、リリーの深い呼吸が聞こえるだろうと考えて耳を澄ませた。だが、静けさを切り裂いたのはもっと特徴のある音だった――拳銃の撃鉄を起こす音だ。

グレイはしゃがんだまま両手をあげて立ちあがった。侵入者に間違えられて撃たれたくはない。といっても、忍びこんできたのが自分だとわかっても、リリーは引き金を引くだろうが。

「さあ、そのままうしろを向いて、窓から飛び降りなさい。眉間に銃弾を撃ちこまれるまえに」起き抜けでかすれてはいたが、しっかりした声だった。

「それしか選択肢はないのか？」グレイは声を抑えて、軽い調子で訊いた。

「ああ、あなただったの。いったい、どうしてわたしの部屋にいるの？」ささやき声でも、リリーの声は決然としていた。

グレイは濡れた上着を脱いでいちばん近くの椅子に腰をおろすと、土がついたブーツを脱いだ。

「ち、ちょっと、いったい何をしているのよ、グレイ・マスターソン？　いますぐ服を着てちょうだい」リリーのあわてぶりを見て、グレイは陰鬱な気分だったにもかかわらず、思わず微笑んだ。

「朝になって、土がついた大きなブーツの足跡がついていたら、メイドが不審に思うだろう。心配しないでいい。話をしにきただけだから。蠟燭をつけてもいいかい？」グレイはリリーの許しを待たずに、小さな蠟燭に火をつけた。やわらかな明かりが部屋を照らす。

リリーはベッドにすわり、シーツをきつく身体に巻きつけて、あごの下で拳銃を持った。

「暗いほうがいいわ。これでは本当に不道徳よ」三つ編みからは新しく伸びた蔓のように、髪が飛びだしていた。そしてネグリジェは、シーツと同じくらい白いとしかわからない。

「もっと不道徳なことだってしたじゃないか。拳銃をおろしてくれないか？　落ち着かないから」

リリーは長い金属の銃身を胸の谷間に押しつけていたことに、いま気づいたかのように下を見た。「弾は入っていないわ。それで気持ちが落ち着くなら」

グレイは忍び足で四柱式ベッドに近づいた。蠟燭の放っている光がリリーの顔を照らし、ベッドの天蓋からさがっている分厚いブルーのカーテンで、隙のない目がより強調されている。グレイが近づいていくと、リリーはますます枕に身体を押しつけて縮こまった。

グレイは蠟燭をサイドテーブルに置いて、手を伸ばした。「リリー、ぼくに拳銃を渡してくれ」

「けっこうよ、自分で持っています。弾は入っていないけど、あなたの頭を殴るのに使えるから」

グレイはリリーの気持ちを落ち着かせるために、二、三歩さがった。だが、いら立ちが口調に出てしまった。「ぼくがしたことは申し訳ないと思っている。本当だ。きみを痛めつけるつもりは決してなかったが、きみの行動は無謀だったことを理解してもらう必要があったんだ。きみは自分の安全をないがしろに――」

レディにあるまじき言葉をつぶやくと、リリーは拳銃をグレイに向けてふった。「やめて。そんなことを言いにきたなら、出ていって。下におりるときに首の骨を折ればいいんだわ」

「それじゃあ、何と言えばいいんだ？」グレイはやけになって訊いた。

リリーは怒ってはいたが、もっとちがう何か……グレイの胸の奥の隠されている何かに鋭く気づくと、顔を輝かせて口調を変えた。「真実よ。真実を聞きたいの。あなたの考えていること、感じていることを知りたいのよ。わたしはあなたのせいで傷ついた……身体は傷ついていないかもしれないけど……それでも、あなたを信頼していた」

リリーの懇願するような視線を受け止められず、グレイはうしろにさがって、窓の両側に手をついた。霧雨がやわらかな雨に変わり、窓ガラスを伝っているせいで、外は見えなかった。これが自分の人生なのだ。隠すことが。意図を、不安を、すべての考えを隠すことが。実際に眼鏡の奥に隠れて、どんな階級の人々にも溶けこめる。隠すのが得意なのだ。

リリーの求めることはあまりにも大きい。だが、鳥たちに夜明りがわかるように、いま胸の内を打ち明けなければ、永遠にリリーを失ってしまうことはわかっていた。どちらを選んだとしても、自分は生きていけるだろうか？

グレイは窓ガラスの上から流れ落ちるひと筋の雨を指でたどりながら、錆《さ》びた金属のような声で話しはじめた。「レイフと一緒に英仏海峡を渡ったんだ……レイフが……負傷したあとに。初めて、自分の手に負えない事態に遭遇した。正直に言って、とても恐ろしかった」

そこで口をつぐんだ。当時の血も凍るほどの恐ろしさが腹の底に甦《よみがえ》ってきて言葉が出なくなったのだ。

「ドーヴァーで会ったとき、お兄さまはひどい状況だったから、わかるわ」リリーはやさしく言って、話を続けるよう促した。

「ある晩、レイフが目を覚ましたんだ。最初、ぼくはレイフの状態がよくなったのだと思った。彼の笑顔がとても無邪気で、楽しげだったから。でも、レイフの体重がどんどん落ちて、目は落ちくぼんで、顔の傷も……悪い冗談みたいだった」グレイは決して忘れられない陰惨な情景を消せるかのように目をこすった。「これまで聞いたことのないような抑揚のない声で、早くリンゴの木に登らせろって、子どもに戻ったみたいに急かすんだ。生きながら火あぶりにされていたんだろう」

「船にはお医者さまがいなかったの？　誰か助けてくれるひとは？」リリーは張りつめた声で訊いた。

「私掠船の乗組員なんて、ぼくらを助ける気があるのか、それとも殺して海に投げ捨てるつもりなのか、どちらかなんてわからない。あれほど自分が孤独で役立たずに思えたことはなかった。あらゆることを目にしたし、やってもきたが……」グレイは冷ややかに笑った。

「ぼくは全知全能の慈悲深い神なんてとっくに信じなくなっていた。でも、そのときはひざまずいた。神に祈ったし、母にも祈った。助けてもらえるなら、この身だってゼウスに捧《ささ》げていた」

「兄は快復したわ。あなたが救ってくれたのよ」リリーの声が記憶を包んでいた霧にかすかな穴を開けた。

「何時間もうわごとを言いつづけたあと、急にレイフが静かになった。ぼくは覚悟した……

でも、額をさわったら、熱がさがっていたんだ。ぼくは赤ん坊みたいに泣いた」グレイの目にはいまも涙が浮かんでいた。「レイフには話していない。今後も、自分の馬鹿げたふるまいについて口にすることはないだろう」

「あなたは兄を大切に思ってくれている。ふたりの絆はたんなる友情を超えているわ。何かを感じたり、心配したりすることは悪いことじゃないの。感じたり心配したりしたって、弱虫なんかじゃないのよ」シーツがすれる音に続いて、サイドテーブルに銃を置く音がした。

リリーがグレイの腕に両手をそっと置き、窓ガラスにつけている手まで滑らせた。こんなに小さな手なのに、どうしてこんなにも慰められるのだろうか？　リリーの両手が手を包みこんだ。グレイにはもっと話したいことがあったが、心臓がすばやく打つせいで、言葉が喉につまって出てこない。

それほど簡単に許されていいはずはなく、グレイはさらけだした心からリリーが聞きたがっている言葉を引っぱりだした。「ぼくがきみに腹を立てたのは……あのとき、ぼくはちゃんとまにあうのか……きみを救えるのかどうか、わからなかったからだ。自分が無力に思えた。ここのすべてが――」手を広げて胸を押さえた。「めちゃくちゃになった。とても痛いんだ」

リリーは息を吸いこんで言葉を発しようとしたが、グレイが黙らせた。「最後まで言わせてくれ。今夜のきみはまずまずどころではない有能さを発揮した。じつにすばらしかった。

きみが言ったことはすべて正しい。衝動的に行動したのはぼくのほうだが、どうしても自分を止められなかった。きみが傷つけられるなんて、想像しただけでも耐えられなかった。でも、そのあとぼくはきみをひどく傷つけた。どうしようもない馬鹿野郎だ。その拳銃が装塡されていたら、この汚れた胸に弾《け》《が》を撃ちこまれても文句は言えない」

ふたりは蠟燭の明かりの外に立っており、リリーの顔は暗がりのなかにあった。リリーはまだグレイの手を握っていて、いまのところ窓から放りだしてはいない。

リリーの言葉には目には見えない感情がこもっていた。「あなたが入ってこなくても、わたしは傷つけられずに逃げていたわ。間違いなく」

グレイはリリーの手をはずすと、自分の髪をつかんで、そのままうなじのほうへなでつけた。「きみを危険な目にあわせたくないんだ。わからないのか？　きみは特別なんだ。ギルモアは純粋なきみを壊してしまったかもしれない――ぼくが言っているのは貞操のことじゃない――きみの明るさとか、温かさとか、本質のことだ。ギルモアはきみを壊して、そのまま見捨てたかもしれない。リリー、ぼくはそういう例を見てきている。きみが同じ目にあったらと思うと耐えられなかった。怖くて仕方なかったんだ」

リリーが胸に飛びこんできたせいで、グレイはそのままうしろへ倒れそうになった。グレイはリリーの身体を、彼女が与えてくれる慰めを必死になって受け止めた。おそらく自分にはそんな資格はないのだろうが、身勝手であっても受け入れた。唇をあわせると、塩からい涙の味がして、グレイは胸を突かれた。

ふたりは激しく抱きあい、競いあうようにして身体を寄せあった。足を引きずるようにして動いているうちに、気づくと蠟燭に照らされている場所に戻っていた。ふたりはやわらかい羽毛のマットレスの上に倒れこんだ。リリーが顔をなでると、まるで魔法使いになでられたかのように、グレイの心から不安や孤独が少しずつ消えていき、代わりに言葉にできないようなやさしさや……愛……のようなもので満たされていった。

グレイが彼女の頰の涙を拭うと、その安らぎとやさしさに、リリーは心臓が粉々に砕かれてしまうような気持ちになった。その激しさが怖かった。ほんの数時間まえには、グレイのことをあんなに嫌っていたんじゃなかったの？　羽根が飛びでてくるまで枕を叩き、それがグレイならいいのにと思っていた。

それなのに、いまは口の内側をかんで、言ってはならない言葉を抑えている。いろいろなことを複雑にして、事情を一変させてしまう言葉を。結局はグレイを窓から飛び降りさせてしまうかもしれない言葉を。

その代わりに、リリーはあふれてくる感情をこめて、グレイにキスをした。そして唇で頰とまぶたとあごに触れてから、また唇にキスをした。やさしい動きにまぎれもない情熱をこめて。

グレイがリリーをあお向けにし、脚のあいだに片足を入れた。そして、わずかに開いた唇を舌ではじくと、リリーは喜んで口を開けた。舌を絡めあいながら、リリーは濡れたシャツの上から広い筋肉に触れた。シャツはなかなかの強敵で、リリーはブリーチズから何とか引っぱりだそうともがいた。

グレイはうめき声をもらすと、リリーの身体からおりて、ベッドのはしにすわってうずくまった。「また怖がらせてしまったね。すまない。もう行くよ」

リリーはグレイの身体の重みを失いたくなくて引き寄せようとしたが、拒まれた。「あなたのシャツを引っぱりだそうとしただけよ。行かないで」

グレイがふり返り、今夜初めていたずらっぽい笑顔を輝かせて、頰にえくぼを刻んだ。グレイの笑顔を見ただけでリリーはこのうえなく幸せになり、笑い声が転がりでた。

「リリー・ドラモンドめ、何て愉快で、いけない娘なんだ」グレイはからかうような、かすれ声で言った。急いでベッドに戻ると、たくさんの枕に寄りかかって、シャツの上に並んでいるボタンをはずした。そして腕を交差させて裾をつかむと、頭から脱いで床に投げ捨てた。

グレイの裸の胸を見て、リリーは固唾を呑んだ。

「おいで」グレイが膝を叩いた。

リリーは膝に乗り、肩に両手をついて、本能のおもむくまま脚を広げてまたがった。筋肉がくっきり浮き彫りになった胸と腹には、縮れた黒い毛がところどころに生えていた。脂肪や、やわらかさはどこにも見あたらない。

馬車でやすやすと組み敷かれたのも当然だ。けれども、グレイの力強さを知っても怖くはなく、たんに好奇心と興奮が湧きあがっただけだった――それも、夢中になるほどの激しい興奮が。リリーは手が震え、脚のあいだが疼いた。それで、その妙な疼きがやわらぐ場所を探して、身体をもぞもぞと動かした。

グレイは両手でリリーの腿を引っぱると、頭を枕へ沈めた。「どうやら、ぼくはまだ許されていないらしい。きみはぼくを殺そうとしているんだからな」

「あなたが首の骨を折ればいいなんて、本気で思ったわけじゃないのよ」リリーはかすかに微笑んでいるグレイの口もとに軽いキスを落とした。すると三つ編みがまえに垂れ、筋肉が盛りあがっている腹をなでた。

「それを聞いてうれしいよ。髪をほどいてくれるかい？」グレイは三つ編みの先を結んでいるリボンをはずして、最初の数センチをほどいた。

熱く見つめるグリーンの瞳のせいで、リリーは毎日やっていることにも手間取った。やっと三つ編みがほどけると、グレイは髪のなかに手を入れて鼻に近づけた。同じ目的地へ向かって競争をしているかのように、ふたりの息がともに速くなった。

グレイは髪をリリーの肩にかけると、ネグリジェの襟もとできちんと結ばれているピンクのリボンを叩いた。「スイートハート、こっちもほどいていいかい？」

リリーはうなずくことしかできなかった。リボンがほどけると、むきだしになった肌を夜気がなでた。ネグリジェのはしをそっとはだけると、グレイの喉が上下に動いた。胸がすっかり露わになっても、リリーは下を向けなかった。全身が残らず真っ赤に染まっていたから。

まるで初めて山の頂上を征服した探検家のように、グレイの顔は畏怖に包まれていた。

「ぼくの想像なんて及びもつかなかった。すごくきれいだ。すばらしい」

「わたしの胸を想像していたの？」リリーは女性らしいかん高い声ではなく、かすれた声で訊いた。

「きみと踊った男は例外なく想像しているよ」グレイはリリーの身体のわきに沿って両手を上へ滑らせ、親指が胸の下のやわらかな部分に触れたところで止めた。リリーの肌はとてもがまんできないほど感じやすくなっていた。脚の付け根の疼きが少しずつ強くなり、耐えがたくなってくる。

「男性がわたしの裸を想像しているなんて思うと、困ってしまうわ」

「もちろん、紳士諸君はそんな浅ましい考えは決して認めないだろうけどね」

「それなら、なぜあなたは認めるの？」

「きみが何も知らないことにつけこんで、こうしてベッドにいることを考えれば明らかだろう。ぼくは爵位なんて得る資格もないような男だからさ」暗い感情がグレイの告白に重みを与えていた。正しかろうが悪かろうが、紳士としての衝動であれ、罪悪感であれ、何であれ、リリーはグレイに道徳心を起こさせるものを持ってほしくなかった。

リリーは手を広げてグレイの肩の曲線にのせると、胸から引き締まった腹、そしてブリーチズの上へと滑らせていった。手でたどると、彼の肌は熱く、筋肉が盛りあがっている。リリーは眉を吊りあげ、何も知らないことを隠そうとした。「わたしが上に乗っているのだから、つけこんでいるのはわたしのほうよ」

グレイは笑い、その声で雰囲気が軽くなった。「お望みとあらば、いつだって乗ってくれていいよ」

リリーはその話しぶりから、自分は冗談を理解できなかったのだろうかと考えたが、グレイが両手で胸を包みこみ、豊かさを確かめるように持ちあげたせいで、そんな考えは一瞬で消えてしまった。ブリーチズのはしを握りしめ、頬の内側をかんで、うわずった声が出そうになるのをこらえる。グレイが親指で胸の先端に触れた。リリーは喉の奥からかすれた声が出るのを止められなかった。

「乳首の色がとてもきれいだ。ピンクがかったバラ色だね」グレイは身体をそり、膝に乗っているリリーの身体をわずかに上にずらした。硬く盛りあがっている筋肉が脚のあいだに入ったおかげで、疼きが少し収まった。だが、グレイは身体をさらに近づけ、リリーがその意図を理解しないうちに、胸の先端を口に含んだ。

グレイの舌が突起のまわりをたどっているうちに、驚きより熱くぴりぴりとした刺激のほうが勝っていった。リリーは腰を揺らし、疼きを千倍にも強めていった。そしてグレイがもう一方の胸に関心を移すと、もう身もだえすることしかできなかった。

「グレイ、もうやめて……もう、無理……激しすぎるわ」リリーはそう言いながら両手でグレイの頭を抱えて胸に押しつけ、自らの言葉を裏切っていた。

「まだ、これでは物足りないんじゃないか？」グレイは秘密めかした口調で言うと、ひげが伸びた頰を胸の横にこすりつけた。

彼女の身体をベッドに横たえる。リリーは溺れているかのように、硬いマットレスをよりどころとした。錨となったのはグレイの重さだった。

グレイが口を開かせて熱いキスを浴びせると、リリーは夢中になって彼を引き寄せた。裸の胸に乳房があたり、グレイは欲求が満たされたが、またすぐに別の欲望がもたげてきた。

グレイはネグリジェからリリーの腕を抜き、腰から尻へとずらしていって、ついにはすべてを脱がせた。そして片方のひじをついて、彼女の全身を眺めまわした。

すべてを露わにされ、リリーはひどく落ち着かなかった。そこで片手で胸を隠し、もう一方の手で腿のあいだの三角形を隠そうとした。

グレイはやさしく、けれど揺るぎない意思を持って、リリーの手首をつかんで頭の上で押さえた。「ぼくには何も隠さないでくれ。きみはぼくに触れさせてくれればいい。ぼくのお詫びのしるしだと思って」

グレイは唇と舌で胸に触れながら、片手を伸ばして、尻をなでた。グレイにやさしく触れられると、リリーの身体から力が抜けた。そのときになって初めて、グレイは最終的な狙いを明らかにした。脚のあいだに手を滑りこませたのだ。リリーは身体を固くしたが、脚は閉じなかった。

グレイは怯えた動物を扱うように、しいっと言ってなだめ、リリーが落ち着くように小さく声をかけながら、ひだのなかで手を遊ばせた。

「熱くて、すごく濡れている」グレイが耳をついばむと、温かい息がかかった。

「それでいいの？」

「ああ、もちろん。もっとそうなってほしい」グレイが真ん中で指を動かすと、リリーの腰がはねた。逃げたいの？　それとも、もっと近づきたいの？　リリーには自分の身体の反応が何を意味するのかわからなかった。グレイは親指でひだをなでながら、ひとさし指をなかへ入れた。

リリーの口からため息がもれた。虚しさがわずかに慰められた。

「力を抜いて。悦びが高まっていくのがわかるかい？　さあ、その悦びをつかむんだ」グレイは脚のあいだですばらしい魔法をかけながら、前かがみになって、胸の先端を舌ではじいた。

まるでナイフの刃の上を歩いているかのようで、リリーは痛みと快感のあいだで揺れ動いた。そして刃から落ちたとき、予想できないほどの恍惚《こうこつ》感が押し寄せてきた。耳の奥に響く脈打つ音の向こうから、グレイも同じように満たされたかに思える低いうなり声が聞こえたが、決してそうではないことを、リリーはなぜか理解していた。少なくとも、自分のような至福は感じていない。

リリーが息を切らし、ぼうっとしたままの頭で目を開けると、グリーンの目がじっと見つめていた。グレイはまだリリーのなかに指をうずめたまま、視線をそらさずにキスをした。

リリーの腰には硬くなったものがあたっている。

何年もまえに、母は手紙を通して、女性としての知恵を娘に授けてくれた。リリーはグレイの脚のあいだに手をやった。

「グレイ、ここは何という名前なの？」

「いろいろな名前で呼ばれているけど、ぼくはペニスと呼ぶな」リリーが輪郭をなぞると、グレイはうめいた。

リリーはブリーチズのボタンに触れた。「あなたのペニスを見てもいい？」

グレイは噴きだした。「そんなにかわいいことを頼まれて、断れると思うかい？」

リリーが少し手間取りながらボタンをはずすと、硬くなったものが飛びでてきた。グレイはブリーチズを引っぱって脚から抜いた。これでリリーと同じく一糸もまとっていない。リリーはもう一度手を伸ばしたが、グレイはその手を取って頭の上にあげさせた。

「自分が何をしようとしているのか、本当にわかっているのか？　今夜のぼくらの行動で、先のことが大きく変わってくる」

傷ものになるということね。かまわないわ。もともと身分の高い貴族との結婚など望んだことはない。それはほかの人々が自分に望んでいることだ。このままウインターマーシュで暮らせばいいし、きっとグレイがときどき訪ねてきて、孤独を慰めてくれるだろう。それで充分だ。そうでなければいやだ。自分はそう願っているし、欲しいのはグレイだけだった。

「わかっているわ。平気よ」リリーは脚をグレイの脚に絡めた。

「やさしくできるかどうかわからない。ずっと、きみが欲しかったから。もしかしたら、痛いかもしれないよ」グレイの声も目も申し訳ないと語っている。リリーはグレイの首に手をまわし、言葉にできない思いが伝わるようにと願いながら、唇に激しいキスをした。

グレイはリリーの上で身体をずらし、脚のあいだに入りこんだ。リリーは膝で彼の腰を支え、やさしく受け止めた。硬くなったものの切っ先が脚のあいだの入口にあたる。グレイが身体をまえに進めてくると、リリーは身体を広げて受け入れた。痛くはなかった。それどころか、この原始的な行為にまた火をつけられていた。純潔が破られたときにはわずかに痛みを感じたけれど、一瞬たりとも後悔はしなかった。

「すまない……痛かったかい？」グレイが緊張した声で訊いた。すべてをリリーのなかにうずめたまま、動かない。

「少しだけ。でも、すごくいい。まだ、この先があるの？」空っぽだった気持ちが満たされはしたけれど、それでもまだたりない。まだ経験していないことがあると、身体は知っているのだ。もうすぐ経験することになるということも。

「まだ、あるよ」

グレイは身体を一度、二度とゆっくり抜き差しした。ひじをついて身体を落としているせいで、縮れた胸毛が乳房の突起をくすぐる。リリーは刺激的なにおいに包まれながら、グレイの肌に浮かんだ塩からい汗をなめた。そして彼を引き寄せようとして、たくましく隆起した筋肉をつかむと、快感がゆっくり押し寄せてきて身をよじった。グレイが動きを速めていく。ついにはひときわ高い声をあげて身体をこわばらせると、そのまま動かなくなった。

そして急に倒れこんだ。グレイは隣であお向けになると、リリーを腕のなかに引き寄せた。ひと言も話さず、リリーも無知をさらけだすようなことしか思い浮かばない。リリーは身体の上からグレイがいなくなったことで、これまでの大胆さが消えて急に恥ずかしくなり、うしろに手を伸ばしてシーツをつかんだ。そして胸を隠した。

グレイは片腕で目を覆っている。何か、何でもいいから話してほしい。それ以上の沈黙に耐えられず、リリーは彼のわき腹を突いた。「だいじょうぶ?」

「きみに殺されるところだったよ」どうやらグレイはよい意味で言ったらしく、リリーは安心して彼の横に身を寄せた。グレイが声を出して、大きなあくびをした。「きみのことを待てなくて悪かった。次は必ず待つから。約束する」

リリーはうれしさと安堵で胸が張り裂けそうだった。次があるのだ。シーズンが終わるまでは、彼のそばにいられるにちがいない。何といっても、まだ父を探さなければならないのだから。

グレイは横向きになってリリーのほうを向いた。無垢な娘らしい恥じらいは愛おしいが、三十分ほど遅かった。それに、どちらかというと、必死に引っぱってきたわずかなシーツで隠しているせいで、よけいにしなやかな曲線が強調されている。「きみは本当にきれいだ」

グレイはこんなにも官能的な身体をした女性を目にしたのは初めてだった。モントバットンも、ほかのつまらない男たちもくそくらえ。自分は何よりも原始的な方法で彼女に自分の印を刻みこんだ。どんな男のなかにも棲んでいる原始の野人が窓を開けて胸を叩き、彼女は自分のものだと世界じゅうに叫びたがっている。

グレイの股間はすでに元気を取り戻していた。もう一度、リリーを抱きたい……何度でも。だが、彼女の身体には負担が大きいだろうし、ひと晩のうちに自分が望んでいることすべてを受け入れさせるわけにはいかない。どのみち、まもなく陽がのぼり、使用人たちが動きだす。

「そろそろ行かないと」

「そうね」リリーはため息をついた。「行かずにすめばいいのに」

「ひと晩じゅうベッドをともにできるときが待ち遠しいよ」

彼女の顔にとまどいが浮かび、グレイはてっきり何か尋ねられるにちがいないと思ったが、リリーは黙ったままだった。良家の令嬢の純潔を奪ったことは一度もないが、ふたりがすぐに結婚しなければならないことは、リリーだって理解しているだろう。レイフはきっと結婚許可証を取るよう言うだろう――彼に告白したあと、自分が生きて新郎になれるとしたらの話だが。その不安さえなければ、申し分なく幸せなのだが。

グレイはもう一度軽くキスをすると、ベッドからおりて服を着た。リリーもまたネグリジェを着て、見事な身体を隠していた。

リリーは脚を身体の下にたくしこみ、肩の上に髪を垂らして、首の優美なリボンを完璧な蝶結びにすることに夢中になっている。そのくつろいだ姿を見ているうちに、グレイの胸に温かいものがこみあげてきた。

「〈フィールドストーンズ〉って何なの？　賭博場？　それとも紳士クラブ？」

最初、リリーの質問が外国語か何かのように、まったく理解できなかった。だが、ばらばらだった音が耳のなかでようやくきちんと並ぶと、グレイは慎重に答えた。「正確に言うと、少しちがう」

グレイがそれしか答えないと、リリーは顔をあげて鋭い目で見た。「それなら〝正確に言うと〟何なの？」

リリーの察しがよすぎるせいで、グレイはいつも神経が細る思いをしていた。いまも嘘をつくか、せめて本当のことは半分しか伝えたくなかった。だが、いまふたりで分かちあい、彼女が寄せてくれた信頼を思えば、そんなことをできるはずがない。「ロンドンの流行に敏《さと》い人々が高級娼婦と遊ぶ店だ。はかでは常軌を逸していると思われる欲望が満たせる」

「おもしろそうね」その話しぶりを耳にして、グレイは警戒した。

「おもしろくはない。ひどく、ひどく退屈だ」これは嘘だ。「たいした場所ではない。情報を手に入れてくれたことは感謝するが。可能であれば、おそらくぼくがギルモアとホイットミアを見つけて話を訊くことになるだろう」

「おそらく？」

「おそらく」わずかだが、空が明るくなっていた。とりあえず、雨に降られることはないだろう。強い風が雲を流したのだ。グレイは窓を開けて、見ている者がいないかどうか確かめてから、窓枠をまたいだ。

リリーが急いでベッドからおりて、グレイの腕をつかんだ。「気をつけて」

「また、すぐに会える。ぼくは――」グレイは自分が何を言うつもりだったのかわからないまま、リリーの唇に熱烈なキスをした。そして地面におりることだけを考えながら去ったが、それでもリリーの視線を感じていた。路地の石畳についたときも、そのあとも。

12

最低限の睡眠だけ取って、グレイはまたドラモンド家のタウンハウスに戻り、黒い正面玄関の扉をにらんでいた。初めてここにリリーを訪ねてから、まだ数週間しかたっていないのか？　八年間、リリーのことはほとんど思いださなかったというのに、いまは自分の将来にとって……そして幸せにとって欠かせない存在になっている。

念のため、いつもレイフを訪ねるときより、きちんとした格好をしてきていた。クラヴァットまで締めてきたが、この布で首を絞められるかもしれない。グレイの胃は引きつり、てのひらには汗がにじんだ。

ああ、くそっ。自分でもこんなに不安になるものなのか？　さまざまな屋敷に侵入したり、何も知らない標的から情報を引きだしたり、数で負けている状況で戦ったりしたときも妙な興奮はあった。だが、不安になったことは一度もない。不安を抱える余裕もなかった。

だが、いま感じているのはまさしく不安だった。これまで抱いたことのない感情であることは間違いない。

グレイはステッキの頭で扉を叩いた。執事のヒギンズが出てきて、ここ数日グレイは頻繁に訪ねてきているというのに、単調な声で言った。「何のご用でしょうか」

「ドラモンド卿と会いたいのだが」グレイは何とか目をむきたくなるのをこらえた。

「ドラモンド卿がご在宅かどうか確認してまいります」ヒギンズの静かな足音は世代を越えて執事のあいだで引き継がれていく技にちがいない。ヒギンズは玄関に戻ってくると、身ぶりで書斎を示した。「お会いになるそうです」

グレイは次第に重くぎこちなくなっていく足を持ちあげた。レイフは机のまえにすわり、無駄のないペンさばきで帳簿をつけていた。グレイは書斎のドアを閉め、身体を前後に揺らし、髪をなでつけながらレイフが書き終えるのを待った。

レイフは顔をあげると、もう一度全体を見直すために羽根ペンを置いた。「かしこまった格好をしてどうしたんだ？　まだ昼まえなのにクラヴァットまで締めて」レイフの笑い声を聞いても、グレイの不安は鎮まらなかった。

「じつを言うと、用件があってここへきた。つまり、相談しなければならない重要な件があるんだ」グレイは顔を歪めてじゃまなクラヴァットのはしを指でなぞると、いちばん近い書棚まで歩いた。落ち着いてすわっていられないだけでなく、ドアの近くにいたいからだ――すぐに逃げだす必要があるときに備えて。

レイフは椅子の背にもたれて、腹の上で指を組みあわせた。目尻にしわのある目がおもしろそうに輝いている。「好奇心をそそられるな。何をそんなにびくびくしているんだ?」

グレイは咳払いをした。「きみの妹に結婚を申し込みにきた。正式に求婚するために」耳のなかで自分の声がやけに大きく響いたあと、重く長い沈黙が続いた。

レイフの顔には驚きととまどいが浮かんでいた。レイフは身を乗りだし、しっかりとした支えが必要であるかのように、両手を机についた。「妹に? リリーにか?」

「ほかに妹がいるのか?」グレイは皮肉っぽく訊いた。

「あいつのことをうるさがって、いら立っていたように見えたが。取り乱してしまって、すまない。あまりにも驚いたものだから」レイフは立ちあがり、両手に体重をかけてうつむいた。「おまえとリリーが?」

「彼女はとてもすばらしい女性に成長した。何と言えばいい? とにかく、気づいたんだ」

「親友と妹が」レイフはひとり言のように小声で言った。「本当にびっくりだ――きのう、あいつはひどく腹を立てていた」

ワニがうようよいる川をわずかな岩を伝って渡るかのように、グレイは危なっかしい言い訳をはじめた。「仲直りしたんだ。リリーは承諾してくれると思う。問題はきみが認めてくれるかどうかだ。リリーだったら、もっと良縁を望める。伯爵とも、おそらく公爵とさえ結婚できるだろう。財産も領地もある男と」

「爵位があるからといって、上等な男になれるわけじゃない。おまえはぼくが知っているなかで最高の男だし、もう兄弟だと思っている」レイフはいったん口をつぐんだが、冷静さはすっかり消え失せていた。「ただ、ぼくが訊きたいのは、いつ仲直りしたのかということだ」

次に足を乗せる岩は、とても滑りやすそうだ。「昨夜だ」

「いま、こうしておまえと会っていることと、リリーがまだ寝室にいることを考えあわせて出た結論が間違っていると言ってくれ。また鼻の骨を折りたくないなら」レイフの声は穏やかだったが、グレイにはその脅すような低い声に聞き覚えがあった。

嘘をつくことも、顔をもう一度変えられることも、どちらも望んではいなかった。「きみに嘘はつかない。リリーの純潔を奪ったことは認める。だが、言い訳をさせてもらえれば——」

「言い訳？　妹を傷ものにしておいて、どんな言い訳ができると言うんだ？」レイフは怒鳴った。こぶしで書類を叩き、もうもとに戻せないほどくしゃくしゃに丸めている。

「頼むから、大声を出さないでくれ。そんなふうに考えてはいない」

「それを言うなら、先のことなど何も考えていなかったんだろう」まるで大砲の弾のように、レイフは書類を投げつけるとグレイに飛びかかった。一発目はわき腹をかすめた。

もう逃げるという選択肢はなく、グレイは防御のかまえを取ると、レイフが次にくりだしたこぶしを腕で防いだ。レイフはブーツで膝を狙ってきたが、グレイはその足首を引っかけて脚を絡ませた。

残念ながら、これはもう時間の問題だった。ふたりはまったく同じ訓練を受けており、グレイは敏捷性で勝っているが、レイフのほうが大柄で力も強い。さらに言えば、グレイは攻撃にまわって、友人であり義兄になる可能性のある男を傷つけたくなかった。

レイフがグレイを書棚に叩きつけると、頭の上に分厚い本がなだれ落ちてきた。ただでさえきついクラヴァットをつかまれて締めつけられ、グレイは息ができずに喘いだ。レイフはグレイの身体をふりまわして床に放り投げた。そしてすぐさま上に乗ると、大きな手をグレイの首にまわした。

グレイは本当に殺されるかもしれないと不安になった。レイフは首を絞め、肺から最低限の空気さえ絞りだした。

「愛しているんだ」息を切らしたかすれ声はほとんど聞こえなかった。それでも、首を絞めている手がわずかにゆるんだ。

「何だと？」

グレイは息を吸いこんで言った。「リリーを愛している」

絞め殺されそうになり、九十キロの巨体につぶされているせいで頭がずきずき痛んだが、それでもグレイはほっとしていた。昨夜はリリーにはもちろん、自分にさえ本当の気持ちを認められなかったのだ。

レイフはグレイの首から手をはずしたが、まだ鎖骨を押さえていた。「どうして、それを先に言わないんだ」

グレイには村のまぬけな男のように、にやりとすることしかできなかった。

そのとき書斎のドアが開き、リリーとエディーが立っているのが見えた。ふたりとも仰天し、不安そうな顔をしている。リリーは部屋全体を見まわして、正しい結論を出して飛びあがった。「どうして喧嘩《けんか》なんてしているの？」

「まあまあ、野蛮だこと」エディーがひどく意地の悪い口調で言った。

レイフが立ちあがり、グレイもあとに続いた。そして、すっかりほどけてしまったクラヴァットで唇の血を拭った。

「リリー・ドラモンド、話がある」レイフが言った。

リリーはじわじわと怒りがこみあげてきて、胸がふくらむほど勢いよく息を吸いこむと、グレイのほうを向いた。「お兄さまに話したの？　どうして、そんなことができるわけ？　わたしを遠ざけるつもり？」

「レイフが察しをつけたんだ。でも、状況が変わらざるを得ないことは、きみも理解していると思っていた」

グレイはリリーの涙を見てとまどったが、安心させる言葉を口にするまえに、リリーがまえに進みでて手をふりあげた。静まり返った部屋に、平手打ちの音が響いた。頬がしびれ、唇の内側が切れて金属のような血の味がした。

「グレイ、おまえとぼくでは〝承諾〟という言葉の意味がちがうようだな」レイフが言った。

リリーがふり向くと、兄は同じ目にあうことを心配して後ずさった。「お兄さまもよ。わたしの人生を勝手に決めるなんて、いったい何様なの？　どんな計画を立てたの？　傷ものになったからウインターマーシュに閉じこめる？　それとも、ノーサンバーランドの修道院にでも入れるつもり？」

レイフは両手をあげて妹の攻撃をかわした。「修道院のことまで思いつく時間はなかったが、おまえにあうとは思えない」

リリーは腹が立っただけでなく、悲しくもなった。「それじゃあ、まるでお父さまと同じじゃない。問題を起こして恥をかかせないように、わたしを追い払いたいのね。いちばん高く買ってくれるひとに、わたしを売り飛ばすつもりなんだわ」リリーは兄とグレイを順番に指さした。「わたしは人間の女であって、市場で売られる羊じゃないわ。心も、希望も、感情もあるし、自分の将来くらい自分で決められます」

リリーはドアから出かけたところで、ノブに手をかけたまま足を止めた。「ふたりとも、まっすぐ地獄に落ちればいいのよ」

ピンクのモスリンのドレスをひるがえして、リリーは出ていった。どうやら付添役の仕事を果たすべきだと感じたらしく、エディーがグレイのほうを向いた。「ミスター・マスターソン、よくもあの子をひどい目にあわせてくれたわね。どうするつもりなの？」

グレイはまだしびれている頬をさすった。「リリーに結婚を申し込むつもりだったのですが——」両手をあげた。

「結婚。それなら事情は変わってくるわ」エディーの身体から力が抜けた。「でも、あの子はあなたの考えをちゃんと理解していないかもしれないわよ、ミスター・マスターソン」

「まさか」グレイは冷ややかに答えた。

「もう少しはっきり言うべきかもしれないわ」

「ミセス・ウインズロー、もっともな助言です。肝に銘じます」

「あの子の様子を見てきたほうがよさそうね」エディーはお辞儀をして出ていった。

レイフはふたり分のブランデーを注いだ。グレイはそれを飲みほすと、おもしろがって咳払いをしているレイフを無視して、お代わりを注いだ。

「ぼくはどうすればいいんだ？」グレイはずきずきと脈打っているこめかみをもんで、痛みをやわらげようとした。

「自分の気持ちを伝えたのか？」

「あまり口にはしていない」

「ぼくもこの手のことに詳しいほうではないが、たいていの女性は結婚を申し込まれるとき、愛情と献身をはっきり口にしてもらいたがるものだ」

グレイは椅子にすわって脚を広げた。「いやそれどころか、求婚さえしていないんだ。ぼくは——」

「おまえは、ぼくたちがリリーのために決めたことなら、何でも妹が〝承諾〟すると思っていたんだろう？　それでリリーを理解しているつもりか？　グレイ、ぼくはリリーがいやがる結婚を無理強いするつもりはない。たとえ、相手がおまえだとしても」

「たとえ、リリーが純潔を失ったとしてもか？」グレイはやけになって付け加えた。「子どもができたかもしれないんだぞ」

レイフの頬がぴくりと震えた。「それでもだ。リリーの考えとはちがうが、ぼくは父とはちがう。リリーはちゃんと自分の将来を自分で決められる人間だ」

「ぼくがリリーをさらって、スコットランドへ引きずっていったら？」

「そんなに愛しているのか？」レイフが穏やかな声で訊いた。

「これ以上ないくらいに。リリーは美しいだけでなく、大胆で賢い」グレイの声は決まりが悪いほど感情がこもり、かすれていた。

レイフはぶつぶつ言った。「まあ、確かにな。ぼくにはグレトナ・グリーンに駆け落ちするほど激しい思いはないが。フランスの工作員に機密を白状させられるなら、結婚するのが最善策だとリリーを説き伏せることだってできるんじゃないか。おまえたちなら、似あいの夫婦になるだろう」

「財産がなくてもいいのか？」

「気にしたほうがいいのか？　おまえはホーキンズの仕事を受けている。ということは、仕事は保証されているし、おそらくいずれはナイト爵を授与されるだろう。屋敷を建てられるようにウインターマーシュに近い土地を喜んで遺贈するよ。リリーも喜ぶだろう。もちろん、ぼくもだ」レイフは穏やかに話を締めくくった。

「感謝するよ。すべてのことに」グレイは絞め殺されそうになったことと、リリーに平手打ちされたことと、愛する女性との将来に対する不安で、老人のようによろよろと立ちあがった。

「ぼくの命を救ってくれたことに対する恩返しのひとつだと思ってくれ。で、このあとどうするつもりだ？」

「〈フィールドストーンズ〉に行く準備をする。リリーには気持ちを落ち着かせる時間を与えるつもりだ。嫌われないことを祈っている」

「リリーが自分も行くと言いだしても意外じゃないけどな」

グレイは曖昧にうなったが、書斎を出ていきながらぽつりと言った。「同感だ」

その日の午後、リリーは泣いたり、怒ったり、恥じ入ったりしながら部屋で過ごした。逃げ場所である部屋を出れば、とたんに兄は自分を捕まえ、無理やりあやまらせるだろう。父と同じように。

ほんの何時間かまえ、リリーはいま絶望的な気分で横になっているベッドで、グレイと抱きあっていた。それなのに、どうして彼は裏切ったりできるの？　もう屋敷にいる全員が何があったのか知っている。リリーは枕に顔を押しつけて、ドアをひっかく音を無視した。

エディーが封筒をふりながら、勝手に入ってきた。「特使が招待状を届けにきましたよ」

金文字と凝った封蠟が興味を引いた。リリーは封筒を開いて分厚い羊皮紙を取りだすと、飛びあがるようにして膝立ちになった。火曜日の夜に開かれる〈フィールドストーンズ〉への招待状で、合い言葉まで添えられている――〝アドニス〟だ。リリーはもう一度調べたが、署名はない。送り主は誰？　グレイ？　まさか。モントバットン？　もしかしたら。ギルモア？　たぶん、そうだろう。

リリーは招待状で唇を叩きながら、さまざまな可能性について考えた。出席する以外に選択肢はない。けれども、それには手を貸してくれるひとが必要で、グレイにも兄にも頼めない。ほかの知りあいで手助けしてくれる手段と作戦を持ちあわせているのはひとりだけだ。

リリーは目的ができた勢いで、ベッドをおりて衣装部屋へ向かった。「エディーおばさま、お兄さまはこの招待状を見ましたか？」

「いいえ。わたしがヒギンズから受け取って、すぐに持ってきたから」

「よかった」リリーはつぶやいた。

エディーが侍女の代わりに、リリーがピンク色をした簡素な小枝模様のモスリンのドレスを脱ぎ、このあと予定している夜の訪問のためのもう少し改まった青いシルクのドレスに着がえるのを手伝った。

おばはドレスの背中のボタンを留めると、リリーの肩に両手を置いてじっとさせた。「リリー、パーティーへ出かけるのが遅れているのは知っているけれど、男女の関係について訊きたいことがあれば、喜んで知恵を授けますよ」

鏡のなかで、リリーは胸から頬まで赤く染まった。「もう、基本的なことは知っていると思います」

「彼は悦びを与えてくれた？」

もうこれ以上赤くなることはないと思っていたのに、リリーはさらに赤くなった。「はい」

「よかったわね。たいていの男は女性のことなど気にかけてくれないものよ。男というのは勝手だから。彼の求婚を受けるつもり？」

リリーは言葉につまった。「彼の……彼の、求婚？　求婚なんてされていませんから」

肩の向こうで、エディーが微笑んだ。鏡のなかで、ふたりの目があった。「されるのよ」

本当に求婚されるのだろうか？　責任感から？　リリーは胸が強く締めつけられた。どうして、グレイとの結婚がこんなに気になるのだろう？　幸いなことに、いろいろな可能性について思いをめぐらせている暇はなかった。「行きたい場所があるんです。付き添っていただけますか？」

「その手紙と関係がありそうね」エディーが招待状を指さした。「興味津々よ」

「きのうは何があったの？　ゆうに三十分は消えていたかと思うと、二曲だけ踊って、ぜったいに痛くないはずなのに頭痛だなんて言うんだもの。上流階級の女性とは思えないほど頑丈な身体のくせに」ミネルヴァが文句を言った。

ふたりはベリンガム公爵家のタウンハウスの応接間で向かいあってすわり、遅いお茶を飲んでいた。リリーが訪ねると、ミネルヴァは大喜びした。この広い屋敷のなかで、ミネルヴァは寂しい思いをしているのだろうか。

ミネルヴァは威厳があり、賢くて、実務に秀でており、女性が爵位を継ぐことさえ可能であったなら、さぞかし非凡な公爵となったことだろう。実際、リリーに言わせればまったくの役立たずであるミネルヴァの弟サイモンは、姉に屋敷の運営と実務をまかせたがっているのだ。そうすれば、もっと酒を飲み、賭けごとに興じ、だらしない女を追いかける暇ができるから。

ミネルヴァはサイモンとともに危ない橋を渡っていた。賭けごとで屋敷を失うわけにはいかないのに、爵位を持っているのはサイモンで、四半期ごとに支出や借金のために多額の金を要求しているのだ。ミネルヴァはサイモンに対して、姉以上の役割を果たしていた。まるで母鳥のように弟を心配しているのだ。

「あまりにも鋭すぎると、身のためにならないわよ、ミネルヴァ」

「男性からも言われるわ」ミネルヴァは苦々しく答えた。

リリーは窓の近くのクッションが置かれた椅子で、エディーがまだ居眠りしていることを確かめた。「ギルモアの書斎を調べていたら、逃げだすまえに本人と鉢あわせしてしまったの」

「それで、どうしたの？」ミネルヴァは襟もとのカメオをいじりながら訊いた。

「グレイが復讐《ふくしゅう》の天使みたいに颯爽《さっそう》と入ってきたわ。ギルモアを殺しかねない勢いだった。ミスター・マスターソンはわたしが得た成果をまったく喜んでいなかったけれど。でも、わたしはギルモアが〈フィールドストーンズ〉でホイットミア男爵と会うという情報を手に入れたのよ」

「そこは賭博場か何かなの？」

「そのようなものみたい」そこが評判の悪い店だと知ったら、ミネルヴァは手を貸すのをためらうかもしれない。嘘がリリーの良心に重くのしかかった。「ドレスを手に入れるのに、あなたの助けが必要なのよ。少し品がないくらいのものがいいわ。お店に溶けこまなければならないから」

そう話しても少しも驚いた顔をしないところが、ミネルヴァが冷静で客観的な女性だと言われるゆえんだ。「それなら、かつらと仮面も必要ね。お兄さまかミスター・マスターソンが一緒に出席するの？」

「グレイが出席するわ」嘘ではないけれど、それでも視線をそらさずにはいられなかった。

手を叩いているミネルヴァは、とても氷の女王という異名がついているようには見えなかった。「何てロマンティックなのかしら」

「ロマンティック？　ロマンティックなんかじゃないわ。父の失踪に関する調査だもの」

「何であれ、夜は眠れるようになるはずよ」ミネルヴァは快活に言った。

「どういう意味？」リリーはエディーのドレスの衣《きぬ》ずれの音に驚いた。

ミネルヴァはリリーに顔を近づけてささやいた。「見え透いているわ。ミスター・マスターソンのことを話すときは、声がいつもとちがうもの。あなたに言い寄ってくるロンドンの男性たちにはまったく興味を示さなかったのに。モントバットンは二枚目だし、お金持ちで気立てもいいけど、ちっともがまんできなかったじゃない」

「そんなにモントバットンがいいなら、あなたが結婚すればいいでしょ」

「わかったわ。どういう結果になるか、見ていましょうね。さあ、行くわよ。あなたに何が必要か、ドレイクに相談しましょう」ミネルヴァは立ちあがると、完璧に結いあげた金色の髪をなでつけた。

「誰ですって？」

「マックスウェル・ドレイクよ。うちの実務をまかせているの。ドレイクならドレスを調達してくれるわ」

「あの横柄なフランス女の店へ行って、あなたが選んでくれるのかと思っていたわ」リリーはミネルヴァのあとから、広くて冷たい廊下を通って書斎へ行った。

「〝レディ・ミネルヴァ・ベリンガムが娼婦みたいなドレスを注文したんですって〟そんな噂が広がるのにどのくらいかかると思う？　それなら、ドレイクに買わせたほうがいいわ。誰かが気づいたとしても、ドレイクが愛人を囲ったのだと思うでしょうから」

ミネルヴァの言葉を聞いて、机の向こうにすわっている黒髪の整った顔立ちの男性が仰天して、顔をあげた。「何と思うですって？」ドレイクは歌うようなスコットランドなまりで尋ねた。

ミネルヴァは片手をふった。「たいした話じゃないわ。ドレイク、友だちが衣装を欲しがっているの。娼婦が着そうなドレスで、かつらと仮面も必要ね。彼女の正体を知られたくないから。お願いできる？」

机の向こうの男はリリーの全身をじろじろと見た。「うしろを向いて」ぶっきらぼうに命じた。リリーは人形になった気分でゆっくりまわった。「いつまでに必要ですか？」

ミネルヴァが眉を吊りあげてリリーを見た。「パーティーは火曜日の夜よ」リリーは答えた。

ドレイクはうなずいて帳簿に視線を戻した。ミネルヴァの雇っているミスター・ドレイクは無口な男のようだ。

「それじゃあ、戻るわよ。おばさまが目を覚まして、わたしたちがいないことに気づくまえに」ミネルヴァが滑るように歩いていくと、リリーは寡黙なスコットランド人をもう一度見てから、あとに続いた。

13

それから数日は、待つことが辛くてたまらなかった。眠っても、小さな音で何度も目が覚めた。グレイが夜のあいだに窓から入ってきたのではないかと期待しては落ちこんだのだ。でも、結局グレイはこなかった。

グレイによって傷つけられたことに対して、兄は意外なほど何も話さなかった。何も訊かず、会話は軽くて取るにたらない話ばかりで、もっと重要な何かがはじまるのを待っているかのようだった。まるで、あの夜などなかったかのようだ。

けれども、リリーの身体はあの夜を覚えていた。ふと静寂が訪れると、心はあの夜ふたりがしたことを思いだし、身体は興奮と欲望を満たせないいら立ちで熱くなった。

ついにパーティーの夜が訪れ、御者のペニーを帰らせると、リリーはベリンガム公爵家の正面玄関のまえの階段を駆けのぼった。一瞬、ペニーは命令に逆らうような態度を見せたが、結局は鞭《むち》をふるって馬車を走らせた。リリーが外套を渡すと、執事は直接ミネルヴァの寝室へと案内した。

リリーは不安と虚勢が混じりあった震える手でドアを強く叩いた。「ミネルヴァ？　リリーよ」

ドアが開くと、リリーはラベンダーの香りに招かれた。「あなたのドレスを見て。ドレイクがじつに見事な仕事をしてくれたわ。彼は職業を間違えたわね」ミネルヴァは部屋いっぱいの菓子を目にした子どものようにはしゃいだ。

ドレスは背の高い鏡に吊るされていた。上品なミッドナイトブルーだが、その淫らな形は隠せなかった。ドレスを覆っている透きとおった薄衣がかすかにきらめき、きらきらとした銀色のリボンが胴着《ボデイス》を縁取っている。袖はサテンのパフスリーブがわずかについているだけで、肩がほとんど見えている。これほど肌が露わになっているドレスは着たこともなければ、公式の場で目にしたこともない。

「下着はどうすればいいの？　いま持っているものだと、ぜんぜんあわないわ」リリーは訊いた。

「ドレイクがちゃんとそろえたわ。コルセットが必要よ」ミネルヴァは化粧台にのった布地のなかから、レースのコルセットを持ちあげた。リリーはその場に釘づけになった。ミネルヴァはリリーの表情で緊急事態を察知したにちがいない。「まさか、気が変わったわけじゃないでしょうね？」

「まさか」震えている声が急に襲ってきた不安を際立たせている。

「さあ、ミスター・マスターソンが待っているし、誰もあなただとは気づかないから。そのお店にいるのはみんな紳士なのでしょう。うらやましいわ。何という冒険かしら」

リリーはミネルヴァの誤解を正さなかった。そして大きく息を吸い、勢いよく吐きだした。

「覚悟はできたわ」

まずリリーが着たことがないほど薄くて、襟ぐりの深いシュミーズを着た。次にミネルヴァの手を借りてコルセットを締める。普段リリーはコルセットを着けないけれど、確かに背骨がぴんと伸びた。

「次はドレスね。ひもを結んで髪を結ってあげるから、それまで鏡は見ないで。びっくりさせたいから」リリーは言われたとおりに鏡に背を向けて両手をあげた。ミッドナイトブルーの布地に身体を包まれる。小さな袖に腕を通し、肌のかなりの部分が布地に覆われていないことには目をつぶった。この部屋に入ってきたときより、隙間風が吹いているような気がした。ミネルヴァはリリーをスツールにすわらせて、ドレスにあわせた銀色の手袋を渡した。

そしてリリーの髪を巻いてきちんとしたシニヨンにまとめた。出来ばえを確かめ、もう一本ピンを刺す。「あなたの髪には自分の意思があるようね」

「かわいそうなメイドの愚痴を聞いてやってちょうだい」

「目を閉じて、いいと言うまで開けないで」

リリーは素直に目を閉じたが、ミネルヴァが悪魔のように大喜びして、両手をこすりあわせている姿が見えるようだった。ピンを何本も留めてきっちりと結った髪の上にかつらをかぶせて引っぱられるのは、まさに拷問だった。

やわらかなほつれ髪が頬をかすめ、肩と背中に落ちた。ミネルヴァの鼻歌と「こんなものかしら」という声とともに、かつらの髪型が整えられた。

「さあ、すっかり変わった姿にびっくりする時間よ」ミネルヴァはリリーの両手を取って立たせた。

リリーは鏡の正面に立った。鏡のなかに漆黒の髪をした高級娼婦を見つけ、思わずふり向きそうになった。だが、深い襟ぐりを引っぱりあげると、鏡のなかの女の手も同じように動く。

ゆったりと波のように背中におろされた長い黒髪。両サイドは櫛で留められ、首筋が見える。

高く持ちあげられ、先端のすぐ近くまで露わになっている胸。ボディスの骨とコルセットのおかげでドレスがずり落ちないようになっているのだ。そして腰と尻にはドレスの生地がぴったり貼りつき、その曲線が強調されていた。

「な、何て言っていいのかわからないわ。自分でもわたしだとわからない」

「それが目的でしょ」ミネルヴァは気楽に言った。「こんなに破廉恥なことをしたのは初めてよ。すごく楽しかった。あなたに悪い影響を与えられているわね」

「もう時間？」リリーは訊いた。

「そろそろね。あとひとつで変身は完成よ」ミネルヴァは銀色のキツネのハーフマスクをふりまわしてみせた。

リリーは上質な仮面に触れると、ミネルヴァに着けてもらうためにうしろを向いた。こうして変装すれば、〈フィールドストーンズ〉では誰もリリーだと気づかないはずだ――たとえ、グレイでも。

「明日の朝、起きたらすぐに書付を送って。今夜は一睡もできないに決まっているから」ミネルヴァがリリーの肩に外套をかけてきつく手を握ると、ベリンガム家の従僕がリリーを貸馬車に乗せた。

だが、ひとりになると、リリーは自信が揺らいだ。胃のなかのものが逆流してきそうだ。本当に、うまくやりおおせるだろうか？　グレイとひと晩過ごしただけでは熟練の娼婦にはなれない。まもなく貸馬車が止まり、古代ローマの兵士のような格好をした従僕が扉を開けた。

従僕はリリーの手を取って馬車から降ろした。入口までの階段は普通より急なのだろうか？　それとも、気のせいなの？　貸馬車が走り去ると、リリーは兵士の格好をした従僕の腕をきつくつかんだ。従僕の頰は赤く、髪は砂色で、朴訥とした態度はまるで田舎の青年のようだ。

「あなたはどこのご出身?」

従僕はいやいやながらもていねいに答えた。「サフォークです」

「どうして、この店にいるの?」

「働けるからです。ぼくには兄が七人いて、農場はただ広いだけだから」

「お名前は?」リリーはドレスの裾を持ちあげて階段をのぼりながら、あたかも自らの勇気にしがみついているかのように、彼の腕を少しばかり強く握った。

「ロジャーズです」

「そう、ロジャーズね。わたしは……」名前の候補が頭のなかを駆けめぐった。「セレストよ。ギルモア卿かホイットミア男爵のことはご存じ?」

「ギルモア卿は知っています。まだ到着していません。ギルモア卿は遅れて堂々といらっしゃるのがお好きなので。もうひとりの方は存じあげません」

ふたりは正面の扉に着いた。リリーは一ポンド金貨をレティキュールから出した。「ロジャーズ、ギルモア卿が到着したら知らせてちょうだい。知らせてくれたらもう一枚あげるわ」

金貨はロジャーズの衣装のなかへ消えた。「かしこまりました」ロジャーズはぎこちなくお辞儀をした。おそらく、なかで見た男たちの真似をしているのだろう。リリーは会釈を返して外套を渡した。

階段の下には舞踏室が扇のように広がっており、リリーは踊り場の上で足を止めた。そこはまさに古代ローマの退廃的な世界だった。給仕たちはトーガを身につけ、壁には裸同然の古代ローマの神々が描かれている。

あちらこちらに置かれた調度品では、凝った衣装を着た男女がくつろいでいた。がやがやとした話し声に混じって、四重奏の曲が静かに流れている。だが、誰も踊っていない。リリーは自分よりもっと肌が露わになったドレスを見かけて安心した。尻まで切れこみが入ったドレスを着た女性さえいたのだ。

舞踏室じゅうの視線がリリーに集まった。リリーはますます不安になり、胃をひっくり返しそうだった震えが手や膝まで広がってきた。いまある選択肢は階段をおりて悪の巣窟へ入っていくか、あるいは顔見知りになった従僕に貸馬車をつかまえてもらい、逃げ帰るかのどちらかだ。

リリーは偽の勇気をふり絞って胸を張り、階段をおりた。すると三メートルも歩かないうちに、ひとりの男が近づいてきた。首に巻かれたクラヴァットはほどけ、手に持ったグラスは危なっかしく揺れている。男はひどく酔っているらしく、身体を横に揺らしながら、リリーの胸をじろじろと見た。

ドレスの目的は顔から注意をそらすことだが、それでもリリーは手をひらひらと動かして胸を隠した。

「その美しい胸を見たいな。ふたりきりになれる部屋へ行こう」若い男は無作法にリリーの胸を指さした。本当だったら突き飛ばしてやりたいところだ。こんなに酔っているなら、おもちゃの兵隊みたいに転ぶにちがいない。

だが、リリーはミネルヴァのこのうえなく高慢な口調をまねた。「とても抗しがたいお誘いですけれど、ほかに探している方がいるので」

リリーはドレスの裾を揺らして、男の横を通りすぎた。多くの男たち、それに女たちまでも、リリーを手招きした。また次の男たちに道をふさがれたときには、リリーはすっかり面食らい、目立たずにいることの難しさを甘く考えていたのではないかと不安になった。

最初に話しかけてきたのは、ずんぐりとした体格で、明るい色の髪と、薄く歪んだ唇をした男だった。「きみ、きれいだね。どちらが先にきみと楽しむか、友人と決めかねているんだ。わたしたちは紳士だからね。きみに決めてもらおうと思って」

ふたり目の男はもう少し背が高く、茶色い艶のない髪をしていた。どちらも仮面を着けている。茶色い髪の男がリリーの腕をつかんだ。「二階へ行ってじっくり見比べて、わたしを選んでくれよ」舞踏室の奥にある階段へ引っぱっていこうとした。

リリーは何度か口を開けたり閉じたりしたが、声が出なかった。

すると力強い手が肩をつかみ、リリーをふり向かせて茶色い髪の男の手から引き離した。三人目の男の唇が顔に近づき、腕が背中にまわされる。リリーは焦って息を大きく吸いこみ、胸を押し返した。だが、息を吸いこんだとき、覚えのあるにおいが魔法をかけた。そしてリリーの身体に頭がまだ気づいていないことを思いださせた。

グレイ。リリーは両手を彼の肩に置くと、閉じこめられていた欲望と安堵が混じりあった思いで、その胸に溶けこむように抱きついた。グレイのキスは濃厚でこのうえなく官能的で、リリーはうっとりと腕に寄りかかった。グレイは唇を離すと、男たちのほうを向いた。

「とっとと失せろ。彼女はぼくのものだ」悪魔でも怖気《おじけ》づきそうな声だった。

その言葉がぼんやりしていた頭に突き刺さる。リリーはグレイの肩を叩いた。「わたしがあなたのものですって？　あなたの持ち物じゃないのよ」ひと言ごとに声が高くなっていった。グレイが手を離すと、リリーの身体がぐらりと揺れた。

「ぼくがそう言わなければ、あの男たちのどちらかがそう言ったはずだ。そのほうがいいのか？」グレイは肩をすくめると、上着のポケットに両手を入れて離れていった。

ふたりの男は狼のように近くをうろついている。「待って」

グレイはわずかにふり返って、手を差しだした。リリーは飛びつくようにして両手でその手を取った。

グレイもまたリリーと同じように姿を変えていた。かつての権力者がかぶったようなかつらで髪を覆い、銀のフロックコートとピーコックブルーのベルベットのベストはペノハウン卿に勝るとも劣らないほど派手だ。

舞踏室には暗いアルコーヴがいくつかあり、人目を避けることができた。グレイはリリーを漆喰《しっくい》の柱に押しつけ、身体をぐっと寄せて彼女の喉を軽くかんだ。

「この数日、きみに会えなくて寂しかった」グレイは耳もとでささやいた。

「わたし――」リリーは危うく正直な気持ちを答えそうになった。「あなたを許したわけじゃないから」

「招待状を送ってあげたのに？」グレイは茶目っ気のある顔をして言った。

「あなただったの？　わたしをできるだけ遠ざけておきたいのかと思っていたわ」

「きみがどんな格好をしてくるのか見たかった」グレイは身体を離してリリーの頭から足もとまで観察した。「誰にもきみだとわからないのは確かだ。でも、ここに溶けこむのが狙いだとしたら、大失敗だな」

「あなたはどうしてわかったの？」

「もう忘れてしまったのかい？　ぼくはよく知っているんだよ。ここも――」指で唇を軽く叩いた。「ここも――」同じ指で首から胸のふくらみまでをたどった。それから両手で腰から尻までをなでた。「ぼくの記憶に刻みこまれている」

ひどく刺激されているのは明らかで、リリーは顔をそむけたが、目のまえでくり広げられている光景は興奮を冷ましてはくれなかった。あちらこちらで男女がキスをしたり触れあったりしているのだ。裸の胸が見えると、リリーは思わずグレイに視線を戻した。

グレイは片手をリリーの胸に置き、てのひらで包みこんだ。

「な、何をしているの？　ひとがいるのよ。誰に見られているかわからないのに」

仮面の奥のグリーンの日がリリーの目をじっと見つめた。からかいと、興奮と、欲望のすべてが映しだされている。「ぼくたちはこの場に溶けこむために演じているんだ。澄まして並んで立っていたら、よけいに目立つ。そう思わないかい？」

手を離さずにいてくれるなら、どんなことにも賛成するだろう。「そうね。あなたの言うとおりだわ。芝居を続けないと」

「英国のために犠牲になるよ。ぞっとするけどね」グレイの指がボディスに差しこまれ、胸の先端をかすめた。「このボディスはどうしてこんなにぴんと立っているんだ？　針金でも隠してあるのか？　それとも、魔法かい？」

リリーは硬くなった股間を腰に押しつけられて身をよじった。「これは取り調べなの？　それとも誘惑？」

「かつらをかぶっているのか」グレイは束ねていない髪を肩にかけた。

「あなたもね」

「かぶり心地が悪いんだ。先祖たちはどうやって耐えていたのかな」

不機嫌な声を聞いて、リリーは微笑んだ。「でも、あなたは頭にピンを百本も挿されていないだけましよ」

「かわいそうに。気持ちよくしてあげようか？」グレイが言うと、同情の言葉さえ艶っぽく聞こえた。グレイは唇を重ねながら、両手を尻に滑らせてリリーを引き寄せた。

ここ数日の怒りと恨みはすっかり陰に追いやられていた。すっかり消えたわけではないけれど、どういうわけかグレイの腕から抜けでるほど重要に思えなかったのだ。

グレイのうしろにいた女ふたりと男ひとりが手足を絡ませてよろけながら、そのままカーテンで仕切られたアルコーヴへ消えていった。リリーは想像力が働きすぎてそれ以上は理性がついていかなくなると、不安になってこう言った。「ギルモアを探さない？　お父さまの情報を持っているかもしれない」

「ああ、探そう」

「ロジャーズという気立てのよさそうな若い従僕に見張りを頼んでおいたの。ギルモアが着いたら、教えてくれるわ」

「賢いな」リリーには見えなかったが、眉が髪の生え際まで吊りあがったはずだ。

「そんなに驚かなくてもいいでしょ」

「きみを見くびるのはやめないとな」グレイは身体を離すと、仮面の奥で真剣な顔つきになり、声にも新たな敬意が加わった。

ここ数日の恨みは残らず溶けていった。「あなたさえ認めてくれれば、いい人材になれると思うわ」

グレイはゆっくりうなずいた。「ふたりがどこで会うつもりなのかわからない。裏道に出られる秘密の部屋が並んでいるのは見つけたが、上にももっと部屋があるのかもしれない」

リリーはグレイに手を取られて、いくつかに仕切られたアルコーヴのまえを通りすぎながら、この奥には誰がいて、どんなことをしているのだろうかと考えた。〈フィールドストーンズ〉は罪深くて、堕落した場所だ。リリーは不本意ながら、自分がもっといろいろなものを見て、いろいろなものを経験したいと願っていることを認めた。生まれながらの好奇心と新しく目覚めた肉欲が、田舎で培われた道徳心とせめぎあっている。リリーはグレイと手をつないで階段をおり、未知の世界へと入っていった。


グレイは誰もいない廊下を観察した。真ん中に階段があり、両側に閉まったドアが並んでいる。壁は青いシルクで覆われ、彫刻や生花を活けた花瓶が置かれた台座が並んでいる。リリーはいちばん近くの彫刻まで歩いてじっくり見た。ドレスの襟もとが開き、美しい胸がさらに露わになった。

舞踏室の階段の上でエジプト王妃ネフェルティティのように立っているリリーを見たとき、グレイはこれまでにない衝撃を受けた。まわりの人々の話し声が次第に大きくなり、女王のような優雅さで、腰を淫らにふりながら歩いてくるリリーのほうに全員が顔を向けて注目していた。そして心細そうな様子に気づき、たやすく餌食にできると判断したとたん、男たちがハゲワシのように囲んだ。舞踏室じゅうの人々が見ているまえで、リリーは自分のものだと宣言したのはとても気分がよかった。

リリーが彫像の胸から脚のあいだへと指を滑らせている。グレイはうしろから近づいた。

「彼の〝ぶらぶら〟を確認しているのかい？」

リリーはたじろいだが、生意気に言い返した。「あなたのほうがほんの少し印象に残るかも」

「あそこがまた、印象を残したがっているよ」

リリーの首筋がほんのりと赤く染まった。ひと晩じゅうリリーをからかっていたかったが、まだ上の階を調べなければならない。誘惑してくるリリーの身体から離れ、廊下の片側に目をやり、次に反対側を見た。「ドアの並び方がおかしくないか？」

グレイはいちばん近いドアを開けた。部屋にはベッドと椅子が数脚あるだけだった。次のドアを開けた。そこにも誰もいなかったが、隣よりも長細い部屋だった。片側の壁にかけられたカーテンに向けて、座席が別の壁沿いに並べられている。グレイがカーテンを開けると、そこは大きな部屋が見える窓になっていた。

「よくわからないわ。どうしてこの部屋から、隣を眺めるの？」リリーはいかにも何も知らない娘らしく、ひどく困惑している。

「ほかのひとが……しているところを見て興奮するひともいるんだ」グレイはリリーを部屋

から連れだしてドアを閉めた。

「何をしているところ？　わたしたちがしたようなこと？」銀色のキツネの仮面のせいで、リリーのブルーの瞳がこの世のものではないように見える。

「ああ。それに、ほかのことも」

「女性のスカートの下に男性が頭を入れるようなこと？」

グレイは思わずドアのノブをつかんだ。「どうして、そんなことを知っているんだ？」

「ギルモアの彫像にそういうのがあったの。もうひとつは男のひとの――」リリーは彫像の脚のあいだを軽く叩いた。「これを、女のひとがくわえていたわ。それって、普通のこと？」

グレイは暑くて不快なかつらをひっかいた。「ごく普通のことで、どちらにとっても楽しいことだ。愛があるなら」必ずしも正確ではないが、これ以上リリーの道徳を歪めたくなかった。

リリーはグレイの腕をつかんだ。「わたしたちがしたことは……あれには……」〝愛はなかった〟声にはならなかったが、ふたりにはその言葉が聞こえていた。

「なかったかい？」

リリーはあごを震わせた。こんな淫らな店はグレイが愛と意図を宣言する場所ではない。

「先を急ぎましょう。ギャラリーから部屋を見られるわ」

ふたりは廊下を歩きながら、各ギャラリーをていねいに調べて、次に大きな部屋に入った。

どのギャラリーにも誰もいなかったが、最後の部屋だけはちがった。

　半裸の男が鎖で吊るされていた。そのまえを鹿革のブリーチズとベストを身に着け、九本のひもがついた鞭を持った仮面の女が行き来し、鞭の柄でなぶるたびに、男が枷《かせ》をつけられた身体をよじらせている。

「あれ……あの男性……モントバットン卿じゃない？」リリーは窓に近づいた。

　グレイは目をすがめた。確かに、そうだ。仮面の女が手首を返すと、革の鞭がモントバットンの脚を打った。モントバットンは悲鳴をあげたが、興奮しているのは明らかだ。リリーは口を大きく開け、のぞき窓に近づいた。

　グレイはリリーの腰をつかんで、部屋から引きずりだした。

「ちょっと待って。放して。もっと見たいわ」リリーはグレイをふりほどいてドアの向こうに戻ろうとした。

「だめだ。見るんじゃない」グレイは自分のほうが強い力を使ってリリーを止めた。「先に進むんだ。異議は認めない」

「モントバットンが鎖につながれていたの？　彼は何か悪いことをしたの？　それとも鞭で叩かれて悦んでいたの？」おぞましさと興奮に乗って、質問が転がりでてきた。

「答えはそうだ、ちがう、おそらく、だ。でも、いまは話しあうつもりはない。ぼくたちにはやるべき仕事がある。仕事に集中するんだ」グレイは堅苦しく言ったが、やるべき仕事があるのを思いださなければ、いまでも下の階でリリーを柱に押しつけていただろうということは無視した。そしてリリーを引きずるようにして、ほかの部屋を確認しながら、廊下の突きあたりまで歩いた。

グレイは誰もいない最後のギャラリーまでくると、リリーをなかに引っぱりこんで再確認をした。いちばん大きな部屋は趣味のいい部屋だった。鎖はない。ベッドさえも。部屋の真ん中に大きくてすわり心地のよさそうな長椅子があり、ほかにサイドテーブルと二脚の椅子があるだけだ。

「鞭で打たれたことはある？」リリーはグレイの腕をつかんで、自分のほうを向かせた。その質問にかすかな嫉妬がにじんでいると思うのは、勝手な想像だろうか？

グレイの口の両はしが引きつった。「ああ、ある。さっきと少しちがうのは、ぼくがうつ伏せにされていたことと、鞭を持っていたのが醜くて下劣なフランス人だったということくらいだな。そのときはこれっぽっちも楽しくはなかった」

「とても辛いわ」

「何が？」グレイは手袋をしていない手でリリーの頬をなでた。

「あなたがこの数年でくぐり抜けてきたこと。どうにかして、わたしが癒やしてあげられればいいのに」仮面でリリーの目の真剣さがいっそう強調された。

リリーは自分の世界に測り知れないほどの光と希望を与えてくれた。グレイはそう伝えたかったが、ここで伝えるべきではない。いまは目的に集中しなければ。

そんな感情がこもったせいか、口調が荒々しくなった。「上の階に直接行けるのは階段だけだ。窓から出入りすることはできない。それに、こういった部屋ではふたりが誰にも知られずに会うのは無理だ」

「それじゃあ、下におりる？　従僕に確認してみればいいわ」

廊下から声が聞こえた。グレイはブーツで蹴ってドアを閉めた。黒いハーフマスクを着けた見栄えのする男女が互いの身体をまさぐりながら広い部屋へ入ってきた。

ふたりはドアを閉めると、すぐにキスをはじめた。舌を絡ませて男が女の胸を愛撫《あいぶ》しながら、じわじわと長椅子のほうへ後ずさっていく。喉から絞りだしたような女の声が窓からもれてくる。リリーは窓に近づいた。好奇心と興奮ですっかりわれを忘れている。

「少し見ていくか？」グレイはうしろから近づいた。

「仕事は？」

「仕事は――」〝くそくらえだ〟「まだ、だいじょうぶだ」グレイは言葉を代えて答えた。

男は赤いベルベットのカバーがかかった長椅子に女を横たえ、自分はわきに膝をついた。女は男の頭を腕で抱き、自分の胸に引き寄せた。すると男がスリットの入ったドレスの裾を開き、純白のガーターが現れた。

「見ていて楽しい？」リリーが男女のほうを身ぶりで示した。

グレイは片方の腕でリリーの腰を抱き、もう一方の腕を胸のふくらみに置くと、彼女の肩越しに窓の向こうが見えるように背中を引き寄せた。「これまでは楽しいのかどうかわからなかった。でも、これが証拠だとすると——」リリーの尻の真ん中に硬くなったものをあてて揺らした。「間違いなく、楽しんでいるようだ」

男は左右の腿にキスをしながら、ゆっくりと女の脚を開いていった。そして膝を開かせると、そのあいだに身体を入れて、彼女の尻を長椅子のはしまで引き寄せた。女は熟練した娼婦のようだった。男が脚のあいだに目を奪われているうちに、白らボディスをゆるめて、胸をもみはじめた。

リリーはグレイの腿をつかんだ。そして背中をそらして尻を彼のものに押しあてると、胸を高く突きあげてグレイを喜ばせた。グレイはこの場でリリーを抱くつもりはなかったが、欲望がその判断を鈍らせた。

男は女の脚のあいだに顔を近づけてキスをした。女の声がもれ、身体がぴくりと反応した。

「あの彫像が人間になったみたいね」リリーはグレイの手を取ると、自分の胸に導いた。

「お願い、グレイ。さわって」

グレイはボディスに手を滑りこませると、胸を露わにしてもみしだいた。そして親指とひとさし指で硬くなった先端をつまんでこねた。

「あの女のひとは自分でさわっているわ。あんなことをしたら、いや？」

グレイはリリーの耳たぶを軽くかんで、耳のなかに息を吹きかけた。「少しもいやじゃないさ。もし時間がたっぷりあったら、きみを裸にして、ぼくの見ているまえで自分でさわらせたい」

リリーから返ってきたのは不明瞭《ふめいりよう》な声だけだったが、身体は小刻みに震えている。彼女はあっという間に自分を悩ます術を身に着けるだろう。だが、いまはまだこっちが上手《うわて》だ。

窓の向こうの女は片足を長椅子に乗せて、男にすべてを見せつけている。そして尻をつかまれると、男の口のまえで身体を波打たせた。

「身体が熱くなった？　ぼくの口で悦ばせてほしい？」グレイはリリーの首筋にキスをした。

「グレイ」リリーは吐息をもらしながら名前を呼んだ。

「答えて」

「ええ、してほしいわ、お願い」

リリーはうしろを向いて唇を求めたが、グレイはこう命じた。「ふたりを見ているんだ」

男がひだのなかに指を二本入れると、女は声をあげた。男は指を出し入れしながらも、口での愛撫もやめない。すると女がかん高い声をあげながら、男の口にぶつけるようにして身体をびくびくと痙攣《けいれん》させた。しばらくすると女は満足したように横たわり、男を抱き寄せて深いキスをした。そして男の指を口に含んで吸いながら、男と見つめあった。

興奮した動物のように、リリーはグレイの腕のなかでふり向いた。「お願い、して……何か、してほしい」

グレイは低い声で笑うと、リリーをうしろの壁に押しつけ、ドレスを腰までめくり、片脚を自分の腰に巻きつけた。壁のまえでいただくとしよう。硬くなったものを押しつけて揺らしながら唇を奪い、深く官能的なキスをした。

すると女の笑い声が響き、グレイの全身を血が駆けめぐった。「トミー、見て。ひと組分の値段で、ふた組分楽しめるわよ」

グレイがリリーを隠してふり向くと、戸口の内側で若い男と年上の娼婦がふたりを見ていた。今度は血管のなかを冷水がめぐり、熱が一気に冷めた。グレイはリリーの脚をおろしてドレスを足首までさげた。

「残念だけど」グレイはささやいた。「下に戻ったほうがいい」

リリーはそっけなくうなずいたが、グレイに取られた手は震えていた。

「トミーもわたしも追いだすつもりじゃなかったのよ。どうぞ、ここで続けてちょうだい」

女はコックニーなまりをほとんど隠せていなかった。

「いや、ちょうどいいときにきてくれた。どうぞ、楽しんでいって」グレイはあごをあげると、リリーをドアの外へ、落ち着く冷たいブルーの壁に囲まれた廊下へ連れだした。いまやこの階もかなりにぎやかになっていた。さまざまなドアを男女が出入りしている。

「もう一度ギャラリーを見たほうがいい？」リリーが声をひそめて訊いた。

「いや、やめよう」グレイは必要以上に強い調子で答えた。「もう、ここにはこないほうがいい」リリーを連れて階段をおりた。そして、リリーが従僕を探しているあいだに、いくつものアルコーヴを調べた。

リリーが息を切らしながら隣に戻ってきた。「ギルモアが着いてから、まだ十分もたっていないそうよ。ロジャーズの話だと一階の奥へ行ったらしいわ。きっと、さっきあなたが見つけた部屋が並んでいるところね」

「さっき調べたときは、どの部屋も鍵がかかっていた」グレイはリリーを連れて、分厚くて暗いカーテンで隠された廊下へ向かった。

すると、リリーが急に足を止めた。大きな長椅子で、ふたりの男とひとりの女が絡みあっていたのだ。リリーは口を開けたまま、尋ねるような目でグレイを見てから、三人に視線を戻した。

この緊迫した状況でもユーモアはなくならないらしい。グレイはリリーの好奇心が羞恥心に勝ち、顔がほんのり赤く染まる瞬間が楽しみだった。「質問はあとにしよう。喜んで残らず説明してあげるから」

廊下には誰もいなかった。ギルモアとホイットミアはどこかの部屋に入ったにちがいない。グレイはそう感じていた。「ここにいて。ギルモアにきみだと気づかれる危険を冒したくない。ここを動くんじゃないぞ、リリー、一センチたりとも。約束してくれ」

リリーは文句を言った。「グレイ、やめて」

「口に出して約束してくれ」

「一センチも動かないと約束します」リリーは口ぶりを真似して言ったが、たとえ渋々だとしても、きちんと約束したことでグレイは安心できた。そしてふり返りながら廊下の奥へ消えていくと、リリーはカーテンのなかにひとり残された。

グレイはひとつ目のドアに耳をつけ、ノブをまわそうとした。鍵がかかっていた。そこで次のドアへ移り、ノブに手を伸ばした。ドアが開いた。グレイも目のまえの男も驚き、そっくりな防御の構えをした——かかとに重心をのせ、膝をまげて、両手をあげたのだ。どうやら部屋にはほかに誰もいないようだった。

「ロンドンのこんないかがわしい場所でお楽しみだとは思いませんでしたよ、ホイットミア卿」グレイは言った。

「ぼくが何を楽しんでいたのかなんて、どうしてわかる？　ぼくらは知りあいか？」廊下は薄暗く、ホイットミアは銀色の目を険しく細めた。

経験豊富で、上品で、聡明《そうめい》だというホイットミア男爵の評判は正しいようだ。だが、こっちも抜け目なく、冷酷で、とらえどころがない。グレイは何も答えなかった。変装にあまり時間を割かなかったことを考えると、正体がばれるのは時間の問題だ。

「マスターソンか？　こんなところで、いったい何をしているんだ」

「その質問をそっくりそのままお返ししますよ」どちらも自分から口を割るつもりはないということか。沈黙が続くなか、グレイは頭をめぐらせた。「少しお時間をいただけますか？じつはお力を貸していただけるのではないかと思う件があるのです」

明らかに落胆した様子で、ホイットミアはうしろにさがり、手首を返してなかへ入るよう促した。「いいとも。わたしの用件はもう終わった。どうやら、きみの用件というのはお楽しみではなくて、仕事のようだね」

グレイがカーテンのほうに目をやると、そこから見えるものは何もなく、衣ずれの音さえ聞こえなかった。約束を守ってもらうには信用しなければ。グレイは部屋に入ってドアを閉めた。

「飲み物でもどうかね？」ホイットミアが訊いた。

部屋は居心地も趣味もよく、それはこの店全体に言えた。円いテーブルを椅子が囲んでいる。片側の壁のまえに長椅子が置かれ、サイドテーブルにはデカンタとグラスがいくつか並んでいる。賭け金の高いホイストや秘密の会合には最適な場所だ。ホイットミアは自分の分のポートワインを注ぎ、グレイの正面の席に着いた。

先に攻撃を仕掛けたのはホイットミアだった。「ドアの外にきみが立っているのを見たときはたまげたよ。でも、きみは驚いていないようだった。なぜかね？」ホイットミアの手はグラスの柄をしっかりつかんでいた。

どこまでホイットミアを信用すべきだろうか？　同僚であることは確かだが、だからといって信用できるとは限らない。人間は賄賂に弱いものだが、この年配の男には疑わしい気配がまったくなく、グレイが経歴を洗ったかぎりでは、ウィンドー伯爵との関係はいっさい出てこなかった。

「ウィンドー伯爵に関する情報を探しています。消息がわからないんです。調べるうちに、ウィンドー伯爵とギルモア卿、そしてギルモア卿とあなたに細いつながりがあることがわかりました」

ホイットミアは目をそらすことも、不安になって話しだすこともなく、ただグラスの柄を叩いていた。グレイは待った。

「今夜わたしがここにくることは、どうしてわかった？」ホイットミアが口を開いた。

「ある情報源からあなたとギルモアが会うことを知りました」

「きみは情報の出所に気づかれずに情報を入手できるという評判だ。さすがだね。そのうち、その技を伝授してくれ」

若い女性がギルモアの書斎に侵入したおかげで秘密にしていた会合に気づいたと知ったら、ホイットミアはさぞかし悔しがるだろう。グレイは頬がゆるむのを抑えられなかった。「ぼくの技術は譲れるものではありませんから」

「ウィンドー伯爵について、いろいろと言われはじめているのは耳にしている。もう何カ月もホーキンズに連絡がないと聞いた。事実かね？」

「残念ながら、事実です」グレイは答えた。いったん噂が広まれば、問題はたちまち複雑になる。

「ギルモアとわたしのことは、ウィンドー伯爵とは何の関係もないから安心してくれ。こちらの状況が悪くなるので、詳しいことは話せないのだ。わかってくれるね」ホイットミアはワインを飲みほすと、両手をテーブルについて出ていこうとした。

「ウィンドー伯爵の行方がわからなくなったと思われる時期に、ギルモアは多額の現金を受け取っています。そして、ギルモアはいまも金を受け取っている。ギルモアはあなたの情報提供者ですね。申し訳ありませんが、疑いが晴れないまま、あなたとギルモアの問題を放っておくわけにはいかない」グレイはあたかも選択肢がないのだと言わんばかりに両手をあげた。ホイットミアには、この件は個人的な問題ではなく、ホーキンズから直接命令されている任務なのだと信じさせたほうがいい。

ホイットミアは椅子のはしに腰をおろした。「ギルモアは金に困っていたんだが、フランスのあまりよろしくない輩《やから》とつながっていて、わたしはそれを使えると考えた。皇太子殿下の取り巻きのひとりを通じて、ウェリントン公爵に改悪した火薬を売りつける計画を暴いたのさ」

グレイは目を見開いた。「あなたが阻止したのですか？」

ホイットミアは馬鹿にするように微笑んだ。「当然だよ、マスターソン」立ちあがり、今度こそは外套をはおって帽子を深くかぶった。「疑問は解消したかね？」

「とりあえずは。お時間をいただき、ありがとうございました」

ホイットミアはドアを開けたところで足を止めた。「慎重にやりたまえ。ウィンドー伯爵は手強《てごわ》い男だった。彼に不幸なことが起こったのだとしたら、かなり危険だ」そう言うと、外套をひるがえして去っていった。

「ええ。確かに危険です」グレイはつぶやいた。

14

暗い使用人用の廊下で何かが動き、リリーの目を引いた。まもなく男がふたりいるのだとわかったが、どちらも横顔しか見えない。背が低いほうは外套も帽子も、すべてが黒ずくめの格好だった。その男の身ぶりと敵意のこもった雰囲気で、会話の荒々しさが伝わってくる。大柄で野蛮そうな男が胸を突かれ、一、二歩後ずさりした。体格の差があるにもかかわらず、どちらが優位に立っているのかは明らかだった。

リリーはカーテンの陰からそっと出て、数歩先にある漆喰の柱の下でうずくまった。グレイが一センチと言ったのは文字どおりの意味ではないはずだ。大柄な男は頭の鈍そうな粗野な顔をしており、下流階級の者のようだった。これまでのところ、ひと言も発していない。ふたりの男は書類と財布を交換している。ここにいる人々は仕事ではなく性愛に基づいた行為に気持ちが向いているので、ふたりの男が何をしていようと気にしないのだろう。

大柄な男は重さで財布の中身を確認した。それから上着に滑りこませ、悪意のこもった笑い方をした。そして、あたかも誰かに見られていることに気づいたかのように、あたりを見まわすと、一瞬だけリリーと目があった。

リリーは逃げたかったが、足が泥にはまったように動かない。できるのは柱の陰に隠れて、男が自分を無害な詮索屋だと考えて見逃してくれるよう願うことだけだった。どうやら、自分を捕まえにくる者はいない。リリーは思いきってもう一度顔をあげた。大男はいなかった。いっぽう小柄な男は鹿革の手袋をしながらあたりを見まわしている。

男が富と権力を持っていることは、上等そうな服と態度、そして首のかしげ方にもにじみでていた。どこかで見た覚えがある気がしてならない。きっとこの男を知っているのだ。もしかしたら、どこかの舞踏会で踊ったことがあるのかもしれない。だが、暗がりのなかで帽子をかぶっているせいで、誰なのかはわからなかった。

男は目的があるような足取りでリリーの横を通りすぎ、カーテンで囲まれた通路へ歩いていった。分厚いベルベットのカーテンが開き、そして閉まった。リリーの直感が騒いだ。男がギルモアとホイットミアの陰謀に一枚かんでいようがいまいが、あとを追わなければ。

忍び足で近づくと、リリーはカーテンをほんの少しだけ開けた。黒い外套の裾が裏口から出ていくと、ドアが小さな音をたてて閉まった。本当はカーテンの裏にいて、グレイを待つべきなのだ。ぜったいに。だが、これ以上ためらっていたら、男を見失ってしまうだろう。馬車の紋章を見れば正体がわかるし、誰かがあとをつけているなんて気づくはずがない。

焦る気持ちがかき立てられる。リリーは靴音を響かせないよう滑るように廊下を進むと、裏口のドアを開けた。通りのほのかな明かりでは、路地の入口に立っている男は輪郭しか見えなかった。それでも、馬車の紋章が見えれば充分だ。

リリーは裏口を少し開けたままにして、ドレスの裾を持って通りへ向かって駆けだした。だが、数歩しか進んでいないところで、かつらを強く引っぱられた。かつらが急に動いたせいで、ピンが頭皮に食いこんだ。あまりの痛さに涙があふれ、視界がにじんだ。

かつらをつかんでいる手がリリーを路地の奥に引きずりこみ、ざらざらとした煉瓦に押しつけた。リリーがまばたきをすると、男の顔が次第にはっきり見えてきた。

大男だ。

男は押しつぶすようにして、身体と壁のあいだにリリーをはさんだ。リリーは身体が浮きあがり、何とか転がっている石に爪先をつけようとしてもがいた。そして男の目を突こうとしたが、低い声で笑われただけだった。仮面がずれて、目がふさがれた。リリーは仮面をはずし、尖った鼻の部分で男の顔を突いた。すると男は片手でリリーの両手を持ち、頭の上で押さえつけた。リリーは肩や腰を男にぶつけて抗ったが、仮面は地面に落ち、足で踏みつけられた。

男はレイフくらいの体格で、兄ほどたくましくはないかもしれないが、リリーよりはるかに力が強いのは間違いない。あごには黒い無精ひげが伸び、黒い目の上には崖のような眉が覆いかぶさっている。遠くから見たときには迫力があると思ったが、近くで見ると不気味だった。そして、息が……たとえすぐに殺されなくとも、こんな息を嗅いでいたら、窒息するにちがいない。

この状況の何もかもが、胃をおかしくした。

「今夜、会いたいと思っていたんだ。まえにも会ってるんだぜ。色男たちに飽きて、本物の男と試したくなったか？」

「放しなさい、この獣《けだもの》！」

男はリリーの要求について考えているかのように口をすぼめると、にやりとして茶色い腐りかけた歯を見せた。「いいや、放さねえ。おれが捕まえたんだ。殺さなきゃ何をしたってかまわないと言われたからな」男の視線がリリーの胸をさまよった。リリーの目にも男の欲望に火がつくのが見えたし、感じられた。「こんなに上等なおっぱいは初めて見たぜ。早く、おれのナニを突き立ててやりたくてたまらねえ」

ふくれあがってきた恐怖に、その言葉がじわじわと染みこんでいった。「誰が、わたしを好きにしていいと言ったの？」

「あんたがつけてた旦那さ。おれが目一杯楽しんだあとは、ダチも誘えばいいと言ってた。あとであんたをさらうつもりだったが、あんたのほうからきてくれて助かったぜ」男が笑ったせいで鼻をつくいやな臭いが顔に噴きつけられ、胃のなかのものがこみあげてきた。「あんたがあとをつけてくるかもしれないと言われてたんだ。ほら、好奇心が何とかって言うじゃねえか。このうえ、金までもらえるんだからな。あんたみたいなべっぴんなら、ただでもいいっていうのに」男は肉づきのいい手でリリーの胸を痛いほど強くつかんだ。

この男は自分を犯すつもりだ。でも、殺すつもりはない。それなら、よい面を考えよう。この場で逆らっても得るものはない。この男は間違いなく、自分を見くびっている。そこを突くのだ。弱いふりをすれば、油断するにちがいない。そうしたら膝で股間を蹴りあげて、ドレスの裾をまくって、悪魔に追いかけられているみたいに逃げればいい。おかしなことに、比喩ではなくて、まったくそのとおりだけれど。

リリーはあとをつけた男が自分を待ち伏せていたという事実について、考えをめぐらせた。この件については冷静に考えなければならないが、いまの状況では無理だ。それなら無益なことはわきに置いておいて、逃げることに頭を集中させよう——できれば、無傷で逃げられるように。

リリーの筋肉は固まった土のようにこわばっている。リリーはまず両手から少しずつ身体をほぐしていった。男には自分が優位に立っていると思いこませておかなければならない。でも、あとほんの少し男とのあいだに隙間が欲しい。男の力がもう少し弱くなって、脚をうしろに引くことができれば。あと、ほんの少し……。

下品な笑い声が路地に響き、リリーも男も声のしたほうに顔を向けた。男は満足そうに言った。「ダチがきたぜ」

ふたりの男がのろのろと近づいてきた。ひとりは長身の痩せ形、もうひとりは丸々と太っている。

「カート、今夜はずいぶん威勢がいいじゃねえですか」痩せているほうの男はあばた顔で、髪はほとんどなく、大きな前歯が重なるようにして生えていた。

「おれのあとにやらせてやってもいいぜ、アルバート。殺すのはなしだが、あとは好きなようにしてかまわねえ」カートが言った。

カートは硬くなったものをリリーの腰骨に押しつけ、片手で胸をまさぐっている。腹をリリーから離して骨盤どうしをくっつけているせいで、リリーは脚をあげることができない。太った男は忍び笑いをもらし、期待でよだれを垂らしそうになっている。「おれは三番目でもかまいませんぜ。ちっともね」

カートはリリーにキスをして、唇のはしをなめた。リリーが吐き気を催して顔をそむけると、ざらざらとした煉瓦が頬をこすった。建物の裏口はまだ少し開いているし、ほんの数歩しか離れていない。でも、とてつもなく遠かった。グレイはリリーがいないことに気づいただろうか？

逃げおおせる可能性は低いけれど、それでも男に痛手を負わせることはできるし、裏口に近づければ、助けを呼べるかもしれない。いま全身の血が凍るほどの恐怖に身をまかせてしまったら、死を願うようなはめに陥るにちがいないのだから。

グレイはホイットミアのすぐあとに部屋を出て、彼がカーテンのまえを通りすぎていくのを見送った。事件に関わっている可能性がありそうな人々は次第に少なくなり、ついにこれでいなくなった。

グレイは魔術師がリリーを呼びだすかのように、派手な音をたててカーテンを開けた。じゃじゃ馬娘はやはりいなかった。どうして、リリーが厄介事から離れていられるなどと思ったのだろう？　だが問題なのは、厄介事がどの程度のもので、どこで起こっているのかということだ。

猥褻な状況にさらなる危険が加わったことで、グレイは胃が締めつけられた。

グレイは訓練された目で、次第に堕落した行為に走りはじめた人々を見まわした。リリーの姿はない。上の階に戻ったのだろうか？　いや、ひとりでは行かないだろう。

そうだ、リリーが話していた従僕だ。名前は……リチャード、いや……ロジャーズだ。若い男が入口のわきに立ち、不埒な行為に目を奪われては、また目をそらすということをくり返していた。グレイはのんびり歩いている人々を押しのけるようにして、従僕の腕をつかんだ。

「ロジャーズだな」グレイは言った。

「そうです」従僕はおずおずと答えた。「何か、不手際があったでしょうか？」

「いや、そうじゃない。今夜、きみの手を借りた女性を探しているんだ——長い黒髪で、青いドレスの。離ればなれになってしまった。彼女を見かけたかい?」

ロジャーズはうれしそうに、にっこり笑った。「ああ、お美しくて、とても親切でした。ここにくる尻軽女たちとはぜんぜんちがう。あの方なら、紳士のあとからあのカーテンの向こうへ行きましたよ」グレイがきた方向を指した。

「相手はぼくじゃなくて?」

「ちがいます。もう少し小柄でした。全身黒ずくめで。裏の路地へ出たのかもしれません。でも、きっと追いつきますよ。そんなに時間はたっていませんから」

グレイは従僕に硬貨を放ると、正面の扉から飛びだした。恐怖に身を引き裂かれそうだった。路地の入口に着くと、足を止めて壁に寄りかかった。表面の漆喰のざらざらとした冷たい感触が服地と手から伝わってきて少し落ち着いたが、感覚は鋭敏なままだった。

グレイは危うく新兵のように暗い路地にそのまま突っこんでいくところだった。力を奪われたり、死んだりしたら、リリーのためにならない。グレイはじっと待ち、耳を澄ました。少なくとも三人の男の粗野な笑い声が聞こえてきた。リリーはそこにいる。彼女の恐怖が手に取るように感じられた。身体じゅうの本能がすぐに飛びかかれと命じていたが、グレイは目が暗がりに慣れるのを待った。

そして足音を消し、煉瓦の壁沿いに落ちているがらくたを避けて近づきながら、状況を読んだ。いやらしい顔をした野蛮な大男がリリーの両手を片手でつかみ、もう一方の手で胸をつかんで、腰骨を彼女の腰にすりつけている。

真っ赤に燃える怒りが全身を駆けめぐった。本能に根ざす感情的な反応こそ、新兵たちに無視するよう教えているものだった。そんな反応をすれば、失敗を犯す。命を失うと。グレイはかつらと仮面を脱ぎ捨て、そっと近づいた。

どうやら親分らしい野蛮な男がリリーを捕まえているのを、ふたりの手下が残酷にはやしたてているようだ。手下たちはそれほど危険ではなさそうだが、それでもブーツやベルトからナイフを取りだす恐れがある。グレイは血がたぎるのを感じながら、目を細めて最初の狙いを定めた。長身で猫背の禿げ頭だ。

「ちょっと、失礼」グレイは禿げ頭の肩を叩いた。そして男がふり向くと、一発目のこぶしをあごに、二発目を腹に決めた。

「カート」禿げ頭はうめき声で警告しながら、膝から崩れ落ちた。

「きてくれたのね」リリーの涙声を聞き、グレイの怒りにいっそう火がついた。

グレイはリリーの言葉を無視した。そうしなければ、また激高《げっこう》のあまり、頭が鈍ってしまう。

カートは筋肉がとうの昔に脂肪に変わったような三番目の男にリリーを渡した。太っちょはリリーの腕をつかみ、一緒に戦いが見られるように、まえを向かせた。このカートという男さえ倒せば、太っちょはリリーにやっつけられるか、あるいは逃げていくか、そのどちらかだろう。グレイは不安を頭から消した。

カートはじわじわとグレイに近づいてきた。いちばんの難敵はこの男だが、グレイはやすやすと男の力量を見抜いた。通りではあまり争いにならない男だ。この体格だけで、たいていの敵は逃げだすだろう。これ見よがしな近づき方は自分の力に対する誤解を表しているし、広げた脚は狙いがつけやすい。どうやらカートもグレイの力を見極め、たいしたことはないと踏んだらしい。

「この女はおれのものだ。かわいがってやってくれと言って、金をもらっているんでね」カートは強がってそう言うと、いまにも殴りかかってきそうな様子で、両手を握ったり開いたりした。

「金をもらった?」一瞬ふいを突かれたが、その情報は頭にしまっておくことにした。「がっかりさせて悪いが、彼女をやるわけにはいかない」

「それじゃあ、おれたちから奪っていかないとな。いい女だから、味見がしたいんだ。そのあとはダチにも分けてやりたいしよ」

グレイは深呼吸をして、真っ黒な泥を胸の奥へ戻した。そのとき、禿げ頭がよろよろと起きあがった。グレイはカートから目を離さずに、ブーツで禿げ頭の胸を蹴った。カートの鼻の孔がふくらみ、笑顔が消えた。

カートは膝をまげて守りの構えを取り、重い足取りで近づいてきた。グレイはカートのこぶしをよけると、うしろから突進した。そしてカートの尻をブーツで蹴って、勢いよく地面に倒した。

カートがわめきながら立ちあがった。そしてグレイの力を見直すことなく、また殴りかかってきた。こぶしはグレイの予想より速く、あごをかすめた。グレイの視界の隅で星が散った。グレイは低くかがみ、まばたきをして視界をはっきりさせると、片脚をカートの足首に引っかけた。大男は叫びながら倒れた。グレイは有利な立場でカートを見おろし、腹を蹴った。

グレイはまわりの気配で、ふたり目の動きに気づいた。禿げ頭がうしろから飛びかかり、首に腕を巻きつけてきたのだ。カートから離れ、グレイは一瞬だけ守りにまわった。グレイは気管を締めつけている男の腕をつかむと、身体をふたつに折りまげた。その勢いで、禿げ頭はグレイの背中から石の上に叩きつけられた。手足を広げたまま、苦しげに息をしている。

はやしたてていた太った男の声は、すでに泣き言に変わっていた。「この売女《ばいた》！　よくもおれの鼻と金玉をだめにしてくれたな！」

リリーを抱えていた男は膝をつき、股間と顔を押さえていた。リリーはさらに腹を蹴り、もう一度苦痛の声をあげさせた。グレイはカートに視線を戻した。

カートは起きあがり、グレイの腹を殴りつけた。痛みで、抑えていた怒りが爆発した。グレイはカートの顔と腹にこぶしをめりこませた。この男はリリーを強姦しようとしたあげく、そのあともさらなる苦しみを与えようとしたのだ。手下のふたりはよろよろとグレイのわきを通り抜け、路地から逃げだして、カートを運命にゆだねていった。

グレイの腕が強く引っぱられた。「グレイ、この男を殺さないで。さっきの男たちが仲間を連れてくるかもしれないから、逃げないと」

リリーの手が触れたことで、人殺しさえ犯しそうだった衝動が消え失せた。この男を問いつめて、雇った男を見つけなければ。グレイは男の安っぽいツールの上着をつかんで揺さぶった。カートは頭をだらりと垂れ、意識を失っていた。鼻から血が流れ、目の上も切れている。グレイは悪態をついてカートを石の上に放った。自制心を失うと、こんなふうに答えを得られずに疑問ばかりが多くなるのだ。

リリーはグレイを引っぱって歩いた。路地の出口までくると、グレイは足を止めてリリーのほうを向き、肩に手をかけた。真っ青な顔をして虚《うつ》ろな瞳でグレイの目を見つめている。初めて生死のかかった戦いをしたあと、こういう表情をした兵士の顔はかぞえきれないほど見てきた。

ドレスのボディスの袖ぐりが裂けていた。ぱっくり口を開け、胸のわきが見えている。カートの手がリリーの胸に触れたかと思うと、踵を返し、この手で内臓をえぐり取ってやりたかった。グレイは上着を脱いで、リリーの肩にかけた。

「けがはないかい？」グレイは上着の襟を引っぱって、リリーの胸を隠した。

リリーは小さく首をふった。家に帰りたい。安全な家にいたい。きちんと守られて、鍵をかけて……修道院に入れられるのが、だんだん魅力的に思えてきた。この仕事はお遊びではないのだ。

グレイはリリーの腰に腕をまわすと、路地から連れだした。リリーはグレイの速い歩調にあわせた。馬車を見つけてくるあいだは、にぎやかな通りにいたほうが安全だろう。

「貸馬車を見つけてくるよ」グレイは従僕と貸馬車が集まっている〈フィールドストーンズ〉の正面に行こうとしたが、リリーがシャツの袖をつかんで止めた。

「わたしも一緒に行くわ」

グレイの仮面がなくなり、リリーのかつらもはずれかけているいま、彼女の身元を知られる恐れはある。ましてやグレイの正体となると、その可能性はもっと大きいだろう。これはグレイにとって賭けだった。ふたりは手をつなぎ、並んで正面の階段まで歩いた。

ロジャーズが踊り場に立ち、馬車の扉を開けて、放蕩者をなかに乗せていた。グレイは口笛を吹いて、彼の目を引きつけた。

「見つかったんですね」

「ああ。彼女は具合が悪いんだ。貸馬車を呼んでもらえるかい？」

「かしこまりました。すぐに呼んできます」ロジャーズが駆けていくと、すぐに馬車が止まった。グレイがリリーを馬車に乗せ、ポンド金貨をもう一枚渡して感謝を示すと、ロジャーズはうれしそうに微笑み、オリーブの葉の冠を持ちあげた。

グレイは御者に行き先を告げて馬車に乗りこむと、リリーのまえの席にすわった。リリーは口数が少なかった。今夜の事件はリリーに一生消えない傷を残しただろうか？　招待状を送ったのは自分だ。馬鹿げたことは考えず、頭を働かせるべきだったのに。愛のせいで、わずかに保っていた常識まで曇らせてしまった。リリーは許してくれるだろうか？

15

リリーは馬車の向かいの席で暗い顔をしているグレイを見つめた。さまざまな感情が胸にあふれ、居場所を競いあっている。もちろん、何よりも強いのは恐怖だ。路地での出来事はまったくちがう結果になっていたかもしれないのだから。そして、誇らしさ。自分の三倍もある男を動けなくしたのだ。それから、興奮。グレイがふたりの男をやっつけるのを見ていたとき、ぞくぞくしたのは否定できない。そして、そうしたすべての感情に影響を与える、いまにも爆発しそうな肉体の物足りなさも追い払うことができなかった。

グレイはリリーを壊れやすい卵の殻のように扱った。その声はやさしく、やけに気遣わしげだ。もちろん、彼の心配には感謝している。でも、いまはちがう思いやりが欲しかった。息があがり、分厚い上着を着た身体が暑い。これは危険に対する普通の反応なのだろうか？　そんなことは知らないし、知りたくもない。

「あの馬鹿野郎に触れられたのは知っているが、ほかに傷つけられていないかい？」グレイはリリーに触れるのを怖がっているかのように、両手を座席についている。

だが、リリーは怖くなかった。だから質問に答える代わりに、ベッドでしたように、グレイの膝にまたがった。そしてもどかしくなって、ドレスの裾を腿まで持ちあげた。ため息をつき、脚を広げて、グレイに密着させた。

「何をしているんだ?」グレイはうわずった声でそっけなく言った。

「あなたのおかげで、わたしは殺されていないし、傷ついてもいない」リリーは腰をこすりつけながら、かすれた声で付け加えた。「感謝の印よ」

グレイはリリーの腰を両手でつかみ、ドレスの裾をさらに上まであげた。リリーはふたりを隔てる服がすべて裂けてしまえばいいのにと願いながら、手袋をした手をグレイの髪に差し入れて、顔をあげさせた。

グレイは乱暴な扱いに腹を立てた様子だが、文句は言わなかった。それどころか、熱い思いはふたりのあいだでどんどん高まっていった。リリーはグレイに口づけ、舌を絡ませた。初めてベッドをともにしたときから、リリーの欲望の火はくすぶったままで、あっという間に燃えあがった。

グレイは両手を彼女の腰からボディスへと動かした。そしてすでに破れているボディスをまっぷたつに引き裂いた。リリーの胸はコルセットに押さえられて盛りあがっていた。リリーがのけぞると、グレイはコルセットを引きさげて、すでに硬くなっている先端を露わにした。唇でくわえ、強く引っぱった。そして舌と唇で攻めつづけた。

リリーがグレイのブリーチズをおろそうとして引っぱっている。それを見かねたグレイが、自分でボタンをはずしてブリーチズをおろすと、リリーがグレイのものに手を伸ばしてきた。グレイはのけぞって座席のクッションの上に頭をのせ、目を閉じて、両手で彼女の胸をまさぐった。

「何をしたらいいのか教えて」リリーがささやいた。

「ここでは――」

「教えて」リリーは強く言った。

グレイは腰をつかんで立たせると、自分のものの先端をリリーの脚のあいだにあてがった。

「腰をおろして」

リリーはグレイの肩につかまり、言われたとおりに少しずつ腰をおろした。苦しいほどの悦びが全身を貫いていく。「次はどうするの?」

「馬に乗るように動いて。速くても、遅くても、好きなようにしてかまわない」

リリーは馬車の揺れにあわせて完璧な速度で動き、グレイの上で上下した。そしてグレイはふたりがつながっている部分に手を入れて、そっと愛撫した。その魔法のような指先はリリーが望む強さを正確に知っているようだった。絶頂が波のように押し寄せてくると、リリーは白い霧に包まれ、グレイの名を叫んでいることしかわからなくなった。

そのあともグレイはリリーの身体を上下させ、とうとう身体を震わせた。リリーは力なくグレイに寄りかかりながらも、まだ腰はかすかにふりつづけていた。

「ありがとう」リリーはささやいた。

「感謝しなければならないのはぼくのほうだ。とてもよかった」

貸馬車の速度がゆっくりになり、馬がいななくと、ふたりはあわてて身支度を整えだした。ドレスは破れていたので、リリーは彼の上着に腕を通してボタンをきちんと留め、グレイはブリーチズを整えた。

グレイがリリーを馬車から降ろすと、御者は口にくわえたパイプを吹かしながら、ふたりを横目で見た。「旦那、まわり道をしましたよ。何だか、用事があったようですから」

リリーが顔をそむけているあいだに、グレイは御者によけいにチップをやった。リリーは馬の蹄《ひづめ》の音が遠ざかってから、やっと顔をあげた。胃がおかしくなり、吐き気がこみあげてくる。「彼は気づいていたのね」

「きみの口説き方はとてもうれしいけど、さりげないとは言えないからね。きみのかつらは無事だよ。誰もきみがあんなに淫らだとは知らない」グレイはリリーをからかった。

「あなたが知っているわ」

「それが、気になる？」グレイは軽い口調で言ったが、その顔は不安そうだった。

「わたしは母とはちがうわ」リリーは挑むように言ったが、その言葉には絶望がにじんでいた。

「きみが母上に似ているなんて思ったことは一度もない」グレイはあたりを見まわすと、リリーの腕をつかんだ。「きみの心配事については、歩きながら話そう。ぼくらは目立ちすぎている」

ドラモンド家のタウンハウスへはまだ一ブロックあった。「どうして、ここで馬車を降りたの？」

「念のためさ」グレイは曖昧に答えた。「ところで、きみの母上の話に戻るが――」

「母は浮気性で、節度を欠いたひとだった。人生が困難になったら逃げだすような。愛人をつくって駆け落ちするまえから、お父さまに辛い思いをさせていたのよね？　ふたりの喧嘩は伝説になっているわ」とても難しいことだったが、リリーは自分の不安を打ち明けた。「わたしは母に似ていると、みんなに言われるの。お父さまが行方不明になった前夜も――」

リリーは言葉につまった。

ふたりは厩舎に入った。そこでは、夜の静けさを破るのは馬の鼻息だけだった。

「レイフはきみの行き先を知らないのだろう。どうやって帰るつもりだったんだ？」

「お兄さまはわたしがミネルヴァと一緒に食事をしたと思っているわ。それに、わたしは気分がすぐれないので早く寝たという書付をお兄さまに渡すようデイジーに預けてきたの。裏庭の門なら鍵がかかっていないから」リリーは先に小さな庭を通り、家の裏口で足を止めた。

「明日、きてくれる？」リリーは顔をそむけたままだった。ひと晩じゅう感情を揺さぶられたせいで、ひどく傷つきやすく、くたびれ果てていたのだ。

「いや」グレイはあっさり言った。

恥知らずなふるまいをしたせいで呆れられてしまったのだろうか？　気まずくなってあやまろうとしたところで、グレイが付け加えた。「ぼくたちには話しあわなければならない問題が山ほどある。明日の朝では遅すぎる。きみさえよければ、壁をよじのぼるのではなく、きみと一緒に使用人用の階段からあがりたい。まだ膝が少し痛むから」

グレイは腕を伸ばして、リリーのまえにあるドアを開けた。温もりも力も失われてしまったように思えるいま、リリーにはグレイの体温と力強さがありがたかった。ふたりはそっとリリーの寝室へあがった。そして部屋のなかに入ると、グレイは二本の小さな蠟燭に火をつけ、埋《い》けてあった暖炉の火をかきまわしてから石炭をたした。そのあいだにリリーはかつらを取り、重くてじゃまなものがないと、こんなにもほっとするものだと改めて知った。

「今夜は、ぼくに侍女の役目をさせてくれ」グレイはリリーを暖炉のまえに連れてきた。そして椅子に浅くすわらせると、片方の脚をリリーのうしろに投げだして、腿で彼女をはさんだ。

ピンがはずされて床に落とされていくと、リリーは弱々しい声を出した。やっと髪がほどけ、肩におろされた。グレイは慰めるような手つきで髪をとかした。リリーの手足から力が抜け、目がとろんとしてきた。

グレイが口を開くと、低い声はリリーの骨まで響いた。「きみは本気で自分が困難や危険から逃げだす性格だと思っているのかい？」

「ええ、たぶん」リリーは眠くなり、ぼうっとしたままグレイの胸に寄りかかった。

グレイの声がリリーの背後から響いた。「ぼくの知っているかぎりでは、きみはむしろ問題につっこんでいく性格だ。きみは去年の秋、レイフを見捨てたか？」

「もちろん、見捨ててないわ。兄だもの」

グレイは胸を震わせると、両方の腕をリリーに巻きつけて、腰の上で手を組んだ。「きみも伯爵も、きみの父親がちがうのではないかと疑っているのかもしれないが、きみは父上によく似ているよ」

リリーは眠気が吹き飛び、彼の腕のなかで身をこわばらせた。「そんなことを言うなんて卑怯よ」

「リリー、長所ばかりの人間も、短所ばかりの人間もいない。きみの父上には揺るぎない忠誠心と信念がある。英国に対して。きみの母上に対して。父上は母上に裏切られた痛みを鎖のように引きずりながらも、決して離婚しようとしなかった。愛人は何人かいたかもしれないが、決して愛してはいなかった」

あの手紙と母に裏切られてからの態度は、グレイの評価を裏づけていた。自分は父に厳しすぎたのだろうか？「あなたの言うとおりかもしれないわ」

「きみの母上は……」グレイは考えながら、ゆっくりと言った。「少し不可解だと思わないかい？　家を出るわずか数カ月まえに書いた伯爵への手紙には、このうえない愛と献身があふれていた」

「でも、ふたりがよく喧嘩をしていたと言っていたのはあなたよ」

「ああ」グレイは言葉を絞りだした。「だが、子どもの頃の記憶を大人の目で見直してみると、ふたりの喧嘩はお互いに対する情熱の裏返しだったんじゃないかな。ふたりが実りの多い身体の関係を楽しんでいたのは明らかだ。だから、もし……」

「もし……何なの？」リリーはうしろを向いて、グレイの表情を見た。

「わからない。きみを襲った男たちに話を訊く必要がありそうだ」グレイは断固とした冷徹な声で言った。「きみを狙った黒幕がいる。あの男たちは雇われただけだ」

「あのカートという大男が、はじめからわたしをさらうつもりだったけど、わたしがあの男のひとをつけて路地に出てきたから楽になったと話していたわ」

グレイの全身の筋肉が石のように硬くなった。「誰だ？」

「わかっていたら、あとをつけたりしなかったわ」リリーは生意気な口調で言った。「でも、見覚えがあったの。思い出せなかったけど。それで馬車の紋章を見たいと考えたのよ――あなたに気づかれるまえに、すばやく戻ってくるつもりだった」

「それでうまくいったというわけだ」リリーはグレイの皮肉を無視することにした。「その男は貴族だと思うかい？」

「そんな態度だったわ。服は上等だったけれど、帽子と外套を着けたままだった――建物のなかでも。でも、カートみたいに大きくなかったわ」

「たいていの男はそうだよ。あの男は獣だ」

「でも、あなたはやすやすと戦っていたわ」リリーはグレイの腕をなでた。「助けにきてくれてありがとう。今回はわたしでは歯が立たなかった。認めるわ」

「この家を大騒ぎさせない状況だったら、メイドを呼んで証人に立てたいよ」グレイの顔は見えなかったが、リリーの目にはその頬にえくぼが浮かんでいるのが見えていた。

「わたしが狙われて、あんな残酷な目にあわされたなんて、どういうことかしら？」

呼吸で時間が計れそうなほど間が空いてから、グレイがやっと答えた。「ぼくたちは誤った岩の下を掘っていたということだろう」

「つまり、ギルモアは……」

「ホイットミアが嘘をついていないかぎり関係ないし、彼が嘘をついているとも思えない。三人の野蛮な男たちに女性を襲わせようとするなんて……個人的な動機しかない。それも、かなり深い関係だ」グレイはリリーの身体をきつく抱きしめた。

「もしかしたら、やっぱりマシューズ夫妻なの？」

「あの夫婦は間違いなく無関係だ。ほかに見逃していることがあるはずなんだ。誰かを見落としている」

手の届かない記憶のどこかで、何かがうごめいた。まえに、兄が話していたことだ。どうやって？　あの男たちはどうやって知ったのだろう？　「今夜のわたしの計画を知っているひとはとても少なかった。あの男はどうしてわたしが〈フィールドストーンズ〉にいることを知っていたのかしら？　それに、もしすべてが関係しているとすれば——きっとそうだと思うけど——馬車を襲ってきた追いはぎたちは、どうしてわたしがウインターマーシュへ向かっていたことを知っていたの？　どうしてネイピア卿のお屋敷に行くとわかっていたの？」

「今夜の計画を知っていたのは？」

「まず、当然ながらあなた。それからエディーおばさまは招待状が届いた午後に、その中身を読んでいるわ。ミネルヴァと、ベリンガム公爵家の実務を取りしきっているミスター・ドレイクには、今夜のために衣装をそろえてもらった。そしてミネルヴァの家まではペニーの馬車に乗っていったけれど、〈フィールドストーンズ〉へは貸馬車で行ったの。用心していたから」

「ロンドンを離れることを知っていた者は？」

「あなたとミネルヴァには書付を送ったし——」

「レディ・ミネルヴァはきみがネイピア家へ行くことも知っていた」

リリーが背筋を伸ばしてふり向いた。グレイは顔をじっと見られても、足を伸ばして椅子にすわったままだった。「あり得ない。ミネルヴァが何のためにそんなことをするの?」

「彼女の弟は賭けごとにはまっていたね?　金が必要じゃないのか?」

「それなら、お父さまを誘拐するでしょう」

「もしかしたら、誘拐したのかもしれない。フランス軍に売り渡したのかも」

リリーは首をふり、暖炉のほうへ向き直った。「馬鹿げているわ。ミネルヴァ・ベリンガムは誘拐犯なんかじゃない。わたしを傷つけたりしない。ミネルヴァについてはわたしの勘を信じて」

沈黙がしばらく続いた。「わかった」

リリーはもう一度ふり向いた。「わかってくれたの?」

「ああ、わかった。きみを信じる。レディ・ミネルヴァは容疑者からはずそう」

その言葉はシーズンがはじまってから多くの紳士たちに贈られた感情のこもったほめ言葉や詩よりも深く、リリーの心に染みわたった。グレイがわたしを信じてくれている。すると、リリー自身の言葉も湧きでてきて喉につまり、早く声に出してほしいと懇願した。

男たちと戦ったせいで、グレイのクラヴァットは首のまわりにぶら下がり、シャツはブリーチズから出ていた。あごには痣ができて色が変わりはじめている。リリーはグレイの片脚に自らの脚をかけると、うしろを向いて、唇を軽くあわせた。

「グレイ、わたしもあなたを信じているわ。それどころか、わたしは――」グレイはわたしを床に落として、ドアから出ていくだろうか？　自分は女性とは深い関係になれない、任務に就いているあいだ、ほかのひとを心配することはできないからと話していた。彼の重荷にはなりたくない。

「きみは？」グレイはリリーの髪をなでつけると、上着のボタンに手をかけた。

「何でもないわ。ねえ、何をしているの？」

「上着を返してほしい」

「もう帰るの？」

「最後の問題を話しあったら。きみのとんでもない淫らさについて」

　リリーは脚をおろして立ちあがろうとしたが、グレイが腰を抱いて引き止めた。それだけで、身体が熱くなった。ウールの上着が急にちくちくして不快に感じられた。「無作法だったとわかっているわ。もう二度としないから――」

　上着が肩を滑り落ちて、ひじで止まった。引き裂かれたドレスはほとんど身体を覆っておらず、夜気がむきだしになった肌をなでた。そのとき、布地がとつぜん引き裂かれ、リリーは驚いた。グレイがドレスの背中を腰まで引き裂いたのだ。

「いや――また、何度でも淫らになってほしい。きみはぼくの言葉を誤解している。ぼくはきみの淫らさと好奇心にとても刺激されたんだ」

グレイは上着を床に放り、ドレスを腰までおろして、コルセットのひもをほどいた。リリーは口のなかが渇き、椅子のひじ掛けに爪を立てた。グレイがリリーの髪を肩のまえに垂らすと、揺れる毛先が胸の敏感な肌をくすぐった。

グレイはリリーの首に鼻をこすりつけた。「今夜、ほかの男女を見てぞくぞくしただろう？　ほかの男女がぼくたちを見ているところは想像しなかった？　たとえ、一瞬でも」

想像はしていたが、リリーには認められなかった。「罪深い行いよ」

「ひどく、甘美な、罪だ」グレイはひと言発するたびに裸の肩にキスをして、その言葉を強調した。そして薄い布地で覆われている胸を両手で包み、その先端を親指で愛撫した。「罪が気になるなら、策を講じるべきかもしれない」

リリーは息を呑み、背中をそらして彼の手に胸を押しつけた。「この状況を正す方法があるの？　あなたを窓から放り投げるとか？」

「結婚してほしい」

リリーは何も考えられなくなった。グレイの手首をつかんで引き離すと、立ちあがってふり返った。破れたドレスとひもをほどかれたコルセットが足首まで落ちて、ごく薄いシュミーズ一枚の姿になった。グレイにはすべて見えているのだろう。脚を組み、片手で頬杖をつき、唇にかすかな笑みを浮かべてリリーに視線を走らせている。

「結婚なんて無理よ。どうして結婚したいの？　わたしはあなたの重荷に、足手まといになるわ。自分でそう言ったじゃない」

「きみならかわいい重荷だし、歓迎すべき足手まといだ」グレイはついに視線を身体から移し、リリーと目をあわせた。「最初に過ごした夜、ぼくは先のことが大きく変わってくると言った。結婚以外にどんな意味があると思うんだ？」

「わたしをウインターマーシュに閉じこめるつもりだと思ったの。わたしはときどきあなたが訪ねてきてくれればいいと思ったのよ」リリーはまだ衝撃を受けていた。

「きみは自分をそれだけの価値しかない女性だと思っているのか？」グレイの目が光り、口調に怒りがにじんできた。「ぼくの愛人になるつもりだったのか？　ぼくに利用されるだけで、見返りは何も求めないつもりだったと？」

「ふさわしいと言われる男性と結婚するよりはましだった。モントバットンやペンハヴンと一生を過ごすより、ときどきでもあなたと過ごせるほうがいいと思ったのよ」リリーの目には涙が浮かんでいた。いったい、何なの？　泣いたことなんてないのに。涙は止まらず、リリーは子どものように手の甲で拭った。

グレイは椅子から立ちあがって、リリーを抱き寄せた。ベストのシルクが頬にあたった。涙が次々とあふれてきて、リリーはグレイに見られないように下を向いた。

「リリー・ドラモンド」グレイの諭すような声がリリーの身体を震わせた。「きみはもっと大切にされるべき女性だ。愛され、結婚するに値する女性なんだ。そうは思わないかい？」

どうやら、肩をすくめたのは正解ではなかったらしい。グレイはリリーの身体を離して両手で頬を包み、無理やり目をあわせて親指で涙を拭った。「愛しているんだ。ちょっと変わっているけど、勇敢なきみのことを。きみにじゃまをされた日、ぼくはレイフに求婚を許可してくれるよう頼んでいるところだった。ついでに言うと、レイフは祝福してくれたよ。あの午後以来、ぼくの上着のポケットでは特別結婚許可証がいまかいまかと出番を待っている。何日もまえから話そうと思っていたんだが、とても……不安だったんだ」

グレイの手首を握りしめると、リリーの目から次々と涙がこぼれ落ちた。いったい、どうしてしまったのだろう？　リリーは口を開いたが、出てくるのは嗚咽《おえつ》だけだった。

「何も言うべきじゃなかった。すべて忘れてくれ。ぼくは……ああいうことがあった以上……」グレイは硬い声で言うと、手をおろした。

リリーはグレイの手首をつかんだまま、爪先立ちになって身体を寄せた。そして涙に濡れた唇で口づけてささやいた。「愛しているわ、グレイ。ずっと、ずっとまえから愛していた」

グレイはため息をついて緊張を解き、リリーを抱きしめて、からかいと安堵が同じくらいこもった言葉で言った。「ずっと？　子どもの頃、きみはぼくを困らせてばかりいたじゃないか」

「気づいてほしかったのよ」リリーがグレイの首に抱きつくと、裸の背中に温かい手が置かれた。「これからもわたしを愛してくれる？」

「ずっと愛しつづけるよ」グレイは薄いシュミーズを腰のあたりまで押しさげた。シュミーズが足もとにひらりと落ちる。「でも、今夜はきみに挿れたい」

「そういう言葉は使わないで」それは娘らしい驚きから発した言葉ではあったが、自らも興奮しており本気で怒ってはいなかった。裸の身体に触れるグレイの服の感触は物足りなくもあったし、刺激的でもあった。

グレイは笑いながらリリーを黙らせた。「ふたりが望んでいるかぎり、ぼくらは何でも言えるし、何でもできる。社交界の決まりごとは、ふたりのあいだにはない」

グレイは片手を尻から脚のあいだへと滑らせた。「淫らなレディは、もうぼくのために準備をしてくれているんだね？」リリーを抱きあげてふざけてベッドにおろすと、裸の身体がはずんだ。リリーはくぐもった笑い声をあげて、涙を吹き飛ばした。

グレイは激しく燃える目でリリーを見ながら、服を一枚一枚脱いでいった。急いで剝ぎ取ることのないゆっくりとした動きに、リリーは次第に焦れてきた。まずベストとシャツをたたんで椅子に置くと、毛の生えたたくましい胸が露わになった。次にブーツと靴下をきちんと壁際に置く。

残るはあとひとつ。リリーの胸は襲歩《ギャロップ》のように鼓動を打っている。グレイがブリーチズのボタンをひとつずつ時間をかけてはずしていくと、リリーの目は手の動きに釘づけになった。グレイがブリーチズから足を抜くと、興奮を表した神々しいほどの裸体が現れた。

「あなたって……あなたって、本当にすばらしいわ」

「そのほめ言葉はそっくり返すよ」グレイはベッドにあがり、リリーの脚を広げて、そのあいだに膝をついた。「さあ、勉強の続きだ」獲物を狙うような顔で笑った。

「今夜は何を勉強するの？」リリーは世慣れたような口調で照れくささを隠そうとした。

「どこかの彫像と、きょう見た行為に反応していた好奇心を満たそうじゃないか」

グレイはリリーに覆いかぶさり、口と胸とうなじを唇でたどってから、顔を脚のあいだにうずめた。そして腿に腕を置いて、脚をさらに大きく開かせた。初めてざらざらとした舌を感じたとたん、リリーはベッドから逃げだしそうになった。

グレイは腿をさすって、リリーを落ち着かせた。そして舌と唇で焦らすように、時間をかけて奥を探った。リリーはグレイの頭を見おろし、震える手を黒髪に差し入れた。

グレイが欲望の中心を舌ではじいた。リリーはもうまともに考えられなくなり、逃げることのできない強烈な快楽の波に呑みこまれ、身体の内側から湧きあがってくる力だけに気持ちを向けた。グレイは指を退廃的なリズムでゆっくり動かしながら、唇をつけてその奥を強く吸った。

リリーは粉々に壊れ、もう戻れなくなった。腰を突きあげると、グレイが腿を押さえている手に力をこめ、舌と指とで絶頂に導いた。リリーはやっと地上に戻ってくると、隣でグレイがひじをついて身体を支えながら、したり顔で男の誇りと満足感に浸っていることに気がついた。

認めるべきところは、きちんと認めないと。「すごかったわ。ありがとう」

「どういたしまして。とてもおいしかったよ。きみだけじゃなくて、ぼくも同じくらい気持ちいいんだ」

リリーは急に淫らで大胆な気分になり、片手を引き締まった腹に滑らせて、まだ硬いままの彼自身を包みこんだ。「わたしと同じではないはずよ」

リリーは膝立ちになると、グレイをあお向けにさせた。まだ絶頂の余韻が残っているせいか、不安も恥じらいも妨げにならなかった。

「ギルモアの書斎で、さっきあなたが話していたのとは別の彫像も目にしたの」グレイの腿のあいだに身体を入れたとき、リリーの胸が硬く勃《た》ちあがっているものをかすめた。グレイの身体がこわばり、リリーは少しだけ焦らして仕返しをすることに決めた。

「へえ？　訊いてよければ、どんな彫像だったんだい？」喉がつまったようなしゃがれた声は震えていた。

「やってみせてあげられるかも。でも、そんなことをするのは初めてだから、あなたが正しい方法を教えてくれないとだめよ。やってみてほしい？」リリーは勃ちあがったものの先端から、腿のあいだに重そうにぶら下がっているものまで、指先を滑らせた。リリーの髪が股間をなでると、その先端に滴が浮かんだ。

グレイは目を大きく見開いて、両手でやわらかいシーツを握りしめている。リリーは顔を近づけ、その滴を舌でなめとった。塩からくて、男らしくて、初めて経験する味だけれど、いやではない。

グレイがうめくように名前を呼ぶと、リリーは励まされたように感じた。きっと、間違っていない。リリーは舌を上下に動かした。

「くわえてくれ」グレイがかすれた声で頼んだ。

つまり、彫像と同じだ。自分にできるだろうか？　リリーは大きく口を開けて先端を吸い、峰に沿って舌を動かした。グレイが腰を突きだしたせいで口の奥まで入ってきて、リリーは驚いて声をもらした。ちらりとグレイの顔を見ると、苦しそうに歪んでいる。

リリーは心配になり、口を離して訊いた。「間違っていない？　痛かった？」

「間違ってないかって？　本気で訊いているのかい？」グレイは下からリリーの腕をつかんで身体を引き寄せると、勢いよく唇を奪った。リリーがグレイをまたいでいる格好で、尻には彼の手が添えられている。グレイは股間のものを入口にあてがうと、リリーに腰をおろさせて、狭い道に自らをすべて埋めこんだ。

グレイはそのままリリーをすわらせた。「もう一度、動いてくれ。今度はきみを見ていたい」

リリーが腿に力を入れて上下に動くと、彼のものがずっと深くまで入りこんできた。グレイの言っていた意味が急にわかってきた。彼の手と目が揺れる胸だけに集中しているのだ。リリーは彼の胸から下腹部の毛の生え際まで、指を滑らせた。

主導権を握れるなんて、ただの思いこみでしかなかった。グレイがとつぜん胸の先端を口に含んで、両手で腰をつかんだのだ。そして強い力を使って、激しく強くリリーの腰を自らに打ちつけはじめた。

今度の絶頂はやさしく押し流す快感の波ではなく、まがりくねって進む激流の川だった。リリーの身体がまだ律動的な至福に包まれているあいだに、グレイは精を放った。

リリーが胸に倒れこむと、グレイはやさしく抱きしめて唇でこめかみに触れた。そしてまだ硬さを半ば保っている分身を入れたまま、リリーの腰をゆっくりまわした。

「ギルモアに感謝の手紙を書かないとな」グレイはリリーの髪を手に取って、鼻に近づけてにおいを嗅いだり、ぼんやりと頬をこすって、そのやわらかさを愛《め》でたりした。彼は無意識にやっているようだった。リリーは身体を満たされ、心もついに安らぎを得て、目を閉じた。

「最後の夜、きみは父上の何を知ったのか、教えてくれ」

リリーが身体をひねってグレイの隣に横たわると、ふたりをつないでいたものが抜けた。

「いまのことがわたしを動揺させて話を訊きだす、手のこんだ作戦でなかったことを祈るわ」

「情報を引きだすために女性と寝たことはないが、もし有効なら……」グレイはおおらかに手をふった。「どんどん秘密をつくってくれ」

リリーは小さく笑った。グレイの胸にはいくつもの傷痕がある。薄くて白い痕もあれば、ピンク色で皮膚が浮きあがっているものも。リリーはいちばん近い傷痕にキスをした。そろそろ重荷をおろしてもいい頃かもしれない。

「父がわたしを結婚させようとしていたことは気づいていたでしょう」

「ああ。ペンハヴンとハンフリー夫妻がこの屋敷を訪問したいと書いて寄こした伯爵に書付を父上が見つけた。どうして伯爵はアルジャーノンがきみの結婚相手としてふさわしいなんて思ったんだろうな？　アルジャーノンは……その、まぬけじゃないか。それって、生まれながらの資質だろう」父からアルジャーノンの話を聞いたとき、リリーもまさにグレイと同じ反応をしたのだ。

「父はわたしと結婚してくれるなんて、アルジャーノンには借りができたような口ぶりだったわ。まるで、わたしを厄介者みたいに扱って。父はわたしの本性を知られるまえに結婚させたかったのよ」もう数カ月が過ぎたいまでも、父から結婚を命じられたときの胸の痛みは忘れられない。

「伯爵はきみの本性は何だと思っていたのかな」

「気性が荒くて、口が悪くて、女性としてのたしなみが何ひとつできないこと。残念なのは……それが事実だということ――すべてね。刺繍をするのも、絵を描くのもいや。気性については あなたも経験ずみでしょ。かなり見栄えはするほうだと思うけど――」

「もういい」グレイは真剣な顔で、リリーのあごを持ちあげた。「きみだって、伯爵が辛辣な物言いをすることは知っているはずだ。伯爵がきみにひどいことを言うのは、母上とのことをきちんと終わらせる機会がなかったからだ。きみが情熱的で、美しくて機知に富んでいることは、ぼくも含めて社交界の男全員が保証する」

グレイが鼻の頭にキスをしてくれたことで、リリーは気がゆるみかけたが、まだ打ち明けたいことがあった。「お父さまは自分が選んだ候補のなかからわたしが相手を決めるか、あるいはお父さまが相手を決めるか、そのどちらかだと言ったわ。候補になっているのはアルジャーノンと、あとはわたしが会ったこともない男性ふたり。お兄さまは社交界にデビューさせると約束してくれたけど、あなたと一緒に大陸へ行ってしまった。わたしにはお兄さまに連絡を取る方法がなかったから」

「ペンハヴンは候補に入っていなかったのかい？」

「お父さまは何も言わなかったわ」

グレイは眉を寄せて、口を固く結んだ。「父上に話す暇を与えなかったとか？」

「話す暇を与えなかった？　ずいぶん妙な物言いね。確かに、わたしは延々と熱弁をふるったわ。父は呆気に取られていた。あんなに遠慮なくものを言われたのは初めてだったんじゃないかしら。わたしは汚い言葉を使ったし……残酷だったはずよ。堰《せき》を切ったみたいだったかも」リリーは身体を起こしてシーツを胸まで引きあげると、片手で口を押さえた。

グレイにはもっと自分の汚い部分を知り、目にしてもらう必要があった。

「わたしはお父さまが冷たくて愛情の欠片もない性格だから、お母さまに逃げられたのだと、父を責めたの。わたしはもう駆け落ちしたお母さまは恨んでいないけれど、お父さまを恨んでいるって。お父さまとは血はつながっているかもしれないけど、ほかの面では本当の父親ではないとも言ったわ。これからも、この先もって。お父さまなんて死んで、地獄で腐ってしまえばいいと願ったの」リリーは最後の言葉で喉をつまらせた。

リリーは膝を抱えて、その上に額をつけた。ベッドがきしみ、グレイが背中から腕をまわして脚を包みこんだ。「リリー……ずっと自分を責めていたのかい？」

「父は朝になったら自分にあやまり、どちらを選ぶのか伝えにくるようにと言ったわ。想像がつくでしょうけど、わたしはひと晩じゅう腹を立てていた。そして夜明けになっても、どうすればいいのか決められなかった。でも、父は夜のあいだに消えてしまった。誰にも何も伝えていなかったけど、馬と鞄が消えていた。わたしはほっとして、うれしかっただけ。良心も痛まなかったし、罪悪感もなかった。数カ月たって初めて、自分の言葉が頭から離れなくなったの」自分の醜い面をすべて話すと、リリーは震える息を吐きだして覚悟を決めた。

グレイはうんざりした顔で突き放しはしなかった。責めることもなく、考えをめぐらすように言った。「興味深い話だ。その夜、きみが最後に話したとき、伯爵は朝になったらきみと顔をあわせるつもりだった。それなのに、どうして夜中に出かけたんだ？」まるで、ひとり言をつぶやいているかのように続けた。「書付か何かが届いたのか？　いったい、誰から？　内容は？」

「父が誰かに呼びだされたと考えているの？」

グレイは枕の上に倒れこむと、頭の上で手を組んで、天蓋を見つめた。「おそらく。だが、ホーキンズからじゃない。もしかして、その頃に辞めた使用人がいないかい？」

リリーは頭を回転させた。「思い出したわ。メイドが急にひとり辞めたせいで仕事が二倍になったとジェニー・ミッチェルが文句を言っていたの。確か、新入りで……名前ははっきり思い出せないけど、メアリーとかよくある名前だったはずよ。家が恋しくなったのだと思っていたけど」

「きっと、そのメイドだ。任務を完了したから辞めたのかもしれない」

「書付も何もなかったわ」

「ここで、もうひとつ勉強だ。手紙はすべて燃やすこと。会合で話したことはすべて記憶するんだ。ギルモアみたいに約束を書いた手帳なんかを持っていたら、困るはめになる。書付が届いていたとしても、伯爵ならすぐに燃やしたはずだ。とにかく慎重なひとだったから」

「それほど慎重ではなかったようよ」リリーはわずかに皮肉をこめて言った。

「明日は長い一日になるぞ。少し寝ておこう」グレイは大きなあくびをした。

リリーも横を向いた。彼はもう目を閉じている。「それだけ？　とんでもない、ひどい娘だと思わないの？」

グレイが片目を開けた。「春になってから、きみが父上のためにやったことを見ていたのに？　もう何倍も罪ほろぼしをしているよ。伯爵はきみに何を言われても仕方のない父親だったんだろう」目を閉じて、片方の腕を伸ばした。「さあ、おいで」

リリーは腕のなかへ倒れこんだ。すべてが明るく、軽くなっていく。「泊まっていくの？」

グレイはすでに眠りに落ちており、もごもごと答えた。「少しだけ」

リリーはグレイの隣に収まると、脚と脚とを絡めた。そして眠りに落ちていくにつれて、時間と場所の感覚が曖昧になっていった。グレイと結婚する？　結婚自体を考えていなかったけれど、そう考えるとうれしくなった。父の失踪が解決したら、どうなるのだろう？　ホーキンズはグレイをまたフランスかポルトガルへ送るのだろうか？　それでも自分は耐えられるだろうか？　リリーはグレイにぴったり寄りそうと、またそばを離れることは許さないとでも言うように、彼を強く抱きしめた。

16

ほんのわずかな睡眠時間だったが、それでもグレイは夜明けまえに目覚めた。習慣が染みついているのだ。グレイが動かずにいると、リリーの愛らしい身体がぴったりと寄りそってきた。グレイは彼女のほうに顔を向けて、息を深く吸いこんだ。自分が放った精と性愛のにおいがするものの、複雑な音楽のように、無垢な香りもそのまま残っている。

ああ、リリーを愛しているし、これまでもずっと自分なりに愛してきた。リリーはまるで蔓性植物のようで、子どもの頃は棘が多かったが、季節ごとに変化して、ついには花を咲かせ、愛と美貌をあちらこちらに這わせている。

部屋にはわずかな光が射しこんでいた。グレイはリリーの隣からそっと抜けだすと、シーツを首まで引っぱりあげて、奪った温もりを埋めあわせた。リリーは寝返りを打って、頰の下に手を入れた。画家であれば、このしなやかな曲線を描きたくなるにちがいない。椅子を引っぱってきて、この寝姿を見ていたいという衝動はとても強かった。

だが、いますぐ部屋を出なければ、窓から片脚を出している姿をメイドに見られてしまう。

そうなれば、レイフと気まずい会話を交わすことになるのは間違いない。レイフと言えば、昨夜の話を彼と話しあわなければ。もちろん、いくつかの詳細については省くのが賢明だろう。リリーと話しているあいだに、複雑に込み入った非道な推理が思い浮かんだのだ。

グレイはすばやく服を着て窓を開けると、細い枠に乗った。すぐに正面玄関をノックすることになると思うと、馬鹿らしくなった。それでも、磨きをかけた技で壁を伝いおり、厩舎に忍びこんで待っていると、太陽がのぼってロンドンが動きだした。

グレイは正面玄関にまわった。しわだらけの派手なシャツはどうしようもない。扉が開き、隙のない格好をした横柄な執事、ヒギンズが出てきた。

グレイはそのわきを通ってなかへ入った。「ドラモンド卿は書斎かい？」

「ドラモンド卿がお目覚めかどうか確認してまいります」どういうわけか、この執事は年じゅう酸っぱいアメを食べているような顔をしている。

グレイはヒギンズを無視して書斎へ向かった。このあとも腹を立てた無作法な男がいくらでもやってくるのだから。グレイはおざなりのノックをして書斎に入った。すると、しわだらけの小柄な男がすでにレイフと面会していた。

「申し訳ない、レイフ。こんなに早く来客があるとは思わなかったものだから」

レイフは椅子にすわって片脚を机の隅にのせ、炉棚の時計の針にあわせて、指で机を叩いている。ゆっくりと三十秒が過ぎた。

「もうけっこうだ、デイヴィス。目をしっかり閉じておけ」レインはグレイから目を離さずに言った。

小柄な男は小走りでドアまで行くと、出ていくときにグレイを見て、申し訳なさそうに肩をすくめた。グレイは空いた席にすわった。「何の話だ？」

「デイヴィスにこの家を見張らせていた。いつか窓から落ちて首の骨を折るぞ」レイフの声には感情がこもっていなかったが、この件を終わらせたいようにも見えた。

「これで首が折れずにすむなら言うが、リリーが結婚を承諾してくれた」

「つまり、おまえを殺さなくてすむということか。昨夜は何があったんだ？」

「ギルモアとホイットミアの線は消えた」

「くそ。確証はあるのか？」

「ホイットミアが金を支払っていたのは、ギルモアの秘密のつながりを使うためだった。だが、昨夜はほかに興味深いことが起きた。ひとつはリリーが現れた」

レイフは首をふり、口を固く結んだ。「訪問カードを渡しながら、ワルツでも踊ったのか？」

「もちろん、ちがう。彼女を信用してやってくれ。こんなことは言いたくないが、リリーなら優秀な工作員になれる」グレイは声に称賛が混じるのを抑えられなかった。「なかなかリリーだと見抜けなかった。どうやら、変装はレディ・ミネルヴァ・ベリンガムに手伝ってもらったようだが」

レイフは両手で長い黒髪をかきあげた。「どうして意外でも何でもないんだろうな？　そんな怪しげな場所に護衛もつけずにリリーを送りだすなんて、レディ・ミネルヴァは何を考えているんだ？　リリーにはもう二度と彼女とは口をきくなと命じよう。エディーおばさまもリリーの計画を知っていたのか？」グレイがうなずくと、レイフは続けた。「見るたびに、遠くの隅で居眠りをしているからな。何が付添役だ」

誰がリリーに招待状を送ったのかは伝えないほうがよさそうだ。「レディ・ミネルヴァとエディーおばさまについてはまかせるよ。昨夜の出来事の話に戻すと、その場でホイットミアと話をしたところまでは、すべて順調だった。だが、ぼくがリリーを残して――ああ、そうだ、わかっている」レイフが唾を飛ばして説教をしたくなるのはもっともだが、グレイはすでに自分の過失を充分に責めていた。「リリーが怪しい男を路地に追っていくまでは、まったく安全だったんだ。男は消えたが、罠を仕掛けていた。三人の男に金を支払って、リリーを強姦させようとした」

「おまえはまにあったのか？」レイフは机から脚をおろし、背筋を伸ばして、うなるように訊いた。

「まにあった」グレイは簡潔に答えた。その手の事件のあとの悲惨さをふたりとも目にしているからだ。グレイにとっても忘れたい出来事だったが、忘れることはできなかった。

「男の正体はわかったのか？」

「残念ながら、三人のうちの親分らしき男を問いつめるまえに意識を失うまでぶちのめしてしまった。幸いなことに、リリーが止めてくれて殺さずにすんだが、残りのふたりには逃げられた」グレイはそうした状況で自制心を失ったことをずっと悔いており、レイフに怪しむような顔をされたことで、なおさら悔しくなった。グレイは困難な状況でも冷静さと集中力を失わないからこそ、英国にとって貴重な人材となったのだ。最終的な目的を見失ったことなどなかったのだ——これまでは。

「いったい、どうしたんだ、グレイ？」

「あいつの手がリリーの身体じゅうをなでまわしていた。あのときのぼくは諜報員ではなかった」グレイは何とかそう認めた。そして机のまえを歩きまわった。「ぼくたちは間違った川に網を投げていた。これは政治的な問題ではなくて、個人的な問題なんだよ。最初からそうだったんだ。そうでなければ、どうして伯爵ではなくて、リリーを傷つける？」

レイフは背筋を伸ばした。「父が生きていると思っているんだな」

「可能性はある」

「裏で糸を引いている人間に見当がついているのか？」

ひとつの名前が頭に浮かんだが、あまりにもとっぴであり、まだ疑いを口に出すことはできなかった。「昨夜、リリーが大事なことを考えついた。その男はどうしてリリーが

〈フィールドストーンズ〉にくることを知っていたのか？　それから馬車への襲撃も、ネイピア家でのことも。どちらも準備が必要だし、ネイピア家の夜会のまえに送られた書付は午後に届いた。ぼくたちの近くに情報提供者がいるはずだ」

「馬車が襲撃されてから、ぼくもずっと同じことを考えていた。レディ・ミネルヴァは知っていたよな。彼女が誰かに伝えたのかもしれない。知ってのとおり、そうなれば夜にはロンドンじゅうが知っているだろうから」レイフはうんざりした顔で言った。「事実を知るためには、氷のお姫さまを訪ねるべきだろうな。彼女の秘密を暴くためなら、この見てのとおりの魅力を利用するのもやぶさかではない」

「レディ・ミネルヴァは公爵の姉だから、影響力がないわけじゃない。ここで敵をつくっても仕方ない。どちらにしても、リリーは彼女を信用している」

「それだけで、おまえも信用するのか？」

「ああ。レディ・ミネルヴァではない。もっと詳しい情報を入手できる人間だ。使用人とか。最近雇った人間で思いあたる人物はいないか？」

　レイフがこぶしで机を叩いたせいで、インク壺が跳ねて中身が飛び散った。「ペニーか。ペニーは父上に仕えていた。とりあえず、本人はそう話している。去年の秋、仕事を探していると言って訪ねてきたんだ。もちろん、リリーはすぐに雇ったさ。ぼくは自分の問題に没頭していたから、正直言ってあまり考えなかった。ペニーはウインターマーシュでもロンドンでも、常に影のようにリリーのそばにいる。あの男ならあらゆる情報に通じているだろう」

グレイは頭を回転させた。「ペニーは伯爵と仕事をしていたのか？　どうして、そのことを誰も教えてくれなかったんだ？」

「ここ数カ月はあまり調子がよくなかった。ぼくの失敗だ」レイフは椅子から立ちあがり、勢いよくドアを開けた。「ヒギンズ、ミスター・ペンドルトンをいますぐ呼んでくれ」

「何か問題がございましたか？」執事が訊いた。

グレイのところからはドアの向こうが見えなかったが、いつもの差し出がましく横柄な口調にわずかな不安が混じっていた。

「きみが気にすることではない。ミスター・ペンドルトンを頼む」レイフの厳しい物言いで書斎の空気が張りつめた。

「かしこまりました。ただいま呼んでまいります」

レイフは戸口から顔を出して、ペニーを待った。ブーツの大きな足音がして、頑丈な御者が近づいてくるのがわかった。ペニーは書斎に入ってふたりの男が待ちかまえているのを目にすると、ひとあたりのよかった態度が怪しむような様子に一瞬で変わった。それも当然だろう。

ペニーはごく普通の御者とそう変わらないように見えた。だらけた歩き方を強調する、だぶだぶの上着とブリーチズ。鈍重で粗野なあばた顔に垂れている艶のない髪。だが、目は賢そうで、いかにも御者らしいうわべのすぐ下に力と知性が備わっているのではないかと、グレイは考えていた。

「ペニー、すわってくれ」レイフはドアを閉めて、いつでも急降下して獲物を殺せる準備をしているタカのように、机のわきに腰をおろした。

「馬車でどこかへお出かけで？」ペニーはそう尋ねたが、その声も表情も協力的ではなかった。

三人の男がひと部屋に集まり、互いをだまし、疑っている。そして三人とも、この状況を互いに理解していることもわかっている。あいにく、ペニーは数で負けていたが。

グレイが口火を切った。「きみはウィンドー伯爵のもとで働いていた。それは間違いないかい？」

ペニーは無愛想に口を歪めた。「ええ。レディ・リリーには話しました」

「どんな仕事だ？」

「使い走りです。調査もしていました」優秀な兵士と同じく、ペニーはできるだけ少ない情報を提供するよう訓練されていた。

「父はきみを怒らせたのか？　だから父を裏切ったのか？」レイフはいら立たしそうな声で訊いた。

ペニーがレイフとグレイを交互に見ながら身じろぎするると、苦がきしんだ。「伯爵は場合によっては修道女さえ怒らせるようなところがありました。旦那方、おれは最近では腹を割って話すほうが好きでね。まどろっこしいやり方はやめましょう。おれが何をしたって言うんです？」

レイフは脅すように目を細め、机からおりた。グレイはレイフの腕をつかんで止めた。

「レディ・リリーの予定をもらしたな。誰にもらした？」

ペニーは椅子のひじ掛けを両手でつかんで背筋を伸ばした。「そんなことはしてません」その声には怒りが混じっていた。「ぜったいに。命をかけてお嬢さまを守ると誓ったんだ」

「待て……何だって？　誰に誓ったんだ？」

「ウィンドー伯爵ですよ。最後の任務のとき、もし困ったことがあったら、屋敷を訪ねてくるようにと言われたんだ。お嬢さまを見守っているかぎり、仕事をやると約束してくれました。伯爵はお嬢さまを心配なさっていた」

「伯爵が？」レイフとグレイは同時に、まったく同じ疑うような調子で言った。レイフはグレイと同じくらい驚いていた。

ペニーは椅子にすわり直して腕組みをした。「おれにはそう見えました。伯爵はあまり口にはしませんでしたがね。お嬢さまの情報をもらしたとか何とかいうのはどういうことですか？」

レイフはあごひげを何回もなでた。「父の行方がわからないのだ。まさか、父の居場所を知らないだろうな？　それに父が疑わしい状況で行方不明になったことに加えて、春になってから、リリーが何者かに狙われている。馬車が襲撃されたのも、そのひとつだ」

ペニーはため息をついた。「伯爵からはここ一年連絡がありません。馬車が襲われたことについては、何度も考えました。でも、ほかにも何かあったんですか？」

グレイはうなずいた。「二件ほどね。三件ともある程度の準備と詳しい情報が必要だったはずなんだ。レイフ、ゆうべリリーがやっと父上とのあいだに何があったのか話してくれたよ」

「いまになってか？」レイフは辛辣な言葉をグレイに投げつけた。

「口うるさい兄貴にならないでくれよ。父上に結婚させられそうになって、リリーは予想どおり、かなり元気よく反応したようだ。まあ、たいした問題じゃない。伯爵は翌朝返事をするようにと言っていたのに消えてしまった。ひとりのメイドとともに」

レイフは机のうしろにまわって椅子に腰をおろした。「そのメイドが伝言を伝えたと考えているのか？」

「おそらく。だが、そのメイドは下っ端だ。ペニー、きみのほかに新しくここに入った使用人は？」グレイは足首を交差して机の上にのせた。

ペニーは長いあいだ考えこんだ。「使用人はいません。ミセス・ウィンズローだけです」

グレイは胃が足もとまで落ちた気分だった。おかしなことに辻褄《つじつま》があう。あの不躾で物忘れのひどい未亡人が自分たちを裏切るなんてことがあるだろうか？

リリーの肩に置かれた手はしつこかった。リリーは寝返りを打ち、昼食会の時間まで寝ていたかったが、砂のように乾いた目をとりあえず開けた。おばの顔が天蓋のようにのぞいていた。ほんの少しあごがさがり、心配そうに目尻にしわを寄せている。このときだけは、おばが年相応に見えた。

「何かあったんですか？」リリーの声は眠たげでしゃがれていた。

おばはぎこちない動きで、ベッドの隣に移った。「ミスター・マスターソンとドラモンド卿がミスター・ペンドルトンを尋問しているとヒギンズから聞いたの」

「ペニーを尋問している？」リリーはすばやく起きあがり、シーツをつかんだが、何も着ていないのを見られてしまった。

エディーは首をふった。「もうだめですよ、リリー。味見させてあげるのはいいとしても、ベッドに入れつづけたら、殿方は現れなくなりますからね」

「ご忠告を肝に銘じます」リリーはシーツを巻きつけてベッドからおりて、シュミーズを見つけた。「着がえを手伝っていただけますか？」

エディーは上品な白い花柄のモスリンのドレスを選んだ。喉までボタンが並び、手首まで袖がある。果てしない数に思えたボタンを留め終えると、リリーはドアのほうへ歩きだした。おばが腕をつかんで、スツールにすわらせた。「お待ちなさい。髪がぐちゃぐちゃだし、ストッキングも靴も忘れているわ」

おばが調子はずれの鼻歌を歌いながら髪をひねり、きちんとした形に結ってうなじの近くにピンで留めているあいだ、リリーは爪先で床を踏み鳴らしていた。そして靴とストッキングをはくと、大急ぎでレイフの書斎へ向かい、ドアを開けて入った。

レイフもグレイも拳銃をペニーの頭に向けていなければ、ほかの方法で脅しもしていなかった。それどころかレイフは机のまえにすわって、いかにも穏やかに考えごとにふけっている様子であごひげをなで、グレイは机にかがみこんでいた。

リリーはペニーの椅子の隣に立って、どちらの味方かはっきりさせた。「ペニーはこの屋敷にきた瞬間から、ずっとわたしを守ってくれたわ。ペニーなら馬車を襲ってきたならず者にわたしを渡すことなんて簡単にできたはず。でも、ペニーがそうした？　もちろん、しなかった。ペニーがわたしを裏切るはずがないもの。どんなことを計画しているのか知らないけれど、やるのなら、必ずわたしを通してちょうだい。グレイ、ペニーじゃないわ。わからない？」

リリーはペニーのまえに立って、彼をかばった。グレイの目が光り、唇が歪んだ。笑いをこらえているのだろうか？

「もちろん、わかるさ。ペニーは犯人じゃない」グレイは横のほうに身をかがめて、エディーに話しかけた。「ミセス・ウインズロー、少しお話しできますか?」

「ええ、もちろん」自然に見える化粧をしているエディーがゆっくりまえに出た。

グレイの視線はエディーから離れない。「ペニー、出ていくときにドアを閉めてくれ」ペニーは椅子から立ちあがると、何かを伝えるように、一瞬だけリリーの腕を握った。

「婚約発表の準備でお手伝いが必要なのかしら?」エディーは無理やり明るい声を出した。

「すでに、あれやこれやの準備や計画をしていらっしゃるのでしょう、ミセス・ウインズロー?」書斎の張りつめた空気のなかで、グレイの口調はやけにのんびりしていた。

「どういう意味かしら?」その声には焦りがあった。

リリーはおばをじっと見た。まさか、ちがうわよね?

「ミセス・ウインズロー、誰に情報を渡したのですか?」グレイは立ちあがってエディーを見おろした。彼のすべてが険しく、危険になった。

エディーは見るからに震えている。「それが、じつは……わたしは……あなただと思っていたの、ミスター・マスターソン」

「ぼく? どうしてぼくだと思うんです?」

エディーはいまにも失神しそうな顔で、数分まえまでペニーがすわっていた椅子を手探りでつかんで、腰をおろした。

「そもそも、どうして情報を渡さなければならなかったのですか？」リリーの口調はおばを責め、そして傷ついていた。

「お金もなくひとりで遺されるのがどんなことか、あなたたちにはわからないでしょうね。ひとの重荷になるということが。夫が亡くなったあと、兄たちは誰もわたしを引き取ってくれなかった。あるいは、義姉《あね》たちが許さなかったのか、どちらかはわからないけれど。いとこの厄介になろうともしたけれど、彼女には屋敷を温めるだけの石炭も買えなかった。あなたたちとの縁が薄いことはわかっていたけれど、ウインターマーシュが最後の砦《とりで》だったのよ。でも、あなたたちがいつまでわたしを置いてくれるのか不安だった。いつ何どき、放りだされるかわからないのですもの」エディーは最後は言葉につまり、目には涙が浮かんでいた。

おばと視線をあわせたまま、リリーは厳しい声で小さく言った。「グレイ、ハンカチを」きちんとたたまれた、やわらかい布がその手に渡された。リリーはその四角いハンカチをおばの震えている手に持たせた。

エディーは頬の涙を拭い、鼻をふいた。「ある日の午後、リプトンで買い物をしているときに年配の弁護士が近づいてきたの。シーズンがはじまって、あなたの社交界での予定を教えてくれたら、それなりのお金を渡す用意があると言って。依頼人は裕福で、リリーに夢中になっているということをほのめかしていたわ。そしてロンドンへ行ったら、ミスター・マスターソンをおかしな時間に見かけることに気づいたの」

「どういう意味ですか？」リリーが訊いた。

「たとえば、朝の公園で馬に乗っているときよ。エヴァーシャム家の舞踏会のあと、あなたを遠くから見つめているミスター・マスターソンを何度か見かけたの。明らかに、あなたに夢中だった」

リリーはグレイのほうを向いた。頬を真っ赤に染め、手で目を隠している。

「おばさまの言っていることは本当なの？」

レイフはからかいと、うんざりした気持ちで舌打ちした。「もちろん、本当さ。この哀れな男の顔を見てみるといい。グレイ、ずいぶん気の抜けた仕事ぶりだな。本当に、腑抜けだ」

エディーはグレイの顔を赤く染める炎に薪《まき》をくべつづけた。「ネイピア家とレディ・マシューズのお庭でもそうよ。そして、ウインターマーシュにも思いがけないときにやってきた。あなたたちはわたしをまぬけな老人と思っているでしょうけれど、じつは意外と気づいていたのよ。だから――」

「ちがう」グレイは目から手をはずした。「金を払っていたのはぼくではない。ぜったいに。でも、ぼくでなければ誰なんだ？　あなたはどうやって情報を渡していたんです？　その男に会ったことは？」

「ないわ。仲介者がいたの」エディーがそこで言葉を切ると、全員が期待をこめて身を乗りだした。「ここの執事よ」

レイフとグレイが視線をあわせ、歯を食いしばりながらつぶやいた。「ヒギンズか」

グレイはレイフより先にドアに手をかけた。玄関ホールに怒鳴り声が響く。「ヒギンズ！」返事はなかった。レイフは使用人用の廊下を通って執事の部屋へ行った。リリーもドレスの裾を膝まで持ちあげて、あとを追いかけた。

そして執事の部屋へ入ったとき、グレイが簡素な衣装入れの扉を閉めた。「ない。何もなくなっている。あのネズミはたぶん荷物をまとめてあったんだ。ぼくたちの獲物になる男にご注進に行ったんだろう」

「今夜、狩りにいく」レイフが言った。

「何を狩るの？」リリーは兄の腕をつかんだ。ふり返ったレイフの目は石のように硬く冷ややかだった。

「男たちだ」

「カートと残りの男たちを見つけるのはそう難しくないだろう。大勢のひとのなかを逃げていったからな」グレイは言った。「ぼくは着がえて、二、三時間寝てくる。そのあいだ、気をつけてくれ」

グレイはレイフに向けてそう言ったが、自分にも視線が向けられたのをリリーは見逃さなかった。

「ああ、いつだって気をつけている」レイフの目は冷たいままだったが、その返事はぶっきらぼうながら温かかった。

リリーはため息をついた。「わたしのことを話しているの？　自分の面倒くらい自分で見られるわ」

「ゆうべみたいにかい？」グレイは言い返した。

認めるのは癪だったが、確かにグレイの言うとおりだ。

「きょうは家にいてくれ。誰がきても仮病を使うんだ。今夜、ぼくとレイフがこのとち狂った計画の陰に誰がいるのかあぶりだして、終わりにするから」

「そいつを終わらせる」レイフの声は身震いするほど恐ろしかった。

「殺すという意味？」リリーは誰よりも兄をわかっていた。兄の怒りも、悲しみも、苦悩も見てきた。それでも、ひとの死を冷酷に予告する声を聞き、目を見たのは初めてだった。これが英国が兄に求めているものなのだろうか？

「間違いなく、そいつは死ぬ。だが、父上を見つけるのが先だ」

「もう、お兄さまの手を血で汚さないで。治安判事にまかせましょう。それで充分に罰せるわ」

「そいつの血で汚れても、良心には何の重荷にもならない」レイフはそう言うと執事の部屋から出ていったが、その足取りには抑えきれない怒りが表れていた。

兄の足音が聞こえなくなると、リリーは衣装入れに寄りかかっているグレイを見た。彼も兄と同じように冷たい目をしていた。昨夜はリリーを焦がすほどの熱い目だったのに。リリーはその冷ややかな血を速く流したくて、グレイの身体に腕を巻きつけた。

「お兄さまに殺させないで。いまでさえ、たくさんの亡霊に悩まされているのよ」リリーは言った。

「ぼくが手を下したほうがいいかい?」

リリーは固唾を呑むと、これまでに経験のない話について慎重に答えた。「い、いいえ。法の下で裁いてほしいということよ」

「ぼくらがその法なんだ。大陸では、ぼくらが法を行使してきた」グレイは衣装入れから離れると、動物が獲物に近づくようにゆっくりとリリーに近づいた。リリーは一歩後ずさった。グレイが怖いからではなく、とても遠い、ちがう人間のように感じたからだ。

「ここは大陸じゃないわ。ここは英国で、戦争で戦っているわけじゃない。剣による裁きなんて誰も頼んでいないのよ。わたしはあなたに無事でいてほしいの。殺人罪なんかでニューゲート監獄に入れられてほしくない。わたしと結婚すると約束してくれたでしょう?」ためらいがちに言い、弱々しく微笑んだ。

放水路が開けられたかのように、部屋から緊張が消えていった。

「ああ、約束した」グレイはリリーの手を取って甲にキスをすると、ひげが伸びた頬にてのひらをあてた。そして目を閉じた。「リリー、ぼくは残酷なことをしてきたし……残酷なことを見てきた。何年も、死と破壊が日常だった。記憶というものはすり切れた上着のように簡単に脱いで捨てられるものじゃない」

リリーはグレイの腕をつかんだが、それ以上は近づかなかったし、求められている慰めを身体で伝えようともしなかった。「あなたを理解したい。でも、その記憶を捨てられる唯一の方法は時間と……愛しかないと思うの」

グレイは目を開けた。氷のような冷静さが温もりと生気に変わっていた。グレイはリリーと一緒に玄関へ歩いた。「きょうはやらなければならないことがあるし、少し眠らないと。きみのせいでひと晩じゅう眠れなかったから」グレイのからかうような口調はぎこちなかったが、それでもリリーは喜んだ。

書斎のドアは閉まっていたが、厚い木のドアの向こうからくぐもった声がもれてきた。

「エディーおばさまはどうなるの？」

「それはきみの兄上が決めることだ」

リリーは書斎へ行きかけたが、グレイに腕をつかまれた。「彼女を弁護する必要はない。彼女は自分なりに正当化していたが、それでも家族を裏切ったのは事実だ。レイフが公正に判断するだろう。これは家長としてのレイフの義務だ」

「義務ね」リリーは不満そうに言った。「そんなものを背負っていたら、わたしはペンハヴンか誰かと結婚していたのよ」

「ああ。結婚するんだろう?」グレイの身体がとつぜん引き締まり、活力に満ちた。

「どうしたの、グレイ?」

「きょうは屋敷にいるんだ。安全な場所に」そう言うと、グレイはリリーの額に口づけて出ていった。

17

リリーは客間の長椅子にすわり、炉棚の時計ばかり見ないようにしようと努めていた。曇り空のせいで、永遠に午後が続くような気がしてくる。太陽の位置で時刻を計ることさえできないのだから。

エディーが泣きながら部屋へ戻ったあとも、レイフは書斎から出てこなかった。リリーが声をかけてもノックをしてもエディーは応えず、リリーはひとりで気をもんでいた。でも、いったい何を心配しているの？　兄たちがおばをいかがわしいセヴン・ダイアルズ地区に連れていって、とんでもないことをさせるわけでもあるまいし。

いら立ちで叫びそうになったとき、玄関から声が聞こえた。臨時にペニーが執事役をつとめていたが、客を出迎えるよりリリーを守ることが彼の役目だった。

リリーが客間のドアから顔を出すと、ローズ色のドレスが目に入った。ミネルヴァだ。ミネルヴァが背中を向けると、ペニーは扉を閉めた。リリーはペニーを押しのけて、扉の取っ手をつかんだ。

「忘れちゃいけません、お嬢さま。お客はなしです」ペニーは子どもにペパーミント・キャンディーを食べてはいけないと言い聞かせるように言った。

「ばかばかしい」リリーは扉を開けた。「ミネルヴァなのよ。わたしは家にいるのだから会うわ。あなたが何と言おうと」

階段のいちばん下の段で、ミネルヴァがふり返った。「だいじょうぶなの？　執事はあなたは具合が悪いと言ったのよ。正確に言うと〝ゲーゲーやってる〟と言われたのだけど」冗談を交えて明るく言った。

リリーはペニーをにらみつけた。「わたしは体調が悪いとだけ伝えなさいって言ったでしょう」

「でも、具体的なことを言ったほうが信用されると思ったもんで」ペニーは悪びれることなく肩をすくめた。

「それなら、鼻づまりとでも言っておいて。わたしがおまるを抱えているところなんて、誰も想像したくないでしょうから。ミネルヴァ、なかに入って。いまにも雨が降りそうだし、退屈で死にそうだったの」

ミネルヴァはきびきびと元気よく階段をのぼった。「わたしは好奇心で死にそうだった。とっくにあなたのほうから訪ねてきてくれると思っていたのよ」

「うちの殿方たちに屋敷から出ないと約束させられたの」客間に入るようミネルヴァに身ぶ

りで示すと、目のまえにペニーの顔があった。彼女を守るという命令を厳密に受け止めているのだ。「レディ・ミネルヴァと一緒ならぜったいに安全よ。お客さまのためにお茶を用意するよう料理人に伝えてくれないかしら」

ペニーは反抗的な目をしたが、結局は折れた。「あのばあさんが何を出せるのか訊いてきますよ」大きな足音をたてて離れていくと、リリーは笑いをかみ殺した。ペニーは永遠に執事のままではいられそうにない。

客間のドアが閉まると、ミネルヴァは次々と質問した。「ドレスの評判はどうだった？ミスター・マスターソンは見つかった？ ギルモアは？ お父さまについて、何か新しい情報はつかんだ？ 〈フィールドストーンズ〉ではどんなことが行われているの？ 予想したとおりの淫らなところ？ 問題なく寝室に戻れた？ 誰かに気づかれなかった？」

リリーが時間を稼ぐために部屋のなかを歩きながら見ると、ミネルヴァは期待で青い目を大きく見開いていた。ミネルヴァは長椅子に腰かけて、手袋をはずした。どうやっているのか、いくつかの三つ編みに分けて頭頂部で結ったブロンドの髪はひと筋たりともほつれずにきちんと収まっている。

バラ色のデイドレスはミネルヴァに何とも言いがたい落ち着いた雰囲気を与えていた。きょうのドレスは胸がわずかにのぞき、ベルギーレースでひじから手首まで覆われているが、ミネルヴァなら何を着ても人目を引く優雅さと品格を醸しだせた。ミネルヴァのそばにいると、自分の田舎っぽさをひしひしと感じるのだ。

「きょうはとてもすてきね、ミネルヴァ」

ミネルヴァは曖昧に手をふった。「ありがとう。でも、話をそらさないで。いくつか答えてもらうだけのことはしたわよね？」

「もちろん。何から先に話すか考えているところよ」

「ドレスから」

「ええっと、ドレスの評判はよかったけど、ひと晩持たなかったの」リリーがそう言うと、ふたりの顔が同時に真っ赤になった。リリーは頬を軽く叩いた。「説明させて」

リリーは破廉恥な部分を除き、調査でわかった事実を中心にして、前夜の出来事をかいつまんで説明した。

「三人の男に襲われたなんて」ミネルヴァは手で口を覆った。「殺されていたかもしれないのよ」

「でも、殺されなかった。グレイが助けてくれたから」リリーは屈託のないふうを装った。「グレイは黒幕が誰か察しをつけているようだけれど、言わないの。それに、兄がエディーおばさまにどう対処することに決めたのかもわからなくて」

「あなたのお兄さまなら、ここから追いだすような酷な真似はしないでしょう。そんなことになったら、道ばたで飢えてしまうか……もっと恐ろしい目にあうでしょうから」

「自分では決して認めないけど、本当は心根のやさしいひとなの。残念ながら、兄もとても気まぐれで、ほんの少し短気なのだけれど。エディーおばさまはまだお部屋よ。ほっとしたせいで寝こんでしまったのか、荷造りをしているのかはわからないけれど」リリーは天井を見あげて唇をかんだ。

ペニーがブーツでドアを蹴り開け、横を向いてトレーをかたかたいわせながら客間に入ってきた。リリーはトレーを受け取り、また腰をおろした。ペニーは脚を開き、両手をうしろで組んでドアのまえに立った——見るからに、番兵だ。

「ペニー、もう退がってりっこうよ」リリーは野良犬のように追い払おうとしたが、ペニーは動かない。「そこじゃなくて、玄関に立ったら？　レディ・ミネルヴァとわたしは個人的な話があるから。レディ・ミネルヴァがわたしを殺そうとしても、わたしが苦しんで悲鳴をあげれば聞こえるでしょう」

「これは冗談ですむ話じゃないんですよ、お嬢さま」

リリーはおもしろがるような顔をするのをやめた。「もちろん、そうよね。あなたが心配してくれるのはありがたいと思っているわ。でも、レディ・ミネルヴァはもう容疑者ではないと、グレイも納得しているのよ」

ペニーはうめいたが、警告するような目でふたりを見ると、客間から出ていった。

リリーはふたり分のお茶を注いだ。

わたしの何を疑っていたの？」ミネルヴァは両手を長椅子につき、腕を突っぱって肩をいからせた。

〝もう容疑者ではない〟というのはどういう意味？　わたしの何を疑っていたの？」ミネルヴァは両手を長椅子につき、腕を突っぱって肩をいからせた。

リリーが手を伸ばしたまま固まると、ティーカップがかたかた鳴った。「わたしはあなたを疑ってなんかいなかったけど、わたしの行動を知っていたのは、ほんのひと握りのひとしかいなかったのよ。たまたま、あなたもそのひとりだっただけ」

「罰あたりな言葉さえ口にしたことがないのに、誘拐と殺人未遂の容疑者にされるなんて」ミネルヴァは肩の力を抜いて、リリーがまだ持っていたティーカップに手を伸ばした。

ふたりは黙ってお茶を飲んだが、リリーにはミネルヴァが頭を巡らせているのがわかっていた。「犯人は社交界のなかのひとだと思っているのね。もしかして、あなたに求婚しようとしていた男性？　モントバットンとか？」

「彼も〈フィールドストーンズ〉にきていたけれど、ほかのことで忙しそうだったわ」リリーは指で眉をなぞって困惑を隠した。

「ペンハウヴンは？　彼とお父さまは同じくらいの年齢よね。もしかしたら――」

客間のドアが開いた。どうやら、ペニーの警戒範囲にレイフは入っていないらしい。兄はドアを閉めると、檻のなかのライオンのようにうろうろと歩きまわった。

午後の訪問客、とりわけミネルヴァのように高位の客を迎えるには礼儀を欠いた格好で、レイフは薄手の白いシャツと茶色のベストしか身に着けていなかった。きちんとした襟もクラヴァットもなく、シャツの首のボタンをはずし、不道徳なくらい黒い胸毛が見えている。

「きょうも気のあうふたりのないしょ話ですか？　レディ・ミネルヴァ、また妹をロンドン社交界の暗部へ送りこむ計画の相談ですか？」レイフはまるで喧嘩をしたくてたまらないかのように、半ば侮辱し、半ばけしかけるような態度を取った。

「お会いできて光栄です、ドラモンド卿」ミネルヴァのていねいな返答は鋭く、氷で覆われているように冷ややかだった。

「ふたりを正式に引きあわせていないことに気づかなかったわ」リリーはすばやく椅子から立ちあがり、兄の太い腕を引っぱったが、見たところ何の効果もないようだった。「こちらはレイフ・ドラモンド卿で、こちらはレディ・ミネルヴァ・ベリンガムです。客間に寄ってくださったのはうれしいけれど、お兄さまにはほかにやることがあるのでしょう」腕を引っぱっても効果がなかったので、今度はドアへ押しやろうとした。だが、兄がゾウだとすれば、リリーは小さなネズミのようなものだ。

「そろそろお暇いたします。リリー、何か助けが必要なときは書付を寄こしてね」ミネルヴァは立ちあがり、とても落ち着いた態度でティーカップと皿をトレーに置いた。猛烈に腹を立てているのが垣間見えるのは、ドアへ向かうときにドレスの裾を強く引っぱったことだけだった。レイフが帰り道をふさいだせいで、ミネルヴァは樽《たる》のような胸にぶつかるのを避けるために、仕方なく少し後ずさった。

「このうえなくすばらしいという評判のレディ・ミネルヴァ・ベリンガム」レイフの偽りのほめ言葉にはひどい軽蔑がこめられていた。まさか本心ではないだろうという疑いは、次の言葉で消え失せた。「この屋敷には二度と足を踏み入れず、妹にも二度と会わないようお願いしたい。あなたは妹にひどい悪影響を与えている。妹はゆうべ強姦されそうになったのです」

ミネルヴァが目を大きく開けて見ると、リリーはたじろいだ。

「あなたが変装の用意をして、妹を――ひとりで――評判の悪い館へ送りだした。さっさと、あなたの小さなお屋敷に帰って、ほかの人間にちょっかいを出せばいい。もし妹に関する醜聞をひと言でも耳にしたら、あなたを探しだして報復します」

リリーはこれまで大の男たちがレイフに迫られて引きさがる場面を何度も見てきたが、ミネルヴァはぴんと背筋を伸ばし、その気丈さでいつもより背が高く見えるほどだった。ミネルヴァの頭はレイフのあごにやっと届く程度だったが、ミネルヴァが胸を突くと、レイフは守勢にまわって後ずさりした。

「リリーの計画についてはいくぶん分別を欠いていたと認めます。でも、友人から助けを求められれば、手を貸します。それが、どんなことであっても。たとえ、わたしがこちらのお屋敷で歓迎されなくとも、わが家では妹さんをいつでも歓迎します。それから、わたしの名誉に関わる問題について申しあげてもよろしいかしら？　わたしが男だったら、夜明けに拳銃を持ってお会いするところです。敵討ちをする海賊のように脅すのはかまいませんが、わたしは粗野で攻撃的な方法に怖じ気づくような、弱虫の壁の花ではございません。とっとと地獄に落ちなさい、ドラモンド卿！」ミネルヴァはドレスの裾をひるがえして、客間から出ていった。

リリーは勝利を喜んで、指を天井に突きあげた。「ミネルヴァの言うとおりよ！」そう言うと友人のあとを追って、客間のドアを抜けていった。

ペニーは外套を差しだしたが、ミネルヴァは袖を通さず、外套をつかんで正面玄関の扉を自分で開けた。

リリーは階段を半分おりたところでミネルヴァを捕まえた。「あなた、最高だったわ」ミネルヴァは顔を紅潮させていた。知りあいになって以来、ミネルヴァが取り乱したところを見るのは初めてだった。リリーは思わずにっこり笑った。

「どうして、そんなに平気でいられるの？　あなたのお兄さまだとはわかっているけれど、恐ろしいひとね」ミネルヴァは繊細なボンネットを勢いよくかぶり、ていねいに編まれた花飾りをつぶし、リボンを結ぶのに手間取った。

リリーはミネルヴァの手をどかし、震えるあごの下できちんとした蝶結びにした。「何も壊していないから、爆発の大きさで言えば、まだ小さなほうよ。あとで子羊のように素直になって、自分の言ったことを後悔するわ。きっとね。たぶん、いったん兄が冷静になれば、またお茶を飲みにきてもらえるわ」

ミネルヴァは首を絞められているような笑い声をあげた。「子羊？　変装した狼の間違いでしょう。お茶なら、わたしの家へきて。また彼と会うなんて、耐えられそうもないから」

ミネルヴァは両手でリリーの手を握り、真剣な顔になった。「本当のことを教えて。ゆうべ、あなたは強姦されそうになったの？」

「それが狙いだったということ。それだけよ」ミネルヴァの目に罪悪感が見えると、リリーはあわてて安心させた。「あなたのせいじゃないから。わたしはあなたの手助けがあってもなくても行っていたわ。いまならもう、わたしの性格を知っているでしょう」

ミネルヴァは頭をふった。「近いうちに、会いにきてくれるわね？」

「すべてが解決して、看守たちが解放してくれたら、すぐに行くわ」ミネルヴァはリリーの頰にキスをして帰っていった。

リリーは決意を固めるように深呼吸をすると、兄の怒りと相対する覚悟を決めた。だが、レイフは体格の割には小さくなってひじ掛け椅子にすわり、悲しそうな顔をして絨毯を見おろしていた。

「だいじょうぶ？」リリーはやさしい声で尋ねた。

「どんなに長々と説教されても仕方ないと思って待っていた」

リリーは長椅子のまわりを歩いて、窓枠に腰をおろした。「少なくとも、悪いことをした自覚はあるのね。それなら、きょうはいいわ。いろいろなことがあったから、いまは寛大な気分なの。エディーおばさまのことはどうしたの？」

「この屋敷にいてもかまわないと伝えた。彼女はあまり賢くないが、悪人じゃない。心から後悔している。おばさまは縁結びの役割を果たしているつもりだったんだ。ぼくは男のせいで辛い目にあっている女性を大勢見てきたから、彼女の絶望もよくわかる」

リリーはほっとして息をゆっくり吐いた。兄がちがう決断を下していたら、おばのために何か道を探しただろう。おそらく新しく知りあったひとの付添役かお相手役にもぐりこませることはできただろうが、それでもおばを恋しく思ったにちがいない。たとえ、今回のことが露見したあとであっても。「お兄さまがこんなにやさしいひとだなんて、誰も知らないわよね。お兄さまの情け深さが広まったら、きっとわが家にはいろんな親戚が押し寄せるでしょうね」

リリーがからかうと、兄の唇のはしが一瞬だけ吊りあがった。「グレイから、おまえが結婚を承諾したと聞いた」

「ええ。こんなことになるとは思いもしなかったわ。認めてくださる？」リリーは次第に大きくなっていた喉のつかえを呑みこんだ。認めたくはないけれど、兄の祝福が何よりも大切なのだ。

レイフは椅子の上で姿勢を整え、脚を伸ばしてベストの上で腕を組んだ。「認めなければ、やめるのか？」冷静に言った。

「わたしはウインターマーシュから追いだされずに、歓迎されたいの」

冷徹にもなれる兄の灰色がかったブルーの瞳が温かく燃えあがった。「おまえならいつでも歓迎だ。実際、おまえとグレイには近くに住んでもらいたいと考えている」

「すてきだわ」リリーは窓枠からおりて、兄の正面に腰をおろした。そして袖口のゆるんだボタンに目を留めると、こう言った。「お父さまはときどき、わたしを見ているとお母さまを思いだすと言っていたわ。あまり、うれしくなさそうに。お父さまがお母さまを憎んだみたいに、わたしもグレイに嫌われて恨まれたら？」

兄が黙ったままなので、リリーは顔をあげた。

「ずっと、心に重くのしかかっていたんだな？」

長年浴びせられてきた父の鋭く痛烈な言葉は肩に重くのしかかっていたが、リリーはその辛さを口に出せず、ただ肩を曖昧にすくめてきたのだ。

レイフがもう一度身じろぎすると、椅子がきしんだ。脚の上に腕を置いて、リリーの手を取る。「父上は母上に裏切られたことで、自分以外の誰かを責める必要があって、それでおまえを選んだ。おまえが生まれた時期のせいでな」

「でも、わたしはお母さまにそっくりなのよ。もしも――」

「もういい。おまえは母上には似ていないし、グレイも父上に似ていない。おまえがグレイを捨てるなんて想像できない。それに、ちゃんと警告しておくが、もしおまえがほかの男と駆け落ちなんかをしようとしても、グレイは蹴ったりわめいたりしているおまえを引きずり戻すだろう。過去は必ずしもくり返されるものではない。将来を自分で決めてきたおまえなら、誰よりもよくわかっているだろう」

兄の言うとおりなのだろうか？　たぶん、自分は母でも父でもなければ、ふたりの最悪の組みあわせでも最良の組みあわせでもない。自分がつくりあげる幸せに手を伸ばしている、ただの女なのだ。グレイと兄のふたりに保証されて、いまはグレイと一緒に幸せになれるかもしれないと思いはじめている。リリーは目をきつく閉じて、上を向いた。

「ああ、じょうろみたいにならないでくれよ。エディーおばさまにシャツをびしょ濡れにされたばかりなんだから。もうひとり興奮した女性を扱えるほど、忍耐強くないからな」

それは本音らしく、レイフは妹を笑わせて涙を吹き飛ばすつもりで、からかう口調で言った。リリーはこらえた涙で喉がつまっていたが、真っ赤な嘘をついた。「泣いてなんかいないわ」

レイフは妹を引き寄せて、大きくて温かい熊のような身体で抱きしめた。リリーは悩みを兄に打ち明ける気楽さをすっかり忘れていた。レイフはずっと妹思いの兄だったが、秋にレイフが抱えていた悪魔とともに戦ったことで、ふたりはきょうだい以上の絆でつながれた。いまでは友人同士だった。

レイフはリリーの背中をそっと叩いて身体を離したが、大きな手を肩にのせたまま言った。「今夜グレイと会うまえに確かめたいことがある。エディーおばさまの様子を見てきてもらえるか？」

おばのことは自分を追い払う口実だろうが、かまわない。どちらにしても、エディーおばさまの様子を見る必要があるのだから。「ええ、見てくるわ」レイフは背中を向けたが、リリーは兄の手をつかんだ。「グレイのことをお願いします。それに、お兄さまも気をつけて。レイフ・ドラモンド、あなたが撃たれたり、刺されたりしてけがをしても、もう二度と看病なんてしませんからね。わかった？」

リリーに返ってきたのは、ちくちくするキスだけだった。

18

グレイはドラモンド家のタウンハウスの外に停めた、煤で汚れたおんぼろの貸馬車のなかで、レイフを待っていた。よれよれの帽子をたたみ、黒っぽい粗悪なブリーチズに叩きつけて、今夜の仕事をはじめる準備をした。すり切れた古いブーツと労働者が着るくたびれた綿の上着で今夜の扮装《ふんそう》は完璧だった。

独身者用の部屋で少し仮眠を取ったあと、グレイはペンハウヴンのタウンハウスを見張りながら、いらいらと無駄な午後の時間を過ごした。ヒギンズの姿はない。焦っている様子もない。逃亡を図ろうとしている気配もない。

ペンハウヴンはいちばんにぎやかな時間にハイドパークで乗馬を楽しみ、仕立屋でゆっくり時間を過ごし、何ひとつ心配事がないかのようにステッキをふりながら散歩をしていた。グレイの疑いは間違いのように見えた。だが、それでも……。

レイフがグレイと同じような格好で階段を駆けおりてくると、空いているほうの席にすわった。暗闇になれば雰囲気を隠し、黒いひげも充分な偽装になる。

馬車が走りだすとすぐに、グレイは言った。「古傷をこじ開けたくはないが、あのとき何が起こったんだ？　きみは母上の失踪について、どんなことを覚えている？」

「ずっと、そのことは考えないようにしていたんだ」レイフは窓のほうに顔を向けた。「ぼくはまだ幼かった。記憶といっても印象と感覚でしかない。恐怖と、悲しみと、怒りだ。母上がほかの男と馬に乗って去っていったのを見たという証人が何人かいたんだ。治安判事が話を聞いて問題を収めたようだ。もし母上のことが関わっているとしたら、なぜいまなんだ？　もう二十年まえの話だぞ？」

「証人のひとりがペンハヴン卿だった」

「ああ。おまえは、まさか――だが、証人はペンハヴンひとりではなかった」

「きみは偶然を信じるか？」グレイは訊いた。

「哲学的にならなら信じる。だが、現実だったら？　信じない」

「ぼくもだ。きみの両親がふたりとも行方不明になるなんて偶然があるか？　ペンハヴンが母上と知りあいで、きみの父上に敵意を抱いていて、今シーズンになってずっとリリーのまわりをうろついているなんていう偶然があるか？」

レイフはまぜ返すように言った。「そう言われれば、いかにも犯人のように聞こえるが。だが、やけに衣装に凝る変わり者だぞ。彼がこんなに凶暴で厄介な仕事で自分の手を汚すなんて想像できないな」

「ぼくはそうは言い切れない。引っかかっているんだ……何かが。何がそんなに気になるのか、はっきりはわからないんだが。最初は嫉妬しているせいだろうと考えた。あのヒキガエルは明らかにリリーを追いかけていたから。でも、それだけじゃない」

「あの年寄りのめかし屋に嫉妬だって？　すっかり妹に夢中なんだな」レイフはにこやかに言った。

「ペンハヴンなら、カートに確認させればいい。あの男は目立つためにあの格好をしているんだ。実際、やけに……」直感がひらめいて、グレイは黙りこんだ。ペンハヴンがけばけばしい服を着ているのは、愚かで危険がない男だと思わせるためなのだろうか？　人混みでも目立っていたのは、本当の自分を隠すため？

「何を考えている？」

「すぐにわかる」グレイはほとんどひとり言のようにつぶやいた。

セヴン・ダイアルズ近くにくると、ごつごつした丸石のせいで馬車が横に揺れた。グレイはすばやく武器を点検した。ブーツの左右両方の隠し鞘にナイフを滑りこませ、装塡ずみの拳銃をブリーチズのうしろに差した。

「熊と戦うのに武器がいるのか？」レイフが訊いた。

「これから行く場所には熊よりもっと怖いやつがいる。きみは何を持ってきた？」

レイフはタコができて硬くなった大きな手をあげると、何か言いたいことはあるかというように眉を吊りあげた。

「それでけっこう」不安だったものの、グレイは唇のはしを引きあげた。

貸馬車が止まると、ふたりはメイフェアとは別世界に飛び降りた。狭い路地にゴミが散らばり、汚物があらゆるものを覆っている。腐った食べ物と人間の排泄《はいせつ》物の刺激臭で涙が出るが、まもなくそんな悪臭にも慣れる。

数軒の酒場を探したが見つからず、ふたりは十字路にある人気店〈ブルーボア〉に入った。すると男たちが次々と店に入ってきて、〈フィールドストーンズ〉にいた三人のうち、誰かに会う確率が次第に高くなってきた。ふたりはビールを一杯ずつ注文し、ジョッキの縁から客たちの顔を見た。

遠くの隅で、大きくてたくましい男が港湾労働者たちと賭けをしていた。汗がうなじを流れ落ち、もともと汚いシャツを汚している。男は負けており、不安になっているのが旗をふっているかのように部屋の反対側にまで伝わってくる。

「賭けのテーブルにいる汗だくのデブが、リリーがタマに膝蹴りをくらわした男だ」グレイがジョッキを置くと、ビールが波打って縁にあたった。

ふたりは同時に立ちあがり、そっと男のほうへ歩いていった。ひどく腫れている鼻と目の下に広がっている痣がこのあいだの男の証拠だ。グレイが小さくうなずくと、ふたりはすでに疲れきっている男に近づいた。男にとっては、ますますひどい夜になりそうだ。

ふたりはがたついているテーブルで男の両側に手をついて、男の視線を引きつけた。男はテーブルについた腕からグレイの顔に視線を移したが、覚えている様子はなかった。だが、次にレイフに顔を向けると、はっと驚いた。傷痕と、ひげと、態度で、レイフは体格以上に威嚇できる。とにかく恐ろしいのだ。

「少し話をしたい」レイフは肉づきのいい男の二の腕をつかんで椅子から立たせた。

ほかの三人の男たちはいいカモが都合よく逃げることにしたと考えたらしく、文句を言った。するとグレイは拳銃をちらつかせて、文句を押さえた。三人はとつぜん持っているカードに集中した。太った男はのろのろと正面のドアに向かおうとしたが、レイフは手を離さなかった。

「三人だけになれる場所へ行こうか」グレイは狭くて短い通路を指すと、レイフなら素手でも獲物を路地に連れていけるだろうと考えて、先頭を歩いた。

太った男はグレイが尋問を得意とする類いの男だった。金のためなら何でもする輩だ。ときには倫理に反することを頼まれる場合もあるが、腹が食べ物と酒を求め、肉体がときおり娼婦を求めるときには、そんな些細《ささい》なことは気にしなかった。脅されたり、金を積まれたりすれば、実の兄弟だって売る。

レイフは汚れたシャツの背中をつかんで男に反対側を向かせると、ドアから押しだした。男はいちばん近い壁のほうへよろけると、壁のなかに消えようとしているかのようにうずくまった。レイフが一歩近づくたびに、男は路地の奥へ入っていく。

男の仲間が助けにくる可能性もあった。だが、この男は薄っぺらい友情さえ誰にも抱かれないだろう。グレイは男から目を離さずに言った。「レイフ、入口で見張っていてくれ」

「本当に助けはいらないのか？」頭を叩き割ってやりたい気分なんだが」レイフの言葉を聞いて、男は縮みあがった。

「きみがいたら助けになるよりもじゃまになる。フランスの諜報員を尋問するんじゃないんだぞ」

レイフは太った男を脅すように指をふったが、背を向けると、路地の入口に立った。男は大きく息を吐きだすと、背中を伸ばしてざらざらとした煉瓦に寄りかかった。

「ぼくを覚えているか？」グレイは男のまえに立ち、脚を広げて腕組みをした。

男は不安そうにぼってりとした唇をなめながら、グレイを上から下までじろじろと見た。

「知るもんか。あんたになんか、何もしてねえよ」

グレイは目を険しく細めた。「おまえが金をもらって襲おうとした女性と一緒にいた。これで思いだしたか？」

計算高そうな丸くて小さな目が、彼のことを思いだしたとたんに大きく見開かれ、男はうなずいた。「でも、おれは何もしてねえ。おれは、あの小娘——あの女性に——鼻の骨を折られたんだ」

グレイは片手をあげて、言い訳するのを黙らせた。「口を閉じなければ、もっと折られることになる。わかったな？　ぼくの友人が怖いだろう？」ふたりが首をねじると、レイフの巨体が路地に射しこんでくる光のほとんどを遮っていた。「おまえを叩きのめしたくてうずうずしているんだ。だが、安心しろ。ぼくはそんなことは望んでいない」

安心したせいで、男の顔の肉がゆるんだ。

「ぼくはおまえの秘密を知りたいから、これから拷問する。想像を絶する痛みだろうな」グレイはブーツからナイフを一本出して、男に近づいた。そして木の幹のように太い男の首をつかむと、震えているやわらかい腹の肉とともに、ナイフでシャツを切り裂いた。

ほんの少し切っただけで、赤い血がにじんできた。さまざまな臭いが混じった悪臭に、またひとつ金属のような臭いが加わった。男が口を開けたり閉めたりすると、動物が苦しんでいるような小さな声がもれてきた。

「おまえを雇って彼女を襲わせたのは誰だ？」

男は恐怖のあまり舌がもつれており、うまく出てこない言葉を理解するのは難しかった。

「知らない。誓って本当なんだ」男は連祷《れんとう》のように、その言葉を何度もくり返した。

グレイは悪態をついた。鎖を順番にたどるのではなく、黒幕がすぐにわかれば簡単だった。だが、この男はロンドンのクズが集まる池のなかでも小物の魚なのだ。グレイの落ち着いた声は恐怖に苛《さいな》まれた男に催眠術をかけたようだった。男は動かなくなり、視線だけがグレイの動きを残らず追っている。

「信じてやろう。だが、おまえの友人のカートは知っているだろうな。今夜、カートはどこにいる？」

「カートにはマダムの店に特別な女がいるんだ。あんたにひどくやられたから、その女が面倒を見ている」男はかん高く震える声で答えた。

「マダム・デュプリーのことか？」

男は小さくうなずいた。グレイはナイフをしまった。骨を折られたり、手足を切られたりすることなくグレイとの会合を終えられることを感じたらしく、男は急に元気になった。

「話したんだから、金をくれないか？」

男の神経の図太さに対する感嘆と、そんな質問をする無鉄砲さに対する怒りが相まって、グレイは男にもう一度立場の弱さを思いださせた。シャツのまえをつかみ、すでに痛めている鼻に一発お見舞いしてから、犬のように揺さぶったのだ。

「命びろいしたな――今夜のところは。ぼくたちが寛大なのをありがたく思うことだ。おまえを殺したって何の得にもならないからな」男のブリーチズの股間にしみが広がると、グレイはうんざりして男を地面に投げ捨てた。

そして路地を出ると、身体を震わせている汚い男のことはもう考えなかった。今夜のことがあっても、あの男の人生は変わらない。法に反する世界を歩きつづけるのだ。だが、リリーの言ったことは正しい。グレイの仕事は法を行使することではない。

レイフがグレイの横に立った。「軟弱になったな」

「いつか、あいつはニューゲート監獄で死ぬ。あるいは仲間に襲われてテムズ川に浮かぶかもしれない。それで充分だ」

娼館へ行く途中、ふたりは大通りを歩き、口をつぐんで警戒を怠らなかった。危険はあらゆる場所に潜んでいる。ついに淀んだ空気に乗って、女性を冷やかす声や音楽が聞こえてきた。

マダム・デュプリーの店は成長しつつある中産階級を相手に商売をしていた。セヴン・ダイアルズのはずれにあり、その地域はゆっくりと栄えつつあった。娼婦たちが港のまわりをうろついている女たちよりきれいで若いのだ。

娼館の正面の階段で裸同然の女が出迎え、ふたりにぴったりとついてきた。赤毛の女はグレイの横を小走りしながら片方の腕を胸に巻きつけ、もう片方の腕は尻から離れない。残りのふたりの女も同様にレイフにくっついていたが、顔の傷痕はまったく気にならないようだった。

「マダム・デュプリーに会いにきた」グレイは赤毛の女の手を引きはがした。女の爪は汚れていてぼろぼろで、がっかりした様子で不満げに唇を歪めた。

「事務室にいるけど、ばあさんだよ。あんたの相手なら、あたしがしてやるよ」女は片手でグレイの胸をなでて股間を握りながら、もう一方の腕を身体に巻きつけて大きな胸をわき腹に押しつけた。「簡単に終わらせるなら、一ポンド」

この女には三本目の腕があるのだろうか？　濃厚なラベンダーの香水が鼻をついた。グレイは胃がおかしくなり、女の腕をふりほどいた。「今夜はいい。事務室はどこだ？」

赤毛の女はあきらめて肩をすくめ、手をわきにおろした。「もったいないことをしたよ、旦那たちは。マダムの部屋は二階、左のいちばん奥のドアだよ」

グレイは硬貨を出して、女の手に置いた。「ありがとう」

硬貨は女のドレスのひだのどこかに消えた。女は金を払ってくれる客を捕まえるために、また正面へ行った。残りの女たちもあとを追った。

「まいったな。裸にされるかと思ったぞ」レイフが弱々しく微笑んだ。

「女たちは必死だからな」グレイは冗談めかして言ったが、すぐに真顔に戻って一段飛ばしで階段をのぼっていった。

グレイはマダム・デュプリーの部屋のドアを鋭く叩いた。しっかりとしているが、女らしい声が入るようにと応えた。部屋はさまざまな種類の黄色で飾られ、大きな机とすわり心地がよさそうな二脚のひじ掛け椅子でいっぱいだった。

マダム・デュプリーらしい女は机にすわり、帳簿を調べて、欄外に何かを書きつけていた。きれいな顔立ちで、身体は艶めかしく、焦げ茶色の髪には艶があった。ふたりをおもしろがるように平然と見つめている姿からは知性が感じられる。四十代に見えるが、おしろいと薄暗い明かりの効果を考えれば、実際にはもう少し上かもしれない。

「ご用件は？　お相手をする女たちは一階にいますよ。ご挨拶しませんでした？」フランスなまりを装った言葉の陰に、コックニーなまりの荒っぽさが感じられる。

　レイフは一歩まえに進みでて脚を開いて、最も効果的な脅しをかけた。にこりともせずに、何も言わずにこうして脅しをかけるだけで、質問もしないうちに相手が情報を話しだすことも多かった。だが、マダム・デュプリーは敵意も怯えも見せずに、興味深げにふたりを見つめていた。

「きみの店の常連客を探している。名前はカートだ。大きくてがっしりしている。特別にひいきにしている娼婦がいる。ぴんときた客はいるか？」グレイは愛想よく笑顔を見せた。

「何となく覚えがありますね。でもね、旦那さん方、うちは口が固いから人気があるんですよ。お客のことは売れない。わかるでしょう」マダム・デュプリーは無力だというように両手をあげたが、明らかにそんなふうには見えなかった。

　レイフがまえに出て、机に両手をついた。「その客の居場所を教えるんだ。さもなければ、この店をぶち壊す」

「この友人はその男の行方をとても知りたがっている。店の主《あるじ》としての立場はわかるから、提供してくれた情報の分は喜んで埋めあわせをさせてもらう」グレイはするりと硬貨を数枚出した。

マダム・デュプリーは飢えた人間がパンを見るような目で硬貨を見た。「それなら、話は変わってきますよ」彼女が机のほうに顔を向けると、グレイは帳簿の上に金を置いた。「あなた方が探している男はカミールが相手をしています。上の階の右側の三番目のドアですよ」

グレイは優雅にお辞儀をすると、レイフの上着のうしろをつかんでドアから引きずりだした。マダム・デュプリーがうしろから呼びかけた。「店のなかで殺傷沙汰はごめんですよ。警吏も掃除屋も呼びたくないから」

三階に続く階段をのぼりながら、グレイは言った。「色じかけで落とす方法を訓練されなかったのか？　店を壊すなんて脅しても、情報はすぐに聞きだせないぞ」

「どうやら、訓練が身に着かなかったらしい」レイフはがたがきていそうなドアのまえで立ち止まり、取っ手をまわそうとした。鍵がかかっている。「ぼくが主役になってもいいか？」

「ああ、やってくれ。だが、マダム・デュプリーの言葉は忘れないでくれよ」グレイは鍵を開ける道具を持っていたが、レイフにはどこかで怒りを爆発させる必要があるのだ。レイフはドアを叩いた。

不機嫌な男の声が聞こえた。「とっとと帰れ！　取りこみ中だ」

「ドアを開けろ。さもないと、突き破るぞ。ああ、そうだ。できればズボンをはいておいてくれ」レイフが五つかぞえて肩で体あたりすると、ドアは蝶番《ちょうつがい》にぶら下がった。

カートは粗い綿のブリーチズを腰で押さえ、空いているほうの手を窓枠にかけて無駄な抵抗をしていた。カミールは身体にシーツを巻きつけてベッドでうずくまっている。目を見開き、レイフを人間の姿をした悪魔であるかのようにじっと見つめていた。

カートは窓から逃げるのは無理だとあきらめて、ふたりのほうを向いた。まるで蜂の群れに襲われたかのように、顔が腫れている。胴体は痣だらけで、グレイのブーツの跡がほぼそっくり残っているものもある。

一本の蠟燭の揺れる明かりが部屋を照らしていた。おまると洗っていない身体の臭いがして、グレイは口で息をした。そしてカートに近づいて帽子を取った。「カート、ぼくを覚えているか？」

「もちろん、覚えているさ。何の用だ？　半殺しにしたっていうのに、わざわざ止めを刺しにきたか？」唇が腫れているせいで、言葉が不明瞭だった。

「質問に答えなければ——そうなるだろうな。おまえを雇った男について知りたい。名前だ」

カートは片手でわき腹を押さえて、ベッドの側面に重い身体を寄りかからせた。カミールはさらに遠くに逃げ、カメの甲羅みたいに守ってくれるかのようにシーツを頭からかぶった。

「あの男は名前は明かさない。ここ何週間か使い走りをしていたのさ。ほかの男から受け取った書付を渡すんだ」

「書付を受け取っていた男のことはわかっている。おまえが渡していた相手と、その相手の居場所を知りたい。書付には何と書いてあった？」

「字は読めねえ。金が簡単に稼げる仕事だ。公園で紳士気取りの男から書付を受け取って、ボンド・ストリートの隅で貴族に渡した。二日まえまではそれだけだった。だが、貴族が〈フィールドストーンズ〉に女がいると言ってきた。そいつをさらって一発やって、ダチに味見をさせてもいいと。ただし、殺すなと言って」

グレイは勢いよく息を吐いて、怒りを抑えた。カートを相手にしていたとき、すでに一度怒りでわれを忘れている。「相手に変わったところはなかったか？　家までつけたことはないのか？」

「どうして、家までつけていったりするのさ」

「どんな様子の男だ？　背は？」

「高くねえ。あんたたちより、ずっと低い。痩せている。戦ったら勝てただろうが、あの目が……相手の腹にナイフを滑らせるのを楽しむ目をしてやがるんだ。たぶん、笑いながらやるんだろうさ。冷酷な男だ」

「服装は？　何か変わったところは？」

「いつも黒ずくめだ。だが、一度だけ、いろんな色が入っている服を着ていた。青に赤に緑だ。まるで小鳥みたいだなって言ってやったよ。素手で喉をかっ切られるんじゃないかと思ったぜ」

　ペンハヴンだ。カートはグレイとレイフの顔を見た。「これでいいか？」その望みをかけた言葉はまるで懇願しているかのようだった。

「行こう。目的は果たした」グレイはレイフの横を通りすぎた。廊下のすえた臭いが間近に迫り、胃がおかしくなった。あるいは自己嫌悪のせいかもしれない。グレイは壁を殴っては悪態を吐きつづけた。ペンハヴンはあの午後、すぐ手の届くところにいたのだ。だが、今シーズンになってリリーと出会ってからというもの、自分の直感はずっと狂っている。いま、あの悪党がどこにいるかわからないのに、リリー・ドラモンドはひとりでタウンハウスにいるのだ。

　部屋から悲鳴が聞こえてきた。

「あれはぼくの妹だ」レイフが手の関節をさすりながら廊下へ出てきた。「ペンハヴンのタウンハウスへ行くのか？」

　グレイの全身の神経がリリーのもとへ行けと叫んでいた。彼女を守らなければ。ペンハヴンを排除しなければ、本当の意味でリリーは安全だとは言えない。それでもグレイは絞りだすように言った。「リリーのもとへ」

「リリーはペニーが見守っている」レイフは真意が読めない目でグレイを見た。「ペンハヴンに狙いを絞るべきだろう」

何度か深呼吸をすると、リリーのもとへ行かなければならないという思いが鎮まってきた。グレイはうなずくと、マダム・デュプリーの店を出た。ふたりの用件は店の奥ですんだと思ったらしく、娼婦たちはふたりに目もくれなかった。グレイは貸馬車を止めて行き先を叫ぶと、レイフのあとから乗りこんだ。

「今回のすべての事件の裏にペンハヴンがいたとは、とても気づかなかった」レイフが言った。

「ぼくが正体を隠しているように、ペンハヴンも隠しているんだ。愚かな男だと思わせたことで、うまく疑いをそらした。社交界のなかでも誰よりも無意味な芸術家気取りをしている男が、誘拐や殺人や強姦を犯しているなんて誰が思う？」

「殺人。ペンハヴンが母上を殺したと思っているんだな」

「ああ。残念だよ、レイフ」

「社交界にデビューしたシーズンのあいだ、母とペンハヴンは親しかった。年が同じだったからな。ふたりが恋仲だった可能性はあると思うか？」レイフが長年閉じこめてきた記憶の鍵を開けるかのように、額をもんだ。「ぼくはまだ子どもだったから、父上が任務で出かけたときも、母上が寂しそうだとしか思わなかった」

ペンハヴンのタウンハウスは暗かった。グレイは馬車が止まるまえに扉を開けて屋敷の階段を駆けのぼり、呼び鈴のひもを引っぱってドアをノックした。数分後、急いで出てきた様子の執事がドアをわずかに開けると、蠟燭の炎でナイトキャップの白さが際立った。グレイはドアの隙間にブーツを入れて、力づくでドアを開けた。執事はよろよろと後ずさり、筋だらけの白い手でガウンの襟を押さえた。

「ペンハヴン卿はどこだ？」グレイは玄関を見まわして、短い廊下にも目をやったが、ほかについている明かりはなかった。

「真夜中でございますよ。朝になってからおいでください」執事の声は手と同じく、弱々しく震えていた。大理石の床と漆喰の壁で影が踊るせいで、ただでさえ緊迫している情景がなおさら恐ろしく見える。

執事は質問に答えなかったが、屋敷のなかはがらんとしていて、ひとのいる気配はなかった。あるいは、それはグレイの腹の底の虚しさだろうか？「主人はどこだ？」

執事の顔はナイトキャップと同じくらい白くなっていた。かん高い言葉が早口で飛びだした。「ペンハヴン卿は田舎のお屋敷にいらっしゃいました。きょうの夕方です。急な出発でした。使用人はひとりも連れずに。いちばん早く用意できる馬車ですぐに出発されたのです。衣類をかなりお持ちでしたから、しばらく滞在されるのだろうと思いましたが、いつロンドンに戻ってくる予定なのかは聞いておりません」

グレイは片手をあげて、執事の早口を止めた。「彼の寝室に案内してくれ」

執事はのろのろと後ずさってお辞儀をすると、身ぶりで階段を示してペンハヴンの寝室に案内した。グレイとレイフがそれぞれ反対の方向から部屋を調べた。何も見つからなかった。ふたりは書斎でも同じことをくり返した。

「くそっ！　この部屋は修道女みたいに清潔だ。何か見つかったか？」レイフは役に立たない書類を床に落とした。書類は静かに厚い絨毯に落ち、雪のように広がった。

「いや、何も。ぼくたちがくることを予期していたんだろう。きょうの午後に捕まえていれば。この手から滑り落としてしまったんだ」グレイは答えた。ペンハヴンに対する怒り、そして、自らに対するそれ以上の怒りに包まれていた。グレイは叫びながら近くにあった花瓶を暖炉に投げつけた。花瓶を壊したことで、乱暴な思いが満たされた。

「気分がよくなったか？」レイフがわずかにからかうように言った。

「少しは」グレイは恐怖に襲われた。「ペンハヴンがまたリリーを狙った恐れがある」

ふたりは何も言わずに執事の横を通りすぎた。通りには誰もいなかった。ときおり地面を踏みしめるブーツのまえを、じゃまをされたネズミが走り抜けていく。汚らしい害獣が走り去るたびに、ふたりは背中を震わせた。

ドラモンド家のタウンハウスが見えてくると、グレイは急ぎ足になった。飛ぶように階段をのぼり、施錠されている扉を叩いた。ペニーが片手に拳銃を持って扉を開けた。

「問題ないか？」グレイはかすれ声で訊いた。

「静かです。お嬢さまはしばらくまえに寝室に入りました」ペニーは拳銃をブリーチズに戻した。「悪党は見つかりましたか?」

「ペンハヴン卿だ」レイフが言った。「執事の話では田舎の屋敷へ行ったらしい」

ペニーはうなり、足を動かして頭をかいた。「そりゃあ、びっくりだ」

グレイが階段へ向かった。「リリーが無事にベッドにいるか確かめてくる」

「なるほど」レイフは皮肉をたっぷりこめて言った。「仕事はまだ終わっていない。ウインターマーシュへ行かなければならないからな。父上がまだ生きているなら、ペンハヴンがもう無用だと考えないうちに救いださないと」

グレイはすでに数段上までのぼりながらうなずいた。「夜明けに出発か?」

「ああ。準備をしておけ」

グレイは階段を駆けのぼったが、心臓が激しく打っているのはそのせいではなかった。不安だ。不安で鼓動が激しくなっているのだ。ああ、リリーが好きでたまらない。だが、それと同じくらい、グレイは不安な気持ちがいやでたまらなかった。

グレイはリリーの寝室のドアを開けた。空っぽのベッドを目にして部屋を見まわしているうちに恐怖がこみあげてきたが、やっと視線がひじ掛け椅子で留まった。リリーは身体を小さく丸めて、抱えた膝の上に片方の頬をつけていた。グレイは腰を折り、両手を腿に置いた。そして深呼吸をして鼓動を鎮めると、肩から力が抜けた。もう少しで気を失いそうだった。

リリーのせいでとんだ臆病者になってしまったものだ。

グレイは炉棚に腕をのせて、片手で顔をこすった。自分以外の人間のことで、これほど不安になったのは初めてだった。フランスでもポルトガルでもセヴン・ダイアルズでも、国家に送りこまれた場所であればどこであっても、頭には任務を成功させることしかなかった。それなのに、自分はリリーの無事を心配するあまり無力になった。そのことに気づいて胸を突かれたが、同時に怖くもなった。

リリーの足もとでは、本が開いたままになっていた。背中には豊かな髪が広がり、大きめのガウンが脚のまわりにたくしこまれている。リリーは自分を待っていたのだろうか？　グレイはそう思いたかった。

グレイは椅子のまえに膝をつき、髪を手に取って口づけた。夜になって伸びたひげにあたって、少しくすぐったい。片手をリリーの腰に置き、片手で頰を包んだ。そして親指でふっくらとした下唇をなでた。リリーは眠たげで敏感な猫のように身じろぎした。そして目を開けると、やさしく微笑んでグレイを迎えた。

「きてくれるんじゃないかと思っていたの」眠っていたせいで、彼女の声はかすれていた。

リリーは身体を伸ばし、足を床につけた。

「きみが無事かどうか確かめたかった」

「どうして？」

「愛しているから」危険や狂気について話す時間は、まだほかにある。あとでいい。

いまはリリーの温もりと生命力が恋しかった。彼女の純粋さが欲しかった。明日になったら世の中の闇と向かいあう。けれどもこのベッドでは、リリーには自分の光、自分の救いでいてほしかった。

19

グレイの雰囲気はいつもとちがい、その声には感情がこもっていた。リリーは彼を抱き寄せて、その気持ちに応えた。グレイは頭を胸のふくらみにのせて、両腕をきつく巻きつけている。何かがあったのだ。よいことなのか、悪いことなのかはわからない。リリーはグレイの髪に手を入れて、首筋までおろした。

リリーはこの濃密な沈黙を破りたくはなかったし、グレイが歯でガウンの襟を開こうとしたときには、もう質問が頭から消えていた。

「ああ！　裸じゃないか」グレイがかすれた声で言った。

グレイはガウンを肩からひじまで滑らせて、リリーの腕を動かなくした。胸が露わになり、グレイの熱い視線にさらされた先端は硬く尖っている。リリーは両膝でグレイの腰を締めつけた。全身が熱く燃えはじめた。

グレイはリリーを椅子のはしまで引き寄せて、乳房を口に含んだ。そしていたずらするように愛撫するのではなく、先端を強く吸いこんだ。

焦点を失ったリリーの目には、まわりがさまざまな色が集まったモザイクに見えていた。グレイはリリーを抱きあげると、ベッドのやわらかなシーツの上におろした。ガウンは途中でどこかに消えていた。

グレイもすばやく服を脱ぐと、彼女に覆いかぶさった。リリーは目を閉じて、雄大でありながらとても繊細な彼の手順を追っていった。髪に手を入れて頭を支え、唇を奪って舌をゆっくり這わせる。すると、彼のふくらはぎの毛が脚にこすれて、ちくちくした。

リリーを奪っていくグレイはやさしいけれど激しく、落ち着いているけれど必死だった。グレイはリリーの脚のあいだに腰を入れると、彼女の中心を指で愛撫し、満足げな声をもらした。するとリリーの口からも悦びの声がもれた。

「お願い」リリーは懇願した。「わたしを奪って」

彼女を満足させる準備は整っており、グレイはリリーの頭の両側にひじをついた。「目を開けて。ぼくを見るんだ」

リリーは言われたとおりに目を開けた。真っ暗に近いなかでも、彼のグリーンの瞳の力強さは少しも変わらなかった。グレイは白らを抑えてリリーのなかへゆっくり入ってきた。だが、とても辛そうだった。腕が震え、額には汗がにじんでいる。それでも熱い目は変わることなく彼女の目を見つめつづけ、リリーは内側から燃えあがってしまいそうだった。そしてやっと最後までなかに入り、ゆっくり長く息を吐きだしたグレイの胸がリリーの乳首をこすった。そのあとグレイが一度腰を動かしただけでリリーは絶頂を迎え、グレイはその情熱をしっかりと目に焼きつけた。

グレイが悪態をついて、目を開けろと言っているのが、どこか遠くからリリーの耳に聞こえてきた。見せかけの自制心は消え失せ、グレイが腰を打ちつけている。すると、その顔が悦びに包まれた。

リリーの目から涙があふれ、こめかみから髪へと転がり落ちていった。不安や痛みのせいではないし、幸せのせいでさえない。ふたりがつながっているのは悦びのためではない。愛情もあるが、人生の闇を深く理解しあっているからなのだ。グレイはキスで涙を拭うと、リリーをきつく抱きしめ、髪に顔をうずめて両手で背中をなでた。

ついにふたりを包む空気も熱を発するのをやめ、結ばれたときの激しさは収まっていった。リリーの頭に事件についての質問がいくつも浮かんできた。

リリーはひじをついて身体を起こした。「何がわかったの?」

グレイの口もとが険しくなった。「すべての事件の裏にペンハヴンがいた。田舎の屋敷に逃げられたが」

「ペンハヴンが」リリーはあお向けに倒れて天蓋を見つめた。パズルのピースがすべて収まり、ついに絵の全体像が見えたのだ。「ふと狂気のようなものが見えることがあっても、次の瞬間には消えてしまったから、自分の勝手な思いこみかもしれないと考えていたの。ねえ、お父さまは……」

「おそらく生きている。ペンハヴンがきみを追いまわしていたのは、伯爵を傷つけるためだった。きみと結婚できればなおよかったのだろうが、評判を汚すだけでも計画は遂げられた」

「何のために？　わたしは親切にしただけよ」

「親切すぎたんだ。最初に警告しただろう。この企みで伯爵の代わりに被害を受けたのが、きみの母上だった」

「お母さまはまだ生きているの？」リリーは声をつまらせた。

「確かなことはわからないが……おそらく、その可能性は低い」グレイはリリーの手を取って、指を絡ませた。

最後の希望を打ち砕かれ、リリーの胸はひどく痛んだ。「でも、お父さまはまだ救える。あなたとレイフには計画があるのでしょう？」グレイは何も答えなかった。リリーはもう一度言った。「いつ出発するの？」

グレイがとうとう答えた。「夜が明けたら」

「あと二、三時間しかないわ」リリーは急いで起きあがり、頭からシュミーズを脱いだ。そして深緑色の乗馬服をベッドに広げた。ほかに必要なものはウインターマーシュにある。リリーが厚いウールの靴下をはいているあいだに、グレイはブリーチズとシャツを身に着けた。

そして窓のまえに立つと、いまは閉めてあるカーテンを縛っていたシルクのひもをいじった。「窓からおりないで玄関から出ていっても、お兄さまはわかってくれると思うわよ。何といっても、わたしたちは結婚するんですもの」リリーはからかうように笑ったが、グレイは深刻な面持ちのまま何も答えなかった。

リリーはガーターを着けると、部屋じゅうに漂う説明のつかない緊張を消し去りたくて、グレイの腰に抱きついた。

「ぼくがきみを愛していることは知っているね」グレイの口調は真剣で、怖いくらいだった。

「わたしもあなたを愛しているわ」

グレイはリリーをベッドに連れていった。リリーはグレイの力強さに圧倒されながらも、ブランデーを飲んだときのような興奮を身体じゅうで感じていた。グレイを信じているからこそ、主導権を握ることを許しているのだ。リリーはグレイの唇にキスをしようとしたが、顔をそむけられたせいで、唇が触れたのはこわばったあごだった。グレイはリリーの両手をつかんで、頭上に持ちあげた。リリーの脚の裏側がベッドにあたった瞬間、シルクが手首に触れた。

ひもで縛られたのだ。いまやっと気がついた。リリーは脚を蹴りあげて暴れたが、グレイはひもで縛った手首をベッドの支柱にくくりつけた。リリーはすぐに動かなくなった。動けば動くほど、ひもが手首に食いこんでくる。

「じっとしていてくれ。けがをするから」グレイはぶっきらぼうだが、かすかに申し訳なさそうな声で言った。

「もっと近くにきて。けがをするのはどっちかわかるから」リリーはグレイの股間をめがけて足を蹴りだした。グレイは飛びのき、リリーの爪先はブリーチズのまえをかすめただけだった。「何で、こんなことをするの？」

「きみは連れていけない。ここにいるんだ。ペニーが見張っているから安全だ」グレイはうつむいたまま、ブーツをはいた。

「縛りあげたりしないで、ついてこないでくれと頼むことは考えなかったの？」

「考えたさ。でも、きみは納得しないだろう？」

リリーが決して納得しないことは、ふたりともわかっていた。「ぜったいに許さないから、グレイ・マスターソン」

「わかっている」その短い言葉には悲しみとあきらめ、そして妙に断固とした調子が入り混じっていた。

「屋敷じゅうに聞こえる悲鳴をあげて、あとを追っていくから」

グレイが腰をおろした場所から目を向けると、リリーは離れた場所から敵意を示してみせた。すると、グレイが両手を膝についてゆっくり立ちあがり、黒いクラヴァットをはずした。リリーのなかで、安堵と怒りがせめぎあった。ひもをはずしてくれるのだ。だが、まにあわせで用意した猿ぐつわを口にかまされると、リリーはとても信じられずに黙りこんだ。

今度こそ、グレイが安全な場所まで離れるまえに、下腹部をしっかり狙ってかかとを蹴りあげた。肺から空気が押しだされ、グレイはうずくまった。次の蹴りはあごをかすめ、グレイはうしろにさがった。

グレイはあごをさすって動かした。「こうされても仕方ないんだろうな」

「その脚のあいだのものを切り取られても仕方がないくらいなのよ」リリーはそう言ったが興奮したくぐもった音が聞こえただけだった。その意味はしっかり伝わっていたが。

グレイは上着を着て、戸口で足を止めた。ドアノブに手をかけているが、ふり返らない。

「いつか許してくれることを祈っている」

「ぜったいに、許さない」リリーはそう言い返した。やはりはっきりとは聞こえなかったその言葉は、弾丸のようにグレイの胸を貫いた。グレイは横を向いたままうなずくと、ドアから出ていった。


結局、リリーは眠りに落ちた——悪夢ばかり見て、何度も目が覚めたけれど。起こしにきたメイドが、ベッドに縛りつけられて、猿ぐつわをかまされている主人の姿を見て呆然としたときは、つい笑いそうになった。笑いはしなかったけれど。

リリーがうなり声をあげて身をよじると、メイドは駆け寄ってきて、主人の口からクラヴァットをはずした。リリーは痛むあごを動かしてから、何とか声を出した。「ひもをほどいて。手の感覚がないの」

メイドは結び目をほどくのに苦労した。だがやっとひもがほどけて、リリーの両手は自由になった。血が流れたことで、何も感じられなくて不快だった感覚が、肩と腕と手を針で刺されているような感覚に変わった。リリーはベッドで横になり、腕をもんで感覚を戻した。

「殺してやる。この手で。殺してやるんだから」

「ミセス・ウィンズローを呼んできましょうか？」

リリーは両手を開いたり閉じたりした。刺されるような痛みがやわらぎ、ぴりぴりとした感覚が少し気になる程度にまで収まった。縛られているリリーを見つけたことから、リリーのおかしな行動まで、この出来事は階下の使用人たちの噂話を盛りあげるにちがいない。事実を話したほうが、メイドに想像させるよりましだろうか？　いや、何も話さないほうがいい。

「着がえを手伝ってちょうだい」

「かしこまりました。乗馬服をお召しになるのですか？」メイドはまだベッドに広げたままだった乗馬服を持ちあげた。

一瞬、リリーはウインターマーシュまで馬に乗っていくことを考えたが、もう昼に近い。レイフとグレイが出発してから何時間もたっている。「いいえ。緑色の縦じまのモスリンにするわ」

メイドはドレスのボタンを留めると、髪をうなじでゆったり結ってピンを刺した。

「おばさまはもうお目覚め？」リリーはメイドより先に寝室を出た。

「はい。客間でお客さまと話していらっしゃいます」メイドは小さくお辞儀をすると、幽霊のように使用人用の階段の下へ消えていった。

午前中に訪ねてくるなんて、ミネルヴァしかいない。ミネルヴァとは午前中にハイドパークで馬に乗ることが多かった。そうと知っていたら、乗馬服を着たのに。仲のよい友人に話すのが、怒りを発散させる特効薬になるだろう。

リリーはくぐもった話し声を聞きながら、歓迎の笑みを浮かべて客間へ入った。だが、思いがけない状況を目にして、頭が働かなくなった。洗練された様子でエディーと一緒にお茶を飲んでいるのはミネルヴァではなく……。

ペンハヴン卿だった。

唇は震えたものの、顔は笑みを貼りつけたままにした。ペンハヴンはここで何をしているの？　レイフとグレイと一緒に田舎の屋敷にいるはずなのに。

でも、ペンハヴンはいまここに、この客間にいる。目に凶暴さをたたえ、不吉な笑みを浮かべながら。これまでは、ペンハヴンのぎらぎらとした狂気に気づかなかった。いまこうして気づくのは、ペンハヴンが周囲を欺いていたことを知ったからだろうか？　それとも、彼が隠すことに無頓着になったから？

　彼の邪悪な企みに気づいていることを知られてはいけない。リリーは鉄梃《かなてこ》でも結びつけられたように重い足取りでひじ掛け椅子まで歩いて腰をおろすと、震える膝の上で手を組んだ。

「ペンハヴン卿、ようこそおいでくださいました。今朝はお約束していたでしょうか？」声が少し震えた。

「お忘れでなければ、わたしの馬車に乗っていただくお約束でした」

「そうでしたか？」リリーは震える手でほつれた髪を払った。

「ギルモア卿のお屋敷で。指折りかぞえて楽しみにしていましたよ」

　ギルモア卿の夜会がずっと昔のことに思える。「それではお約束したのでしょうね。ただ、今朝は馬車に乗れるかどうか。明日ではいかがでしょう？」

「リリー、きょうはいいお天気よ」エディーが言った。「ハイドパークを馬車でひとまわりしてきたら、爽快な気分になるんじゃないかしら。午後になったら社交界の人々がみなさん出ていらっしゃって混雑するから、いまのほうがいいわ。ペンハヴン卿とご一緒させていただいたら？」

　おばはここ数カ月の雇い主がペンハヴンとは知らないのだ。でも、いまはそんな爆弾のような話題を持ちだすときではない。リリーは視線をドアに走らせた。ペニーはどこにいるの？

「どんなにお天気がよくても、まだ朝食もいただいていないので。とてもみっともないことですけれど、ひどくお腹がすいているんです」リリーは立ちあがって、無理やりペンハヴンを立たせた。

ペンハヴンはドアまで歩いていった。こんなに簡単に逃げられるものだろうか？　鍵が閉まる音がして、リリーはびくりとした。ペンハヴンはリリーの嘘を見破っていたのだ。

「もっと簡単についてきてくれたほうがよかったが、抵抗もまた楽しかったよ」ペンハヴンが近づいてくると、リリーはあいだに椅子を入れて後ずさりした。

「ペンハヴン卿、リリーはきょうは馬車に乗る気分ではないようなので、また明日にでも出直していただけますか？」エディーは急に不安になったらしく、声が震えている。

ペンハヴンもリリーもエディーを無視した。そしてリングの上の拳闘家のように、ぐるぐると歩きながら牽制しあった。ペンハヴンはリリーを侮辱して歯をむきだした。「マスターソンのベッドから出てきたんだな。あいつの種の臭いがする。伯爵がおまえの母親を汚したように、おまえもあいつに汚されたのだ」

「あなたが母の何を知っているというのです？」

エディーが動揺のあまり話を間違えて受け止めたが、リリーはペンハヴンという危険と狂気から目を離さなかった。

「わたしはすべてを知っている。おまえは母親に少しも似ていないが、情念と野蛮さは同じだ。マスターソンは盛りのついた動物みたいに、おまえの尻を追いかけまわしていたな。たとえ、おまえがあの鬼のような父親と似ていたとしても、わたしは苦もなくおまえと寝られただろう。伯爵はヴィクトリアの気持ちなどおかまいなしだった。ヴィクトリアにはもっとふさわしい相手がいたんだ……おまえの父親なんかより」ペンハヴンは毒を吐くと、手の関節が白くなるほど、長椅子を強く握りしめた。

「ネイピア家の夜会で書付を寄こしたのはあなた？　ならず者に馬車を襲わせたのも？〈フィールドストーンズ〉でわたしを襲わせたのもあなたなのね？」すでに答えは知っていたが、リリーには考える時間が必要だった。ただし、驚きのあまり頭は霧がかかったようで、成功の見込みがありそうな計画は思いつかない。

「もちろん、そうだ。庭で誘惑して結婚を認めさせるなんて、おまえにぴったりじゃないか。道でおまえをさらって、屋敷に連れてくるという計画もあった。あいにく、おまえの屋敷の御者が警護を雇っていたようだが。〈フィールドストーンズ〉の件はちょっとしたお楽しみさ」ペンハヴンはデビュタントの強姦計画を朝食まえのひと仕事くらいにしか思っていないかのように、いかにも特権階級の人間らしい頓着ない顔をしていた。

「お楽しみなのね。あなたはわたしを汚すことをちょっとしたお遊びだと思っているの？」怒りが陽光のように霧を晴らしてくれたおかげで、頭がすっきりした。「ペンハヴン卿、そろそろお帰りください。必要ならペニーを呼びますけど、これ以上あなたに恥をかかせたくはありません」

「御者なら、いまはほかのことで忙しいはずだ」ペンハヴンはさりげなさを装った声で言いながら、手袋をはずした。

「ペニーを殺したの？」

「わたしに言えるのは、御者は助けにこないということだけさ」

恐怖が全身を駆けめぐり、怒りのせいで落ち着きを取り戻していた膝がまた震えだした。一度ペンハヴンのふいを突いたことがあったが、彼は見かけより力が強い。見くびると、命を落とすはめになるだろう。

とつぜんペンハヴンが長椅子を飛び越えたので、リリーは体あたりされると思って身がまえた。膝をついて身を守るために両手をあげたのだ。だが、体あたりはされなかった。ペンハヴンはエディーを横に引きつけて、ナイフを光らせている。

リリーは階段を駆けあがったかのように、呼吸が荒くなっていた。「やめて！　ミセス・ウィンズローは何もしていないわ。おばさまを放して」膝をついたまま近づき、両手を差しだして懇願した。おばに目をやると、すっかり怯えて蒼白《そうはく》になった顔で、唇をすぼめて震わせている。まともな言葉を話そうとしているようだが、出てくるのは苦悶《くもん》の声だけだ。

「おまえのことはもうよくわかっている。このままわたしについてくるくらいなら、死んだほうがましなはずだ。ちがうかね？　おまえなら最後の息まで戦うだろう。わたしの耳のそばで、屋敷が崩れるほどの叫び声をあげながら」ペンハヴンは勝ち誇った顔で微笑んだ。

「だが、頭の悪い付添役がきれいな敷物を血で汚しながら死ぬくらいなら、おとなしくわたしについてくるんじゃないかね。はったりだと思うかもしれないが、わたしはまえにもやっているから、二度目もためらうことはない。それどころか、楽しめるだろう」ペンハヴンはエディーに視線を戻すと、白い肌が見えるまでナイフでドレスを切り裂いた。

「言うとおりにするわ。だから、おばさまを放して」

「わたしの馬車にきちんと乗ってからだ。おまえが逃げるのを防いでくれるし、このおばさまには金を払っているのだから、最後の仕事をしてもらおうか」エディーが目を見開いた。

ペンハヴンに客間のドアまで引きずられ、脚がもつれている。

「レディ・リリー、わたしたちを正面玄関まで静かに、ゆっくりと案内してもらえるかい？おまえが馬車に乗ったら、ミセス・ウインズローは放してやろう……あまり傷をつけずにね」

リリーは逃げることもできた。寝室か朝食室か書斎まで走って鍵をかけて閉じこもればいい。ペンハヴンは張りつめた様子でリリーの決断を待っていた。

「わたしはどんな目にあってもかまわない。自業自得よ。リリー、自分を守りなさい。さあ、逃げて」エディーの声にも目にも涙があふれていた。

逃げることはできる。でも、逃げれば、おばは殺される。おばが何も知らずに自分を裏切り、頭のおかしな男に味方をしていたことなど関係ない。リリーはほんの少し変わり者で騒々しいおばが大好きなのだ。

リリーはおばの願いを無視して、客間の鍵をはずした。掛け金の音が凶運を告げるように大きく響いた。運はリリーの味方をしてくれず、玄関には誰もいなかった。正面玄関があまりにも近くに見えたが、リリーは感覚がなくなっている脚で、永遠にも思える時間をかけてたどり着いた。大理石のホールに、おばの泣き声が響いている。

リリーは扉のノブに手を伸ばしたが、まるでほかの誰かが開けているのを見ているような気分だった。紋章の入っていない箱型馬車が待っていた。黒っぽい外套と帽子を身に着けた御者は、こちらをちらりとも見ない。

「新しく買った凝った造りのバルーシュ型馬車はどうしたの？」最後に残ったわずかな望みは開放型の馬車から飛び降りることだった。

「おまえがまた厄介なことをするんじゃないかという懸念があってね」ペンハヴンはやけに楽しそうに言った。

ああ、これもだめ。ほかに選択肢はないの？　リリーは玄関まえの階段の下に立った。リリーはふたつの運命のあいだで道を決めかね、足が止まっていた。通りには誰もいない。ペンハヴンのナイフがおばの腰のやわらかい肌を傷つけた。

「乗りなさい」ペンハヴンは唇を歪めて微笑んだが、目は脅すように細めている。

リリーがためらっていると、ナイフがまたおばの肌の上を滑り、赤く細い線が浮きあがって、青いモスリンのモーニングドレスに血が見る見る広がっていった。エディーが気を失うと、ペンハヴンはその身体を階段に横たえた。しゃがみこんであごをつかみ、乱暴に頭をのけぞらせて首を出した。そしてやわらかい肌のすぐ上でナイフの刃を動かしながら、眉を吊りあげてリリーを見た。

客間に足を踏み入れた瞬間に、道は決まっていたのだ。リリーは深呼吸をして気持ちを落ち着かせると、馬車に乗りこんだ。急に暗い場所に入ったせいでまえが見えず、手探りで席に着いた。するとペンハヴンが身軽に馬車に飛び乗ってきて、向かいの席にすわった。そして扉が完全に閉まらないうちに、馬車は走りだした。リリーは横に放りだされ、倒れないように手を伸ばした。

リリーがつかまったのは、ゆったりと織られたウールで包まれた温かい腿だった。筋肉が収縮すると同時に含み笑いが聞こえ、リリーは隅に逃げた。カーテンが揺れてときおり銀色の光が馬車のなかに射しこんでくるうちに、リリーの目が暗さに慣れてきた。

路地で襲ってきた痩せた禿げ頭がにやりと笑った。「さわりたいなら、そう言えばいいんだぜ。アルバート・ワースだ。お見知りおきを。形勢が逆転したみたいだな。守ってくれた男はどこにいるんだ?」男の顔にはまださまざまな色の痣が残っていた。

「彼女を縛れ」ペンハヴンがいちばん近いカーテンを開けた。

「喜んで」アルバートが手首と足首を縛るのに使ったのはシルクのひもではなく、ざらざらとした粗末な縄だった。リリーは縄の強さを試してみたが、すでに痛めていた手首の傷つきやすい肌をすりむいただけだった。

リリーにはふたつの選択肢があった。ひとつは丸く縮こまって泣き崩れることで、本当はそうしたかった。もうひとつはペンハヴンなどまったく怖くないというふりをすることで、これにはドルリー・レーン劇場に出られるほどの演技力が必要だ。

リリーが怯えれば、ペンハヴンは喜ぶだろう。リリーは何度か深呼吸をして胃を落ち着けると、喉もとまでこみあげていた涙を呑みこんだ。「どこに連れていくつもり?」

「いい度胸だ。春のあいだずっと、マスターソンがあそこを勃てていたのも不思議じゃない。ベッドでもその度胸を見せたのかね?」

「あなたになんか教えないわ、この悪魔」リリーは腹を立てて言い返した。

ペンハヴンは舌打ちした。「猿ぐつわをかまされたくないだろう、レディ・リリー。馬車はわたしの屋敷へ向かっている。おまえに紹介したいひとがいるのでね」ペンハヴンは両手をこすりあわせ、唇を歪めて気味悪く微笑んだ。

希望の火が灯った。グレイが近くにいる。でも、ペンハヴンに拉致されているなんて、わかるはずがない。ペニー……彼の状況に思いを馳《は》せたとたん、また涙が浮かんできた。誰かがエディーおばさまを見つけるまで、どのくらい時間がかかるだろう? おばさまは筋道立てて話ができるだろうか?

あたかもリリーの考えを読んだかのように、ペンハヴンが言った。「希望を持っても無駄だよ。おまえの兄とマスターソンを迎えるのも計画のうちだ。それどころか、恋人の目のまえでおまえを汚すのも、おまえの目のまえで恋人を殺すのも、どちらも待ち遠しいくらいだ。ああ、恋人のまえでおまえを殺すのも悪くない。まだ決めかねるが、とても楽しいことになりそうだ」

そのうれしそうな声を聞いて、リリーは言葉が出なくなりそうだった。だが、ペンハヴンとはまだ何時間も一緒にいなければならず、リリーには尋ねたいこともあった。ペンハヴンにしか答えられない質問だ。

リリーは嫌悪感を偽物の敬意で隠そうとした。「ペンハヴン卿、母のことを、母についてもっと教えてもらえませんか?」

ペンハヴンはベルベットで覆われた座席で身じろぎすると、リリーの頭のてっぺんから足の爪先までをじっくり観察した。「ある意味では、おまえは母親とよく似ている——意思の強さとか、癇癪《かんしやく》を起こすところとか、情熱的なところとか。社交界にデビューした年で、彼女と肩を並べられた女性はいなかった。だが、その一方で、彼女は節度を欠いていたし、型にはまらないところもあった。よく聞く言葉じゃないかね、ハニー?」

「そんなふうに呼ばないで」リリーは小声で言った。ペンハヴンの評価は気味が悪いほど、父の考えとよく似ていた。リリーはペンハヴンとのあいだに隙間を空けて、嫌悪を示そうとした。

ペンハヴンは鼻を鳴らして窓の外を眺めたが、じつは心の内側を見つめているような印象を受けた。「おまえの母親は英国の誰よりも美しかった。舞踏会でも夜会でも、彼女はわたしと一緒に行きたがった。わたしはすでに爵位を継いでいたし、彼女はわたしのことを一緒にいて愉快な親友とでも考えていたのだろう。わたしは期待した……当然だろう……それなのに、どうして……」

沈黙のなか聞こえるのは、アルバートの鼻を鳴らす音だけだった。「母はあなたの求婚を断ったの？」リリーは先を促した。

「結婚の申し込みをする機会さえなかった。好色で気まぐれなおまえの父親に目をつけられたからだ。ウィンドーは二枚目で世慣れていたんだろうが、横柄だった。彼女はもうわたしには目もくれなかった。彼女は無垢だったからウィンドーに簡単にだまされて、舞踏会のときに庭で傷ものにされた。ウィンドーがわざとやったにちがいない。だが、彼女もやっとウィンドーの正体を見抜いて、わたしのところへ戻ってきた」

「両親は愛しあっていたのよ」昔の手紙を読んだことで、リリーはこれまでずっと恨んできた女性にも、これまでずっと憎んできた男性にも、共感を覚えるようになっていた。

「おまえに何がわかる？　おまえの父親は獣のように彼女を駆り立てた。ふたりが結婚したあとでさえ、ふたりが喧嘩するたびに、誰が彼女の友人としてそばにいたと思う？　本当に彼女を愛していたのはわたしなんだ」ペンハウヴンは首まで赤く染まり、膝をつかんでいる手は興奮で指が震えている。「だが、彼女はいつもウィンドーのもとへ帰っていった。わたしは狂おしくてたまらなかった」

狂おしい。そのとおりだったにちがいない。いまのペンハウヴンは異様にぎらぎらとした目と珍しく乱れた髪でひどく荒々しく見え、まるでひとりで長いあいだ森をさまよっている男のようだった。禿げ頭のアルバートはふたりのやり取りで気持ちが落ち着いたらしく、汚い爪をほじくっていた。

「母に何が起きたのか知っているのね？」

ペンハウヴンは鼻の孔を広げ、目をむきだして、勢いよく息を吸いこんだ。「あれは事故だったんだ。彼女を傷つけるつもりじゃなかった。愛していたんだ。それはわかってくれ」

何らかの許しを得るかのように、リリーの手を取ろうとした。リリーは虫唾が走り、座席の背もたれに背中を押しつけて、ドレスの上でこぶしを握った。

「あなたが母を傷つけたのね？　事故であろうがなかろうが」リリーの胃は痛いほどに引きつっていたが、声が震えたせいで、思いがけずやさしい話し方になった。幼い頃、リリーは母親が帰ってくるのではないかという無益な夢を抱いていたのだ――母が泣きながら娘を抱きしめ、自分が悪かったと詫びる夢を。

「ある日の午後、彼女がひどく腹を立てて訪ねてきた。彼女がおまえを産んで床に就いていたあいだに、ウィンドーが愛人をつくったにちがいないと言うのだ。おまえを産んだあと、ウィンドーがあまり彼女のベッドにこなくなったらしい。彼女はいつもわたしの慰めを求めてやってきた。でも、わたしは今度こそ彼女を帰さないと決めた。何があっても、彼女をあのろくでなしには返すものかと」

「そ、それで何が起きたの？」リリーの唇はほとんど動かなくなっていた。全身が麻痺《まひ》して、心臓までおかしくなりそうだった。

「彼女は怒りが鎮まると、子どもたちがいるからウインターマーシュへ帰りたいと言いだした。あの男の種でできた子どもだ。わたしは子どもならまた産めばいいと約束して、彼女を閉じこめた。彼女のためだ。わかるだろう？　彼女のためだったんだ！」ペンハヴンは口を閉じた。片手は握って口にあて、反対の手でクラヴァットを引っぱっている。

「翌朝、わたしは彼女が新しい人生に満足して穏やかな気持ちでいるだろうと思っていた。だが、彼女は癇癪を起こして部屋をめちゃくちゃにしていた。そのあと、わたしを攻撃してきた」ペンハヴンは信じられないというような声で叫んだ。「何度も何度も、彼女はわたしに体あたりしてきた。だから、とうとう――わたしはそんなことをしたくなかった、でも――彼女を殴った。彼女の頭は暖炉の煉瓦にぶつかった。血が出たよ。たくさん」まるで自分がけがをしたかのように、片方の腕で腹を押さえ、もう一方の指先でこめかみをさすった。

「母が男のひとと馬に乗っていくところをみんなが見ているわ。どうして？　母の遺体をどうしたの？」家族をこんなふうに失った悲劇に対する悲しさと、母は自分の意思で家族を捨てたわけではなかったという妙な安堵が、同時に存在していた。

「うちの女中頭のミセス・レイノルズにおまえの母親のドレスを着せて、従者のピーターにわたしの服を着せた。ミセス・レイノルズは彼女とよく似ていた。もちろん、あれほど美しくはなかったが、それでも体型も髪の色も同じだった。わたしがあれはヴィクトリアだと指をさして言えば、ほかの村人たちもそうだと言う。羊のように従順だからね。女中頭と従者には後始末をさせて、ヴィクトリアは森に埋めた」

ペンハヴンの真っ黒な魂にとって、この告白はある程度の免罪符になったようだった。彼の顔からは悲しみと後悔が消えていた。深いしわが見えなくなり、唇の歪みもなくなった。

「ミセス・レイノルズとピーターのせいで疑いがかかるわけにはいかなかった。だから、始末したんだ。残念だったよ。有能な従者を探すのは難しいから」

「殺したの？」

「いやな言葉だ。しかし……」ペンハヴンは手をふり、そっけなくその話題を退けた。

リリーはペンハヴンの告白の証人になったにしては、じつに立派な態度を取っていた。結局、ここにいるアルバートも命を奪われるということだ。アルバートはそのことに気づいているのだろうか？　リリーは身体をずらし、アルバートの様子をうかがった。彼の牛のような目は差し迫った凶運を知らずにおめでたいままだ。

ペンハヴンは黙りこみ、頭をクッションにつけて目を閉じた。希望はまだなくなっていない。間違いなく、グレイに近づいているのだから。

さらに言えば、自分はまぬけではない。刺繡の見本をうまくつくったり、田園風景を水彩絵の具できれいに描けるかと訊かれたら？　ぜったいに無理だ。でも、男の股間を蹴ることも、腎臓を殴ることもできる。ナイフの扱いがうまいし、拳銃を装塡して撃つこともできる。猛烈な勢いで馬に乗れるし、木にも登れるし、湖で泳げる。きっと、この苦境も切り抜けられる。

アルバートを味方につけられないだろうか？　この男はウィンドー伯爵家に恨みがあるわけではない。金が欲しいだけだ。金なら渡せる。ふたりがかりならペンハヴンに勝てるし、次に馬車が停まったら、御者も味方にすればいい。ウインターマーシュまで乗せていってもらえれば、レイフが安全に送ってもらったお礼として喜んで金を支払うだろう。

リリーは一生にも思える時間を待った気がしたが、おそらく十五分ほどしかたっていないだろう。ペンハヴンは目も開けなければ、動きもしない。リリーはアルバートに近づいて、小声でゆっくり話しかけた。「ミスター・ワース、あんな話を聞いたあとで、彼がわたしたちを生かしておくと思う？　彼は母の殺害を隠すために、従者と女中頭を殺したのよ」

「おれは判事じゃない。あいつが何をしようとかまわねえ。金さえもらえればいいんだ」アルバートは腕組みをして、声を落とすこともしないで、リリーをじっと見た。いまペンハヴンの手が動いただろうか？　リリーは深呼吸をしてもう一度言った。

「あなたの忠誠心はあっぱれだけど、相手を間違えているわ。わたしはペンハヴンの二倍のお金を払うし、命も奪わない。わたしの兄はレイフ・ドラモンド卿よ。お金なら兄がすぐに出してくれるわ。ここから屋敷まで遠くないの。馬車の主導権を握るのを手伝ってちょうだい、ミスター・ワース」ふたりは互いの目を見つめて、相手の意図と真剣さを測りあった。男の目が光った。わかってくれたのだろうか？　それとも企めあて？　どちらでもかまわない。

リリーの耳もとで、何かが爆発するような大きな音が響いた。煙があたりに漂い、鼻の孔が熱い。ペンハヴンの膝の上で決闘用の拳銃が揺れていた。彼の唇が動いたが、音が鳴り響いている頭には言葉が入ってこなかった。

リリーはアルバートのほうを向いた。信じられないというように口を大きく開け、見開いた目はリリーを見ている。責めているような目だ。リリーは彼の胸に手をあてた。汚れたシャツにしみが広がっていく。最初は灰色しか見えなかったが、そのうち白い指のあいだから真っ赤な血があふれてきた。

「あなたが撃ったのね」舌が急に厚ぼったくなって、動かすのが難しかった。

助けなければ。哀れなアルバートを助けなければ。リリーは傷に布を押しあてた。こうするのよね？　リリーは座席をすばやく移動した。リリーが手をあてることしかできないうちに、アルバートは座席から転がり落ちて、禿げ頭がリリーのドレスをかすめた。牛のように無垢で空っぽな目で、命が失われた目で、アルバートがまたしてもリリーをじっと見つめた。

「死んだわ」リリーは小さな声で言った。

ペンハヴンは静かに拳銃の掃除をし、落ち着いた手つきでまた弾を装塡していた。

「ああ。おまえが殺したんだ」

「わたし？　撃ったのはあなたでしょう」ペンハヴンの冷静さに反して、リリーは動揺していた。

「あいつをたぶらかして、わたしを裏切らせようとした。母親と同じで、油断ならない女だ」

その言葉はリリーの腹に憎しみの種を植えた。それは蔓のように伸びて憎しみにしがみついた。リリーを麻痺させていた恐怖と悲しみを追いやり、怒りを糧にして生き抜く決意を与えたのだ。

「生まれて初めて、わたしは母に似ていることを誇りに思うわ。母と同じように、わたしも自由を求めて全力で戦ってみせる。それに、母とはほかにも似ている点があるの。あなたが大嫌いなところよ」リリーの声は冷ややかで、残酷なペンハヴンの声をそっくりまねていた。

まだ煙が漂っているなか、リリーはペンハヴンの手の甲で右頰を打たれた。目のまえに星が飛び、頭がぼうっとした。不器用に縛られた腕では身体を支えられず、半ばアルバートの上に倒れこんだ。まだ温かい血がドレスの袖に染みこんでくると、リリーは蛇にかまれたかのように馬車の隅に逃げこんだ。

「またひと言でもしゃべったら撃つ。わかったな?」

「殺す気なんてないくせに。わたしは台本の一部なんでしょ?」

「そのとおり。殺しはしない……まだな。だが、肩や脚を撃つことはできる。耐えがたいほどの激痛だ。それでもいいのか?」悪意のこもった目は、ペンハヴンが間違いなく、しかも喜んで撃つことを物語っていた。

リリーにはまだ質問も——いくつかの侮辱も——残っていたが、口を固く閉じた。そして、ずきずきと痛む頬をさすった。憎しみのこもった目でペンハヴンを見ても、限られた自己満足しか得られない。ツキがまわってくるまで、気を鎮めておかなければ。リリーは隣には死体が、正面には常軌を逸した男がいる席にすわり、横の壁に頭を預けて目を閉じた。

20

グレイとレイフは馬を全速力で走らせ、宿場で新しい馬に交換して、記録的な速さでウインターマーシュに着いた。そして書斎でグレイの父を交えて、その夜の急襲について話しあった。

ライオネル・マスターソンはペンハヴンの屋敷全体の見取図を広げた。グレイがとりわけ関心を抱いたのは地下の貯蔵室や屋敷のいちばん奥にある部屋だった。もし伯爵が生きているとしたら、しっかり隠されているだろう。

使用人たちは伯爵の存在に気づいているのだろうが、まったく噂になっていない。ペンハヴンがこのうえない忠誠心を引きだしているのか、あるいはもともとペンハヴンの悪事をじゃまするほどの倫理観を持っていない使用人ばかり雇って高額の金を支払っているか、そのどちらかだろう。

午前零時を過ぎてからペンハヴンの屋敷を下調べする。今夜はほぼ満月で、夜でも視界がきくのは幸運でも不運でもあった。グレイたちがやってくるのに備えて、ペンハヴンが見張りをふやしているのは間違いない。あの男は馬鹿ではない。派手な服装とおかしなふるまいは、何をしでかすかわからない危険な本性を隠すためだったのだ。

グレイの頭には一日じゅう不安がつきまとって離れなかった。もちろん、ベッドに縛りつけてきたじゃじゃ馬が安心させてくれるはずがない。次に会ったとき、リリーはこの首を取りにくるだろう――当然の報いとして。でも、本当に嫌われてしまったら? いや、あの行動は正しかったのだ――自分の心身の安全のために。

玄関ホールで騒々しい声がして、三人の注意を引いた。書斎のドアが開くと、そこにはひどく疲れて汚れたペニーが立っていた。グレイは身体をふたつに折りそうになるほど、胃が締めつけられた。

「説明しろ」グレイは錆びついた鉄のような声で命じた。

「今朝ペンハヴンがお屋敷にきて、馬車に乗ろうとレディ・リリーを誘いました。お嬢さまが断ると、ペンハヴンはミセス・ウィンズローにナイフをあてて、無理やりお嬢さまを馬車に乗せました。おれは玄関まえの階段でミセス・ウィンズローが血を流して失神しているのを見つけたんです。傷はたいしたことなかったが、ミセス・ウィンズローはひどく興奮していて、話を訊きだすのに時間がかかってしまいました。で、話がわかるとすぐに、馬を走らせてきたというわけです」

「くそっ! おまえはどこにいたんだ? リリーを見張っていたはずだろう」グレイは脚が

ぐらつき、近くにあった椅子の背にしがみついた。

「そのとおりです」ペニーは髪を引っぱった。「あいつの罠にかかるなんて最低だと、自分を何度責めたことか。あの男は利口だ。おれの気を引くために画策していました。近くで貸馬車がひっくり返って、小僧が助けを求めにきたんです。母親が下敷きになっていると言って。たぶん娼婦と浮浪児でも雇ったんでしょう。すみませんでした。本当に申し訳ない」

グレイの耳にはずっと声が聞こえていた。〝落ち着け、落ち着くんだ〟何度も呪文のようにくり返したが、頭のなかにはさまざまな情景が浮かんでいた。この手が届かないところで、ペンハヴンはリリーにどんな卑劣な真似をするつもりだ？　強姦か、もっと悪いことか？そう、もっと悪いことも存在するのだ。

「感情的になるな。やるべきことに集中しろ」レイフがグレイの肩を強くつかんだ。「リリーを取り戻す。ペンハヴンは屋敷に向かったはずだ。何か企みがあって、ペンハヴンはぼくたちを立ちあわせたがっている。証人としてなのか、被害者としてなのかはわからないが。不本意ではあるが、やつの作戦に乗るしかないだろう」

「罠にかかりにいくということか。ペンハヴンが何カ月も、いやおそらく何年もかけて計画した罠に」

「ああ。だが、ぼくたちはまえにも自分から罠にかかりにいって、うまくやってのけたじゃないか」レイフは反論してみろというように眉を吊りあげてみせた。

う？」

「無傷ではなかった」

レイフは自分の頰に触れた。「ああ。でも生きて帰ってきた。だいじなのはそれだけだろ
「リリーに嫌われるかもしれない」グレイはレイフにだけ聞こえるようにささやいた。

レイフはため息をついた。「今度は何なんだ？」

「リリーがぼくたちについてくると言い張ったんだ。ぼくはここから離れた、ロンドンにいるほうが安全だと考えた。だから……くそっ！　彼女に猿ぐつわをしてベッドに縛りつけたんだ」グレイは殴られても仕方ないと身がまえた。

レイフの表情は読めなかった。だが、とうとう信じられないことに噴きだして、笑いだした。「リリーの顔が見たかったよ。よく急所を蹴られなかったな？」

「二度蹴ってきた」

レイフは首をふり、笑うのをやめて厳しい顔で裁断を下した。「やってしまったことはもういい。いまはリリーを連れ戻すんだ。それだけを考えろ」

なぜか、レイフの言葉で心のなかに吹き荒れていた不安が鎮まった。グレイは強い声で言った。「リリーを一分でも早くペンハヴンから取り返す」

「ぼくは馬でリプトンへ行って治安判事と屈強な男たちを連れてくる。ペンハヴンが馬車に乗っているなら、まだ着いていないはずだ。ペニーのおかげで時間はある」レイフは書斎の

ドアを開けて顔を出した。「バーティー、エアリーズに鞍を着けさせてくれ」

悪夢は今夜で終わりだ。もしペンハヴンがリリーに指一本でも触れていたら、グレイは自らの手でペンハヴンを殺すつもりだった。そうでなければ、法の裁きを受けさせて絞首刑にしてやってもいいが。

「月がのぼったらすぐに、ペンハヴンの屋敷の下調べをする。ロンドンからくる道にあるオークの大木の下で落ちあおう。午前零時までにぼくが現れなかったら、待たなくていい。計画どおりに実行だ」グレイは約束どおり、冷静に話した。

「おれにも手伝わせてください」ペニーがふたりのうしろに立ち、いかめしいが決然とした顔で、帽子をまわしたり、つばをつぶしたりしていた。

「ぼくと一緒にこい」グレイは言った。「もっと黒っぽい服が必要だ。レイフ、ペニーが着られそうな黒い服があるか？　きみと同じような体格だろう」

「こっちだ」レイフはペニーを連れてドアから出ていった。

グレイは父親の視線を感じ、長椅子の背もたれに腰をもたせかけてから、やっとやわらかい茶色の目と視線をあわせた。

「リリーに結婚を申し込みました。リリーは承諾してくれたけど、ゆうべ置いてきたことで少し腹を立てているはずです」かなり控えめな言い方をしたが、グレイはリリーの純潔を奪っていることも——しかも、もう何度か——リリーを縛りあげたことも、あまり言いたくなかった。

ライオネルは何もかもを理解している顔で微笑んだ。「びっくりはしなかったよ。おまえたちなら情熱的に過ごしたんだろう。母さんが知ったら大喜びしただろうな。リリーが大好きだったから」

「ぼくはまだリリーのことを理解したばかりなんです。もしも、彼女を取り戻せなかったらどうすれば……？」グレイの声にはかすかに絶望的な響きが含まれていた。

「おまえならだいじょうぶだ。わたしは少しも心配していない」父は決して洞察力が鋭いほうではないが、その言葉は父親にしか与えられない自信を授けてくれた。「グレイ、おまえが息子であることを心から誇りに思っているよ。きちんと伝わっているかどうかわからないが」

年とともに髪が白くなって背中も丸くなったライオネルは、それなりに悲しみも経験してきたが、それでも目尻にしわを寄せて笑い、喜びを口にする。ウィンドー伯爵は偽装と生き延びる術を教えてくれたが、父親は人生と愛を教えてくれた。グレイはそんな父を手本にできることへの感謝の思いで胸がいっぱいになった。リリーをこの腕のなかに取り戻したら、どんなに愛しているか、どんなに彼女が必要なのかをきちんと伝えよう。リリーのためならどんな犠牲も厭わないのだから。

「父上に優る父親はいません」グレイは胸がつまり、何とかそれだけ言った。ライオネルは息子を抱きしめた。

レイフとペニーが階段をおりてくる足音がした。ライオネルは息子を安心させるようにもう一度抱きしめてから離れた。レイフとペニーはほとんど同じ格好をしていた——ゆったりとした黒のブリーチズとブーツ、黒に近い灰色のウールのシャツと黒い上着だ。

正面の車まわしではレイフの大きくて黒い馬、エアリーズが若い馬丁に引かれて待っていた。レイフが馬に乗って走り去り、暗くなってきた景色にまぎれて見えなくなると、グレイは馬丁にさらに馬を二頭用意するよう命じた。そして待っているあいだ、ペンハヴンの屋敷についてわかっていることを説明した。

「ここところに雨樋《あまどい》がありますね」ペニーは地図を指した。「各階の窓は使えない。窓枠は広いが、バルコニーがないから。登るのは難しいでしょう。いちばん上の部屋は——」小塔を指した。「星を見るのに使われているのか、四方に窓がある」

「言いかえれば、まわりから丸見えだ。そうなると、貯蔵室だな。何か知っていることはあるか？」グレイは訊いた。

「いや、あまり。お嬢さまが訪ねたときに、厨房で時間をつぶしたくらいで。わきから階段であがれます」

「それは、いつの話だ？」

ペニーは毒づいた。「去年の秋です。伯爵がすぐそばにいたかもしれねえのに」ペニーは片手で髪をかきあげると、ひどい扱いをされている帽子を頭にのせた。

バーティーがおぼつかない足取りで書斎へ入ってきて、馬の用意ができたと告げた。年老いた執事のまばらな白髪は逆立っており、いまにも倒れそうだった。

グレイはブランデーをたっぷり注いで、バーティーにグラスを渡した。「飲むんだ。心配するな。朝にはみんなで無事に帰ってくるから」

バーティーはブランデーを一気に飲みほして、身体をぶるりと震わせた。

玄関ではライオネルが待っており、ふたりの背中を叩いて、無事で帰ってくるようにとつぶやいた。グレイは父と目をあわせた。言葉は必要なかった。そしてペニーとともに馬を走らせて森を抜け、冷酷な場面が待っている屋敷へと向かった。


馬車の揺れで浅い眠りから起こされると、リリーは腕をあげて伸びをした。粗い縄のせいで肌がすりむけている。リリーは現実に引き戻されて、胃がおかしくなった。そしてアルバートの死体から目をそらして、カーテンを開けた。

空にのぼった月がペンハヴンの屋敷へ向かう道筋を照らしていた。ペンハヴンの屋敷はとても立派でウインターマーシュよりも大きく、ギリシア風の趣きと堂々とした柱がある造りだった。リプトン社交界にデビューして以来、リリーはここ一年で何度かペンハヴンの屋敷で開かれた催しに出席したことがあったのだ。

馬車は広大な正面の車まわしを通りすぎて、横の入口で止まった。アルバートと似たような男たちが少なくとも五人はいて、敷地を巡回していた。

いよいよ最後の場面がはじまる。

「あなたのご立派なお屋敷を歩けるように、縄をほどいてくれないの？」リリーは皮肉を言って不安を隠した。

ペンハヴンは気をゆるめ、もうリリーの心臓に拳銃を向けてはいなかった。「いや。おまえは信用ならないからな。役者が全員そろうまでは動けなくしておいたほうがいいだろう」ペンハヴンは子どものように期待にあふれた顔で微笑んだ。「これでおまえと、おまえの父親はそろった。あとは愛しの兄上だが、マスターソンも予定外に、お楽しみに一興を添えてくれるだろう」

「お父さまを傷つけたの？」

「あの男がヴィクトリアに与えた傷よりは少ないさ」ペンハヴンは窓の外を見て確かめると、カーテンを閉めた。「おまえを入れておく場所に着くまでは物音をたてるな。意識を失うまで殴られたくなければ」この数カ月間、父がペンハヴンの使用人に救われていないのなら、自分も使用人の厚意は期待できないにちがいない。

ペンハヴンは馬車から降りて扉を閉めた。リリーはできるだけ扉のそばに身を寄せた。きっとまたちがう箱に閉じこめられるのだろうけれど、死体と一緒ではないはずだ――とりあえず、リリーはそう願った。リリーはアルバート・ワースに目をやった。彼は誰かに愛されていたのだろうか？　彼を恋しがるひとはいるだろうか？　彼が帰ってこなかったら、この屋敷を訪ねてくるひとはいるだろうか？

馬車の扉が開いた。大きくて粗野な男が手を縛っている縄をつかみ、リリーを乱暴に馬車から引きずりだした。そしてリリーの足が地面をかすめるとすぐにたくましい肩にかつぎあげた。息が胸から押しだされ、リリーが身体をもぞもぞと動かすと、やっと肺がまともに動いて空気を吸いこんだ。すると野蛮な男がリリーの尻を痛いほど叩いた。

リリーは首を左右にふった。大きな背中にかつがれて運ばれているせいで、もつれた髪がじゃまでまえが見えないのだ。男が木の戸口を通り抜けた。パンを発酵させているイースト菌の刺激的なにおいがして、よだれが出てきた。

厨房だ。厨房ならナイフや串や鍋がある。すべて、武器にできる。

視界が限られているなか、リリーは右側にあるいちばん近い調理台を両手で探った。手首に鍋の取っ手があたった。指先が木の取っ手をかすめたが、つかめなかった。リリーはてのひらを冷たい金属の上で滑らせた。そしてナイフという貴重な贈り物をつかんだ。

鋭い刃でてのひらが切れた。焼けるような痛みで頭のなかからよけいな考えが消え、ひとつだけが残った――ナイフを隠さなければ。リリーはナイフを髪で隠し、刃をそろそろと動かすと、木の柄がてのひらにのった。血が流れてきて指が滑る。男が階段をおりはじめると、リリーは誤って刃に触れてしまった。ひどく焦り、泣き声がもれた。

もう一度きちんと柄を握ると、リリーはすでにアルバートの血で汚れている袖のなかに少しずつナイフを滑らせていった。アルバートの不運がリリーにとっての幸運となった。どうか傷口から血が出ていることにも、袖がふくらんでいることにも、誰も気づきませんように。

ナイフを無事に隠すと、リリーはふたたび周囲に注意を向けた。ひんやりとしたかび臭い空気がまわりに漂い、髪の隙間からでこぼこの板が張られた床が少しだけ見えた。貯蔵室に閉じこめられるのだ。

細い通路の両側にごつごつとした岩壁が見えてきた。すると、男の足が止まった。鍵をまわす音に続いて錆びついた蝶番のきしむ音が聞こえると、腐った野菜と湿った土の臭いの入り混じった淀んだ空気が流れてきた。

大男がわらの寝床にリリーをおろした。お尻がちくちくする。リリーは切れた手をドレスのひだのあいだに入れ、頭をふって髪を顔のまえに垂らし、ナイフの刃が腕にあたる痛みに勘づかれないようにした。

見張りは戸口に立ち、ペンハヴンがもったいぶった身ぶりで部屋を披露した。「かなり居心地はいいと思うよ」

なかに置かれているのはおまると、がたついた椅子と、寝床だけだった。おそらくネズミが出るだろう。煤で汚れたランプが弱々しい光を放って、影をつくり出している。

「本当にすてき。まるでカールトンハウスみたい。ごていねいなおもてなしに感謝します」

また、皮肉を味方にした。閉じこめられることを不安に思っていると知られたら、ペンハウヴンはきっとその不安を利用するだろう。

ペンハウヴンは唇を固く結んで微笑むと、皇太子に対するようなお辞儀をした。

「ところで、わたしを飢え死にさせる気？」リリーは閉じこめられるまえに呼びかけた。

ドアノブに手をかけたままふり返ると、ペンハウヴンはまだ微笑んでいた。「すぐに食べ物を持ってこさせるよ、レディ・リリー。本物のごちそうだ」

鍵をかける音が空っぽの部屋に響いた。リリーの心は自暴自棄と絶望で急降下した。また太陽を目にする日はくるのかしら？　グレイにはまた会えるの？

そのとき、もっと現実的な考えが頭に浮かんだ。ペンハウヴンが嘘をついていなければ――その可能性は高いけれど――誰かが食べ物を運んでくるということだ。その男のふいを突いて味方にできないだろうか？　そうしたら、逃げられるのでは？

自分にはナイフと知恵がある。やってみる価値はある。てのひらの長くて浅い切り傷は鼓動のたびに痛んで血がにじんでくるが、自由になるまでは傷をふさぐ手立てはない。

リリーが袖を歯で引っぱって裂いて広げると、ナイフが寝床に滑り落ちた。典型的なキッチンナイフで、刃の長さは十センチほどあり、傷だらけの木の柄がついている――リリーがこれまで目にしたなかで、いちばん美しいナイフだ。

リリーは寝床に膝をつき、両膝でナイフの柄をはさんで刃を上に向けた。ぎこちない格好のせいで脚が震える。縄で縛られた手首を刃にあてるたびにナイフが落ち、刃の位置を変えるために貴重な時間を無駄にした。

縄は簡単には切れそうになかった。空気が冷えきっているにもかかわらず、手首を動かすたびに汗が流れ落ちる。リリーは頻繁にドアのほうに目をやった。いまにも毒を吹きかけてきそうな蛇のように、胃のなかには恐怖が巣くっていた。縄はまだ切れない。時間がかかりすぎている。

ついに縄がほつれ、じわじわとすり切れはじめた。小さな勝利で力が湧き、手首を動かすのがどんどん速くなると、とうとう縄がゆるんで片手ずつはずすことができた。

手首をこすり、こわばった肩と腕を伸ばして、少しだけ自由を味わった。それから脚をまえに投げだすと、足首の縄にナイフをあてた。今度の仕事は簡単で、数分もすると、脚も自由になった。関節がきしんで老女のように鳴り、弱った脚で壁まで歩いた。そしてごつごつした岩壁に寄りかかり、くらくらする頭を落ち着かせた。すると傷が痛みだし、リリーはもう一度手首に目をやった。

リリーはペチコートを細長く切って、手首に巻きつけた。手首を圧迫できたことで、たちまち安心した。そして、もう一度部屋を見まわした――おまると、椅子と、ランプ。光は心の安定のために必要だ。リリーは壊れそうな椅子をわきに蹴ると、おまるを持ちあげた。

それほど重くはないが、がっしりしているのでかなりの痛手は与えられそうだ。一瞬、ペンハヴンの頭を殴りつける、楽しい想像が頭に浮かんだ。リリーはガーターにナイフをはさんでドアのうしろに隠れ、夕食と願わくは脱出の機会が運ばれてくるのを待った。

グレイとペニーは低木の茂みのなかにしゃがみこんでいた。ペンハヴンの屋敷では複数の窓に明かりがつき、厨房に続く勝手口のあたりに馬車が停まっていた。ペンハヴンがふたりより先に着いたということは、リリーもすでに屋敷のなかにいるのだろう。少なくとも、ペンハヴンにリリーを殺すつもりはない。グレイはそこまでは自らに可能性を与えることを許していた。

五人の男が敷地を見張っているが、屋敷のなかには確実にそれ以上の人数がいるだろう。結末が近づいているのに、ペンハヴンが危険を冒すはずがない。

「入口にはすべて見張りが立っていて、どの男も喧嘩が強そうだ。ドラモンド卿と応援の男たちが必要ですよ」ペニーは木に寄りかかって長い葉をかんでいる。

「ぼくが庭に忍びこんで二階までよじのぼって入るというのは?」

ペニーは帽子を少しあげてグレイを見た。「おれに訊いているんですか?　それとも命令?　そもそも応援を待つつもりなんてねえんでしょう?」

「リリーがなかにいることがわかったからな。屋敷で何が起こっているのかわからないというのに、ここにすわってのんびりしていられると思うか？」グレイはいら立ちのあまり叫びだしたかったが、何とか声を低く抑えた。

ペニーは頭をふって首のうしろをかいた。「恋わずらいにかかっているんですね、ミスター・マスターソン。やつはお嬢さまを殺しはしない……けど、覚悟が決まっているんなら、裏のほうが影になっていて見つかりにくいでしょう。でも、殺されちゃあだめですよ。お嬢さまが許さねえだろうから」

グレイはできるだけ木のそばを動いた。ペンハヴンは確かに大勢の男たちを雇っているが、屋敷のなかから倒していけば、計画全体が崩壊するはずだ。グレイは庭のはしで花を咲かせている木の陰に隠れて、屋敷の裏側を観察した。明かりがついている部屋はなく、閉められたカーテンも動いていない。

緊張という重い毛布に覆われた夜のなかに、軽くて甘いジャスミンの香りが漂ってきた。〝もし〟という想像がいくつも頭をよぎる。それもどんどん恐ろしく、衝撃的な想像になっていく。リリーが苦しみ、怯えている姿を想像すると、足取りが重くなった。この新しく抱えることになった恐怖はグレイを動揺させる不都合なものだった。これでは自分が殺されかねない。

グレイはいやな恐怖を押しこめて、ふたたび足取りを速めた。そして壁にたどり着くと、登りはじめた。手足の感覚でつかまれる場所を探し、視線は目的の場所に定める——上の階のあまり使われていない応接間の窓だ。

グレイは外枠につかまって窓を乗り越え、応接間に入った。うなじの毛が逆立っている。

だが、なかにいたのは自分だけではなかった。

ランプの明かりが灯され、グレイはまばたきをしたが、かろうじて見えるのは輪郭くらいだった。少なくとも四人の男に囲まれており、暗がりにはもっと大勢隠れているにちがいない。

背中から明かりを照らされている、いちばん小さな男がまえに出てきた。顔立ちはまだはっきり見えないが、声は薄気味悪いほど聞き覚えがあった。ただし、いつもの見せかけの気取りは消えている。ペンハヴンだ。

「マスターソン、よくきてくれた。でも、かなりがっかりしたよ。あまりにも、予想どおりでね。ほら、きみはシーズンのあいだずっと、壁をよじのぼっていたから」

残念だが、本当のことだ。もっと時間をかけるか、自分がもっと辛抱強かったら、もっといい計画を考えられたはずだが、いまとなっては遅すぎる。

これまで何度も死に直面した経験があるが、今回初めて、リリーとの将来を奪われたことを辛く思い、胸が痛んだ。もうひとつのベッドで寝る夜もなければ、一緒に笑うことも、冒険することもないし、彼女に許しを請うこともできないのだ。

だが、乱れている感情をまったく見せずに、グレイは言った。「どうするつもりだ？　いますぐ殺すか？　それとも、あとにするのか？」

「じつに勇敢で、冷静だな。その度胸には感心する。死ぬのはあとだ。きみが叫び、許しを請うのを恋人に見せられるように。そう、きみは間違いなく許しを請うだろうよ。だが、いまは……」横を向いて指を鳴らし、身ぶりでグレイのほうを示した。「何も壊すなよ。ほかの客と一緒に入れておけ」

全身に安堵する気持ちが染みわたった。リリーは生きている。この屋敷のどこかで生きているのだ。

ペンハヴンはふたりの男を従えて部屋から出ていった。さまざまな武器を持った四人の屈強な男たちがグレイを取り囲んだ。窓から飛び降りないかぎり、逃げ道はない。選択肢は限られているし、どれも痛みを伴う。

男たちが近づいてきた。反撃すれば自尊心は保たれるだろうが、殴られるのを長引かせるだけだ。グレイは一発殴られて床に倒れると、身体を丸めて肋骨《ろっこつ》と腹を守った。背中と肩を蹴られたが、それほど威力はない。男たちはブーツに隠していたナイフと、上着の下に入れていた拳銃を引き抜いた。

冗談と笑い声が降り注がれた。グレイはふたりの男に片腕ずつつかまれて引きあげられた。腕にふたりの指が食いこんでいる。グレイは全身の筋肉から力を抜いて、頭をがっくりと垂らし、食肉にされる牛のようにふたりの男の腕にぶら下がった。そしてわずかに目を開けて、通り道にあるドアの数をかぞえ、出口に目をつけた。

「身分が高い男のわりには手強いんじゃないかと思ってたんだが」右側のやけに毛深い男が言った。「うちの妹だってやっつけられたぜ」また笑いが起こった。

ふたりはグレイを引きずって厨房を通り、階段をおりて、貯蔵室に入った。狭い通路のなかほどの重そうな木のドアのまえで足を止める。ひとりが鍵をはずして、グレイをなかに放りこんだ。グレイはまだ刀を抜いたままでいた。肩が床に強く打ちつけられる。大きな足音が床板から頬に響いてきた。するとわき腹を蹴られ、胸からうめき声がもれた。笑い声がやんだ。

鍵をかける音がすると、グレイはあお向けになってけがの具合を確かめた。これよりひどい傷を負ったことは何度もある——もっとひどい傷だ。わき腹が痛むことを除けば、あとは床に強く打ちつけた肩がずきずきするだけだ。

部屋は揺れる明かりに照らされていた。寝床の隣の隅に小さな木のテーブルがあり、その上にランプがのっている。リリーの姿はないが、寝床には艶のない白髪を肩まで垂らし、まばらなあごひげが首まで伸びている老人がすわっていた。背中を丸めて膝を抱えこみ、涙の浮かんだ青い目でグレイを見つめている。グレイはくたびれ果てた老人から目を離さずに身体を起こした。

理屈ではこの同房の仲間が誰なのかわかっていたが、目がその答えを結びつけなかった。

グレイが最後にウィンドー伯爵であるデイヴィッド・ドラモンドと会ったとき、彼は胸板も背中も厚いがっしりした体格で、ブロンドの髪は豊かで、こめかみに少し白いものが混じっている程度だった。だが、この男は二十歳も年老いた、あの壮健だった伯爵の抜け殻のようにしか見えない。

「ウィンドー伯爵ですか?」とても信じられない姿に、グレイの声はうわずった。

「ああ、マスターソン。きみに見分けがつかないということは、わたしは自分で思っているよりもひどい姿をしているんだな」ウィンドーは両手を差しだして、痩せ細って鉤爪《かぎづめ》のようになった指を見た。そして肩をすくめて、その手を膝の上に戻した。「今夜、仲間がふえるとは思っていなかった。どうして、ペンハヴンの芝居に引きずりこまれたんだ? きみはずる賢いから決して捕まらないと思っていたが」

まるで好きな教師を落胆させたかのように、ウィンドーに説教じみた口調で言われると、グレイは腹の底から気まずさがこみあげてきて顔を赤くした。「こんなことは初めてですが、この春からぼくの頭はずっと働いていませんでした」グレイは立ちあがり、こわばった筋肉を伸ばして、武器になりそうなものを探して、部屋のなかをていねいに見まわした。

「無駄だよ。使えそうなものはペンハヴンがすべて排除した――ランプだけは残っているが、光というものはとても大切だとわかったよ」グレイはウィンドーのうんざりした弱々しい声を聞いて驚いた。

「春からずっとあなたを探していました。正直に言って、この屋敷にいる可能性はほとんど考えていませんでした。今朝、リリーがペンハヴンに誘拐されました。彼女もこの屋敷に閉じこめられているはずです」

ウィンドーは悪態をついた。「ということは、ペンハヴンはこれで終わりにするつもりだ。おそらく、今夜。ほかに応援がくるのか？　もちろん、きみを信頼していないわけじゃないが、ペンハヴンはここ数週間で大勢の男を集めている」ウィンドーが脚を伸ばすと、グレイは狼狽に気づかれないうちに、視線を床に落とした。伯爵の脚はまるで小枝のようだった。

「歩けますか？」グレイは訊いた。

「短い距離なら。ペンハヴンはわたしの身体が弱るよう仕向けているのだ」

鍵が差しこまれる音がして、グレイは床に倒れた。ペンハヴンが異様なほど興奮した様子で入ってきた。なかを歩きまわって、両手をすりあわせている。

「怠慢なやつがいるらしい」ペンハヴンは戸口に立っている男に合図した。「こいつを縛れ」男がグレイの両腕を背中にまわし、手首と足首を荒縄で縛った。「マスターソン、きみを見くびるのは賢明ではないからね」

「もう何もできないさ」グレイは敵意をむきだしにして答えた。

「さて、どうするか。きみの女を凌辱してから、女の目のまえできみを拷問するか、それともレイフ・ドラモンドの到着を待つか。きみが苦しむ姿を見ればレイフ・ドラモンドも動揺するだろうが、リリー・ドラモンドが嘆く姿を見るのが待ち遠しくてね。彼女は気性が激しくて情熱的だろう、マスターソン？　もう彼女と寝たのだから知っているはずだ」その好色な言葉と目つきはウィンドーに向けられたものだった。

グレイはウィンドー伯爵に対してどうやって娘との結婚を願いでるか、具体的に考えていなかったのだ。

「デイヴィッド、きみがわたしのもてなしを受けているあいだに、いろいろなことが起こったのだよ」ペンハヴンはやけに気遣うような調子で言った。「きみの娘は愛弟子《まなでし》の娼婦に成りさがってしまった。きみがヴィクトリアを誘惑したみたいに、この男がリリーを誘惑したんだ」

ウィンドーにはまだペンハヴンに吐ける毒が残っていた。「きみにヴィクトリアの名前を口にする資格はない。このろくでなしめ」

ペンハヴンはにやりと笑い、興奮して身体を震わせた。まだ歩きまわっているせいで、その影が実際より大きく、禍々《まがまが》しく見える。「レイフ・ドラモンドを待っているあいだに、ちょっとしたお遊びをしよう。テイラー、かわいいレディ・リリーを連れてこい」

グレイの心臓が競走馬のように跳ねあがった。リリーがこの部屋に入ってきたら、反撃を開始しよう。彼女もひとりは倒せるにちがいない。グレイは膝立ちになって、身体をこわばらせた。

騒々しく通路を走ってくる足音が聞こえると、テイラーがかん高い声で早口で言った。

「逃げられました！　グラントがおまるで頭を殴られたんです！」

その知らせを聞いてペンハヴンの笑みが消えると同時に、グレイの口角が引きあがった。

「さすが、かわいらしいレディ・リリーだ。ペンハヴン、いやらしい男め。彼女はもうおまえの手が届かない場所にいる」

ペンハヴンはグレイに一歩で近づくと、手の甲で顔を打った。ひりひりとした痛みで身体が揺れたが、同時に怒りにも火がついた。リリーはもう捕まっていない。あとは伯爵を逃がして、ペンハヴンを殺すことだけに集中すればいい。

ペンハヴンは羊のようにとまどい、戸口でうろうろして指図を待っていた男たちを急かした。「屋敷の外に出て探すんだ、まぬけども。それほど遠くには行ってないはずだ。何といっても、しょせん女だからな」

21

リリーは保存処理が施された肉が天井からぶら下がり、ジャガイモなどの食糧が入った袋が床に積まれている貯蔵室に隠れていた。大きな木のテーブルには予備の調理器具が散らばっている。ナイフはひとつよりふたつあったほうがいいけれど、また手探りして切り傷をつくるのはどうしてもいやだった。

ドアの隙間からもれてくる光だけが、唯一の明かりだった。煤けたランプを持って逃げればペンハヴンが雇ったいかつい手下たち全員に追いかけられるだろうし、もう手元におまるはない。騒ぎ声は左側の部屋から聞こえてくる。父はその部屋に監禁されているのだろう。耳ざわりな声が聞こえて、リリーはドアの隙間に目をやった。ペンハヴンが貯蔵室にいた男たちを大勢引き連れ、敷地内を探せと命じている。男たちがあまりにも速く通りすぎたせいで人数はかぞえられなかったけれど、ペンハヴンは見張りも残しているにちがいない。

リリーは折れてしまった親指の爪をかんだ。貯蔵室から出る道はひとつしかない。この通路沿いにある部屋に父が閉じこめられているかどうか、危険を冒しても確かめるべきだろうか？　自衛本能は早く階段をのぼれと急かしている。その衝動は強かった。だが、夏からずっと心にのしかかっていた罪悪感のほうがもっと強かった。

それに両親が交わした古い手紙を見つけ、グレイから父について多くのことを教わっているあいだに、いつの間にか父に親近感を覚えるようになっていた。もし父が生きていれば、理解という種がもっと意味のある花を咲かせるかもしれない。母みたいに、ペンハウヴンの手にかかって死なせるわけにはいかない。

調子はずれの口笛がかすかに石壁に響いた。ああ、誰かいるのだ。リリーはドアから顔を出して、すばやく見まわした。ひとりの見張りが片方の肩で石壁に寄りかかり、股間をかいている。リリーがドアをさらに少し開けてふり向くと、テーブルが明かりに照らされていた。まるでリリーの手を待っているかのような鉄のフライパンが見えた。

リリーはドアのまえで立ち止まった。そして靴を脱ぎ、肩をまわして、何度か深呼吸をした。心臓が不安のあまりおかしなリズムを刻んでいる。リリーは汗で滑るフライパンの柄を持って、そろそろと貯蔵室から出た。見張りが壁から離れた。リリーは足を止めたが、男は背中を向けて通路をぶらついているだけだった。

彼は何をしているのだろう？　でも、それが問題？　見張りの背中はいまなら逃げられると告げているようで、リリーは男の頭のてっぺんをじっと見た。そして裸足《はだし》で滑るようにして近づいていった。そのとき、液体が弧を描いて床に落ちた。敏感すぎる鼻を小便の臭いが襲い、リリーはうんざりして唇を歪めた。

リリーは重力を味方につけて、両手でフライパンを持って男の頭に叩きつけた。男の身体が崩れ落ち、髪に血がべっとりとついた。胆汁が胸までこみあげてきた。もし何か胃に入っていたら、石の上にぶちまけていただろう。

男が見張っていたドアには鍵がかかっていた。男のポケットで金属が光っているのが見えた。しおれたまま外に出た〝ぶらぶら〟が飛びかかってきてかみついてきやしないかと、リリーは目を細くしてブリーチズから鍵を取りだした。

リリーは手が震え、鍵を穴に差しこむのに難儀した。一秒が永遠にも思える。そして、とうとう鍵が開くと、ドアを開けた。

グレイが床に膝をついてうずくまっているのを見て、リリーは驚きのあまりその場で動けなくなった。彼はペンハヴンの貯蔵室で何をしているの？　だが、すぐに次の考えが浮かんできた。グレイは助けにきてくれたのだ。彼に置いていかれた怒りも恨みも悲しみも、すべてどうでもよくなった。こうして助けにきてくれたのに、いまけがをして助けが必要なのはグレイのほうなのだ。

グレイの服は汚れ、髪は乱れていたが、命に関わるけがではなさそうだ。リリーはグレイのまえで膝をつき、腕を首に巻きつけて抱き寄せた。そして唇を重ねたが、彼の唇はこわばって応えようとしない。

グレイの心にこれまで鎮まりつつあった恐怖がまた戻ってきた。「リリー、ぼくを愛しているなら、逃げないと。早く出ていくんだ。逃げろ。行け！」グレイは唇を重ねたまま叫んだ。

リリーは身体を離した。かすかに浮かんだ涙のせいでランプの明かりに照らされた瞳が光ったが、それはすぐに燃えるような目に変わった。「この悪党！　わたしをベッドに縛りつけて何もできなくして置いていくなんて。わたしを信用してくれなかったのね。だからと言って、わたしが同じような格好のあなたを置いていくと思う？」

「ぼくはきみに無事でいてほしかった。無事じゃないと困るんだ。頼むよ。逃げられるあいだに逃げてくれ」

リリーはグレイの肩をつかんで軽く揺さぶった。「あなたを愛しているから、ここには置いていけない。わたしが手を貸すから」

グレイはこの目の表情と、この決然としたあごをよく知っていた。彼女の父親が任務のまえに同じ顔をするのだ。そんなときは、どんなに反論しても無駄だった。それに正直なところを言えば、自分と伯爵が翌朝も生きているためにはリリーの助けが必要だった。グレイがうなずくと、彼女の表情がやわらかくなった。リリーがドアを開けてから初めて、グレイは彼女の顔から目を離して、ドレスの状態を見た。「ああ、けがをしたのかい？　これはすべてきみの血？」

リリーは初めて目にしたかのように、布地を巻きつけた手をあげた。「ああ、どうかしら」

そう言うと立ちあがって、腿のあたりでドレスを持った。グレイは暗がりで死体のように動かないデイヴィッド・ドラモンドがいるほうを横目で見た。リリーはまだ気づいていないらしい。

ドレスのひだからナイフが現れた。リリーはグレイのまえにしゃがみこむと、ナイフを二度動かして縄を切った。グレイは立ちあがり、全身の筋肉が悲鳴をあげるのを無視した。時間がない。グレイはリリーの肩に腕をまわすと、父親のほうに顔を向けさせた。何と言っていいのかわからなかったのだ。

何も言う必要はなかった。リリーの呼吸が速くなり、グレイの手をつかんだ。彼女の顔にはさまざまな感情が表れていた――驚きと安堵が何よりも強かったが、怒りと罪悪感もある。

リリーはグレイから離れて、父親のまえで膝をついた。そしてほんの少しためらってから、身を乗りだして父親を抱きしめた。ウィンドー伯爵は震える手で娘をやさしく叩いた。

「この春からずっと探していたのよ、お父さま」

「おまえの恋人から聞いたよ」ウィンドーは娘の肩の向こうにいるグレイを見た。からかいと怒りが混ざりあった、妙な口調だった。

「グレイとわたしは婚約したの――お兄さまの許しをもらって。いまはお説教を聞いている場合じゃないの。無事に逃げられたら、すべてを話すわ。ペンハヴンはわたしたちを皆殺しにするつもりよ」リリーは両手を差しだした。

伯爵はため息をつくと、娘の手を借りて立ちあがった。リリーが父の腕の下に肩を入れて身体を支えると、グレイは先頭に立ってドアを出た。見張りが床に倒れ、足もとには鉄のフライパンが転がっていた。

「わ、わたしったら、このひとを殺してしまったのかしら?」リリーは自分の仕事の結果から顔をそむけたまま、震える声で訊いた。

グレイは男の首に手をあてた。「いや。だが、意識が戻ったら、生涯最悪の頭痛に襲われて、死んだほうがましだと思うだろうね」

リリーの顔から少しだけ緊張と不安が消えた。リリーは血で汚れ、髪はほどけて背中に垂れさがっていた。ドレスは台なしで、靴はなく、目は涙と疲れと重圧で赤くなっている。

それでも、グレイにとってはこれまでにないほど美しく見えた。

もし、いま命がけで戦っていなければ。本人にそう告げたことだろう。グレイは急に襲ってきた諜報員らしからぬ感情を呑みこんで、ふたりに自分のあとをついてくるよう身ぶりで示した。静まり返ったなかに、ウィンドーの苦しそうな息が響く。グレイは小声で短く詫びてから、ウィンドーをかついだ。そして上階に着くと、厨房は不気味なほどがらんとしていた。テーブルにはこねている途中のパン生地がのり、ボウルには途中まで臓物を除かれ、きれいに整えられるのを待っている肉が入っている。

窓の外では上下する頭が見え、声も聞こえてくる。三人に残された道は屋敷を乗っ取って、レイフが応援を連れてくるのを待つことだ。ウィンドーはペンハヴンの手下から逃げおおせることはできないだろうし、グレイも彼を背負ったままでは逃げられない。

グレイはふたりを連れて比較的安全な使用人用の通路から、開けている広い廊下に入った。ふたりをどこに連れていけばいいだろうか？　地下は人目につきすぎる。最初に入ってきた部屋は？　ペンハヴンもまさかあの部屋に戻るとは思わないにちがいない。グレイは指を二本立てて、上階へ行くことを示した。部屋は簡単に見つかり、グレイは埃をかぶったひじ掛け椅子にウィンドーをおろした。

グレイとリリーは見つめあった。ふたりが立っている場所にはほとんど明かりが届いていない。グレイは言った。「すべてが解決するまで、きみと伯爵はこの部屋にいるほうが安全だ」

「わたしにも手伝わせて。どうしても手伝いたいの」

グレイはリリーの顔を両手で包んで、親指で頬骨をなぞった。「ぼくはきみが確かに安全だと知っていたいんだ。きみのことが心配だと、まともに考えられなくなる。きみがペンハヴンに誘拐されたと知ったとき、ぼくは危うく自分を見失うところだった。お願いだ。少しでもぼくを愛してくれているなら、ここにいてくれ」ウィンドーのほうをあごで示した。

「いま、父上にはきみの助けが必要だ。伯爵はひどく弱っていて、自分を守れない」

リリーはグレイの背中に腕をまわして抱きついた。ふたりは強く抱きあった。

グレイは激情に突き動かされて言葉を発した。「死んでもいいくらい、きみを愛している」

リリーの声は力強かったが、やさしくもあった。「グレイ、わたしも愛しているわ。でも、死なないで。わかった？」

グレイは身体を離してほんの少しにやりとすると、彼女の肩にかかっているもつれた髪をとかした。「ところで、今夜ぼくらを助けにきてくれてありがとう」

リリーが返した微笑みはこわばり、真剣だった。「あなたもここにいたら？　お兄さまならすぐにくるでしょう」

「きみも父上も逃げたら、ペンハヴンの恨みはレイフに集中する。ぼくらの推理が事実なら、ペンハヴンはこれまでも殺人を犯していることになる」

「事実よ」リリーが小声で答えた。「馬車のなかでペンハヴンが残らず告白したわ」

「きみの母上も？」グレイは声を出さずに口だけを動かした。

リリーがうなずくと、グレイは額と額をあわせた。

「路地にいたうちのひとりの男も……馬車のなかで射殺されたの。この血の大部分は……」

リリーの心の重荷がグレイにのしかかった。

「辛かったろう」リリーを抱きしめて記憶を消し去ってやりたい。だが、いまは彼女の強さが必要だった。自分のために……彼女の父親のために……そして彼女が生き残るために。

たいに――」

「きみが失神していないなんてびっくりだ」

グレイの言葉を聞いて、リリーは顔をあげた。「失神？　まるで、わたしをいくじなしみたいに――」

グレイは含み笑いをした。

「わざと言ったのね」リリーはグレイを指で突いた。

グレイはドアまで戻った。このままこの部屋でリリーをからかって笑顔を見ていたいが、いまは一刻の猶予もない。胸のどこかからこの部屋にいろと叫ぶ声が聞こえるが、レイフがみすみす罠にはまるのを放ってはおけない。「気をつけて。ここにいてくれ。約束だ」

「約束するわ。あ、ちょっと待って――」リリーはグレイの腕をつかむと、てのひらにナイフを押しつけた。

グレイは彼女の唇にキスをすると、考えが変わらないうちに部屋を出た。できるだけリリーに対する心配を取り除いたことで、猫とネズミの追いつ追われつの勝負に集中できる。残念ながら、この脚本では自分が猫だらけの納屋で追われるネズミなのだが。

グレイとしては、ペンハヴンとふたりだけで相対して、彼を排除するのが理想だった。ペンハヴンさえ倒せば、いかつい男たちはランプの明かりに照らされたゴキブリのように散り散りに逃げていくだろう。だが、ペンハヴンは雇ったなかでもとくに身体が大きくて強い下僕たちに囲まれている。

グレイが階段の下までおりると、大理石のホールで荒々しい声が響き、数多くある出入口が固められていた。ふたたび階段をのぼるのが論理的な選択肢なのだろうが、リリーと伯爵の居場所を知られる危険は冒せなかった。

こいつは賭けだ。グレイは屋敷の奥へと走りだしたが、運には見放された。廊下に四人の男がいたのだ。グレイは勢いをつけ、麦を刈る鎌のように、男たちのあいだを走り抜けた。

舞踏室の観音開きの扉を開ける。うしろから叫び声と足音が迫ってくる。グレイは目標に向かうことだけを考えた――暗い庭だ。

月は屋敷の真上までのぼり、舞踏室の奥に並ぶ窓ガラスが輝いている。グレイは大勢が走ってくる震動と、がらんとした舞踏室に不自然なほど大きく響く音を感じていた。近すぎる。外に出るドアを探す暇はない。

グレイは上着の襟を立てて、飛びだす機会を待った。そして片足から先に突っこむと、窓ガラスが割れた。破片が上着とブリーチズに刺さり、ブーツの下で粉々に割れた。

階段をおりずに、グレイは石造りの手すりにのぼった。芝で覆われた地面までは五メートルあまり。だが、手すりから飛びおりた瞬間に、銃声が鳴った。空中で焼けるような痛みを感じて体勢が崩れ、優雅に回転して着地するつもりが茂みに激しく叩きつけられた。その瞬間に黒い幕がおりた。

リリーはたくさんのものが詰めこまれた部屋をじっくりと観察した。小さな書き物用テーブルのまわりには食堂にありそうな椅子が置かれ、壁際にはふたつの長椅子が寄せられている。そして部屋のあちらこちらに組みあわせがおかしなひじ掛け椅子がめちゃくちゃに並べられている。この部屋は不要な家具を入れておく場所のようだった。

そしてカーテンを開けた。月明かりに照らされている裏庭は静まり返って美しく、荒々しく猛《たけ》り狂っている現実とは不釣りあいだった。リリーは不安になって腕をこすった。父はひじ掛け椅子にすわって頭を背もたれにつけているが、呼吸はまだ辛そうだ。リリーは父にいちばん近い長椅子に腰をおろした。妙な角度で置いてあるせいで、ふたりの膝がぶつかった。

この老人が父だなんて。頬はこけ、額には深いしわが刻まれている。腹の上に置いている手は節くれだっていて弱々しく、紙のように白い肌には青い血管が浮きでている。家に連れ帰って栄養をとらせても、すぐにはもとのたくましい父に戻らないだろう。

父が目を開けた――瞳にはリリーが映っている。肉体がどれほど弱っても、父の目にはペンハヴンでも壊せなかった精神力の強さが現れていた。

だが、胸は痩せこけて窪《くぼ》んでおり、声にはその強さが感じられなかった。「おまえとグレイ・マスターソンは結婚するつもりなのか？　わたしが許さなかったら、どうする？」

「お兄さまは喜んでくれたし、お父さまも同じ考えだと思ったの。グレイは息子のようなものなのでしょう？」

「レイフはおまえを社交界にデビューさせてくれなかったのか?」

「デビューさせてくれたわ」

「おまえは公爵とだって結婚できた。少なくとも、男爵くらいは捕まえられたはずだ」そう、父は馬の話ができたはずだ。

「子どもを産む能力とか持参金にしか興味がない貴族とは結婚したくないわ。それはお父さまの願いであって、わたしの願いじゃない。わたしが求めているのは、誰かにわたし自身を見てほしいということだけだった。母の失敗の結果としてではなく」

「おまえの母親は――」ウィンドーは握りしめた手を口もとに持っていった。

リリーは手紙を読んだおかげで、父の激しい憎しみは母の裏切りと思われていた事件が起こるまでの愛情の裏返しだったのだと理解していた。「ペンハヴンからお母さまの話を聞いた?」

ウィンドー伯爵は冷ややかに笑った。「ペンハヴンはヴィクトリアが商船の船長と浮気していたことを得意気に語っていたよ。わたしも何年も苦しんだが……わたしは家でもっとヴィクトリアと過ごすべきだったのに、いつも任務を優先していた。悪いのはわたしだ」

これから伝えようとしていることは、父をさらに苦しめることになるのだろうか、それとも父をついに解放することになるのだろうか? リリーは両手を腹にあてて、勇気をふり絞った。「ペンハヴンの話は嘘よ。お母さまはお父さまを捨てて、ほかの男性のところへ走ったわけではなかった。ペンハヴンはお母さまを愛していたのよ。確かに、お母さまはこの屋敷へきたけれど、帰ろうとして、ペンハヴンに殺されたの」

　苦しみで額のしわがさらに深くなった。「まさか」

「ペンハヴンがお母さまを森に埋めたのよ」リリーは父の弱々しい細い手を取った。「お母さまはお父さまのところへ、わたしたちのところへ帰りたかったのよ」

　涙があごひげまで転がり落ちた。

「ペンハヴンは正気じゃないわ。ここ数カ月で恐ろしいことがいくつも起こったの。ペンハヴンはお母さまが死んだことでお父さまを恨んで、わたしを傷つけようとしたの」

　父の背筋が伸びた。震えながら深呼吸をして、力をつけているようだった。その声は強く、そして低くなっていた。「わたしが拉致されたあとのことを、残らず話してくれ」

　リリーは兄レイフがフランスから帰国したときから、自分が社交界にデビューするまでの話を聞かせた。ただし、調査に関しては適当にごまかし、グレイとの密接な関係についてはすべて省いたが。家族の問題をこうして打ち明けると、とても安心できた。

「いま、レイフの様子はどうなんだ？」父の最初の質問にリリーは驚いた。その声には子どもを思う父親の苦しみに満ちていた。

「よくなっているけれど、人前に出るのはいやがるの。お酒もたくさん飲むし、悪夢も見ているわ。ときどきお兄さまがうなされている声が聞こえるけれど、わたしが気づいていることを知ったら、お兄さまはきっと屈辱に感じるでしょうから」リリーは父に手を強く握られ、そのつながりに慰められた。

「おまえたちにとって、わたしは真の父親ではなかった。ヴィクトリアが出ていったとき――」父の声がかすれた。「殺されたとき、わたしのなかで何かが折れてしまったんだ。もう直せないくらいに。でも、おまえとレイフがわたしの失っていた日常を思いださせてくれた。わたしはおまえの母親を愛していた。わかってくれるかい？」

リリーはグレイを思い浮かべながら答えた。「いまなら、わかるわ」

「ただ、おまえにきつくあたってしまったかもしれないが、それはおまえを案じていたからだ。おまえはヴィクトリアの性格を受け継いでいる。それに、おまえは一夜でアヒルの子から白鳥に変身したようだった。だから、ちょうどいい相手と結婚して落ち着いてほしかった。ロンドンでシーズンを過ごすうちに、情熱に流されて結婚相手を選んでしまうのではないかと心配だったんだ」

「わたしの決断を信じていないのね。そういうことでしょう？」

「そうではない。おまえはいつも騒動を起こしている。いつだって気分に左右されている。おまえが考えなしにときめいて傷つけられて、財産狙いの男に恋をしてしまうのではないかと不安だったのだ」

そのとおりのことが起きたなんて言わないほうがいい――ただし、相手は財産狙いではないけれど。「グレイは財産なんて狙っていないわ」思っている以上に弁解がましい口調で言った。

一瞬、父はおもしろがるように目を光らせたが、顔はぞっとしたような表情を浮かべただけだった。「ああ、そうだろうな。おまえたちを結婚させようと思ったことはなかったが、きっと似あいの夫婦になるだろう。正直に言えば、グレイは一生結婚しないのだと思っていた。彼は優秀な諜報員だったから、失うのは残念だがね」

「どういう意味？」

父は首をふった。「もう任務では役に立たないだろう。グレイの心はおまえのもとにあって、戦いの場にはない。そうなれば恐怖心が出てきて、死が近くなる」

それこそ、グレイが自分に理解させようとしていたことなのだろうか？　自分はグレイの目的や夢を奪ってしまうのだろうか？　そのせいでグレイに恨まれるだろうか？　自分がグレイを弱くしてしまったのだろうか？　リリーはとまどいを消せるかのように、顔をこすった。この夜を乗り切れたら、グレイと将来について話しあう必要がある。自分たちふたりの将来について。

でも、いまは父とのことを正すのが先決だ。リリーは胃と胸が締めつけられた。「お父さま……ウインターマーシュでの最後の夜のことだけれど……わたしが言ったこと……ごめんなさい。やかましく騒いでしまって。許されることではないけれど——」

「やかましく騒いだ？　そうかもしれない。許されることではない？　そんなことはない。わたしには自分の行動を吟味し、記憶をふるいにかける時間がたっぷりあった。リリー、おまえはとても勇気がある。今夜だけじゃない。自分の運命を選ぶことでも、わたしがおまえに対していばり散らすのを許さないことでも」

「お父さまが家を出たのは、わたしのせいじゃないの？」

「まったくちがう。わたしはホーキンズから極秘で会いたいという手紙を受け取ったのだ。メイドが持ってきた。使いの者はもう帰ってしまったと言って。わたしはホーキンズは酔っぱらっているのだろうと考えた」ウィンドーは卑下するように笑った。「ふたを開けてみたら、不注意だったのはわたしのほうだった。ウインターマーシュから一マイルも離れていない場所でペンハヴンの手下に捕まったのさ」

「わたしのせいではないの？」リリーは握りしめていた手を開き、爪先からも力を抜いた。

「直接的には。ただ、ペンハヴンはおまえとの結婚を熱心に望んでいた。何度も結婚を申し込みにきたんだ。相手として考えたことがあるのは認めよう。あの男の条件はよかった。だが、わたし自身の嫌悪感を無視することができそうになくて、結局は断った」

「わたしも断ったわ。初めて見たときから、ペンハヴンには裏があると思っていたから」

「さあ、そろそろ外で何が起きているのか確かめてみようじゃないか。どうかね？」父の声に愛情を確かに感じたのは生まれて初めてかもしれない。

「グレイとの約束が……」誰をだまそうとしているの？　厄介事を避けるために約束を守ったことなんてないくせに。「体力はだいじょうぶ？」

「悪党が息子を殺すつもりでいるのに隠れているなんてごめんだ」その声には決して妥協しない強さがあった。見かけはずいぶん変わったかもしれないが、この声には覚えがある。

ふたりはゆっくりと進むことしかできず、リリーはどんな音も逃さないように耳をそばだてて静かに階段をおりた。父の息は荒くなり、リリーの肩にかかる体重は足を進めるごとに重くなっていった。リリーは切ない思いで正面玄関を見たが、いちばん近い部屋に父親を連れていき、ドアを閉めた。

部屋は暗闇に包まれた。リリーはまばたきをして、わずかな明かりに目を慣らそうとして必死になった。古い羊皮紙の独特のにおいと、長年にわたって染みこんだ葉巻の土臭いにおいがする。書斎だ。リリーが小さく足を進めると、膝が木にあたった。椅子だ。リリーは詰め物が入っている椅子に父をすわらせた。

リリーはドレスのまえで手を組んで、そろそろと書斎の奥に足を進めた。細長い光が灯台のように手招きしている。すると、とつぜんリリーのまわりで、その光が形になった。肺が急に締めつけられて、息を吸いこめない。

目だ。ぎらぎらと輝く小さなふたつの目が見おろしている。すると、そのうしろにもうひと組の目があるのが見えてきた。リリーは左右に首をふった。いくつもの目が、飛びかかろうとしてかまえている。荒い呼吸が聞こえる。囲まれてしまったのだろうか？

リリーは明かりが欲しくてカーテンに倒れこみ、両手で厚いベルベットをつかんだ。よろけてカーテンがねじれたせいで、部屋に明かりが射しこんだ。そして、また転ばないようにしがみつくと、カーテンがすべて開いた。

月明かりが射しこんでみれば、部屋にあるのは紳士の書斎によくある無害なものばかりだった。あの目はすべてペンハヴンが狩りで仕留めた獲物のものだった。壁で飛んでいるのは野鳥で、おとなしい鹿の頭、水鳥、そして哀れなアカリスまでが番兵のように部屋を見張っている。

リリーは深呼吸をくり返しているうちに、少しずつ気持ちが落ち着いてきた。夜が永遠に続くように思えた。太陽がのぼりさえすれば、その陽射しがペンハヴンの邪悪な心を追い払ってくれるかもしれない。筋の通らない期待だけれど、リリーは早く夜明けがきてくれることを天に祈った。

ウィンドーは足を伸ばして椅子にすわっていた。華奢な首では重すぎて支えられないかのように、椅子の背に頭をもたせかけている。リリーは武器になりそうなものを見つけようと机を探したが、何もなかった。書棚の上の大きく平たい箱に錆びかけている古い決闘用の拳銃が入っていた。だが銃把を持ちあげると木が裂け、リリーはそのまま放り投げた。

玄関ホールから騒々しい声が聞こえ、リリーの全身に電流が走った。ウィンドーは椅子の上で身体を起こして、娘を見た。自分が父を守るのだ。そう思うと冷静になると同時に……怖くなった。

リリーはドアを開け、今夜で二回目だが、隙間に目を押しあてた。ペンハヴンがレイフに銃を突きつけている。兄は獰猛な動物のようだった。髪が乱れ、表情はいまにもひとを殺しそうだ。レイフは客間に入っていき、リリーからは見えなくなった。そのあとからペンハヴンがいらいらとした短い歩幅で歩いていった。

グレイはどこにいるのだろう？　自分はどうすべきだろうか？　リリーがふり向くと、父とぶつかった。

「何が見えた？」父は内心の動揺とはまったく異なる穏やかな口調で訊いた。

「ペンハヴンがお兄さまに銃を突きつけて客間へ入っていったわ。どうすればいいのかわからない。グレイはどこにいるのかしら？」心のなかではグレイを心配する気持ちと、グレイが兄を助けていないいらいら立ちが戦っていた。

父は壁に寄りかかっていた。椅子から歩いてきただけで疲れてしまったようだ。「きっと近くにいる。ほかに男は？」

リリーはもう一度ドアの外をのぞいた。「誰も見えないわ」

「よし。様子を見にいくんだ。危険な状況に陥ったら、おまえは相手の気をそらしなさい。それで、レイフに動く機会を与えられる」ウィンドーは歯切れのいい信頼できる口調で指示を出した。ぼろぼろになっていたリリーの神経はやわらぎ、落ち着きを取り戻せた。

「はい。できるわ」

リリーはドレスの裾を持つと、身体がすり抜けられる分だけドアを開けた。ウィンドーはリリーの想像以上の強い力で娘を止めた。「気をつけるんだぞ、リリー」

リリーはわかっていることを知らせるために、父の手を強く握った。そして深呼吸をすると、広い玄関ホールに出た。素足にあたる大理石の床は冷たかったが、足音はたたなかった。リリーは兄とペンハヴンの両方が見えるように、ドアの側柱の近くにしゃがみこんだ。そして、どんなことをして相手の気をそらせばいいのか考えをめぐらせた。

ペンハヴンとレイフは長椅子をはさんで向かいあっていた。ペンハヴンは疲れているように見えた。髪をかきむしりながら歩いているせいで、いつもなら気にかけているカールやウェーブがすっかり崩れていた。服には汚れがつき、片方のブーツはふくらはぎの途中まで泥がこびりついている。ペンハヴンは銃を持っている手を乱暴にふりまわした。

いっぽう兄はいつでもペンハヴンに飛びかかって、食い殺してやりたそうな顔をしていた。歩きまわりもしなければ、身じろぎもしない。唯一動いているのは、ペンハヴンの首を絞めたいと願っているかのように、くねらせている指だけだった。

「ペンハヴン、ぼくをどうするつもりだ？　父と妹もここに連れてくる計画か？」レイフはからかうように言った。

「黙れ。ふたりがもう逃げたことは知っているくせに」ペンハヴンは唾を飛ばしながら言うと、レイフに拳銃を向けた。

「そのとおり」レイフはのんびりと答えた。「ふたりが大胆だということを、部下が教えてくれればよかったのにな」

「マスターソンは遠くには行っていない。庭へ逃げようとしたときに撃ったからな」

ペンハヴンのひとりよがりの言葉でリリーは打ちのめされ、膝から崩れ落ちた。視界が狭まっていく。リリーは気づかなかったが、どうやら音をたててしまったらしく、ペンハヴンがドアへ向かってやってきた。リリーは膝をついたまま後ずさったが、手足が震えてまともに歩けなかった。そして二メートルもいかないうちに髪をつかまれて立たされ、兄のもとへ連れていかれた。

額にあてられた兄の手は温かく、リリーはいろいろな意味で気持ちを立て直すことができた。「まったく――どうして離れた安全なところにいられないんだ？」腹立たしそうに言われても、その温もりは変わらなかった。

身体がぴりぴりとしびれ、唇はゴムのようだった。「グレイは？」

「落ち着け。ぼくのうしろにいろ」レイフは妹をおもちゃの兵隊のように動かして、うしろに立たせた。兄の広い背中でリリーはまえがほとんど見えなくなった。

「期待以上にうまくいったな」ペンハヴンがうれしそうに言った。「マスターソンはすでに殺した。ウィンドーの子どもはふたりとも捕まえた。ウィンドー自身は逃げたかもしれないが、子どもたちはここで死ぬ。そうすれば、爵位を継ぐ者はいなくなる。ああ、今夜の結果にはおおいに満足だ」

「わが家をつぶしたあとはどうするんだ？」レイフが訊いた。

リリーは兄の背中のわきからのぞきこんだ。

「バルバドス島に行く船を予約してある。そこからアメリカへ行ってもいい。過去の傷から解放されて新しい人生を送るさ」ペンハヴンの興奮は次第に収まっていった。いらいらと歩きまわるのをやめ、拳銃をレイフに向けている手も震えていない。

太い縄のようだった緊張感が次第に張りつめ、いまにも切れそうになった。そのとき、戸口に影が現れた。錆びた拳銃の銃口が見える。お父さまだ。リリーは兄の上着の背中をつかんだ。兄は気づいただろうか？　だが、レイフは反対側の窓のほうを見つめている。

誰も動かない。空気も動かない。時計の針も止まっている。そのとき、時間が追いつこうとして急に加速したかのように、すべてが同時に、怒濤《どとう》の速さで起こった。

弾丸がペンハヴンを貫き、リリーの耳もとでこの日二度目の銃声が鳴り響いた。ペンハヴンの胸にはナイフが突き刺さっていた。ペンハヴンが下を向いた。拳銃が敷物に落ちる。ペンハヴンは見慣れた木の柄を指でなぞった。リリーがグレイに渡したナイフだ。もう一方の手は心臓のあたりに広がっていく、しみを押さえている。そして、まるであやつり人形の遣い手が糸を切ったかのように、脚をもつれさせて崩れ落ちた。

リリーは全身のいたるところが震えている気がした。顔を左右にふって、窓からドアへと視線を向ける。父がおぼつかない足取りでなかへ入ってくると、リリーのまえで守ってくれていた兄の背中が、父に腕を差し伸べるために離れていった。そして開いた窓からは、グレイが髪と上着についた葉や小枝を取りながら、部屋へ入ってきた。

リリーはこれまで経験がなく、これからも決してするまいと誓っていたことをした。ほかの女性たちがかよわく哀れな存在だと思ってもらうためにしているのを見たとき、馬鹿にしてからかったことだ。

そう、リリーは失神したのだ。

22

行き交ういくつかの声が聞こえ、リリーは意識を取り戻した。目を開けるとグレイの顔があった。唇にはかすかな笑みが浮かんでいるが、口のまわりには心配そうなしわが刻まれている。グレイの膝の上で、リリーはペンハヴンの屋敷の客間の長椅子で寝ているのだと気がついた。おそらく血まみれのペンハヴンの遺体はまだ床にあるのだろうが、リリーの目はグレイだけを見つめていた。

「もう少しがまんしてくれれば、ぼくが勇ましく抱きとめてあげられたのに。きみは頭を打ったんだ。痛むかい？」

そう言われたとたんに、鍛冶屋《かじや》の金づちで打たれているように頭が痛んだが、グレイのやさしい言葉と顔をなでてくれるやさしい手で、ずきずきという疼きを気にしないでいられた。

「ペンハヴンが、あなたは……」その言葉は聞き取りにくかったはずだが、グレイにはわかったようだった。

「ペンハヴンの手下に撃たれたせいで、飛び降りそこなった」グレイは包帯をしている腕を片手でなでた。「息ができなくなったし、木の枝が突き刺さっていたら死ぬところだった。そのあと庭へ這っていったんだ。あいつらはぼくの死体を確認さえしないで、すごい腕だと言って大馬鹿者を祝福していた。素人なのさ」馬鹿にしたように最後に付け加えた。

「ペンハヴンの残りの手下は――」

「ペニーと治安判事が片づけている。ペンハヴンが死んだという話が伝われば、みんな逃げていくか、同情を引く話でもするだろう」グレイは顔にかかった髪を払って、唇をそっと重ねた。「きみは失神しないんだと思っていた。ぼくが生きているのを見て安心した？」

「お腹がすいているとだめなのよ。きのうから何も口にしていないから。それだけのことよ」グレイのからかう声を聞いてリリーも軽妙に答えようとしたが、最後のほうは声がかすれていた。

「きみの言うとおりだ」グレイはそうささやいたが、ふたりともリリーが嘘をついていることはわかっていた。

リリーはグレイの首に顔をうずめてにおいを吸いこみ、唇で脈拍を感じた。閉じた目から涙がこぼれ落ちた。リリーは胸が痛むほど強くグレイに抱きしめられても、文句は言わなかった。

「もう家に帰れる？」リリーはグレイのクラヴァットのはしに鼻をこすりつけた。

「すぐに帰れるよ。少しレイフと父上といてくれるかい？　ぼくは治安判事と話さなければならない」

リリーはグレイから父と兄へと視線を移した。白髪頭で背中が丸くなり、ひじ掛け椅子にすわっている父のまえで、兄は膝をついていた。父の唇が動き、兄が真剣な顔をしているところを見ると、母が行方不明になった真相を聞いているのだろう。体格にはそぐわないけれど、父のかぼそい手が兄のがっしりした肩を慰めるように叩いている。

グレイの手を借り、腕で腰を支えてもらったおかげで、リリーはよろけずに立ちあがれた。グレイはリリーのこめかみにキスをすると、客間を出てドアを閉めた。玄関ホールでは次第に騒ぎが大きくなっている。リリーはペンハヴンの遺体を避けて、父と兄のもとへ行った。

「わたしはおまえたちにとってよい父親ではなかった」ウィンドー伯爵が言った。「そんな欠点にもかかわらず、こんな地獄のような場所から救いだしてくれたことに感謝する。おまえたちの母親はわたしに失望していたのかもしれない。そういう意味ではわたしはだめな男だったから。だが、これからはもっとよい父親になる。約束するよ」

リリーは父の手を取って軽く叩き、驚くほどあふれでてくる、許すという思いを伝えようとした。だが、レイフは悲しそうな顔で窓のほうへ歩いていった。リリーとちがい、レイフは母の肌ざわりと笑顔を覚えていた。リリーは兄が自分とはちがう意味で母を恋しがっていたことを知っている。兄が父を許すのはまだ先かもしれない。

「ペニーが馬車を用意してくれた。治安判事からも家へ帰ってかまわないという許可が出た」グレイが戸口の内側から言った。

「家か」ウィンドーが声をつまらせた。「二度と帰れないとあきらめていたよ」


翌朝未明、四人はウインターマーシュに着いた。女中頭のミセス・デヴリンと執事のカスバートソンが玄関で出迎えた。ふたりとも前日から着がえもせずに忙しく働いていた。グレイはミセス・デヴリンに指示を与えると、リリーを二階へ追い立てた。

レイフが父を抱きかかえて書斎へ連れていき、ひじ掛け椅子にすわらせると、ウィンドーはすっぽりと椅子に呑みこまれてしまいそうに見えた。暖炉の小さな火は実際にはそれほど暖かくなくとも、心は温めてくれた。レイフはスープとパンとお茶を持ってくるよう使用人に命じた。

「そこにある、おまえのブランデーのほうがいいな」ウィンドーは微笑んで、サイドボードの上に誘うように置いてある、ほとんど減っていないデカンタに目をやった。本当なら、レイフも一杯飲みたいところだった。

「きょうはやめておきましょう。胃が弱っているでしょうし、ぼくの大切なブランデーがすぐに逆流してくるところは見たくない。少しスープを飲んで、風呂に入って、寝てください。健康を取り戻すには時間がかかるでしょうから」レイフは父の脚を毛布でくるんだ。

ミセス・デヴリンはスープを運んでくると、伯爵を傷つけてしまうのではないかと恐れているかのように、ウィンドーの膝にトレーをそっとのせた。父がおぼつかない足取りで客間に入ってきたとき、レイフも同じとまどいを覚えたものだ。

ウィンドーは以前とはまったく異なる謙虚とも思える口調で言った。「ミセス・デヴリン、これまで長年わたしの世話をしてくれてありがとう。とくにきょうは」

ミセス・デヴリンは口をぽかんと開けた。そして何度か咳払いをしてからやっと答えた。

「いいえ、とんでもない」彼女はお辞儀をして出ていった。

「リリーはどこだ？」ウィンドーが訊いた。

「グレイが面倒を見ています。もしかしたら、リリーのほうが面倒を見ているのかもしれませんが」

「ふたりが婚約したのは承知しているが、あまりにも常識はずれだ。いいのかね？」不安そうな父の声を聞いて、レイフは驚いた。ウィンドー伯爵の自信が揺らいでいるのだ。

「リリーはもう純潔を失っていますし、とても楽しんでいるようですから」レイフは笑った。

「グレイはどこからか特別結婚許可証をもらってきたようですが、結婚式をするにはずっと慌ただしかったので。ひとが死んだり、辛いことがあったりしましたが、今回の事件でふたりが結婚することになったのなら、それだけはよかった。ぼくはふたりの仲は運命が定めた必然だったと信じています」

「くだらない本の読みすぎだ」ウィンドーは以前のようにレイノの風変わりな趣味をから

かった。だが、レイフは昔のように少年らしく恥ずかしがるのではなく、哀れに思った――自分ではなく、父を。

「そうですね」レイフは静かに答えた。「さあ、食べましょう」

伯爵はスープに手をつけたが、半分も食べるとスプーンを置き、首をふってボウルを遠ざけた。レイフは食器を片づけた。

「ぼくはウインターマーシュの近くに屋敷を建てられるようグレイとリリーに土地を遺贈するつもりです」レイフは許可を求めてはいなかった。

ウィンドーは自分の手をじっと見た。「おまえがずっとウインターマーシュを運営してきたのだな」

「ええ。ほかの資産や投資もです。ぼくは事業を改善したり改革したりしているほうが元気になれる――国家の仕事をしているよりも、辛くない。それに海運業や工業にも手を広げて、かなりの利益をあげています」

「ライオネルはどうする？」

「グレイの父親は日常業務をぼくに移行したいと言っています。ウェールズにいる兄を訪ねてスコットランドを旅したいそうです。でも、もちろんいつでもこの屋敷に戻ってくれてかまいませんし、きっと近いうちにリリーがあなたたちふたりに孫を産んでくれるでしょう」

「孫か」ウィンドーはしなびてかよわくなった手をあげた。「わたしはいつから年寄りになったのかね?」

レイフは答えないほうが賢明だと決めた。

「わたしは田舎で暮らしたいと思ったことがない。領地を運営するための細々とした仕事が退屈なのだ。だから、おまえの好きなようにしなさい。爵位はまだ譲れないがな」ウィンドーはからかうように明るく言った。

「ぼくは辛抱強い男ですから」レイフも軽口を叩いた。

「もう風呂に入ってもいいか?」ウィンドーは許可を求めるように息子を見た。

「もちろんです」レイフはかすれた声で答えて、こみあげてきた思いを呑みこんだ。「もうお湯を用意させています」

伯爵が立ちあがった。この震えている細い脚では寝室までたどり着けないだろうし、ましてや階段などのぼれないにちがいない。レイフは唇をかみしめ、視線をあわさずに、父を子どものように抱きあげた。

寝室に入ると、レイフは父親の服を脱がせて風呂に入れた。浮きでた肋骨を見たとき、胸にぽっかりと穴が開いた。ペンハヴンはもっと苦しむべきだったのに、あのとき死んだのはかえって幸せだったにちがいない。レイフは胸に開いた穴のなかに怒りを注ぎこんだ。

父は温かい湯のなかで眠ってしまった。ひげを剃り、髪を切るのはもう無理だろう。レイフが父をベッドに入れると、節くれだった手が驚くほど強い力でレイフの手首をつかんだ。

「レイフ、おまえが負傷して帰ってきたとき、そばにいてやれなくて悪かった」レイフは身を乗りだしてささやく声を聞き取った。そして父の手を軽く叩いた。それだけで父は満足したらしく、手から力が抜けてシーツに落ちた。

レイフは上下している父の胸をしばらく見つめていた。きっとこんな日ならば、ブランデーを飲んで酔っても誰も責めないだろう。レイフは書斎に戻り、過去の記憶を思いだし、未来のことを考えた。


リリーはトレーにのっていた食べ物を残らず平らげると、身体を震わせるような液体を少しだけ飲んだ。そして浴槽から立ちのぼる湯気に誘われた。こんなに身体が汚れたのは、子どもの頃以来だ。子どもの頃は泥だらけになって冒険したあと、屋敷のなかに入るまえに、グレイの母親に池へ放りこまれた。温かい風呂はすばらしく魅力的だった。

「手の具合を見てみないと」グレイはベッドの横を指さした。「すわって」

リリーは文句を言わずに腰をおろして手を差しだした。グレイは浴槽から小さなボウルにくんだ湯でていねいに傷を洗うと、蠟燭の明かりを近づけてじっくり調べた。

「明日また見てみるけど、縫う必要はないだろう」グレイはリネンで傷を覆うと、ドレスを脱がせはじめた。

「な、何をしているの？」リリーはボディスを持ちあげた。

「脱がせているのさ。手を布でくるんでいたら、身体を洗うのに手伝いがいるだろう？」グレイはボディスを引っぱっておろした。

リリーはグレイの手を叩いた。「待って。話したいことがあるの」

グレイは警戒するような目で、顔をつんとあげた。「その言葉を聞くと、どうしてうんざりするんだろうな？　話って何だ？　きみを縛りあげたことなら――」

「ちがうわ。もちろん、あなたはひどく非難されて当然だけれど」怒りの炎は消え、リリーはためらった。呼吸が浅くなり、焦っているせいで胃がおかしくなった。もう命を落とす危険はなくなったというのに、愛のない人生なんて価値があるのだろうか？　グレイが自分より仕事を選んだら、彼を行かせてあげることができるだろうか？　でも、グレイを愛しているからこそ、彼が戦いを望むのなら、自分のそばにいることを強制したくない。

「きょう、お父さまから言われたの。お父さまはあなたは仕事を辞めなければならないと話していたわ。わたしがいることで、諜報員として役に立たなくなるって。あなたは自分の仕事が好きよね。だから、わたしは……仕事を辞めてほしいなんて頼まない。あなたに憎まれてしまうから」

グレイは鼻歌を歌いながらドレスをさげて床に落とした。「きみはご両親みたいな結婚生活を望むのかい？　ぼくは一度仕事に出てしまえば、数カ月は戻らない。ぼくが帰ってくるまでは生死もわからず、帰ってきても数週間もすれば、またきみを置いて出かけてしまう」

悲しくて、心臓の近くに穴が開いて辛くなった。「いいえ。わたしだって、そんな暮らしは耐えられない」リリーは自分がとても弱くなった気がして、うつむいて髪で顔を隠した。

「婚約を解消しましょう」

「ぼくにいい考えがある」グレイは指先でリリーの顔をあげさせた。「きみも仕事を手伝うっていうのはどうだい？」

「大陸で？」リリーはとても信じられずに訊いた。

「いや。そんなに危険なことではない。アボット卿が海岸で密輸業者の一団らしきものを見つけたんだ。ぼくならもっともらしい隠れみのを使って調べられる」

「隠れみの？」リリーはわくわくしてきた。

「たとえば、新婚旅行中の夫とか？」グレイの口角があがった。

「手伝ってもいいの？」

「きみを止めることなどできるのかい？」グレイは冷ややかに返した。

グレイは汚れて台なしになったシュミーズを放って、浴槽に入るようリリーを促した。リリーが頭まで湯に入れて濡らすと、グレイは泡立てた石けんでもつれた髪を洗い、頭皮をもんだ。

「ホーキンズと、ぼくの――いや、ぼくたちの――新しい役割について話しあった。もしきみに興味があれば、だけど」

安堵と、温かさと、興味をそそる提案がリリーの悲しみと不安を消し去った。ふたりの結婚生活は型破りなわくわくするもので、ふたりは本物の伴侶になれるだろう。リリーが思いもかけない展開について考えているうちに、グレイの手は彼女の身体に魔法をかけ、痛みをやわらげ、欲望に火をつけていった。

「もちろん、興味はすごくあるわ」リリーは息もつかずにきっぱり言った。そして身体をまえにそらして湯から出すと、グレイはかわいらしく差しだされた胸を念入りに、ゆっくりと洗った。

「具体的に言うと?」グレイはリリーの脚のあいだに手を滑らせた。

「あなたが差しだしてくれるものなら、何でも——今夜のことにも、これからのわたしたちの人生にも」

「これからのぼくたちの人生……その言い方、気に入った」グレイはリリーの足の汚れを洗い終わると、彼女を浴槽から抱きあげて、リネンを巻きつけた。「身体をふいてベッドで待っていてくれ」

グレイの約束はわかりやすかった。リリーはベッドのはしにすわり、上の空で身体をふいた。そしてグレイが服を脱ぐと、その裸体を残らず楽しんだ。本当は彼もすべての楽しみを味わうべきじゃない? リリーはリネンを床に落とし、腰を揺らしながら浴槽に戻っていった。グレイは鼻息を荒くして、視線をリリーの顔の下でさまよわせた。

「お返しはすべきでしょう?」

　グレイはぎくしゃくとうなずいただけだった。まずリリーはグレイの腕についた浅い傷を洗って包帯を巻いた。次に、彼をお風呂に入れた。背中とわき腹の傷を見ると、リリー自身も痛みを感じた気がして唇をかんだ。そして今度はグレイが身体をまえにそらして湯から出すと、そこには硬く大きくなったものがあった。リリーは急に息がつまり、残りの仕事をすばやくすませた。グレイが浴槽のなかで立ちあがると、湯がその身体を滑り落ちた。

「リリー、ベッドに入っていて」グレイの声は欲望で低くなっていた。

　リリーは筋肉の浮きでた身体をふいているグレイの大きな手の動きに催眠術をかけられたように立ち尽くしていた。グレイはリネンを落として、彼女を促した。激しい欲望がグレイの顔を鋭くし、グリーンの目を輝かせている。リリーがゆっくりベッドに戻って腰をおろすと、腿の下でマットレスがはずんだ。

　グレイはリリーの濡れた髪に手を差し入れて、ふたりの身体をぴったりくっつけた。そしてキスを落とした。やさしいけれど、情熱的なキスだ。リリーは片手をグレイの肩に巻きつけ、もう一方の手で狂おしいほど強く、引き締まった尻をつかんだ。

「ぼくが欲しい?」唇を重ねたまま、グレイが訊いた。

「ええ」

「ぼくが必要?」

「いつでもね」

「永遠にぼくを愛すると約束する？」

「その約束なら守れるわ」リリーはにっこり笑った。長く暗い夜のあとの日の出のような明るさだった。

グレイはリリーの身体をベッドに倒すと、その上に覆いかぶさった。そしてリリーの脚を開いて腰を持ちあげた。濡れた入口に分身を滑らせ、彼女がくずれ落ちそうになるまで焦らす。リリーは爪先を立てて腰を動かし、焦らすのを終わりにしてほしいと無言で訴えた。するとグレイはとつぜん身体を進めた。リリーはこのうえなく満たされて、吐息のような声をもらした。

「ああ、きみがダヴェンポートで鍵を開ける練習を見ていたときから、こうしたかったんだ」

リリーは彼の腰の動きのせいで、話すことができなかった。グレイは彼女の腿のあいだで指をくねらせて愛撫した。まるで崖から落ちたような衝撃が脚のあいだから全身へと広がっていく。グレイも悦びの証《あかし》であるかすれた声をもらすと、リリーの上に倒れこんだ。グレイが身体を起こしたあとも、リリーはベッドから半ば落ちかけて脚を広げたまま動けなかった。

リリーは気だるさと疲れに包まれ、眠気に襲われた。遠くからグレイの笑い声が聞こえる。やわらかくて冷たいシーツがかけられたと思うと、隣に温かい身体が滑りこんできた。リリーは居心地のいい場所に入りこみ、グレイの首筋に顔をうずめた。夜明けの光があたりを黒から灰色へと変える頃、リリーは眠りに落ちた。

エピローグ

リリーは上下する胸を薄いシーツでかろうじて覆い、狭いベッドであお向けになっていた。結婚三日目の夫は隣でうつ伏せに倒れ、広い肩で妻を壁際に押しつけている。リリーがひじをついて起きあがり、裸の腿で夫の脚をさすると、硬い毛があたってちくちくした。

くぐもった声が羽根枕から聞こえた。「あのとき、ぼくは死にそうになったぞ。あんなやり方をどこで習ってきたんだ？」

「ほかの男女をじっくり見て覚えたわけじゃないわ……でも、〈ノイールドストーンズ〉はなかなか勉強になる場所よ」リリーは盛りあがった筋肉にうっとりして、広い背中を指でたどった。ありあまるほどの時間を使って彼の身体を探ったら、いつか飽きるだろうか？

ふたりの結婚式は笑いと涙があふれる、すてきなものになった。ミネルヴァはどれほどレイフから冷たい対応をされても、遠路はるばるやってきて、いろいろと手伝ってくれた。父はまだ身体の調子が戻らないため、レイフが教会の正面まで付き添ってくれた。結婚式の司会はリリーの子どもの頃の家庭教師だったアップルビー牧師がつとめてくれたが、説教は異教徒の結婚の権利に関する講義へと変わっていった。その主題に沿って考えれば、夫婦を結びつけるキスはやけに長く、気まずいほど情熱的だった。

ふたりは数日後にはサー・ホーキンズに報告をするためにロンドンに出向かなければならなかった。だから、それまでのあいだレイフの狩猟小屋を一週間借りて過ごすというのは、とてもすばらしい案だった。小屋は小さく、広い部屋がひとつしかないが、ベッドがひとつある。と言っても、リリーはもう椅子もテーブルも悪くないと学んでいたけれど。そして午後になるとリリーは体調を回復しつつある父親を訪ね、グレイはレイフと一緒に馬に乗って領地をまわり、いずれ屋敷を建てるのにふさわしい場所を探した。

狩猟小屋はさまざまな偽りを口にしたり危険な目にあったりしたあと、落ち着きと悦びを得られる憩いの場だった。ふたりは離れていた数年間や将来の計画について話しながら何時間も過ごした。

「伯爵は身体が快復したら、ぼくの父と一緒にウェールズやスコットランドの奥地を旅したいそうだ。聞いているかい?」グレイが横を向いたので、ふたりの鼻と鼻がくっつきそうになった。

「ええ。馬鹿よね。ここで休んだり、お兄さまを手伝ったりすべきなのに」

「レイフは伯爵に助けてもらいたくないし、伯爵もそのことをわかっているんだ。それに、伯爵はのんびりしたことがない。旅行も悪くないさ。父が一緒なら悪さもしないだろうから」グレイは微笑んだ。

「わたしたちもいないでしょう。わたしの父に、あなたのお父さま……エディーおばさままで父たちと一緒に行きたいなんて言っているのよ。お兄さまをひとりで残すなんて心配だわ」リリーが目を閉じると、グレイは彼女の裸の背中から尻へと手を滑らせた。

「レイフもだいぶよくなった。ぼくたちができるだけ帰ればいいさ」グレイは彼女の耳を軽くかんだ。リリーの腕に鳥肌が立った。

「お兄さまに必要なのは、すてきな女性よ。来年の春の社交シーズンに、お兄さまをロンドンへ連れていけないかしら？」

グレイが笑いだした。「冗談だろう？」

「あら、本気よ。今年の春、お兄さまと似あいそうな女性が何人かいたの——まだ、誰かにさらわれていなければ、だけど」リリーが腹を立てたので、グレイは笑うのをやめて警戒する顔つきになった。

「なあ、レイフはきみに花嫁を世話してもらう必要なんてないんだ。ぼくたちと同じように、自分で運命を決めればいい。彼の結婚には口を出さないと約束してくれ」

本当にそうだろうか？　リリーはグレイが正しいと認めるのがいやだった。「いいわ。約束します」リリーはそう答えたが、約束を守ったためしはほとんどない。

「家族の話はもういいだろう。ぼくらにはもっと話しあうことがあるんだから」グレイの口調から、その話は言葉を使うものだろうかとリリーは疑った。でも、そんなことを思わせたのは、脚のあいだで夫の手が動いているせいかもしれない。どちらにしても、また話を再開するまでは、かなり時間がかかりそうだ。

訳者あとがき

一八一二年、ウィンドー伯爵の娘リリー・ドラモンドは二十一歳で念願のロンドン社交界デビューを果たします。当時の二十一歳といえば、そろそろ嫁《い》き遅れと言われかねない年齢。ロンドンでのデビューが遅れたのは、社交界の行事に付き添ってくれるひとが誰もいなかったからでした。母はリリーがまだ幼い頃に失踪し、父は不在がちな外交官、そして兄レイフは戦場に行っていたのです。

兄が帰国し、リリーはロンドン社交界にデビューします。けれども戦場で心身ともに傷を負ったレイフは社交の場に顔を出すことを渋り、親友のグレイ・マスターソンに代わりに舞踏会に出席してくれるよう頼みます。

グレイ・マスターソンはウィンドー伯爵家の家令と女中頭の息子でありながら、ウィンドー伯爵に見込まれてレイフとともにイートン校で学び、いまは諜報員として活躍しています。リリーとも幼なじみでしたが、ふたりが顔をあわせるのは八年ぶり。グレイの記憶のなかのリリーは森を駆けまわるおてんば娘だったのに、目のまえに現れたのは美しく華やかな女性。グレイは舞踏会で生き生きとふるまうリリーに魅了されます。

いっぽうリリーもグレイとの再会に胸をときめかせていました。幼い頃のリリーはグレイに恋い焦がれ、あとばかり追っていたのです。笑うと頰に浮かぶえくぼは昔と変わらないけれど、過酷な戦場を生き抜き、自信をつけてたくましくなったグレイ。リリーもグレイに強く惹かれますが、ふたりには優先すべき問題がありました。ウィンドー伯爵が何カ月もまえから行方不明で、生死さえわからなかったのです。

二十年まえ、ウィンドー伯爵と幼い子どもたちを捨てて、ほかの男と駆け落ちをしたと言われている妻ヴィクトリア。その妻の面影を娘に見ているせいか、ウィンドー伯爵はリリーに厳しく、リリーもまた父に反発を感じていました。そして父娘が激しく争った翌朝、ウィンドー伯爵は姿を消したのです。リリーは父に辛辣な言葉を投げつけたことを後悔し、自分も捜索に加えてくれるよう兄とグレイに懇願します。

グレイは仕方なくリリーに諜報員の技を伝授し、ウィンドー伯爵を誘拐した疑いがある人物たちに近づきます。けれども有力な手がかりをつかめないまま、リリーを狙った不審な出来事が続き……。

日本では初紹介となるローラ・トレンサムの『令嬢の危ない夜』（原題 *An Indecent Invitation*）をお届けします。

ローラ・トレンサムは米国テネシー州出身で、現在はサウスカロライナ州で夫とふたりの子どもたちと暮らしています。子どもたちの世話の合間に執筆し、別世界に入りこむのが大好きだとか。

本書は*Spies and Lovers*シリーズの第一作で、第二作の*A Brazen Bargain*とともに二〇一四年、ＲＩＴＡ賞の新人部門であるゴールデンハート賞の最終候補に名を連ねています。当時のタイトルは*Wicked Things*と*Wild and Wicked Wind*で、この二作が同時に最終候補に残ったことからも、トレンサムが新人らしからぬ筆力を持ちあわせているのがわかります。大いに期待できる作家のひとりでしょう。

なお、*A Brazen Bargain*ではリリーの親友であるミネルヴァ・ベリンガムと兄レイフが主人公をつとめていますが、ふたりの出会いは本作。互いに強烈な印象を抱いたようです。その出会いがどんなふうに恋に変わっていくのか――。こちらも続けてご紹介できることを祈っております。

二〇一六年十月

ザ・ミステリ・コレクション

令嬢《れいじょう》の危《あぶ》ない夜《よる》

著者 ローラ・トレンサム
訳者 寺尾《てらお》まち子《こ》

発行所 株式会社 二見書房
東京都千代田区三崎町2-18-11
電話 03(3515)2311［営業］
03(3515)2313［編集］
振替 00170-4-2639

印刷 株式会社 堀内印刷所
製本 株式会社 関川製本所

落丁・乱丁本はお取り替えいたします。
定価は、カバーに表示してあります。

ISBN978-4-576-16160-0
http://www.futami.co.jp/

甘やかな夢のなかで
リンゼイ・サンズ
田辺千幸〔訳〕

約束のキスを花嫁に
リンゼイ・サンズ
上條ひろみ〔訳〕
〔新ハイランドシリーズ〕

愛のささやきで眠らせて
リンゼイ・サンズ
上條ひろみ〔訳〕
〔新ハイランドシリーズ〕

口づけは情事のあとで
リンゼイ・サンズ
上條ひろみ〔訳〕
〔新ハイランドシリーズ〕

ウエディングの夜は永遠に
キャンディス・キャンプ
山田香里〔訳〕
〔永遠の花嫁・シリーズ〕

恋の魔法は永遠に
キャンディス・キャンプ
山田香里〔訳〕
〔永遠の花嫁・シリーズ〕

名付け親であるイングランド国王から結婚を命じられたミューリーは、窮屈な宮廷から抜け出すために夫探しに乗りだすが…!? ホットでキュートなヒストリカル・ラブ

幼い頃に修道院に預けられたイングランド領主の娘アナベル。ある日、母に姉の代役でスコットランド領主と結婚しろと命じられ…。愛とユーモアたっぷりの新シリーズ開幕!

領主の長男キャムは盗賊に襲われた少年ジョーンを助けて共に旅をしていたが、ある日、水浴びする姿を見てジョーンが男装した乙女であることに気づいてしまい!?

夫を失ったばかりのいとこフェネラを見舞ったサイは、しばらくマクダネル城に滞在することに決めるが、湖で出会った領主グリアと情熱的に愛を交わしてしまい……!?

女主人として広大な土地と屋敷を守ってきたイソベルは、弟の放蕩が原因で全財産を失った。小作人を守るため、ある紳士と契約結婚をするが…。新シリーズ第一弾!

習わしに従って結婚せず、自立した生活を送っていた治療師のメグが恋したのは〃悪魔〃と呼ばれる美貌の伯爵。身分も価値観も違う彼らの恋はすれ違うばかりで……

伯爵の恋の手ほどき
エヴァ・リー
高橋佳奈子［訳］

エレノアは社交界のスキャンダルを掲載する新聞の発行人。伯爵ダニエルに密着取材することになるが、徐々に互いに惹かれ…ヒストリカル・ロマンス新シリーズ！

禁断の夜を重ねて
メアリー・ワイン
大野晶子［訳］

ある土地を守るため、王の命令でラモンは未亡人のイザベルに結婚を持ちかける。男性にはもう興味のなかったイザベルだが……中世が舞台のヒストリカル新シリーズ開幕！

誘惑の夜に溺れて
ステイシー・リード
旦 紀子［訳］

フィリッパはアンソニーと惹かれあうが、処女ではないという秘密を抱えていた。一方のアンソニーも、実は公爵の庶子で、ふたりは現実逃避して快楽の関係に溺れ……

この恋がおわるまでは
ジョアンナ・リンジー
小林さゆり［訳］

勘当されたセバスチャンは、偽名で故国に帰り、マーガレットと偽装結婚することになる。いつかは終わる関係と知りながら求め合うが、やがて本当の愛がめばえ……

ダークな騎士に魅せられて
ケリガン・バーン
長瀬夏実［訳］

愛を誓った初恋の少年を失ったファラ。十七年後、死んだはずの彼を知る危険な男ドリアンに誘惑されて――。情熱と官能が交錯する、傑作ヒストリカル・ロマンス!!

その言葉に愛をのせて
アマンダ・クイック
安藤由紀子［訳］

ある殺人事件が、「二人」を結びつける――過去を封印して生きる秘書アーシュラと孤島から帰還した貴公子スレイター。その先に待つ、意外な犯人の正体は!?